高职高专规划教材

供配电系统应用

孔　红　主编

乔立慧　贾明林　副主编

化学工业出版社

·北京·

本教材以供配电系统技术应用能力培养为目标，以真实设备为载体进行学习情境的设计，采用任务驱动的教学方式组织教学。紧密结合工程实际，突出新技术、新产品的应用，实用性强。

全书共分 5 个学习情境。学习情境 1 主要介绍了供配电仿真系统及其应用，包括 5 个任务单元；学习情境 2 介绍 THSPGC-1 型供配电实训装置及其应用，包括 5 个任务单元；学习情境 3 介绍 TH-SPCG-2 型供配电综合自动化装置及其应用，包括 3 个任务单元；学习情境 4 对冶金企业中的供配电系统进行了概述；学习情境 5 对炼油企业中的供配电系统进行了概述。

本书可作为高职高专电气自动化技术和自动化生产设备应用等相关专业的教学用书，也可作为生产一线相关工程技术人员的培训用书和参考用书。

图书在版编目（CIP）数据

供配电系统应用/孔红主编 . —北京：化学工业出版社，
2011.12
高职高专规划教材
ISBN 978-7-122-12577-4

Ⅰ. 供… Ⅱ. 孔… Ⅲ.①供电系统-高等职业教育-教材
②配电系统-高等职业教育-教材　Ⅳ.TM72

中国版本图书馆 CIP 数据核字（2011）第 211435 号

| 责任编辑：廉　静 | 文字编辑：徐卿华 |
| 责任校对：蒋　宇 | 装帧设计：王晓宇 |

出版发行：化学工业出版社（北京市东城区青年湖南街 13 号　邮政编码 100011）
印　　刷：北京市振南印刷有限责任公司
装　　订：三河市宇新装订厂
787mm×1092mm　1/16　印张 14½　字数 382 千字　2012 年 2 月北京第 1 版第 1 次印刷

购书咨询：010-64518888（传真：010-64519686）　售后服务：010-64518899
网　　址：http://www.cip.com.cn
凡购买本书，如有缺损质量问题，本社销售中心负责调换。

定　　价：29.00 元

前　言

现代企业的一切生产过程都是在电的作用下进行的。电是企业中的血液，没有它就无法进行生产。那么电能又是如何安全、经济地服务于工业生产的呢？这就需要一个重要的环节，即供配电系统。供配电系统是指工厂企业所需的电力从进厂起到所有用电设备入端止的整个供配电线路及其中的变配电设备。

本教材以供配电系统技术应用能力培养为目标，以真实设备为载体进行学习情境的设计，采用任务驱动的教学方式组织教学，各专业可根据专业特点选取不同的学习情境。本书内容紧密结合工程实际，突出新技术、新产品的应用，实用性强。不仅可作为高职高专电气自动化技术和自动化生产设备应用等相关专业的教学用书，也可作为生产一线相关工程技术人员的培训用书和参考用书。

全书共分五个学习情境。学习情境一主要介绍了供配电仿真系统及其应用，包括五个任务单元；学习情境二介绍 THSPGC-1 型供配电实训装置及其应用，包括五个任务单元；学习情境三介绍 THSPCG-2 型供配电综合自动化装置及其应用，包括三个任务单元；学习情境四对冶金企业中的供配电系统进行了概述；学习情境五对炼油企业中的供配电系统进行了概述。

本教材由山西工程职业技术学院 2009 年省级精品课程"供配电系统运行与维护"课程组教师和企业专家及同行共同编写（网址：http://gpd.sxgy.cn/），孔红编写学习情境一的任务一和学习情境二，燕山大学贾清泉编写学习情境一的任务二、任务三，马宁编写学习情境一的任务四，薛君编写学习情境一的任务五，乔立慧编写学习情境三，太原钢铁（集团）有限公司炼铁厂贾明林编写学习情境四，辽宁石化职业技术学院陈茹编写学习情境五。孔红担任主编，乔立慧、贾明林担任副主编，全书由孔红统稿。

在本教材编写过程中得到了浙江天煌科技实业有限公司余雪冰的大力支持与指导，在此表示衷心的感谢。

由于编者水平有限，书中难免存在不妥之处，敬请广大读者批评指正。

编　者

2011 年 9 月

目 录

学习情境一　供配电仿真系统及其应用

【学习目标】

[能力目标]

① 能看懂有关供配电系统设计的相关图纸；
② 能熟练使用供配电仿真系统；
③ 对常见故障能够正确分析与处理；
④ 具备供配电系统的安装、接线与调试技能；
⑤ 熟悉供配电系统安全操作规程；
⑥ 能运用所掌握的知识和技术分析供配电系统的应用案例；
⑦ 能熟练使用微机线路、微机分段保护装置和微机变压器保护装置；
⑧ 能用备用自投装置实现10kV系统的备用电源自动投入；
⑨ 能熟练操作KWWB系列无功补偿控制器；
⑩ 能熟练使用KLD-2000当地监控系统并能对其进行简单维护。

[知识目标]

① 了解供配电线路的接线方式、结构与敷设；
② 掌握选择导线和电缆截面的方法；
③ 掌握高压电力线路继电保护的组成和原理；
④ 掌握电力变压器继电保护的组成、接线、原理和整定计算；
⑤ 熟悉变配电所主接线图；
⑥ 了解高低压开关柜运行与维护的要求和巡视检查项目；
⑦ 了解压板投退的作用和功能；
⑧ 了解电磁式保护与微机型保护的区别；
⑨ 掌握继电保护与自动重合闸后加速的配合技术；
⑩ 熟悉实时监控子系统显示实时数据的方式。

任务一　供配电系统认知

【任务描述】

通过对供配电系统基础知识的学习，充分理解供配电系统的设计思路和方法，掌握供配电系统运行维护所需的基本理论和基本知识。在此基础上，搜集、整理供配电系统成套配电装置和一、二次设备的相关信息。

【知识链接】

一、电力系统概述

电能是由发电厂生产的。为了充分利用动力资源，降低发电成本，发电厂大多建在一次能源丰富的偏远地区，而电能用户一般在大中城市和负荷集中的大工业区，因此发电厂生产出的电能要经过高压远距离输电线路输送，才能到达各电能用户。从发电厂到用户的送电过程示意图如图1-1所示。

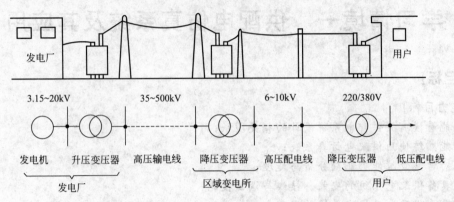

图 1-1　从发电厂到用户的送电过程示意图

在图 1-1 中，发电机生产电能，电力线路输送电能，变压器变换电压，电动机、电灯等用电设备使用电能，这些设备联系起来就组成了一个电力系统。电力系统就是由各种电压的电力线路将发电厂、变电所和电力用户联系起来，实现电能的生产、输送、分配、变换和使用的统一整体。电力生产具有不同于一般商品生产的特点，其生产、输送、分配和使用的全过程几乎在同一瞬间完成。典型电力系统的系统图如图1-2所示。

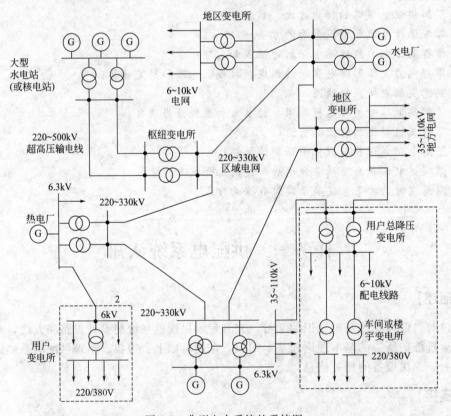

图 1-2　典型电力系统的系统图

电力系统将分散于各地的众多发电厂连接起来并联工作，并通过电力网将分散在各地的负荷中心的用户联系起来，从而实现电能的大容量、远距离输送。随着负荷的不断增长和电源建设的不断发展，将一个电力系统与邻近的电力系统互联已成为历史发展的必然。建立大型电力系统可以经济合理地利用一次能源，降低发电成本，减少电能损耗，提高电能质量，还可实现电能的灵活调节和调度，从而大大提高供电的可靠性。

（一）发电厂

发电厂是将煤、石油、水能、核能、风能、太阳能等各种一次能源转变成电能的一种特殊工厂。根据利用的一次能源的不同，发电厂可分为火力发电厂、水力发电厂、核能发电厂、风力发电厂、潮汐发电厂等。此外，还有地热发电、太阳能发电、垃圾发电和沼气发电等能源转换方式。

目前，我国和世界大多数国家仍以火力发电、水力发电和核能发电为主。

① 火力发电厂是利用煤、石油、天然气等作为燃料来生产电能的工厂。其主要设备有锅炉、汽轮机、发电机等。其基本生产过程为：燃料在锅炉的炉膛中燃烧，加热锅炉中的水使其变成高温高压蒸汽，进入汽轮机，推动汽轮机的转子旋转，汽轮机带动联轴的发电机旋转发电。其能量转换过程为：燃烧的化学能→热能→机械能→电能。

② 水力发电厂是利用江河水流的位能来生产电能的工厂。水力发电厂主要由水库、水轮机和发电机组成。其基本生产过程为：从河流较高处或水库内引水，利用水的压力或流速使水轮机旋转，水轮机带动发电机旋转发电。其能量转换过程为：水流位能→机械能→电能。

③ 核能发电厂是利用原子核的裂变能来生产电能的工厂。主要设备有反应堆、汽轮机、发电机等。其生产过程与火力发电厂基本相同，只是用核反应堆代替了燃煤锅炉，以少量的核燃料代替了煤炭。其能量转换过程为：核裂变能→热能→机械能→电能。

各种形式的电厂将不同形式的一次能源转化成电能，电能的传输方式分为直流传输和交流传输两种形式。

直流输电是将发电厂发出的交流电用整流器变换成直流，经直流输电线路送至接收端，再经逆变器变换成三相交流电后送到用户。

在直流输电线路中"极"的定义相当于三相交流线路中的"相"。但从电力传输的技术要求来看，交流输电线路必须变成三相才便于运行；而直流输电线路中的极（正极或负极）却能独立工作，任何一极加上回流电路就能独立输送电力。直流输电线路造价低于交流输电线路但换流站造价却比交流变电站高得多，其输送的电压等级还要受到电子器件耐压性能的限制。

交流输电是将发电厂发出的交流电经升压变压器，再经三相输电线路到降压变压器，然后送到用户。

（二）变电所

变电所的功能是接受电能、变换电压和分配电能。变电所由电力变压器、配电装置和二次装置等构成。按变电所的性质和任务不同，将其分为升压变电所和降压变电所。升压变电所通常紧靠发电厂，降压变电所通常远离发电厂而靠近负荷中心。根据变电所在电力系统中所处的地位和作用，可将其分为枢纽变电所、地区变电所和用户变电所。枢纽变电所位于电力系统的枢纽点，联系多个电源，出线回路多，变电容量大，电压等级一般为 330kV 或 330kV 以上；地区变电所一般用于地区或中、小城市配电网，其电压等级一般为 110～220kV；用户变电所位于配电线路的终端，接近负荷处，高压侧为 10～110kV 引入线，经降压后向用户供电。

（三）电力网

电力网是由变电所和不同电压等级的输电线路组成的，其作用是输送、控制和分配电能。按供电范围、输送功率和电压等级的不同，电力网可分为地方网、区域网和远距离网三类。电压为 110kV 及 110kV 以下的电力网，其电压较低，输送功率小，线路距离短，主要供电给地方变电所，称为地方网；电压在 110kV 以上的电力网，其传输距离和传输功率都比较大，一般供电给大型区域性变电所，称为区域网；供电距离在 300km 以上，电压在 330kV 及 330kV 以上的电力网，称为远距离网。如果仅从电压的高低来划分，则电力网可分为低压网（1kV 以下）、中压网（1～20kV）、高压网（35～220kV）及超高压网（330kV 及 330kV 以上）。

（四）电能用户

电能的特点如下。

① 电能不能大量存储。电能的生产、输送、分配和消费实际上是同时进行的，在电力系统中，任何时刻各发电厂发出的功率，必须等于该时刻各用电设备所需的功率与输送、分配各环节中损耗功率之和，因而对电能生产的协调和管理提出更高要求。

② 电磁过程的快速性。电力系统中任何一个地方的运行状态的改变或故障，都会很快影响整个系统的运行，仅依靠手动操作无法保证电力系统的正常和稳定运行，所以电力系统的运行必须依靠信息就地处理的继电保护和自动装置，以及信息全局处理的调度自动化系统。

③ 与国民经济的各部门、人民的日常生活等有着极其密切的关系。供电的突然中断会给交通运输业、公共事业带来严重的后果。

所有消耗电能的单位均称为电能用户，从大的方面可将其分为工业电能用户和民用电能用户。

二、供配电系统概述

1. 国内外供配电技术的发展情况

自从 20 世纪初发明三相交流电以来，输电技术朝着高电压、大容量、远距离、较高自动化的目标不断发展，20 世纪后半叶发展更加迅速。1952 年瑞典首先采用 380kV 输电电压，1954 年美国 354kV 线路投运，1956 年前苏联建成伏尔加河水电站至莫斯科的 400kV 线路并于 1959 年升压到 500kV。进入 20 世纪 60 年代欧洲各国普遍采用 380kV 级输电电压，北美和日本则建设大量 500kV 线路。以后加拿大、前苏联和美国又相继建成一批 735～765kV 输电线路。20 世纪 70 年代，欧美各国对交流 1000kV 级特高压（UHV）输电技术进行了大量研究开发，1985 年前苏联建成世界上第一条 1150kV 工业性输电线路，日本也在 20 世纪 90 年代初建成 1000kV 输电线路。

近 50 年来中国的供配电技术也已经取得了突破性进展。20 世纪 50 年代建设了一大批 35kV 和 110kV 输电线路；60 年代，许多城市建设 220kV 输电线路，并逐步形成地区 220kV 电网。随着电力负荷的增长和大型水力发电和火力发电电源的开发，1972 年建成第一条 330kV 刘家峡水电站至关中超高压线路，该输电线路全长 534km。随后 330kV 输电线路延伸到陕甘宁青 4 个省区，形成西北跨省联合电网。1981 年第一条 500kV 全长 595km 平顶山至武汉输电线路投入运行，接着其他地区也相继采用 500kV 级电压输送电力。目前全国已有东北、华北、华东、华中、西北、南方、川渝 7 个跨省电网和山东、福建、新疆、海南、西藏 5 个独立省（区）网。网内 220kV 输电线路合计全长 120000km，330kV 输电线路 7500km，500kV 输电线路 20000km。华中与华东两大电网之间，通过 1500kV 葛洲坝至上海直流线路实行互联。中国输电线路的建设规模和增长速度在世界上是少有的。

2. 中国电网发展趋势

中国大部分能源资源分布在西部地区，而东部沿海地区经济发达，电力负荷增长迅速。开发西部的水电和火电基地，实行"西电东送"是国家的一项长期战略。近十年来，山西、内蒙古西部火电基地向京津唐电网送电，葛洲坝水电站通过±500kV直流线路向上海送电，南方互联电网将天生桥水电站和云南、贵州的水电站所发的电送往广东、广西等省的"西电东送"措施已经取得一定成效。随着西部大开发战略的实施，内蒙古西部、山西、陕西、宁夏、河南西部火电基地的建设，黄河上游、金沙江、澜沧江、红水河、乌江等大型水电站的开发，以及"西电东送"输电大通道的开辟，将加大"西电东送"的能力并促进电网的快速发展。

电网是电力能源的载体。加强电网建设是拓展电力市场，提高电力工业整体效益的重要举措。

中国电网发展分为三个步骤进行。

① 加紧实施7个跨省大区电网之间以及大区电网与5个独立省网之间的互联。

② 2010年前后，建成以三峡电网为中心连接华中、华东、川渝的中部电网；华北、东北、西北3个电网互联形成的北部电网；以及云南、贵州、广西、广东4省（自治区）的南部联合电网。同时，北、中、南3大电网之间实现局部互联，初步形成全国统一的联合电网的格局。

③ 2020年前后，随着长江和黄河上游以及澜沧江、红水河上一系列大型水电站的开发，西部和北部大型火电厂和沿海核电站的建设，以及一大批长距离、大容量输电工程的实施，电网结构进一步加强，真正形成全国统一的联合电网。在全国统一电网中充分实现西部水电东送，北部火电南送的能源优化配置。此外，北与俄罗斯、南与泰国之间也可能实现周边电网互联和能源优势互补。

近年来，中国电力工业不断实现跨越式发展。1987～1995年，中国发电装机容量和发电量先后超过法国、英国、加拿大、德国、俄罗斯和日本，跃居世界第二位。随着中国经济迅速增长，中国电力需求迅猛增加，电力供不应求的紧张局面再次出现。为最大限度地满足经济增长对电力的需求，国家采取有效措施，加大电力建设投资，使全国每年发电规模都在1500万千瓦以上，到2003年底，全国发电装机容量达到3.91亿千瓦，发电量达到19052亿千瓦时。

目前由于装机容量增长速度低于同期国民经济及电力需求增长速度，导致部分地区在充分利用现有发电设备能力的情况下，电力供应依然紧张。有关部门预测，未来15年中国必须新增5亿千瓦以上的发电装机才能满足全面建设小康社会的需要。这意味着未来几年中国电源建设将进入更加快速的发展阶段。

3. 供配电系统的组成

供配电系统是工业企业供配电系统和民用建筑供配电系统的总称。供配电系统是电力系统的重要组成部分，是电力系统的电能用户。对用电单位来讲，供配电系统的范围是指从电源线路进入用户起到高低压用电设备进线端止的整个电路系统，它由变配电所、配电线路和用电设备构成。图1-2中虚线框1、2为供配电系统示意图。

对不同容量或类型的电能用户，供配电系统的组成是不相同的。

对大型用户及某些电源进线电压为35kV及35kV以上的中型用户，供配电系统一般要经过两次降压，也就是在电源进厂以后，先经过总降压变电所，将35kV及35kV以上的电源电压降为6～10kV的配电电压，然后通过高压配电线路将电能送到各个车间变电所，也有的经高压配电所再送到车间变电所，最后经配电变压器降为一般低压用电设备所需的电压。图1-3所示为具有总降压变电所的供配电系统简图。

对电源进线电压为6～10kV的中型用户，一般电能先经高压配电所集中，再由高压配电线路将电能分送到各车间变电所，或由高压配电线路直接供给高压用电设备。车间变电所内装有电力变压器，可将6～10kV的高压降为一般低压用电设备所需的电压（如220/380V），然后由低压配电线路将电能分送给各用电设备使用。图1-4所示为具有高压配电所的供配电系统简图。

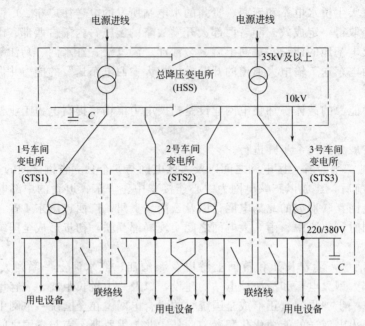

图 1-3　具有总降压变电所的供配电系统简图

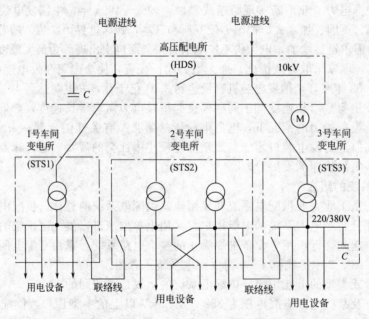

图 1-4　具有高压配电所的供配电系统简图

　　对于小型用户，由于所需容量一般不超过 1000kV·A 或比 1000kV·A 稍多，因此通常只设一个降压变电所，将 6～10kV 电压降为低压用电设备所需的电压，如图 1-5 所示。当用户所需容量不大于 160kV·A 时，一般采用低压电源进线，此时用户只需设一个低压配电间，如图 1-6 所示。

　　三、电力系统的电压

　　1. 三相交流电网和电力设备的额定电压

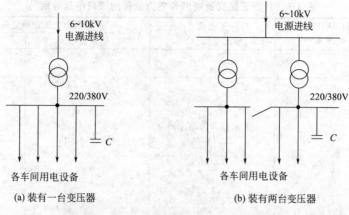

(a) 装有一台变压器　　　　　　　　(b) 装有两台变压器

图 1-5　只有一个降压变电所的供配电系统简图

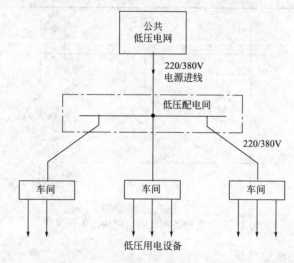

图 1-6　低压进线的供配电系统简图

电力系统的额定电压是我国根据国民经济发展的需要以及电力工业的现有水平，经过全面的技术分析后确定的。电力系统的额定电压分为不同的等级。按照国家标准 GB 156—2003《标准电压》规定，我国三相交流电网和电力设备的额定电压等级见表 1-1。

（1）电网的额定电压

电网的额定电压必须符合国家规定的电压等级。当电网的电压选定后，其他各类电力设备的额定电压即可根据电网的电压来确定。

（2）用电设备的额定电压

由于线路通过电流时要产生电压降，因此线路上各点的电压都略有不同，如图 1-7 中虚线所示。但是成批生产的用电设备，其额定电压不可能按使用处线路的实际电压来制造，而只能按线路首端与末端的平均电压即电网的额定电压 U_N 来制造。因此规定用电设备的额定电压与同级电网的额定电压相同。

（3）发电机的额定电压

电力线路允许的电压偏差一般为 $\pm 5\%$，即整个线路允许有 10% 的电压损耗值，因此为了维持线路的平均电压在额定值，线路首端（电源端）电压可较线路额定电压高 5%，而线路末端电压则可较线路额定电压低 5%，如图 1-7 所示。所以规定发电机额定电压高于同级电网额定电压的 5%。

表 1-1　我国三相交流电网和电力设备的额定电压等级

分类	电网和用电设备 额定电压/kV	发电机 额定电压/kV	电力变压器额定电压/kV	
			一次绕组	二次绕组
低压	0.38	0.40	0.38	0.40
	0.66	0.69	0.66	0.69
高压	3	3.15	3 及 3.15	3.15 及 3.3
	6	6.3	6 及 6.3	6.3 及 6.6
	10	10.5	10 及 10.5	10.5 及 11
	—	13.8,15.75,18,20, 22,24,26	13.8,15.75,18, 20,22,24,26	—
	35	—	35	38.5
	66	—	66	72.6
	110	—	110	121
	220	—	220	242
	330	—	330	363
	500	—	500	550
	750	—	750	825(800)

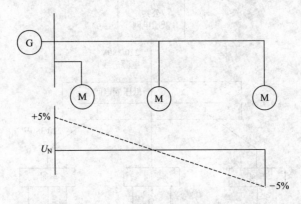

图 1-7　用电设备和发电机的额定电压说明

（4）电力变压器的额定电压

① 电力变压器一次绕组的额定电压分为两种情况：当变压器直接与发电机相连时，如图 1-8 中的变压器 T1，其一次绕组额定电压应与发电机额定电压相同，即高于同级电网额定电压的 5％；当变压器不与发电机相连而是连接在线路上时，如图 1-8 中的变压器 T2，则可看作是线路的用电设备，因此其一次绕组额定电压应与电网额定电压相同。

② 电力变压器二次绕组的额定电压也分为两种情况：当变压器二次侧供电线路较长时，如图 1-8 中的变压器 T1，其额定电压高于同级电网额定电压的 10％，以此补偿变压器二次绕组内阻抗压降和线路上的电压损失；当变压器二次侧供电线路不太长时，如图 1-8 中的变压器 T2，其额定电压只需高于电网额定电压的 5％即可，以此来补偿变压器内部 5％的电压损耗。

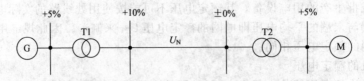

图 1-8　电力变压器的额定电压说明

2. 电压的分类及高低电压的划分

（1）电压的分类

按国标规定，额定电压分为以下三类。

第一类额定电压为 100V 及 100V 以下，如 12V、24V、36V 等，主要用于安全照明、潮湿工地建筑内部的局部照明及小容量负荷的电源。

第二类额定电压为 100V 以上、1000V 以下，如 127V、220V、380V、660V 等，主要用作低压动力电源和照明电源。

第三类额定电压为 1000V 以上，如 6kV、10kV、35kV、110kV、220kV、330kV、500kV、750kV 等，主要用作高压用电设备、发电及输电设备的额定电压。

（2）电压高低的划分

我国的一些设计、制造和安装规程通常以 1000V 为界来划分电压高低，即低压指额定电压在 1000V 及 1000V 以下者；高压指额定电压在 1000V 以上者。此外，将 330kV 以上的电压称为超高压，将 1000kV 以上的电压称为特高压。

3. 供配电系统电压的选择

供配电系统电压的选择包括供电电压的选择和高、低压配电电压的选择。

（1）供电电压的选择

供电电压是指供配电系统从电力系统所取得的电源电压。供电电压的选择主要取决于以下三方面的因素。

① 电力部门所能提供的电源电压。例如，某一中小型企业可采用 10kV 供电电压，但附近只有 35kV 电源线路，而要取得远处的 10kV 供电电压投资较大，因此只有采用 35kV 供电电压。

② 企业负荷大小及电源线路远近。每一级供电电压都有其合理的供电容量和供电距离。当负荷较大时，相应的供电距离就会减小。当企业距离供电电源较远时，为了减少能量损耗，可采用较高的供电电压。

③ 企业大型设备的额定电压决定企业的供电电压。例如，某些制药厂或化工厂的大型设备的额定电压为 6kV，因此必须采用 6kV 电源电压供电。当然也可采用 35kV 或 10kV 电源进线，再降为 6kV 厂内配电电压供电。

影响供电电压的因素还有很多，比如导线的截面积、负荷的功率因数、电价制度等。在选择供电电压时，必须进行技术、经济比较，才能确定应该采用的供电电压。我国目前电能用户所用的供电电压为 35~110kV、10kV、6kV。一般来讲，大中型用户常采用 35~110kV 作供电电压，中小型用户常采用 10kV、6kV 作供电电压。其中，采用 10kV 供电电压最为常见。表 1-2 为各级电压下电力线路较合理的输送容量和输送距离。

表 1-2　各级电压下电力线路较合理的输送容量和输送距离

线路电压/kV	线路结构	输送功率/kW	输送距离/km
0.38	架空线	≤100	≤0.25
0.38	电缆线	≤175	≤0.35
6	架空线	≤1000	≤10
6	电缆线	≤3000	≤8
10	架空线	≤2000	5~20
10	电缆线	≤5000	≤10
35	架空线	2000~10000	20~50
66	架空线	3500~30000	30~100
110	架空线	10000~50000	50~150
220	架空线	100000~500000	200~300

（2）配电电压的选择

配电电压是指用户内部供电系统向用电设备配电的电压等级。由用户总降压变电所或高压配电所向高压用电设备配电的电压称为高压配电电压；由用户车间变电所或建筑物变电所向低压用电设备配电的电压称为低压配电电压。

① 高压配电电压　中小型用户采用的高压配电电压通常为10kV或6kV。从技术经济指标来看，最好采用10kV作为配电电压，只有在6kV用电设备数量较多或者由地区6kV电压直接配电时，才采用6kV作为配电电压。这是因为在同样的输送功率和输送距离的条件下，配电电压越高，线路电流越小，线路所采用的导线或电缆截面就越小，这样可减少线路的初投资和金属消耗量，减少线路的电能损耗和电压损耗。从设备的选型及将来的发展来说，采用10kV配电电压更优于6kV。

对于一些区域面积大、负荷多而且集中的大型用户，如环境条件允许采用架空线路和较经济的电气设备时，则可考虑采用35kV作为高压配电电压直接深入各用电负荷中心，并经负荷中心变电所直接降为用电设备所需电压。这种高压深入负荷中心的直配方式省去了中间变压，从而大大简化了供电接线，节约了有色金属，降低了功率损耗和电压损失。

② 低压配电电压　用电单位的低压配电电压一般采用220/380V的标准电压等级，其中线电压380V接三相动力设备及380V单相设备，相电压220V接一般照明灯具及其他220V的单相设备。但在某些特殊场合（如矿井），负荷中心远离变电所，为保证负荷端的电压水平一般采用660V作为配电电压。另外，在某些场合中，考虑到安全的原因可以采用特殊的安全低电压配电。

四、电力系统中性点的运行方式

电力系统中性点是指电力系统中发电机及各电压等级变压器的中性点。我国电力系统中性点的运行方式主要有三种：① 中性点不接地运行方式；② 中性点经消弧线圈接地运行方式；③ 中性点直接接地或经低电阻接地运行方式。前两种接地系统在发生单相接地故障时的接地电流较小，因此统称为小接地电流系统；后一种系统在发生单相接地故障时的接地电流较大，因此称为大接地电流系统。

电力系统中性点的运行方式将直接影响电网的绝缘水平、系统供电的可靠性和连续性、电网的造价等，同时还与故障分析、继电保护配置、绝缘配合等密切相关。

1. 中性点不接地的电力系统

如图1-9所示为中性点不接地的电力系统在正常运行时的电路图。三相线路的相间及相与地间都存在着分布电容。但相间电容与这里将讨论的问题无关，因此不予考虑。这里只考虑相与地间的分布电容，且用集中电容C来表示。

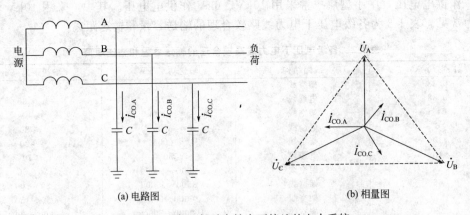

图1-9　正常运行时中性点不接地的电力系统

系统正常运行时，三个相的相电压$\dot{U}_A$、$\dot{U}_B$、$\dot{U}_C$是对称的，三个相的对地电容电流$\dot{I}_{CO.A}$、$\dot{I}_{CO.B}$、$\dot{I}_{CO.C}$也是对称的，此时三个相的对地电容电流的相量和为零，即没有电流在地中流过。各相对地电压均为相电压。

当系统发生单相接地故障时，假设 C 相发生金属性接地，则其接地电阻为零，如图 1-10 所示。

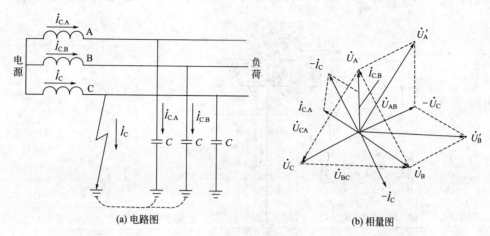

(a) 电路图　　　　　　　　　(b) 相量图

图 1-10　单相接地时中性点不接地的电力系统

这时 C 相对地电压为零，而非故障相 A、B 相的对地电压在相位和数值上都将发生改变，即

$$\dot{U}'_{A}=\dot{U}_{A}+(-\dot{U}_{C})=\dot{U}_{AC} \tag{1-1}$$

$$\dot{U}'_{B}=\dot{U}_{B}+(-\dot{U}_{C})=\dot{U}_{BC} \tag{1-2}$$

$$\dot{U}'_{C}=\dot{U}_{C}+(-\dot{U}_{C})=0 \tag{1-3}$$

由此可见，C 相发生接地故障时，非故障相 A 相和 B 相对地电压值增大 $\sqrt{3}$ 倍，变为线电压，而系统的三个线电压无论其相位和大小均无改变，因此，系统中所有设备仍可照常运行，这是中性点不接地系统的最大优点。但是，单相接地后，其运行时间不能太长，以免在另一相又接地时形成两相短路。一般允许运行时间不超过 2h，并且这种中性点不接地系统必须装设单相接地保护或绝缘监视装置。当系统发生单相接地故障时，可发出报警信号或指示，以提醒运行值班人员注意，及时采取措施，查找和消除接地故障；如有备用线路，则可将重要负荷转移到备用线路上；当危及人身和设备安全时，单相接地保护装置应自动跳闸。

当 C 相接地时，系统的接地电容电流 $\dot{I}_{C}$ 为非接地相对地电容电流之和，即

$$\dot{I}_{C}=-(\dot{I}_{C.A}+\dot{I}_{C.B}) \tag{1-4}$$

在工程中，通常采用下列经验公式来计算系统的接地电容电流：

$$I_{C}=\frac{U_{N}(l_{oh}+35l_{cab})}{350} \tag{1-5}$$

式中，I_{C} 为中性点不接地系统的单相接地电容电流，单位为 A；U_{N} 为电网额定电压，单位为 kV；l_{oh} 为与 U_{N} 具有电气联系的架空线路总长度，单位为 km；l_{cab} 为与 U_{N} 具有电气联系的电缆线路总长度，单位为 km。

通过计算，如果 3～10kV 系统中接地电流大于 30A，或 20kV 及 20kV 以上的系统中接地电流大于 10A，则系统应采用中性点经消弧线圈接地的运行方式。

2. 中性点经消弧线圈接地的电力系统

中性点不接地系统的主要优点是发生单相接地时仍可继续向用户供电，但有一种情况相当危险，即当发生单相接地时，如果接地电流较大，则将在接地点产生断续电弧，这就可能

使线路发生谐振过电压现象，从而使线路上出现危险的过电压（可达相电压的 2.5～3 倍），这可能导致线路上绝缘薄弱地点的绝缘被击穿，因此中性点不接地系统不宜用于单相接地电流较大的系统。为了克服这个缺点，可将电力系统的中性点经消弧线圈接地，如图 1-11 所示。

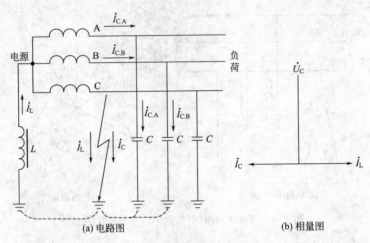

(a) 电路图   (b) 相量图

图 1-11　中性点经消弧线圈接地的电力系统

消弧线圈实际上是一种带有铁芯的电感线圈，其电阻很小，感抗很大。当系统正常运行时，中性点电位为零，没有电流流过消弧线圈。

当系统发生单相接地时，流过接地点的总电流是接地电容电流 $\dot{I}_C$ 与流过消弧线圈电感电流 $\dot{I}_L$ 的相量和。由于 $\dot{I}_C$ 超前 $\dot{U}_C$ 90°，而 $\dot{I}_L$ 滞后 $\dot{U}_C$ 90°，因此 $\dot{I}_C$ 和 $\dot{I}_L$ 在接地点互相补偿，可使接地电流小于发生电弧的最小电流，从而消除接地点的电弧以及由此引起的各种危害。另外，当电流过零而电弧熄灭后，消弧线圈还可减小故障相电压的恢复速度，从而减小了电弧重燃的可能性，有利于单相接地故障的消除。

中性点经消弧线圈接地系统发生单相接地故障时与中性点不接地系统发生单相接地故障时一样，接地相对地电压为零，非故障相对地电压增大 $\sqrt{3}$ 倍。由于相间电压没有改变，因此三相设备仍可以正常运行；但也不能长期运行，必须装设单相接地保护或绝缘监视装置。在单相接地时发出报警信号或指示，运行值班人员应及时采取措施，查找和消除故障，如有可能则将重要负荷转移到备用线路上。

3. 中性点直接接地或经低电阻接地的电力系统

将系统的中性点直接接地，如图 1-12 所示，这种系统发生单相接地时，通过接地中性点形成单相短路。由于单相短路电流比线路正常负荷电流大得多。因此，这种系统中装设的短路保护装置会立即动作，切断线路，切除接地故障部分，从而使系统的其他部分仍能正常运行。

当中性点直接接地系统发生单相接地时，相间电压的对称关系被破坏，但未发生接地故障的另外两个完好相的对地电压不会升高，仍维持相电压。因此，中性点直接接地系统中的供电设备的相绝缘只需按相电压来考虑即可。这对 110kV 及 110kV 以上的高压系统来说，具有显著的经济技术价值，因为高压电器，特别是超高压电器，其绝缘问题是影响电器设计制造的关键问题。电器绝缘要求的降低将直接降低电器的造价，同时还可改善电器的性能。因此 110kV 及 110kV 以上的电力系统通常都采用中性点直接接地的运行方式。

近年来，随着 10kV 配电系统应用的扩大，现代化大、中城市逐渐以电缆线路取代架空

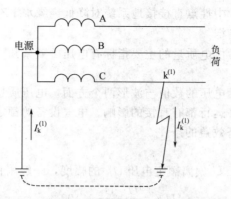

图 1-12　单相接地时中性点直接接地的电力系统

线路，而电缆线路的单相接地电容电流远比架空线路的大得多。因此，即使采用中性点经消弧线圈接地的方式也无法在发生接地故障时完全熄灭电弧；而间歇性电弧及谐振引起的过电压会损坏供配电设备和线路，从而导致供电的中断。为了解决上述问题，我国一些大城市的10kV 系统采用了中性点经低电阻接地的方式。例如，北京市四环路以内地区的变电站，10kV 系统中性点均采用经低电阻接地的方式，它接近于中性点直接接地的运行方式。当系统发生单相接地时，保护装置会迅速动作，切除故障线路，通过备用电源的自动投入，使系统的其他部分恢复正常运行。必须指出，这类城市电网通常都采用环网结构，并且保护完善，因此供电可靠性是相当高的。

4. 中性点不同运行方式的比较和应用范围

电力系统的中性点运行方式是一个涉及面很广的问题。它对于供电可靠性、过电压、绝缘配合、短路电流、继电保护、系统稳定性以及对弱电系统的干扰等很多方面都有不同程度的影响，特别是在系统发生单相接地故障时有明显的影响。因此，电力系统中性点运行方式应依据国家的有关规定，并根据实际情况来确定。表 1-3 比较了中性点不同运行方式在供电可靠性、过电压与绝缘水平、继电保护、对通信的干扰及系统稳定性方面产生的影响。

表 1-3　中性电不同运行方式的比较

比较项目	小接地电流系统	大接地电流系统
供电可靠性	在单相接地时，并未形成短路，系统允许运行2h，期间供电不间断，供电可靠性相对较高	在单相接地时，形成单相短路，保护装置断开电路，造成短期或长期停电，可靠性不高
过电压与绝缘水平	非故障相对地电压增大$\sqrt{3}$倍，电力设备按线电压来考虑绝缘水平	单相接地时，非故障相电压不升高，电力设备按相电压来考虑绝缘水平
继电保护	单相接地电流比正常负荷电流小得多，很难用普通的方向继电器来判断故障线路，保护尚不完善，延长了消除故障的时间	单向接地时，短路电流大，继电保护简单、可靠，选择性好，灵敏度高，不易使事故扩大
对通信的干扰	对通信干扰小	对通信干扰大
系统稳定性	流过接地点的电流很小，不存在引起失步的可能	单相接地时，线路的突然切除可能导致系统稳定性的破坏

在我国电力系统中，中性点接地方式的应用范围大致如下。

① 220/380V 系统均采用中性点直接接地方式，在发生单相接地故障时，一般能使保护装置迅速动作，切除故障部分，保障人身安全。

② 3～10kV 系统多采用中性点不接地方式，仅在线路长或有电缆线路而且单相接地电流越限时，才采用经消弧线圈接地方式。这种接地系统供电可靠性较高。

③ 35～66kV 系统多采用经消弧线圈接地方式，以限制过大的单相接地电流。

④ 110kV 及 110kV 以上系统多数采用中性点直接接地方式。系统电压升高，绝缘费用

在总投资中所占比重增大，中性点直接接地系统对降低绝缘水平有明显的优势。

五、供电系统的质量指标

对电能用户而言，衡量供电质量的主要指标有电压、频率和可靠性。

1. 电压的质量要求

交流电的电压质量包括电压的数值与波形两个方面。电压质量对各类用电设备的工作性能、使用寿命、安全及经济运行都有直接的影响。电气设备的额定电压和额定频率是电气设备正常工作并获得最佳经济效益的条件。

（1）电压偏差

电压偏差是指实际电压 U 偏离额定电压 U_N 的幅度，一般用百分数表示，即

$$\Delta U\% \stackrel{\text{def}}{=} \frac{U - U_N}{U_N} \times 100\% \tag{1-6}$$

当电压偏离额定值时，对电力系统本身及电力设备将产生很大的影响。供配电系统主要影响电力设备。对于感应电动机，其最大转矩与端电压的平方成正比，当电压降低时，电动机转矩显著减小，转差增大，从而使定子、转子电流都显著增大，温升增加，绝缘老化加速，甚至烧毁电动机；并且由于转矩减小，转速下降，将导致生产效益降低，产量减少，产品质量下降。反之，当电压过高时，励磁电流与铁损都大大增加，将引起电机过热，从而效率降低。对电热装置，这类设备的功率与电压平方成正比，所以电压过高将损伤设备，电压过低又达不到所需温度。电压偏移对白炽灯影响显著，白炽灯的端电压降低 10% 时，发光效率下降 30% 以上，灯光明显变暗；端电压升高 10% 时，发光效率将提高 1/3，但使用寿命将只有原来的 1/3。因此我国规定了供电电压与用电设备端子电压的允许偏差。

① 供电电压允许偏差　由于输电线路具有阻抗，变压器作为电源也有内阻抗，因此当用户用电量大小发生变化时，这些阻抗上的压降也会随之变化，从而引起供电线路上各点电压的变化。要严格保证在任何时刻供电电压都为额定电压是不可能的。因此国家标准 GB/T 12325—2008《电能质量·供电电压允许偏差》规定了不同电压等级的允许电压偏差，见表 1-4。

② 用电设备端子电压允许偏差　用电设备都是按额定电压设计制造的，当用电设备端子电压实际值偏离额定值时，其性能将直接受到影响。而大多数用电设备在稍微偏离额定值的电压下运行时仍具有良好的技术指标。为此国家标准 GB 50052—2009《供配电系统设计规范》规定了用电设备端子电压允许偏差，见表 1-5。

表 1-4　供电电压允许偏差

线路额定电压	允许的电压偏差
35kV 及 35kV 以上	±5%
20kV 及 20kV 以下	±7%
220V	+7%，−10%

表 1-5　用电设备端子的电压允许偏差

名　　称	电压允许偏差值
电动机	±5%
一般工作场所照明灯	±5%
远离变电所的小面积一般工作场所照明灯	+5%，−10%
应急照明、道路照明和警卫照明	+5%，−10%
无特殊规定的其他用电设备	±5%

为了满足用电设备对电压偏差的要求，供配电系统可采用不同方法进行电压的调整，如正确选择无载调压型变压器的电压分接头或采用有载调压型变压器，合理减少系统的阻抗，改变系统的运行方式，尽量使系统的三相负荷均衡，采用无功功率补偿装置等措施。

（2）波形畸变

近年来，随着硅整流、晶闸管变流设备、微机和网络以及各种非线性负荷使用的增加，致使大量谐波电流注入电网，造成电压正弦波波形畸变，使电能质量大大下降，给供电设备及用电设备带来了严重危害，不仅使损耗增加，还使某些用电设备不能正常运行，甚至可能引起系统谐振，从而在线路上产生过电压，击穿线路设备绝缘；还可能造成系统的继电保护

和自动装置发生误动作；对附近的通信设备和线路产生干扰。因此国家标准 GB/T 24337—2009《电能质量·公用电网间谐波》规定了电压波形的畸变率，见表 1-6。

表 1-6　公共电网谐波电压（相电压）的限值

电网额定电压/kV	电压总谐波畸变率/%	各次谐波电压含有率/%	
		奇次	偶次
0.38	5.0	4.0	2.0
6	4.0	3.2	1.6
10			
35	3.0	2.4	1.2
66			
110	2.0	1.6	1.8

2. 频率的质量要求

在电力系统稳定的条件下，频率是一个全系统一致的运行参数。频率的稳定取决于电力系统有功功率的平衡，而电力系统中负荷是不断变化的，因此频率的波动是难免的。但频率超过规定范围的变化，将对发电设备和用电设备的工作产生严重的影响。我国采用的额定频率为 50Hz，当电网低于额定频率运行时，所有电力用户的电动机转速都将相应降低，因而工厂的产量和质量都将不同程度地受到影响。频率的变化还将影响到计算机、自控装置等设备的准确性，影响供配电系统运行的稳定性，因而对频率的要求比对电压的要求更严格。

频率的质量是以频率偏差来衡量的。在正常情况下，频率的允许偏差是根据电网的装机容量来确定的；在事故情况下，频率允许的偏差更大。表 1-7 给出了电力系统频率的允许偏差。

表 1-7　电力系统频率的允许偏差

运行情况	允许频率偏差
正常运行	300×10^4kW 及以上为 ± 0.2Hz 300×10^4kW 及以下为 ± 0.5Hz
非正常运行	± 1.0Hz

3. 供电的可靠性要求

供电的可靠性是指确保用户能够随时得到供电，它是衡量供电质量的一个重要指标，涉及系统中供电电源的保证率、输配电设备的完好率以及各个环节设备的事故率等。供电的可靠性可用供电企业对电力用户全年实际供电小时数与全年总小时数（8760h）的百分比值来衡量，也可用全年的停电次数和停电持续时间来衡量。我国在《中国县（市）电力企业现代化标准》中，要求城网供电可靠率应达到 99.8% 以上，农网应达到 98% 以上。

造成用户供电中断的原因主要包括预安排停电、设备故障停电以及系统停电三个方面。其中，预安排停电占绝大多数。供配电系统应不断提高供电可靠性，减少设备检修和电力系统事故对用户的停电次数及每次停电持续时间。供电设备计划检修应做到统一安排。供电设备计划检修时，对 35kV 及 35kV 以上电压供电的用户，每年停电不应超过 1 次；对 10kV 供电的用户，每年停电不应超过 3 次。

六、电力负荷的分级及其对供电的要求

1. 电力负荷的概念

电力负荷又称电力负载。它有两种含义：一是指耗用电能的用电设备或用电单位（用户），如重要负荷、不重要负荷、动力负荷、照明负荷等；另一是指用电设备或用电单位所耗用的电功率或电流大小，如轻负荷（轻载）、重负荷（重载）、空负荷（空载）、满负荷（满载）等。电力负荷的具体含义视具体情况而定。

2. 电力负荷的分级及其对供电电源的要求

在用电单位中，各类负荷的运行特点及重要性是不一样的，它们对供电的可靠性和电能质量的要求也不相同。为了合理选择供电电压并拟定供配电系统的方案，根据对供电可靠性的要求及中断供电造成的损失或影响程度，可将电力用户负荷分为以下三类。

① 一级负荷　一级负荷是指中断供电将造成人身伤亡危险，或造成重大设备损失且难以修复，或给国民经济带来重大损失，或在政治上造成重大影响的电力负荷，如火车站、大会堂、重要宾馆、通信交通枢纽、重要医院的手术室、炼钢炉、国家级重点文物保护场所等。

一级负荷要求由两个独立电源供电，当其中一个电源发生故障时，另一个电源应不致同时受到损坏。一级负荷中特别重要的负荷，除上述两个电源外，还必须增设应急电源。常用的应急电源有：独立于正常电源的发电机组、专门供电线路、蓄电池和干电池。

② 二级负荷　二级负荷是指中断供电将在政治和经济上造成较大损失的电力负荷，如主要设备损坏、大量产品报废、连续生产过程被打乱需较长时间才能恢复、重点企业大量减产等。

二级负荷要求由双回路供电，供电变压器也应有两台（这两台变压器不一定在同一变电所）。当其中一回路或一台变压器发生常见故障时，二级负荷应不致中断供电，或中断供电后能迅速恢复供电。

③ 三级负荷　三级负荷为一般电力负荷，所有不属于上述一、二级负荷的均属于三级负荷。由于三级负荷为不重要的一般负荷，因此它对供电电源无特殊要求，一般由一个电源供电。

七、供配电仿真系统概述

供配电仿真系统采用物理仿真的方法建立了以 10kV 变电站、中低压配电线路和负荷等组成的典型一次系统，以及继电保护、自动装置等组成的二次系统。

1. 模拟变比

物理仿真是将实际电网参数按一定比例缩小，形成一个缩型的物理系统。为了保证仿真的真实性，各种物理量缩小的比例应满足系统本身的物理定律约束。一般做法是根据需要先选定容量比和电压比，其他物理量的比例可由这两个量的比例关系求得。

本设计中，选定容量比为 400，即仿真系统的变压器容量为 5kV·A，则被仿真变压器容量应为 5kV·A×400＝2000kV·A。对于电压比的确定，由于仿真系统工作于 380V 比较合适，所以电压比可按实际电网的电压与模拟电压之比确定。例如，对于 10kV 电网，电压比为 10kV/380V＝26。由这两个模拟变比就可以确定电流比和阻抗比。见表 1-8。

表 1-8　10kV 模拟变比

容量比	电压比	电流比	阻抗比	导纳比
400	26	16	1.56	0.64

2. 被仿真系统结构

本仿真系统针对典型工矿企业用 10kV 高压配电所、车间变电所及 400V 低压供电系统进行仿真，可实现供配电系统的各种操作、保护动作和运行方式的仿真。被仿真的 10kV 配电所电气主接线如图 1-13 所示，两条 10kV 进线向配电所供电，配电所 10kV 母线主接线方式为单母线分段接线，10kV Ⅰ、Ⅱ 段母线各连接数条出线，另有两台所用电变压器向配电所提供照明和动力等电源。10kV Ⅰ、Ⅱ 段母线各有一条出线经电缆线路向车间变电所供电。车间变电所主接线如图 1-14 所示，两台 10kV/400V 变压器向 400V 母线供电，400V 母线采用单母线分段结构,每段母线上连接多条低压供电线路。低压母线上配有2套无功补偿电容器。

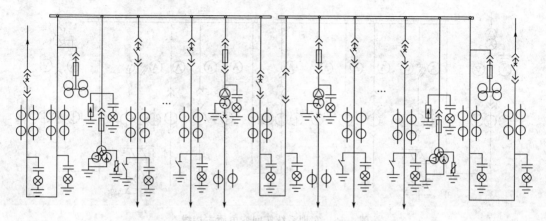

图 1-13　被仿真高压配电所主接线

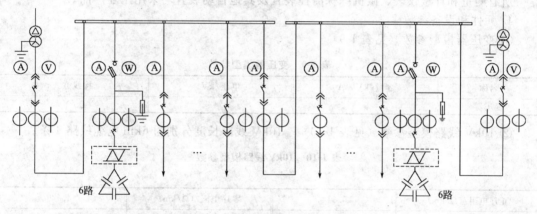

图 1-14　被仿真车间变电所主接线

3. 仿真系统的实现

仿真系统的电气主接线与被仿真的实际供配电系统电气主接线基本相同,但为了降低仿真系统的规模又不失典型性,本仿真系统中高压配电所每段母线上只配置两条出线;车间变电所每段低压母线上只配置3条出线,如图1-15和图1-16所示。

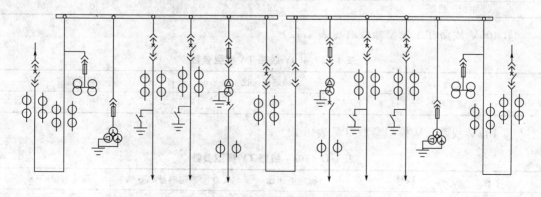

图 1-15　实训系统高压配电所主接线

仿真系统的工作电压为 400V,供电变压器的变比为 1:1。

10kV 线路用 Ⅱ 型电路模拟;负荷用可调电抗和电阻并联来模拟。

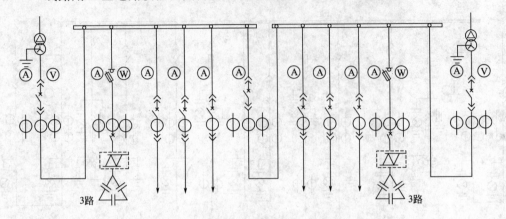

图 1-16　实训系统车间变电所主接线

所有测量和计量仪表、微机综保测控装置及其他自动装置均采用工业产品。

4. 元件和设备参数

① 变压器模型参数（见表 1-9）

表 1-9　变压器模型参数

名称	容量/kV·A	电压/kV	接线方式
变压器	5	0.4	△/Y₀

② 10kV 线路模型参数（见表 1-10）　　10kV 线路长度分别为 6km 电缆线路 4 条。

表 1-10　10kV 线路模型参数

正序电阻/(Ω/km)	0.114	零序电阻/(Ω/km)	1.14
正序电抗/(Ω/km)	0.061	零序电抗/(Ω/km)	0.213
正序导纳/(S/km)	157.08×10^{-6}	零序导纳/(S/km)	157.08×10^{-6}

③ 10kV 线路 TA 模型参数（见表 1-11）

表 1-11　10kV 线路 TA 模型参数

名称	额定电流比	准确等级
电流互感器	10/5	0.2

④ 400V 线路 TA 模型参数（见表 1-12）

表 1-12　400V 线路 TA 模型参数

名称	额定电流比	准确等级
电流互感器	5/5	0.2

⑤ 10kV 线路 TV 模型参数（见表 1-13）

表 1-13　10kV 线路 TV 模型参数

名称	标号	额定电压比	额定容量/V·A	最大容量/V·A
电压互感器	JDGJ	$\dfrac{380}{\sqrt{3}} / \dfrac{100}{\sqrt{3}} / \dfrac{100}{3}$	50	300

⑥ 无功补偿装置 系统无功电源容量为 2.1kvar，每段母线接 1.05kvar，分成 0.15kvar、0.3kvar 和 0.6kvar 三组进行投切，每组电容通过接触器控制其投切。

⑦ 消弧线圈 仿真系统总对地总电容电流为 1.2A，每段母线对地电流为 0.6A。取消弧线圈额定电流为 1A，额定容量为 440V·A，调节范围为 0.6～1.0A。

⑧ 负荷 负荷共 4 组，工作电压 380V，每组电流 5A，功率因数可在 0.76～0.96 之间调节。

⑨ 开关设备 用交流接触器代替断路器，用 HZ5 系列低压组合开关代替隔离开关。

5. 仿真系统的组成和工作原理

(1) 电源箱

电源箱为整个仿真系统提供和分配交流电源，包括向控制回路提供控制电源，向主回路提供两路主电源，用来模拟两条 10kV 进线。电源箱内主电路如图 1-17 所示。

空气开关 QC 为电源箱内总电源开关，QC0 为控制回路和微机保护回路的总电源开关。QS0-1 和 QS0-2 分别为进线Ⅰ和进线Ⅱ两路主电源的切断开关，起隔离开关作用。QS0-3 为控制回路电源的切断开关，QS0-4 为微机保护回路电源的切断开关。采用投退按钮来控制电源是否送电，一方面操作比较灵活，更重要的是在电源停电后各供电回路将自动跳开，防止再送电时对人身和设备造成威胁。KM0 为电源箱总电源的一个接触器，拥有两个按钮，接触器闭合时，红灯亮；当接触器断开时，绿灯亮。电源箱控制回路如图 1-18 所示。

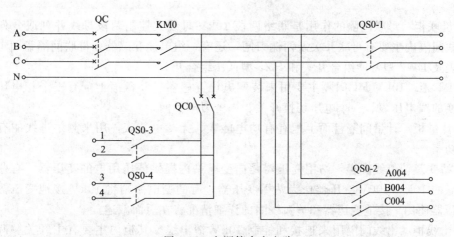

图 1-17　电源箱内主电路

(2) 10kV 配电间隔柜

实际 10kV 系统一般采用室内布局，开关采用就地分散控制方式，各种设备按功能配置在不同的间隔柜中。典型的间隔配置有进线柜、PT 柜、母联柜、出线柜、站变柜等。每个配电柜称为一个间隔。为了提高模拟系统的真实感，模拟系统的 10kV 部分也采用了间隔结构，共分成 14 个间隔，包括 2 个进线间隔、2 个 PT 间隔、母联开关和隔离间隔各 1 个、所变间隔 2 个、计量间隔 2 个、出线间隔 4 个。由于模拟系统配件尺寸较小，为了节省设备占地空间，配电柜分成 2～3 个间隔。Ⅰ段母线的进线、Ⅱ段母线的进线、母联间隔组成一个配电柜；Ⅰ段和Ⅱ段母线上 2 条 10kV 出线间隔分别组成一个配电柜，计量间隔、站变间隔和 PT 间隔组成一个配电柜。这样，模拟系统的 10kV 的 14 个间隔共组成 6 个配电柜。10kV 配电间隔柜中的开关设备和刀闸设备均配置在相应间隔内，控制手柄置于间隔盘面上，就地进行控制。

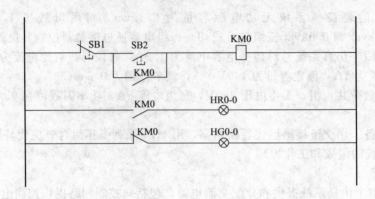

图 1-18　电源箱控制回路

① 进线柜（间隔）　10kV 进线间隔上端连接电源箱，下端连接 10kV 母线Ⅰ、Ⅱ，是将电源箱输出端连接到 10kV 母线的间隔单元。进线间隔内主要有一个万能组合开关、低压组合开关、一组电流互感器等设备。其盘面上有万能组合开关控制旋钮、低压组合开关控制旋钮等，还有一个电流表，用来测量三相电流。

用万能组合开关代替断路器，用 HZ5 系列低压组合开关代替隔离开关。

当低压组合开关控制旋钮打到 0 位，表示开关断开，当打到 1 位，表示开关闭合。

② 母联柜　母联间隔的作用是联络两段 10kV 母线，控制两段母线并列或分列运行方式。母联间隔内主要有母联开关及两侧刀闸，还有一组电流互感器。母联间隔盘面上配有三相电流表及 LW2 型万能组合开关和 HZ5 型低压组合开关。

③ PT 柜　10kV PT 间隔主要用来装配电压互感器，其盘面上配有三个相电压表、一个可切换的线电压表、一个电压切换开关、一个刀闸手柄。

④ 计量柜　计量间隔盘面上配有有功电能表、无功电能表，用来测量进线的有功功率和无功功率。

⑤ 站变及消弧线圈柜　站用变压器是向变电站内提供低压用电的变压器。有些变电站使用独立的 10kV/400V 变压器作为站用变压器，有的变电站则将 10kV 接地变压器兼作为站用变压器使用。接地变压器和消弧线圈的详细情况将在后面叙述。

⑥ 出线柜　出线间隔用来连接和控制 10kV 馈出线。其柜内主要有主开关、两侧的刀闸、接地刀闸、一组电流互感器等设备。盘面上配有三相电流表。为了提高实验效果，每个线路间隔还配置了零序电流表，部分线路间隔配置了有功功率表和功率因数表。在模拟系统 10kV 母线的每条出线上都加装了一个空气开关 QC，在这里起短路和过流保护作用。这些空气开关装在柜子内部，正常情况下不需要对其操作。若发生跳闸，则排除故障后打开柜门合上开关即可。

10kV 系统主接线如图 1-19 所示。

（3）模拟操作屏

实际变电站都配有一面模拟操作屏，在模拟操作屏绘出本变电站的电气主接线图，在断路器和隔离开关的位置用可操作的小开关表示，用指示灯显示开关闭合和断开状态。在模拟操作屏上一方面可以直观地看到变电站的电气主接线图，另一方面对电网的开关操作可以先在模拟操作屏上进行演习操作，确认无误后再进行真实操作。为了实验方便，本模拟实验系统模拟操作屏配置了一组指示灯，用于在屏上模拟操作的指示，在进行演习操作时，相应指

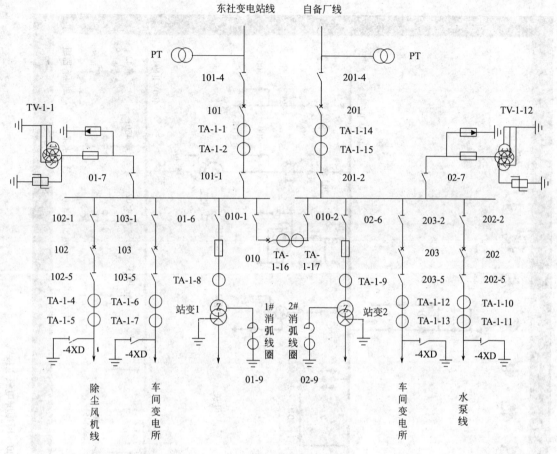

图 1-19　10kV 系统主接线

示灯亮；当开关置于闭合位置时红灯亮，当开关置于断开位置时绿灯亮。模拟屏电气主接线如图 1-20 所示。

（4）模拟断路器的工作原理

高压电网中的断路器，在现场又经常叫作开关，是一种可以切断大电流的开关装置。断路器有两个电磁操作线圈，一个是合闸线圈，一个是分闸线圈。当合闸线圈通电时，断路器合闸，这时合闸线圈断电后断路器仍保持合闸状态。当分闸线圈通电时，断路器跳闸，这时分闸线圈断电后断路器仍保持分闸状态。工业现场通常使用具有 4 挡位的万能转换开关来操作断路器的分合闸。4 个挡位分别是合闸位、预合（合后）位、分闸位、预分（分后）位。其中合闸位和分闸位为自复式，自动复位到合后位置和分后位置。在操作开关的附近一般配置有红绿两个指示灯，当断路器处于合闸状态时红灯亮，当断路器处于分闸状态时绿灯亮；当断路器处于合闸状态而操作开关转向预分位置时，红灯闪烁，当断路器处于分闸状态而操作开关转向预合位置时绿灯闪烁，以提醒操作人员注意。指示灯的闪烁是通过将指示灯切换到闪光母线来实现的。

在仿真系统中，采用交流接触器代替真实断路器。由于交流接触器的操作方法与高压断路器的操作方法不同，因此控制电路也是不同的。为了使模拟系统断路器操作过程与真实系统断路器操作过程一致，采用 LW42A2 型万能转换开关作为交流接触器的操作开关。LW42A2 型万能转换开关各挡位触点通断关系见表 1-14。模拟断路器操作控制电路如图 1-21 所示。

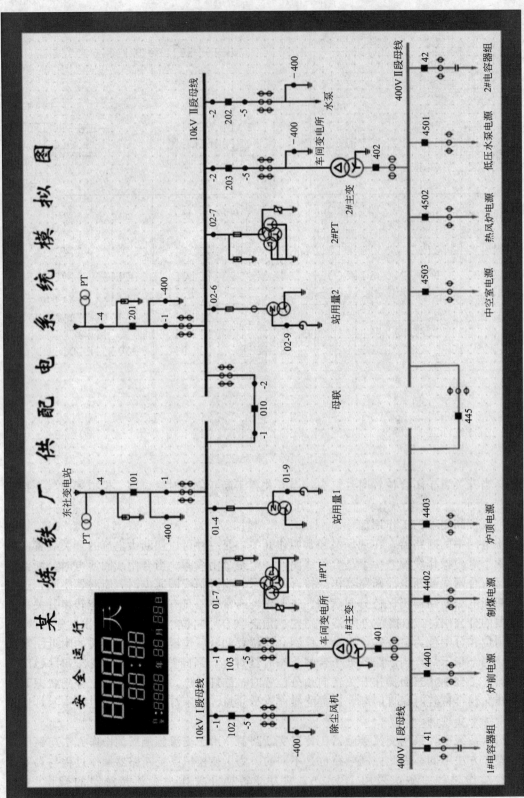

图1-20 模拟屏电气主接线

表 1-14 LW42A2 型万能转换开关各挡位触点通断关系

触点＼挡位	分后 ← 90°	预合 ↑ 0°	合 ↗ 45°	合后 ↑ 0°	预分 ← 90°	分 ↙ 135°
1-2		×		×		
3-4	×				×	
5-6			×			
7-8						×
9-10		×	×	×		
11-12	×				×	×

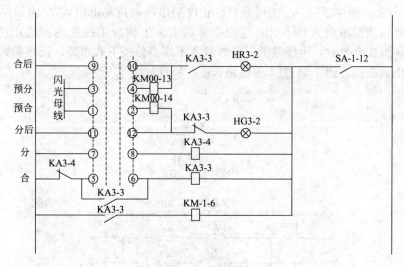

图 1-21　模拟断路器的操作原理

在图 1-21 中，当转换开关打到合挡位，5、6 触点和 9、10 触点接通，5、6 触点线路上的 KA3-3 继电器工作，KA3-3 所对应的常开触点闭合，常闭触点断开，使得 HR3-2 红灯亮，接触器 KM-1-6 闭合；当开关逆时针旋转至合后挡位时，1、2 触点接通，9、10 触点仍然处于接通状态，5、6 触点断开，继电器 KA3-3 仍处于工作状态，红灯 HR3-2 仍然亮；当转换开关由合后挡位切换到预分挡位时，3、4 触点和 11、12 触点接通，其他触点断开，KA3-3 继电器所对应的常开触点仍闭合，常闭触点仍断开，闪光继电器 KM00-13 接通，红灯 HR3-2 闪烁；当转换开关打到分挡位，7、8 触点和 11、12 触点接通，其他触点断开，7、8 触点线路上的 KA3-4 继电器接通，KA3-4 相应的常闭触点 KA3-4 断开，因此 5、6 触点线路上的 KA3-3 继电器断开，KA3-3 继电器相应的常开触点断开，常闭触点闭合，绿灯 HG3-2 亮，接触器 KM-1-6 断开；松手后开关回复到分后挡位，3、4 触点和 11、12 触点接通，绿灯 HG3-2 仍然亮；当开关由分后挡位切换到预合挡位时，1、2 触点和 9、10 触点接通，闪光继电器 KM00-14 接通，绿灯 HG3-2 闪烁。当转换开关再次打到合挡位时，整个过程完成了一次循环切换工作，本仿真系统控制开关变位实现了指示灯闪烁功能。

（5）表计的指示

为了增强仿真系统的真实感，本系统中的指示仪表均按实际电网的对应值进行指示。这主要通过合理选配表盘的刻度变比实现。由于所有表计都是从电压、电流互感器的二次侧读取数据的，所以测量值首先应乘以互感器的变比。这样获得的是仿真系统的实际电压、电流值。将实际值再乘以模拟变比就是被模拟的高压电网的相应值。所以表盘的刻度变比应该是互感器变比乘以模拟变比。

对于 10kV 部分的电压表，表盘刻度变比应为（400V/100V）×（10kV/400V）。其他类同。为了表盘配置方便，这里 10kV 系统电流模拟比近似取为 1.6。

对于有功、无功电能表，其计数值为电压互感器和电流互感器二次侧为基准的电量计算值，其实际电量值应乘以电压互感器和电流互感器的变比，换算到高压系统还需乘以容量模拟比。

（6）输电线路的等值电路

高压输电线路的模型可以根据不同的需要有不同的等值和简化。线路的模型主要由三部分组成：① 线路本身电阻和电抗；② 线路与大地之间的等值电容和泄漏电阻；③ 大地的电阻和电抗，该值影响到线路与大地之间形成的零序回路。因此，输电线路的等值电路可以表示成图 1-22 所示。图中 X_1、R_1 为线路单位长度的串联电抗和电阻，B_1 为线路单位长度上对地电纳，线路泄漏电阻忽略不计。这三个参数实际上构成了线路的一组正序参数。B_N、X_N、R_N 为一组综合参数，由线路的正序参数和零序参数按下式求得。正序参数和零序参数一般通过查手册获得。图 1-22 中 1 为线路长度（km）。

$$R_N = \frac{R_0 - R_1}{3} \tag{1-7}$$

$$X_N = \frac{X_0 - X_1}{3} \tag{1-8}$$

$$B_N = \frac{3B_0 B_1}{B_1 - B_0} \tag{1-9}$$

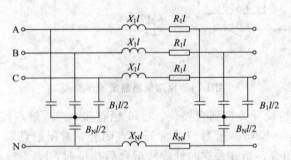

图 1-22　输电线路的一般等值电路

在没有特殊要求的情况下，输电线路模型参数可以简单地用一个串联电阻和电抗来等效。在本实训系统中，10kV 线路模型，由于涉及到单相接地故障、消弧线圈补偿等内容，所以采用了图 1-22 所示的一般模型。

（7）接地故障、绝缘监视系统

电力系统中性点接地方式是指电力系统星形接法电力设备的中性点与大地之间的连接方式。110kV 及以上的电网一般都采用直接接地的方式。而 35kV、10kV、6kV 配电网则多采用中性点不接地、经消弧线圈接地方式，称为非有效接地方式。非有效接地电网又称小电流接地电网。由于中性点不接地，当线路发生单相接地故障时，不形成短路，故障电流很小，故不必立即跳闸切除故障，电网可以继续向负荷供电。由于配电网发生单相接地故障的概率很高，因此采用非有效接地方式可以极大提高供电可靠性。但长时间的单相接地运行状态对配电网络及设备、人畜等均构成威胁，所以必须尽快确定故障线路并予以切除。规程要求单相接地故障状态运行时间不应超过 2h。

电力系统中单相接地故障占电力系统故障的 80% 以上。尤其在配电网中，单相接地故障经常发生；在雷雨季节，有时一天就可能发生几次单相接地故障。单相接地故障不像短路故障那样由继电保护装置自动地迅速切除，而是人工进行排查和处理。因此，处理单相接地故障是变电运行人员经常需要做的工作。

发生单相接地故障时，电网对地电压产生不平衡，就会产生零序电压，导致电压互感器开口三角产生电压。在开口三角两端接一电压继电器，当发生单相接地故障时电压继电器动作，发出报警信号。这一套系统称为绝缘监视系统。其接线图如图 1-23 所示。绝缘监视报警及复位逻辑如图 1-24 所示。

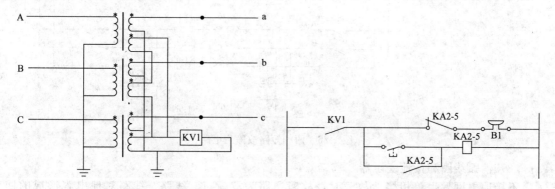

图 1-23　电压互感器零序电压获取接线　　　　　　图 1-24　绝缘监视报警及复位逻辑

　　如上所述，当小电流接地电网发生单相接地故障时，需要人工排查故障。故障排查方法是依次对各条线路拉闸，当故障线路被拉闸时，报警信号消失，即可确定故障线路。

　　本仿真系统在 10kV 线路上设置了单相接地故障点。单相接地故障接线如图 1-25 所示。进行单相接地故障实验时，需要将故障点的接触器闭合，即可形成接地通路。接地支路通过接触器控制，接触器由按钮控制，置于线路柜上。在线路柜上就可以实现接触器的闭合和断开。本系统还能实现单相金属接地故障的功能，当闭合 SA-4 时就实现了单相金属接地故障。同时在控制回路还对三相接触器进行了互锁设置，当一相的接触器闭合时，其余两相的接触器不能实现闭合。

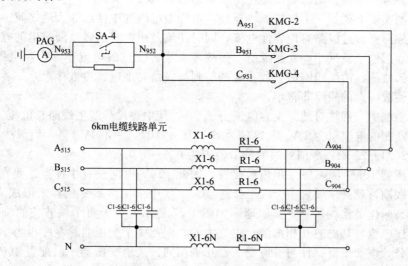

图 1-25　单相接地故障主电路图

　　本仿真系统还设置了两相短路故障（AB 相短路和 BC 相短路），两相短路故障接线如图 1-26 所示。进行两相短路故障实验时，需要将故障点的接触器闭合，在两相短路故障线路中，有两组短路电阻可以切换投入，当 SAG-5 组合开关闭合时，投入第一组短路电阻，闭合 SAG-13 组合开关，实现 AB 两相短路故障；当 SAG-6 组合开关闭合时，同时投入两组短路电阻，闭合 SAG-13 组合开关，实现 AB 两相短路故障，前后短路电流相差 1～2A。

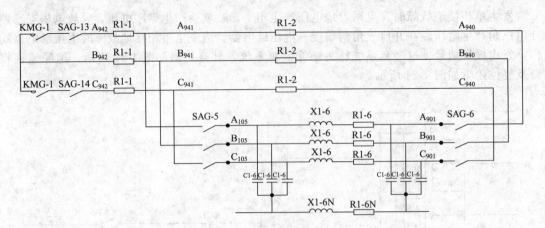

图 1-26　两相短路故障主电路

（8）消弧线圈和接地变压器

不接地电网发生单相接地故障时，故障通路为故障点、线路、线路对地电容形成的回路。由于线路对地电容非常小、容抗很大，所以流过故障点的电流非常小，属容性电流。显然，随着线路长度的增加，线路对地电容增大，单相接地故障电流也随之增大。电缆线路对地电容是架空线路对地电容的数十倍，所有电缆线路产生的单相接地电流远大于架空线路。

电力系统中的很多故障都带有电弧。当单相接地故障电流很小时，电弧难以维持，很容易自动熄灭，故障即可消失。但当单相接地故障电流较大时，就不容易自行熄灭。电弧主要有三个方面的危害：一是容易烧坏导线或设备；二是容易引起相间短路，使故障扩大；三是容易引起电网过电压。因此，当电网规模大、单相接地电流大时，电弧难以熄灭，长时间的燃弧状态是非常危险的。消弧线圈的作用就是加强电弧的熄灭。

消弧线圈实质上就是一个电抗器，连接在不接地电网的中性点和大地之间。发生单相接地故障时，故障点流过线路对地容性电流，同时还流过中性点消弧线圈产生的感性电流。由于容性电流和感性电流反相、互相抵消，使故障点实际流过的电流非常小，电弧容易消除，因此叫作消弧线圈。消弧线圈的参数一般调整到与线路对地电容参数接近，二者产生的电流几乎相等，使故障点的残留非常小。

本仿真系统中，网络对地总电容电流为 1.2A，其中每段母线上线路总电流为 0.6A。这里每个消弧线圈的电流取为 1A。其容量为 $S=UI=220\times1=220\text{V}\cdot\text{A}$。消弧线圈主电抗值 $X=U/I=220/1=220\Omega$。令消弧线圈调节范围为 0.6～1.0A。

电力变压器 10kV 侧一般采用角形接线，因此 10kV 电网没有中性点。要在 10kV 电网中加入消弧线圈，就必须设置一个人工接地点。工程中采用接地变压器来形成人工接地点。接地变压器又叫作 Z 形变压器，其原理图如图 1-27 所示。由于每个铁芯柱的绕组分成两部分，对于零序电流，其磁通互相抵消，阻抗为零。因此整个变压器对零序相当于短路。对于正、负序成分，该变压器特性与普通变压器几乎相同。接地变压器一般配置 400V 的二次绕组，用来向变电站供电，因此接地变压器可兼作为变电站用电变压器（站变）。本模拟系统也采用了这种设计，将消弧线圈与接地变压器安放在站变压器及消弧线圈柜中。

（9）负载的设计

负载采用固定的电阻串联电抗作为基本负载，再加上一组并联的电阻作为有功可调部分，一组并联电容作为无功可调部分。负载的组成结构如图 1-28 所示。

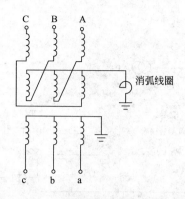

图 1-27　接地变压器原理

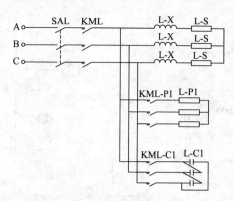

图 1-28　负载的组成结构

（10）备用电源自动投入

①备自投操作的基本原则　为保证供电的可靠性，电力系统经常采用两个或两个以上的电源进行供电，并考虑相互之间采取适当的备用方式。当工作电源失去电压时，备用电源由自动装置立即投入，从而保证供电的连续性，这种自动装置称为备用电源自动投入装置，简称 BZT。备用电源自动投入装置遵循的基本原则如下。

· 当工作母线上的电压低于检无压定值，并且持续时间大于时间定值时，备自投装置方可启动。各自投的时间定值应与相关的保护及重合闸的时间定值相配合。

· 备用电源的电压应工作于正常范围，或备用设备应处于正常的准备状态，备自投装置方可动作，否则应予以闭锁。

· 必须在断开工作电源的断路器之后，备自投装置方可动作。

工作电源消失后，不管其进线断路器是否已被断开，备自投装置在启动延时到了以后总是先跳该断路器，确认该断路器在跳位后，方能合备用电源的断路器。按照上述逻辑动作，可以避免工作电源在别处被断开，备自投动作后合于故障或备用电源倒送电的情况发生。

· 人工切除工作电源时，备自投装置不应动作。

装置引入进线断路器的手跳信号作为闭锁量，一旦采到手跳信号，立即使备自投放电，实现闭锁。

· 避免备用电源合于永久性故障。在考虑运行方式和保护配置时，应避免备自投装置动作使备用电源合于永久性故障的情况发生，一般通过引入闭锁量或检开关位置使备自投发电。例如，就主变低压侧分段开关备自投而言，变压器差动保护动作跳主变各侧时，一般表明主变本体发生故障，此时无需闭锁主变低压侧分段开关备自投；而变压器后备保护动作时，可能是低压侧母线或其出线上发生了故障，此时一般应闭锁低压侧分段开关备自投。

· 备自投装置只允许动作一次。以往常规的备用电源自动投入装置通过装置内部电容器的充放电过程来保证只动作一次。为了便于理解，微机装置仍然引用充放电这一概念，只不过微机备自投装置由软件通过逻辑判断实现备自投充放电。

当备自投充电条件满足时，经 10s 充电时间后，进入充电完毕状态。当放电条件满足、有闭锁信号或退出备自投时立即放电。

②仿真系统中备自投的实现方式　本仿真系统采用 KLD-9261 微机备用电源自投装置实现备用电源自动投入功能。10kV 仿真系统主接线如图 1-29 所示。

高压侧备投装置设有四种备投方式。

方式 1：KM-2 作为 KM-1 的备用，正常供电时 KM-1 处于合位，KM-2 处于分位，KM-7 处于合位。正常供电时，Ⅰ段母线三相有压且 KM-1 有流（或检有流退出）6s（合闸充电时间）后，母线电压消失，且 KM-1 处无流，延时时间到后，检测 KM-2 处电源（抽取

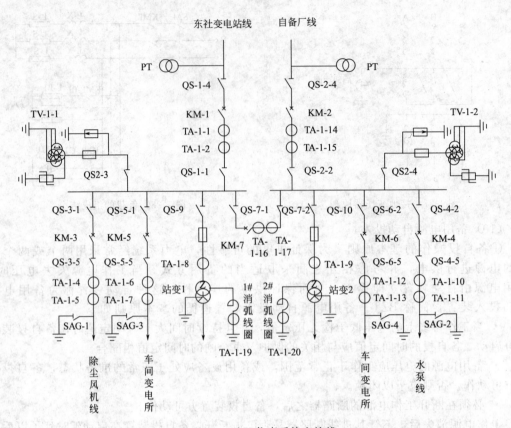

图 1-29　10kV 仿真系统主接线

电压 2）是否正常，如果 KM-2 处电源正常，断开 KM-1 并确认后合上 KM-2。

方式 2：KM-1 作为 KM-2 的备用，正常供电时 KM-2 处于合位，KM-1 处于分位，KM-7 处于合位。正常供电时，Ⅱ段母线三相有压且 KM-2 有流（或检有流退出）6s（合闸充电时间）后，母线电压消失，且 KM-2 处无流，延时时间到后，检测 KM-1 处电源（抽取电压 1）是否正常，如果 KM-1 处电源正常，断开 KM-2 并确认后合上 KM-1。

方式 3：KM-7 作为 KM-1 的备用，正常供电时 KM-1 处于合位，KM-2 处于合位，KM-7 处于分位。正常供电时，Ⅰ段母线三相有压且 KM-1 有流（或检有流退出）6s（合闸充电时间）后，母线电压消失，且 KM-1 处无流，延时时间到后，检测 KM-2 处电源（Ⅱ段母线电压）是否正常，如果 KM-2 处电源正常，断开 KM-1 并确认后合上 KM-7。

方式 4：KM-7 作为 KM-2 的备用，正常供电时 KM-1 处于合位，KM-2 处于合位，KM-7 处于分位。正常供电时，Ⅱ段母线三相有压且 KM-2 有流（或检有流退出）6s（合闸充电时间）后，母线电压消失，且 KM-2 处无流，延时时间到后，检测 KM-1 处电源（Ⅰ段母线电压）是否正常，如果 KM-1 处电源正常，断开 KM-2 并确认后合上 KM-7。

【任务实施】　搜集、整理供配电系统产品及应用等相关信息

每 5～6 人进行随机组合，通过因特网或专业教学资源等方式，搜集整理 2～3 个供配电系统产品及应用方面的相关信息，然后进行学习评价，并依据评价标准（见附录 2）给出成绩。

收集的信息应包括供配电系统成套配电装置的型号、制造商、接线方式、系统构成、一二次设备及具体功能、运行与维护的要求和巡视检查项目、典型应用案例等。

【知识拓展】　电力系统图的阅读

一、电力系统图的特点

电力系统图是从总体上描述电力系统的，这个系统可以大到一个省、一个区域的电力网，也可以小到一个地区、一个用电单位的供电关系。电力系统图所描述的内容是电力系统的基本组成和主要特征，而不是全部组成和全部特征，因此有些元件在图中就没有表示出来。通过阅读系统图，可以帮助人们了解整个电力系统的规模及电气工程量的大小，概括了解整个系统的基本组成、相互关系和主要特征。电力系统图表示的是一个多线系统，但一般都采用单线表示法。

二、电力系统图的阅读

图 1-30 所示为用单线绘制的某电力系统图。从图 1-30 中可看出，该系统内有四个发电厂，即两个火力发电厂（火力发电厂-1 和火力发电厂-2）、一个热电厂、一个水力发电厂。水力发电厂的发电机直接与升压变压器连接，升压到 220kV，再用双回路 220kV 高压远距离输电到变电所-1。热电厂位于热能用户中心，对附近用户用发电机电压 10kV 直接配电，同时还通过一台升压变压器和一条 35kV 线路与变电所-1 连接。火力发电厂-1 的 10kV 母线电压通过升压变压器升压到 110kV，并与 110kV 电网相连，同时用 10kV 线路向附近用户和配电变压器（变电所-6）供电，配电变压器将电压降到 220/380V 供给低压用户。火力发电厂-2 直接将发电机出口电压升高到 110kV，输出电压一方面与 110kV 电网相连，另一方面送电至变电所-4。

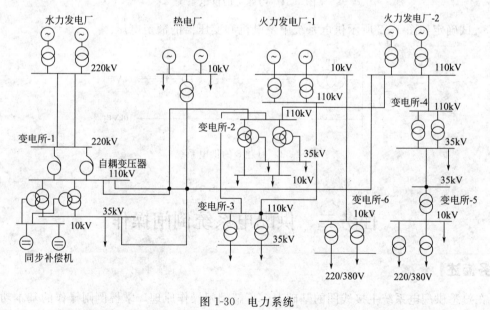

图 1-30　电力系统

变电所-1 有两台自耦变压器，将 220kV 电压降到 110kV，并且还有两台三绕组变压器，除连接 110kV 和 35kV 两种电压等级的电网外，低压绕组采用 10kV 电压供给两台同步补偿机，以满足电网中无功功率补偿的需要。变电所-2 有两台三绕组变压器，其电压等级为 110kV、35kV 和 10kV。变电所-3 称为穿越变电所，有两台双绕组变压器，平时有 110kV 的电压穿越变电所。变电所-4 是地区变电所，由 110kV 线路输入电能，降压后供给变电所-5 和 35kV 用户。变电所-6 是终端变电所，将 10kV 电压降为用电设备使用的 220/380V 电压。

该系统内共有五个电压等级：220kV、110kV、35kV、10kV、220/380V。从中性点的运行方式来讲，220kV、110kV采用中性点直接接地的运行方式；35kV采用中性点经消弧线圈接地的运行方式；10kV采用中性点不接地的运行方式；220/380V采用中性点直接接地的运行方式。

【学习评价】

1. 什么是电力系统？什么是电力网？试述电力系统的作用和组成？

2. 用户供配电系统由哪些部分组成？在什么情况下应设总降压变电所或高压配电所？

3. 发电机的额定电压、用电设备和变压器的额定电压是如何规定的？说明理由。

4. 供电的质量指标包括哪些？

5. 电力系统的中性点运行方式有几种？中性点不接地系统和中性点直接接地系统在发生单相接地时各有什么特点？

6. 电力负荷按重要性可分为哪几级？各级负荷对供电电源有什么要求？

7. 试确定如图1-31所示的供电系统中变压器T1和线路WL1、WL2的额定电压。

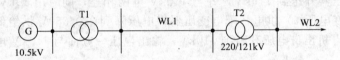

图1-31 习题7的供电系统

8. 试确定如图1-32所示供电系统中发电机和变压器的额定电压。

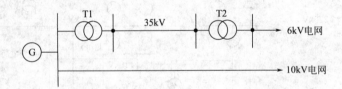

图1-32 习题8的供电系统

任务二 供配电系统倒闸操作

【任务描述】

在熟悉供配电系统主接线图的基础上，了解倒闸操作原理，掌握倒闸操作的基本功。在此基础上，对10kV进线、10kV母线分段、10kV配电变压器、10kV出线、400V低压出线及400V低压运行方式转换进行倒闸操作，填写倒闸操作票。

【知识链接】

一、倒闸操作、操作票

电气设备通常有三种状态，分别为运行、备用（包括冷备用及热备用）和检修。电气设备由于周期性检查、试验或处理事故等原因，需操作断路器、隔离开关等电气设备来改变电气设备的运行状态，这种将设备由一种状态转变为另一种状态的过程就叫倒闸，所进行的操作称为倒闸操作。

　　倒闸操作是电气值班人员及电工的一项经常性的重要工作，其操作、验电和挂地线是倒闸操作的基本功。倒闸操作有正常情况下的操作和有事故情况下的操作两种。在正常情况下应严格执行"倒闸操作票"制度。

　　操作票又叫倒闸操作票，就是将电气设备从一种状态转到另一种状态的过程，中间的操作顺序可以写成操作票，操作设备的过程严格按照操作票的顺序执行。在电力系统中，操作由两个人一起操作，其中对设备较为熟悉者作监护人，这样可以减少事故发生的概率。

二、变电站开操作票的流程

　　1. 发布及接受操作预告

　　① 值班调度员发布操作预告时，应准确、清晰、使用规定的操作术语和设备双重名称，即设备名称和调度编号，同时应说明操作目的和注意事项。

　　② 值班负责人接受操作预告时，应明确操作任务、范围、时间、安全措施及被操作设备的状态，值班负责人应将接受的操作预告记入值班记录簿（或操作记录簿）中，并向发布人复诵一遍，得到其同意后生效。

　　2. 交代操作任务

　　① 值班负责人根据操作预告，向操作人和监护人交代操作任务。

　　② 操作人和监护人按照值班负责人交代的操作预告，依据工作任务、系统运行方式、现场设备运行情况，确定操作方案，由操作人准备填写操作票。

　　3. 填写操作票

　　操作人根据值班负责人交代的操作任务和记录，明确操作任务的具体内容及执行本次操作的目的，操作设备的对象，核对仿真系统图版或接线图，核对变电站典型操作票，逐项填写操作票或计算机打印操作票。

【任务实施】　倒闸操作

一、10kV 进线倒闸操作、操作票

　　1. 正常运行方式

　　10kV 系统进线主接线如图 1-33 所示。

　　10kV 东社变电站线在 10kV Ⅰ 段母线运行，101 断路器、101-4 隔离开关、101-1 隔离开关在合闸位置。10kV 自备电厂线在 10kV Ⅱ 段母线运行，201 断路器、201-4 隔离开关、201-1 隔离开关在合闸位置。10kV 分段 010 断路器在拉开位置，010-1 隔离开关、010-2 隔离开关在合闸位置。10kV 分段 010 断路器自投装置在投入位置。10kV 除尘风机线、10kV 车间变电所、10kV Ⅰ 段母线 TV、1 号变压器在 10kV Ⅰ 段母线运行，10kV 除尘风机线 102 断路器、102-1 隔离开关、102-5 隔离开关均在合闸位置。10kV 车间变电所线 103 断路器、103-1 隔离开关、103-5 隔离开关均在合闸位置。10kV Ⅰ 段母线 TV 线 01-7 隔离开关处于合闸位置。10kV 水泵线、10kV 车间变电所、10kV Ⅱ 段母线 TV、2 号变压器在 10kV Ⅱ 段母线运行，10kV 水泵线 202 断路器、202-2 隔离开关、202-5 隔离开关均在合闸位置。10kV 车间变电所线 203 断路器、203-2 隔离开关、203-5 隔离开关均在合闸位置。10kV Ⅱ 段母线 TV 线 02-7 隔离开关处于合闸位置。

　　按照正常运行方式，给整个系统送电，按顺序进行操作，从而实现正常运行状态。

　　首先在模拟屏上进行倒闸操作演练，直到正确、熟练为止。

　　2. 10kV 进线倒闸操作、操作票

　　按下述操作票进行倒闸操作，操作设备的过程严格按照操作票的顺序执行。操作由两个

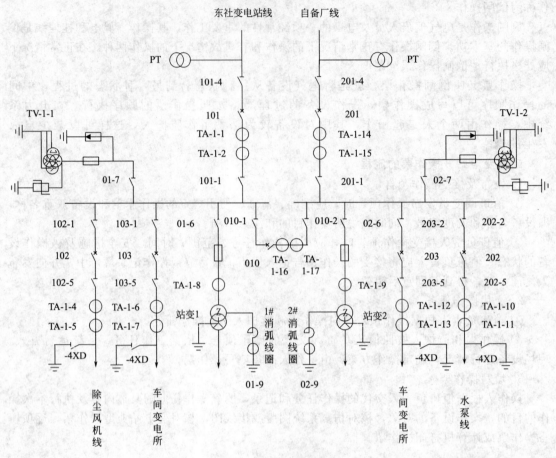

图 1-33　10kV 系统主接线

人一起操作，一人监护，一人执行。每完成一步，作标记。

① 10kV 自备电厂线 201 断路器由运行转为冷备用（表 1-15）

表 1-15　10kV 自备电厂线 201 断路器由运行转为冷备用

变电站		操作时间开始时间：　年　月　日　时　分 操作时间终了时间：　年　月　日　时　分
操作任务:10kV 自备电厂线由运行转为冷备用		
顺序		操作项目
1		拉开 10kV 自备电厂线开关 201
2		检查 10kV 自备电厂线开关 201 三相确已拉开
3		拉开 10kV 自备电厂线刀闸 201
4		检查 10kV 自备电厂线刀闸 201 三相确已拉开
备注:1. 进线线路停电顺序:应先拉开断路器开关,检查线路确已拉开后,再拉开负荷侧隔离开关,最后拉开进线电源侧 　　　隔离开关 　　2. 此操作是在 10kVⅡ段母线车间变电所线、10kV 水泵线全部停电后进行的操作		

操作人:　　　　　　　监护人:　　　　　　　值班负责人:

② 10kV 自备电厂线 201 断路器由冷备用转为检修（表 1-16）

③ 10kV 自备电厂线 201 断路器由检修转为冷备用（表 1-17）

④ 10kV 自备电厂线 201 断路器由冷备用转为运行（表 1-18）

二、10kV 母线分段倒闸操作、操作票

1. 正常运行方式

表 1-16　10kV 自备电厂线 201 断路器由冷备用转为检修

变电站		操作时间开始时间：　年　月　日　时　分
		操作时间终了时间：　年　月　日　时　分

操作任务：10kV 自备电厂线 201 断路器由冷备用转为检修

顺序	操作项目
1	在 10kV 自备电厂线 201-4 隔离开关电源侧验电确无电压
2	在 10kV 自备电厂线 201-4 隔离开关电源侧装设接地线
3	在 10kV 自备电厂线 201-1 隔离开关母线侧验电确无电压
4	在 10kV 自备电厂线 201-1 隔离开关母线侧装设接地线

备注：1. 装设接地线必须先接接地端，后接导体端，且必须接触良好，严禁用绕线方式接地
　　　2. 验电要用合格的相应的电压等级的专用验电器
　　　3. 验电确无电压必须对线路 A、B、C 三相逐一验电确无电压
　　　4. 装设接地线时，工作人员应使用绝缘棒或戴绝缘手套，人体不得碰触接地体
　　　5. 操作人在装设接地线时，监护人严禁帮助操作人拉拽接地线，以免失去监护操作

操作人：　　　　　　　监护人：　　　　　　　值班负责人：

表 1-17　10kV 自备电厂线 201 断路器由检修转为冷备用

变电站		操作时间开始时间：　年　月　日　时　分
		操作时间终了时间：　年　月　日　时　分

操作任务：10kV 自备电厂线 201 断路器由检修转为冷备用

顺序	操作项目
1	拆除 10kV 自备电厂线 201-4 隔离开关电源侧接地线
2	检查 10kV 自备电厂线 201-4 隔离开关电源侧接地线确已拆除
3	检查 10kV 自备电厂线 201-4 隔离开关电源侧确无接地短路
4	拆除 10kV 自备电厂线 201-1 隔离开关母线侧接地线
5	检查 10kV 自备电厂线 201-1 隔离开关母线侧接地线确已拆除
6	检查 10kV 自备电厂线 201-1 隔离开关母线侧确无接地短路

备注：1. 拆除接地线必须先拆除导体端，后拆接地端
　　　2. 拆除导体端接地线时必须 A、B、C 三相全部拆除
　　　3. 检查确无接地短路必须 A、B、C 三相逐一检查
　　　4. 拆除接地线时，工作人员应使用绝缘棒或戴绝缘手套，人体不得碰触接地体
　　　5. 拆除接地线后，操作人应将拆除的接地线从导体端至接地端依次盘起并绑好
　　　6. 将绑好的接地线按其编号放入固定存放地点，存放点的编号要与接地线编号相对应

操作人：　　　　　　　监护人：　　　　　　　值班负责人：

表 1-18　10kV 自备电厂线 201 断路器由冷备用转为运行

变电站		操作时间开始时间：　年　月　日　时　分
		操作时间终了时间：　年　月　日　时　分

操作任务：10kV 自备电厂线由冷备用转为运行

顺序	操作项目
1	检查 10kV 自备电厂线进线柜确无接地短路
2	检查 10kV 自备电厂线 II 段母线送电范围内确无接地短路
3	在 10kV 自备电厂线 201-4 隔离开关电源侧验电
4	合上 10kV II 段母线 TV 侧刀闸 02-7
5	检查 10kV II 段母线 TV 侧刀闸 02-7 三相确已合好
6	检查 10kV 水泵线刀闸 202-2 三相确已拉开
7	检查 10kV 车间变电所线 203-2 隔离开关三相确已拉开
8	检查 10kV 分段 010-2 隔离开关三相确已拉开
9	检查 10kV 自备电厂线开关 201 三相确已拉开
10	检查 10kV 自备电厂线刀闸 201-4 三相确已拉开
11	检查 10kV 自备电厂线刀闸 201-1 三相确已拉开
12	合上 10kV 自备电厂线刀闸 201-4
13	检查 10kV 自备电厂线刀闸 201-4 三相确已合好

续表

变电站		操作时间开始时间： 年 月 日 时 分 操作时间终了时间： 年 月 日 时 分
操作任务:10kV 自备电厂线由冷备用转为运行		
顺序		操作项目
14		合上 10kV 自备电厂线刀闸 201-1
15		检查 10kV 自备电厂线刀闸 201-1 三相确已合好
16		检查 10kV 自备电厂线开关 201 保护运行
17		合上 10kV 自备电厂线开关 201
18		检查 10kV 自备电厂线开关 201 三相确已合好
19		检查 10kV Ⅱ段母线三相电压指示正确
备注：1. 检查 10kV Ⅱ段母线三相电压指示正确必须将电压切换开关 AB、BC、CA 逐相切换，并检查指示正确 　　 2. 本操作是用 10kV 自备电厂线 201 断路器对 10kV Ⅱ段母线进行充电，因此，在合上 201 断路器前，首先要检查 　　　 10kV 自备电厂线 201 断路器保护运行		

操作人： 监护人： 值班负责人：

10kV 系统母线主接线如图 1-34 所示。

10kV 东社变电站线在 10kV Ⅰ段母线运行，101 断路器、101-4 隔离开关、101-1 隔离开关在合闸位置。10kV 自备电厂线在 10kV Ⅱ段母线运行，201 断路器、201-4 隔离开关、201-1 隔离开关在合闸位置。10kV 分段 010 断路器在拉开位置，010-1 隔离开关、010-2 隔离开关在合闸位置。10kV 分段 010 断路器自投装置在投入位置。10kV 除尘风机线、10kV

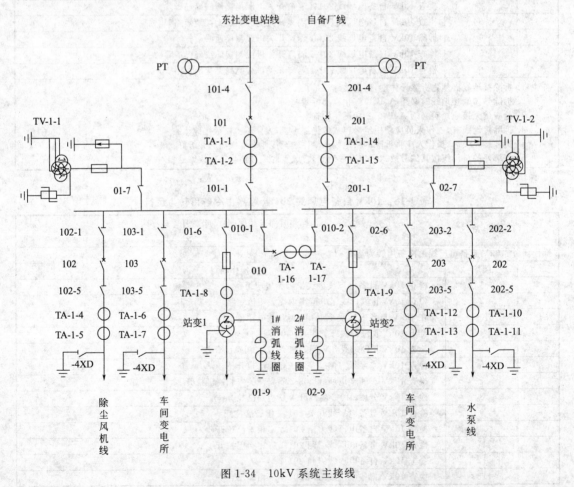

图 1-34 10kV 系统主接线

车间变电所、10kV Ⅰ 段母线 TV、1 号变压器在 10kV Ⅰ 段母线运行，10kV 除尘风机线 102 断路器、102-1 隔离开关、102-5 隔离开关均在合闸位置。10kV 车间变电所线 103 断路器、103-1 隔离开关、103-5 隔离开关均在合闸位置。10kV Ⅰ 段母线 TV 线 01-7 隔离开关处于合闸位置。10kV 水泵线、10kV 车间变电所、10kV Ⅱ 段母线 TV、2 号变压器在 10kV Ⅱ 段母线运行，10kV 水泵线 202 断路器、202-2 隔离开关、202-5 隔离开关均在合闸位置。10kV 车间变电所线 203 断路器、203-2 隔离开关、203-5 隔离开关均在合闸位置。10kV Ⅱ 段母线 TV 线 02-7 隔离开关处于合闸位置。

按照正常运行方式，给整个系统送电，按顺序进行操作，从而实现正常运行状态。

首先在模拟屏上进行倒闸操作演练，直到正确、熟练为止。

2. 10kV 母线分段倒闸操作、操作票

按下述操作票进行倒闸操作，操作设备的过程严格按照操作票的顺序执行。操作由两个人一起操作，一人监护，一人执行。每完成一步，作标记。

① 停用 10kV 分段 010 断路器自投装置，10kV 分段 010 断路器由热备用转为冷备用（表 1-19）

表 1-19 停用 10kV 分段 010 断路器自投装置，10kV 分段 010 断路器由热备用转为冷备用

变电站	操作时间开始时间： 年 月 日 时 分 操作时间终了时间： 年 月 日 时 分	
操作任务:停用 10kV 分段 010 断路器自投装置,10kV 分段 010 断路器由热备用转为冷备用		
顺序	操作项目	
1	将 10kV 分段开关 010 自投开关切至停用状态	
2	检查 10kV 分段开关 010 三相确已拉开	
3	拉开 10kV 分段刀闸 010-2	
4	检查 10kV 分段刀闸 010-2 三相确已拉开	
5	拉开 10kV 分段刀闸 010-1	
6	检查 10kV 分段刀闸 010-1 三相确已拉开	
备注：		

操作人： 监护人： 值班负责人：

② 10kV 分段 010 断路器由冷备用转为热备用，投入 10kV 分段 010 断路器自投装置（表 1-20）

表 1-20 10kV 分段 010 断路器由冷备用转为热备用，投入 10kV 分段 010 断路器自投装置

变电站	操作时间开始时间： 年 月 日 时 分 操作时间终了时间： 年 月 日 时 分	
操作任务:10kV 分段 010 断路器由冷备用转为热备用,投入 10kV 分段 010 断路器自投装置		
顺序	操作项目	
1	检查 10kV 分段开关 010 三相确已拉开	
2	合上 10kV 分段刀闸 010-1	
3	检查 10kV 分段刀闸 010-1 三相确已合好	
4	合上 10kV 分段刀闸 010-2	
5	检查 10kV 分段刀闸 010-2 三相确已合好	
6	检查 10kV 分段开关 010 保护运行	
7	将 10kV 分段开关 010 自投开关切至投入位置	
备注：		

操作人： 监护人： 值班负责人：

③ 10kV 分段 010 断路器由热备用转为运行（表 1-21）

表 1-21 10kV 分段 010 断路器由热备用转为运行

变电站	操作时间开始时间： 年 月 日 时 分	
	操作时间终了时间： 年 月 日 时 分	
操作任务：10kV 分段 010 断路器由热备用转为运行		
顺序	操作项目	
1	合上 10kV 分段开关 010	
2	检查 10kV Ⅰ 段母线三相电压指示正确	
3	检查 10kV Ⅱ 段母线三相电压指示正确	
4	检查 10kV 分段 010 断路器三相确已合好	
备注：1. 当 10kV 东社变电站线停电时，可以合上 10kV 分段 010 断路器用 10kV Ⅱ 段母线带 10kV Ⅰ 段母线负荷 2. 合上 10kV 分段 010 断路器后，必须检查 10kV Ⅰ 段母线、10kV Ⅱ 段母线三相电压指示正确，即将 10kV Ⅰ 段母线、10kV Ⅱ 段母线电压切换开关 AB、BC、CA 逐相切换，并检查指示正确		

操作人： 监护人： 值班负责人：

④ 10kV 分段 010 断路器由运行转为热备用（表 1-22）

表 1-22 10kV 分段 010 断路器由运行转为热备用

变电站	操作时间开始时间： 年 月 日 时 分	
	操作时间终了时间： 年 月 日 时 分	
操作任务：10kV 分段 010 断路器由运行转为热备用		
顺序	操作项目	
1	拉开 10kV 分段开关 010	
2	检查 10kV Ⅰ 段母线三相电压指示正确	
3	检查 10kV Ⅱ 段母线三相电压指示正确	
4	检查 10kV 分段 010 断路器三相确已拉开	
备注：1. 当 10kV 东社变电站线停电结束后，可以拉开 10kV 分段 010 断路器恢复正常运行方式 2. 拉开 10kV 分段 010 断路器后，必须检查 10kV Ⅰ 段母线、10kV Ⅱ 段母线三相电压指示正确，即将 10kV Ⅰ 段母线、10kV Ⅱ 段母线电压切换开关 AB、BC、CA 逐相切换，并检查指示正确		

操作人： 监护人： 值班负责人：

三、10kV 配电变压器倒闸操作、操作票

1. 正常运行方式

高压配电所及其车间变电所主接线如图 1-35 所示。

10kV 东社变电站线在 10kV Ⅰ 段母线运行，101 断路器、101-4 隔离开关、101-1 隔离开关在合闸位置。10kV 自备电厂线在 10kV Ⅱ 段母线运行，201 断路器、201-4 隔离开关、201-1 隔离开关在合闸位置。10kV 分段 010 断路器在拉开位置，010-1 隔离开关、010-2 隔离开关在合闸位置。10kV 分段 010 断路器自投装置在投入位置。10kV 除尘风机线、10kV 车间变电所、10kV Ⅰ 段母线 TV、1 号变压器在 10kV Ⅰ 段母线运行，10kV 除尘风机线 102 断路器、102-1 隔离开关、102-5 隔离开关均在合闸位置。10kV 车间变电所线 103 断路器、103-1 隔离开关、103-5 隔离开关均在合闸位置。10kV Ⅰ 段母线 TV 线 01-7 隔离开关处于合闸位置。1 号变压器线 401 断路器处于合闸位置。10kV 水泵线、10kV 车间变电所、10kV Ⅱ 段母线 TV、2 号变压器在 10kV Ⅱ 段母线运行，10kV 水泵线 202 断路器、202-2 隔离开关、202-5 隔离开关均在合闸位置。10kV 车间变电所线 203 断路器、203-2 隔离开关、203-5 隔离开关均在合闸位置。10kV Ⅱ 段母线 TV 线 02-7 隔离开关处于合闸位置。2 号变压器线 402 断路器处于合闸位置。

按照正常运行方式，给整个系统送电，按顺序进行操作，从而实现正常运行状态。

首先在模拟屏上进行倒闸操作演练，直到正确、熟练为止。

2. 10kV 配电变压器倒闸操作、操作票

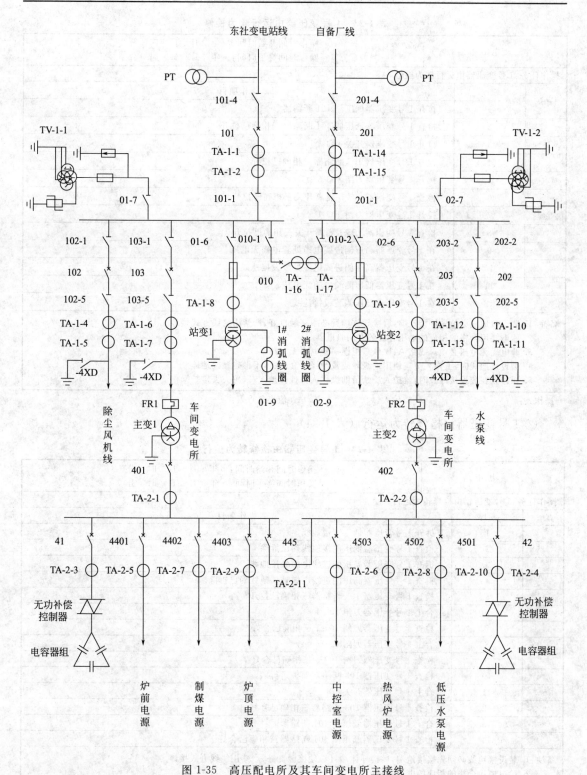

图 1-35 高压配电所及其车间变电所主接线

　　按下述操作票进行倒闸操作，操作设备的过程严格按照操作票的顺序执行。操作由两个人一起操作，一人监护，一人执行。每完成一步，作标记。

　　① 1 号变压器由运行转为检修（表 1-23）

表 1-23　1 号变压器由运行转为检修

变电站	操作时间开始时间：　年　月　日　时　分 操作时间终了时间：　年　月　日　时　分

操作任务:1 号变压器由运行转为检修

顺序	操作项目
1	拉开 1 号变压器低压侧 401 断路器
2	检查 1 号变压器低压侧 401 断路器三相确已拉开
3	拉开 1 号变压器开关 103
4	检查 1 号变压器 103 断路器三相确已拉开
5	拉开 1 号变压器刀闸 103-5
6	检查 1 号变压器 103-5 隔离开关三相确已拉开
7	拉开 1 号变压器刀闸 103-1
8	检查 1 号变压器 103-1 隔离开关三相确已拉开
9	在 1 号变压器高压侧进线电缆处验电确无电压
10	在 1 号变压器高压侧进线电缆处装设接地线
11	在 1 号变压器低压侧验电确无电压
12	在 1 号变压器低压侧装设接地线

备注:1. 装设接地线必须先接接地端,后接导体端且必须接触良好,严禁用绕线方式接地
　　　2. 验电要用合格的相应的电压等级的专用验电器
　　　3. 验电确无电压必须对线路 A、B、C 三相逐一验电确无电压
　　　4. 装设接地线时,工作人员应使用绝缘棒或戴绝缘手套,人体不得碰触接地体
　　　5. 操作人在装设接地线时,监护人严禁帮助操作人拉拽接地线,以免失去监护操作

操作人:　　　　　　　监护人:　　　　　　　值班负责人:

② 1 号变压器由检修转为运行（表 1-24）

表 1-24　1 号变压器由检修转为运行

变电站	操作时间开始时间：　年　月　日　时　分 操作时间终了时间：　年　月　日　时　分

操作任务:1 号变压器由检修转为运行

顺序	操作项目
1	拆开 1 号变压器低压侧接地线
2	检查 1 号变压器低压侧接地线确已拆除
3	拆开 1 号变压器高压侧进线电缆处接地线
4	检查 1 号变压器高压侧进线电缆处接地线确已拆除
5	检查 1 号变压器 103 断路器三相确已拉开
6	合上 1 号变压器刀闸 103-1
7	检查 1 号变压器刀闸 103-1 三相确已合好
8	合上 1 号变压器刀闸 103-5
9	检查 1 号变压器刀闸 103-5 三相确已合好
10	检查 1 号变压器 103 断路器保护运行
11	合上 1 号变压器开关 103
12	检查 1 号变压器 103 断路器三相确已合好
13	合上 1 号变压器低压侧 401 断路器
14	检查 1 号变压器低压侧 401 断路器三相确已合好

备注:1. 装设接地线必须先接接地端,后接导体端且必须接触良好,严禁用绕线方式接地
　　　2. 验电要用合格的相应的电压等级的专用验电器
　　　3. 验电确无电压必须对线路 A、B、C 三相逐一验电确无电压
　　　4. 装设接地线时,工作人员应使用绝缘棒或戴绝缘手套,人体不得碰触接地体
　　　5. 操作人在装设接地线时,监护人严禁帮助操作人拉拽接地线,以免失去监护操作

操作人:　　　　　　　监护人:　　　　　　　值班负责人:

四、10kV 出线倒闸操作、操作票

1. 正常运行方式

10kV 系统出线主接线如图 1-36 所示。

10kV 东社变电站线在 10kV Ⅰ段母线运行，101 断路器、101-4 隔离开关、101-1 隔离开关在合闸位置。10kV 自备电厂线在 10kV Ⅱ段母线运行，201 断路器、201-4 隔离开关、201-1 隔离开关在合闸位置。10kV 分段 010 断路器在拉开位置，010-1 隔离开关、010-2 隔离开关在合闸位置。10kV 分段 010 断路器自投装置在投入位置。10kV 除尘风机线、10kV 车间变电所、10kV Ⅰ段母线 TV、1 号变压器在 10kV Ⅰ段母线运行，10kV 除尘风机线 102 断路器、102-1 隔离开关、102-5 隔离开关均在合闸位置。10kV 车间变电所线 103 断路器、103-1 隔离开关、103-5 隔离开关均在合闸位置。10kV Ⅰ段母线 TV 线 01-7 隔离开关处于合闸位置。10kV 水泵线、10kV 车间变电所、10kV Ⅱ段母线 TV、2 号变压器在 10kV Ⅱ段母线运行，10kV 水泵线 202 断路器、202-2 隔离开关、202-5 隔离开关均在合闸位置。10kV 车间变电所线 203 断路器、203-2 隔离开关、203-5 隔离开关均在合闸位置。10kV Ⅱ段母线 TV 线 02-7 隔离开关处于合闸位置。

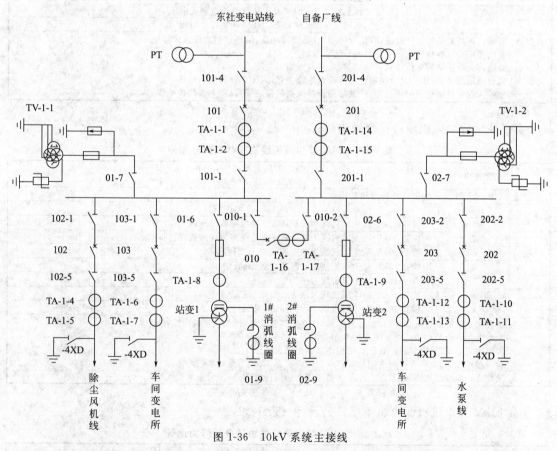

图 1-36　10kV 系统主接线

按照正常运行方式，给整个系统送电，按顺序进行操作，从而实现正常运行状态。

首先在模拟屏上进行倒闸操作演练，直到正确、熟练为止。

2. 10kV 出线倒闸操作、操作票

按下述操作票进行倒闸操作，操作设备的过程严格按照操作票的顺序执行。操作由两个人一起操作，一人监护，一人执行。每完成一步，作标记。

① 10kV 除尘风机线由运行转为热备用（表 1-25）

表 1-25　10kV 除尘风机线由运行转为热备用

变电站		操作时间开始时间：　年　月　日　时　分 操作时间终了时间：　年　月　日　时　分
操作任务:10kV 除尘风机线由运行转为热备用		
	顺序	操作项目
	1	拉开 10kV 除尘风机线开关 102
	2	检查 10kV 除尘风机线 102 断路器三相确已拉开
备注:		

操作人：　　　　　　　　监护人：　　　　　　值班负责人：

② 10kV 除尘风机线由热备用转为检修（表 1-26）

表 1-26　10kV 除尘风机线由热备用转为检修

变电站		操作时间开始时间：　年　月　日　时　分 操作时间终了时间：　年　月　日　时　分
操作任务:10kV 除尘风机线由热备用转为检修		
	顺序	操作项目
	1	检查 10kV 除尘风机线开关 102 三相确已拉开
	2	拉开 10kV 除尘风机线刀闸 102
	3	检查 10kV 除尘风机线刀闸 102 三相确已拉开
	4	在 10kV 除尘风机线 102-5 隔离开关线路侧验电确无电压
	5	在 10kV 除尘风机线 102-5 隔离开关线路侧装设接地线
备注:1. 装设接地线必须先接地端,后接导体端,且必须接触良好,严禁用绕线方式接地 　　2. 验电要用合格的相应的电压等级的专用验电器 　　3. 验电确无电压必须对线路 A、B、C 三相逐一验电确无电压 　　4. 装设接地线时,工作人员应使用绝缘棒或戴绝缘手套,人体不得碰触接地体 　　5. 操作人在装设接地线时,监护人严禁帮助操作人拉拽接地线,以免失去监护操作		

操作人：　　　　　　　　监护人：　　　　　　值班负责人：

③ 10kV 除尘风机线由检修转为热备用（表 1-27）

表 1-27　10kV 除尘风机线由检修转为热备用

变电站		操作时间开始时间：　年　月　日　时　分 操作时间终了时间：　年　月　日　时　分
操作任务:10kV 除尘风机线由检修转为热备用		
	顺序	操作项目
	1	拆除 10kV 除尘风机线 102-5 隔离开关线路侧接地线
	2	检查 10kV 除尘风机线 102-5 隔离开关线路侧接地线确已拆除
	3	检查 10kV 除尘风机线送电范围内确无接地短路
	4	检查 10kV 除尘风机线 102 断路器三相确已拉开
	5	合上 10kV 除尘风机线刀闸 102
	6	检查 10kV 除尘风机线刀闸 102 三相确已合上
	7	检查 10kV 除尘风机线 102 断路器保护运行
备注:1. 装设接地线必须先接地端,后接导体端,且必须接触良好,严禁用绕线方式接地 　　2. 验电要用合格的相应的电压等级的专用验电器 　　3. 验电确无电压必须对线路 A、B、C 三相逐一验电确无电压 　　4. 装设接地线时,工作人员应使用绝缘棒或戴绝缘手套,人体不得碰触接地体 　　5. 操作人在装设接地线时,监护人严禁帮助操作人拉拽接地线,以免失去监护操作		

操作人：　　　　　　　　监护人：　　　　　　值班负责人：

④ 10kV 除尘风机线由热备用转为运行（表 1-28）

表 1-28　10kV 除尘风机线由热备用转为运行

变电站		操作时间开始时间：　年　月　日　时　分 操作时间终了时间：　年　月　日　时　分
操作任务:10kV 除尘风机线由热备用转为运行		
	顺序	操作项目
	1	合上 10kV 除尘风机线开关 102
	2	检查 10kV 除尘风机线开关 102 三相确已合好
备注:		

操作人：　　　　　　　　监护人：　　　　　　值班负责人：

五、400V 低压出线倒闸操作、操作票

1. 正常运行方式

高压配电所及其车间变电所主接线如图 1-37 所示。

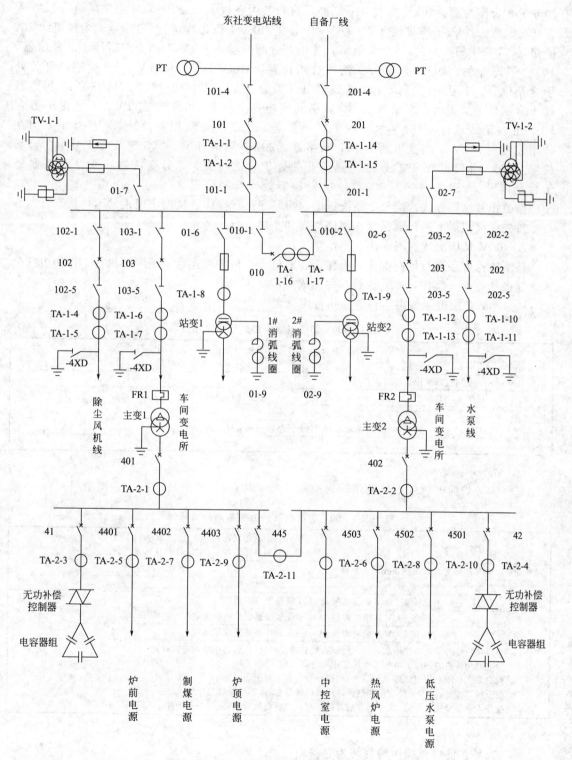

图 1-37 高压配电所及其车间变电所主接线

　　10kV 东社变电站线在 10kV I 段母线运行，101 断路器、101-4 隔离开关、101-1 隔离开关在合闸位置。10kV 自备电厂线在 10kV II 段母线运行，201 断路器、201-4 隔离开关、201-1 隔离开关在合闸位置。10kV 分段 010 断路器在拉开位置，010-1 隔离开关、010-2 隔离开关在合闸位置。10kV 分段 010 断路器自投装置在投入位置。10kV 除尘风机线、10kV 车间变电所、10kV I 段母线 TV、1 号变压器在 10kV I 段母线运行，10kV 除尘风机线 102 断路器、102-1 隔离开关、102-5 隔离开关均在合闸位置。10kV 车间变电所线 103 断路器、103-1 隔离开关、103-5 隔离开关均在合闸位置。10kV I 段母线 TV 线 01-7 隔离开关处于合闸位置。1 号变压器线 401 断路器处于合闸位置。4401、4402、4403、41 断路器处于合闸位置。10kV 水泵线、10kV 车间变电所、10kV II 段母线 TV、2 号变压器在 10kV II 段母线运行，10kV 水泵线 202 断路器、202-2 隔离开关、202-5 隔离开关均在合闸位置。10kV 车间变电所线 203 断路器、203-2 隔离开关、203-5 隔离开关均在合闸位置。10kV II 段母线 TV 线 02-7 隔离开关处于合闸位置。2 号变压器线 402 断路器处于合闸位置。4501、4502、4503、42 断路器处于合闸位置。

　　按照正常运行方式，给整个系统送电，按顺序进行操作，从而实现正常运行状态。

　　首先在模拟屏上进行倒闸操作演练，直到正确、熟练为止。

　　2. 400V 低压出线倒闸操作、操作票

　　按下述操作票进行倒闸操作，操作设备的过程严格按照操作票的顺序执行。操作由两个人一起操作，一人监护，一人执行。每完成一步，作标记。

　　① 400V 炉前电源线由运行转为热备用（表 1-29）

表 1-29　400V 炉前电源线由运行转为热备用

变电站		操作时间开始时间： 年 月 日 时 分 操作时间终了时间： 年 月 日 时 分
操作任务：400V 炉前电源线由运行转为热备用		
	顺序	操作项目
	1	拉开 400V 炉前电源线 4401 断路器
	2	检查 400V 炉前电源线 4401 断路器三相确已拉开
备注：		

操作人：　　　　　　　　监护人：　　　　　　　　值班负责人：

　　② 400V 炉前电源线由热备用转为检修（表 1-30）

表 1-30　400V 炉前电源线由热备用转为检修

变电站		操作时间开始时间： 年 月 日 时 分 操作时间终了时间： 年 月 日 时 分
操作任务：400V 炉前电源线由热备用转为检修		
	顺序	操作项目
	1	检查 400V 炉前电源线 4401 断路器三相确已拉开
	2	在 400V 炉前电源线 4401 断路器线路侧验电确无电压
	3	在 400V 炉前电源线 4401 断路器线路侧装设接地线
备注：1. 装设接地线必须先接地端，后接导体端，且必须接触良好，严禁用绕线方式接地 　　　2. 验电要用合格的相应的电压等级的专用验电器 　　　3. 验电确无电压必须对线路 A、B、C 三相逐一验电确无电压 　　　4. 装设接地线时，工作人员应使用绝缘棒或戴绝缘手套，人不得碰触地体 　　　5. 操作人在装设接地线时，监护人严禁帮助操作人拉拽接地线，以免失去监护操作		

操作人：　　　　　　　　监护人：　　　　　　　　值班负责人：

　　③ 400V 炉前电源线由检修转为热备用（表 1-31）

　　④ 400V 炉前电源线由热备用转为运行（表 1-32）

表 1-31   400V 炉前电源线由检修转为热备用

变电站	操作时间开始时间：　年　月　日　时　分
	操作时间终了时间：　年　月　日　时　分

操作任务：400V 炉前电源线由检修转为热备用

顺序	操作项目
1	拆除 400V 炉前电源线 4401 断路器线路侧接地线
2	检查 400V 炉前电源线 4401 断路器线路侧接地线确已拆除
3	检查 400V 炉前电源线送电范围内确无接地短路
4	检查 400V 炉前电源线 4401 断路器三相确已拉开

备注：1. 装设接地线必须先接接地端，后接导体端，且必须接触良好，严禁用绕线方式接地
　　　2. 验电要用合格的相应的电压等级的专用验电器
　　　3. 验电确无电压必须对线路 A、B、C 三相逐一验电确无电压
　　　4. 装设接地线时，工作人员应使用绝缘棒或戴绝缘手套，人体不得碰触接地体
　　　5. 操作人在装设接地线时，监护人严禁帮助操作人拉拢接地线，以免失去监护操作

操作人：　　　　　　　　监护人：　　　　　　　　值班负责人：

表 1-32   400V 炉前电源线由热备用转为运行

变电站	操作时间开始时间：　年　月　日　时　分
	操作时间终了时间：　年　月　日　时　分

操作任务：400V 炉前电源线由热备用转为运行

顺序	操作项目
1	合上 400V 炉前电源线 4401 断路器
2	检查 400V 炉前电源线 4401 断路器三相确已合好

备注：

操作人：　　　　　　　　监护人：　　　　　　　　值班负责人：

六、400V 低压运行方式转换操作、操作票

1. 正常运行方式

高压配电所及其车间变电所主接线如图 1-38 所示。

10kV 东社变电站线在 10kV Ⅰ 段母线运行，101 断路器、101-4 隔离开关、101-1 隔离开关在合闸位置。10kV 自备电厂线在 10kV Ⅱ 段母线运行，201 断路器、201-4 隔离开关、201-1 隔离开关在合闸位置。10kV 分段 010 断路器在拉开位置，010-1 隔离开关、010-2 隔离开关在合闸位置。10kV 分段 010 断路器自投装置在投入位置。10kV 除尘风机线、10kV 车间变电所、10kV Ⅰ 段母线 TV、1 号变压器在 10kV Ⅰ 段母线运行，10kV 除尘风机线 102 断路器、102-1 隔离开关、102-5 隔离开关均在合闸位置。10kV 车间变电所线 103 断路器、103-1 隔离开关、103-5 隔离开关均在合闸位置。10kV Ⅰ 段母线 TV 线 01-7 隔离开关处于合闸位置。10kV 水泵线、10kV 车间变电所、10kV Ⅱ 段母线 TV、2 号变压器在 10kV Ⅱ 段母线运行，10kV 水泵线 202 断路器、202-2 隔离开关、202-5 隔离开关均在合闸位置。10kV 车间变电所线 203 断路器、203-2 隔离开关、203-5 隔离开关均在合闸位置。10kV Ⅱ 段母线 TV 线 02-7 隔离开关处于合闸位置。

按照正常运行方式，给整个系统送电，按顺序进行操作，从而实现正常运行状态。

首先在模拟屏上进行倒闸操作演练，直到正确、熟练为止。

2. 400V 线路"主变 1 给 400V Ⅰ 段和 Ⅱ 段供电"方式转换为"主变 2 给 400V Ⅰ 段和 Ⅱ 段供电"方式的倒闸操作、操作票和"主变 2 给 400V Ⅰ 段和 Ⅱ 段供电"方式转换为"主变 1、2 分别给 400V Ⅰ 段、Ⅱ 段供电"方式的倒闸操作、操作票

首先闭合开关 401，400V Ⅰ 段进线供电，闭合开关 445（母联断路器），实现 400V Ⅱ 段供电，此时开关 402 处于分闸位置。

闭合 4401、4402、4403、41 断路器，闭合 4501、4502、4503、42 断路器。

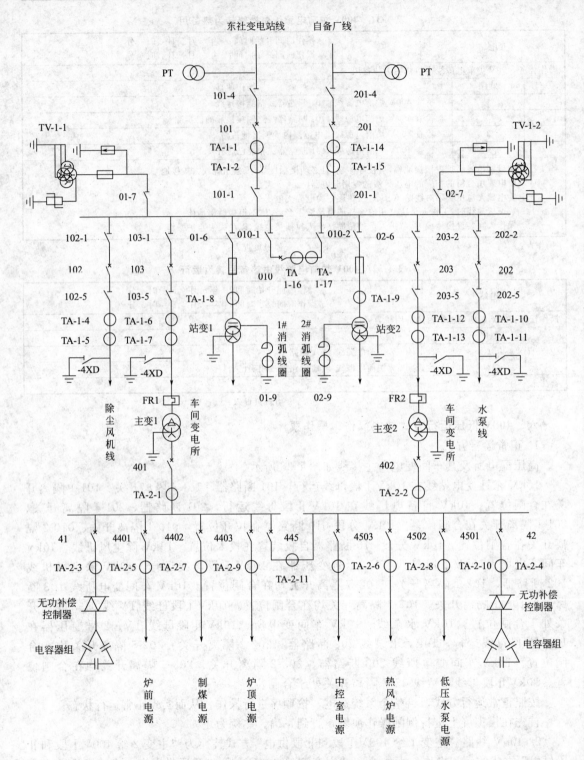

图 1-38 高压配电所及其车间变电所主接线

按下述操作票进行倒闸操作，操作设备的过程严格按照操作票的顺序执行。操作由两个人一起操作，一人监护，一人执行。每完成一步，作标记。

① 主变 2 投入，主变 1 退出，实现主变 2 给 400V Ⅰ和Ⅱ段供电（表 1-33）

表 1-33　主变 2 投入，主变 1 退出，实现主变 2 给 400V Ⅰ和Ⅱ段供电

变电站	操作时间开始时间：　年　月　日　时　分
	操作时间终了时间：　年　月　日　时　分

操作任务：主变 2 投入，主变 1 退出，实现主变 2 给 400V Ⅰ和Ⅱ段供电	
顺序	操作项目
1	合上开关 402 断路器
2	检查开关 402 确在合闸位置
3	检查低压母联断路器 445 确在合闸位置
4	拉开开关 401 断路器
5	检查开关 401 确在分闸位置
6	检查 400V 低压是否正常供电
备注：	

操作人：　　　　　　　监护人：　　　　　　　值班负责人：

② 主变 1、2 投入，实现主变 1、2 分别给 400V Ⅰ、Ⅱ段单独供电（表 1-34）

表 1-34　主变 1、2 投入，实现主变 1、2 分别给 400V Ⅰ、Ⅱ段单独供电

变电站	操作时间开始时间：　年　月　日　时　分
	操作时间终了时间：　年　月　日　时　分

操作任务：主变 1、2 投入，实现主变 1、2 分别给 400V Ⅰ、Ⅱ段单独供电	
顺序	操作项目
1	合上开关 401 断路器
2	检查开关 401 确在合闸位置
3	检查开关 402 确在合闸位置
4	拉开母联开关 445 断路器
5	检查开关 445 确在分闸位置
6	检查 400V 低压是否正常供电
备注：	

操作人：　　　　　　　监护人：　　　　　　　值班负责人：

【知识拓展】

一、倒闸操作步骤

① 接受主管人员的预发命令　在接受预发命令时，要停止其他工作，并将记录内容向主管人员复诵，核对其正确性。对枢纽变电所等处的重要倒闸操作应有两个人同时听取和接受主管人员的命令。

② 填写操作票　值班人员根据主管人员的预发令，核对模拟图和实际设备，参照典型操作票在操作票上逐项认真填写操作项目。操作票里应填入如下内容：应拉合的开关和刀闸；检查开关和刀闸的位置；检查负载分配；装拆接地线；安装或拆除控制回路、电压互感器回路的熔断器；切换保护回路并检验是否确实没有电压。

③ 审查操作票　操作票填写完毕后，写票人自己应进行核对，认为确定无误后，再交监护人审查。监护人应对操作票的内容逐项审查，对上一班预填的操作票，即使不是在本班执行，也要按规定进行审查。审查中若发现错误，应由操作人重新填写。

④ 接受操作命令　在主管人员发布操作任务或命令时，监护人和操作人应同时在场，仔细听清主管人员发布的命令，同时要核对操作票上的任务与主管人员所发布的是否完全一致，并由监护人按照填写好的操作票向发令人复诵，经双方核对无误后，在操作票上填写发令时间，并由操作人和监护人签名。这样，这份操作票才合格可用。

⑤ 预演　操作前，操作人和监护人应先在模拟图上按照操作票所列的顺序逐项唱票预演，再次对操作票的正确性进行核对，并相互提醒操作的注意事项。

⑥ 核对设备　到达操作现场后，操作人应先站准位置，核对设备名称和编号，监护人核对操作人所站的位置、操作设备名称及编号是否正确无误。检查核对后，操作人穿戴好安全用具，眼看编号，准备操作。

⑦ 唱票操作　当操作人准备就绪时，监护人按照操作票上的顺序高声唱票，每次只准唱一步。严禁凭记忆不看操作票唱票，严禁看编号唱票。此时操作人应仔细听监护人唱票并看准编号，核对监护人所发命令的正确性。当操作人认为无误时，开始高声复诵并用手指向编号，做出操作手势。在监护人认为操作人复诵正确，两人一致认为无误后，监护人发出"对，执行"的命令，操作人方可进行操作并记录操作开始时间。

⑧ 检查　每一步操作完毕后，应由监护人在操作票上打一个"√"号，同时两个人应到现场检查操作的正确性，如设备的机械指示、信号指示灯、表计变化情况等，用以确定设备的实际分合位置。监护人勾票后，应告诉操作人下一步的操作内容。

⑨ 汇报　操作结束后，应检查所有操作步骤是否全部执行，然后由监护人在操作票上填写操作的结束时间，并向主管人员汇报。对已执行的操作票，在工作日志和操作记录本上做好记录，并将操作票归档保存。

⑩ 复查评价　变配电所值班负责人要召集全班，对本班已执行完毕的各项操作进行复查，评价总结经验。

二、倒闸操作实例

执行某一操作任务时，首先要掌握电气接线的运行方式、保护的配置、电源及负荷的功率分布情况，然后依据命令的内容填写操作票。操作项目要全面，顺序要合理，以保证操作的正确和安全。

如图 1-39 所示为某工厂 66/10kV 变配电所电气主接线运行方式图。试填写线路 WL1 的停电操作票。

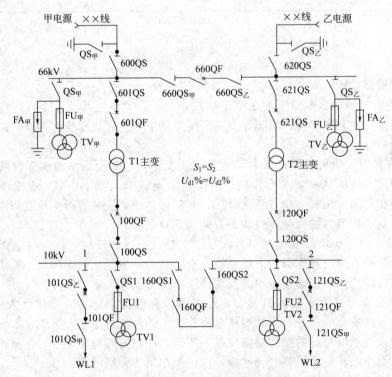

图 1-39　某工厂 66/10kV 变配电所电气主接线运行方式

① 图 1-39 为电气主接线运行方式。欲停电检修 101 断路器，填写 WL1 停电倒闸操作票，其停电操作详见表 1-35。

表 1-35　变配电所倒闸操作票

操作开始时间：2004 年 5 月 15 日 8 时 30 分；结束时间：15 日 8 时 49 分	
操作任务：10kV Ⅰ段 WL1 线路停电	
顺　序	操 作 项 目
1	拉开 WL1 线路 101 断路器
2	检查 WL1 线路 101 断路器确在开位，开关盘表计指示正确 0A
3	取下 WL1 线路 101 断路器操作直流保险
4	拉开 WL1 线路 101 甲刀开关
5	检查 WL1 线路 101 甲刀开关确在开位
6	拉开 WL1 线路 101 乙刀开关
7	检查 WL1 线路 101 乙刀开关确在开位
8	停用 WL1 线路保护跳闸压板
9	在 WL1 线路 101 断路器至 101 乙刀开关间三相验电确无电压
10	在 WL1 线路 101 断路器至 101 乙刀开关间装设 1 号接地线一组
11	在 WL1 线路 101 断路器至 101 甲刀开关间三相验电确无电压
12	在 WL1 线路 101 断路器至 101 甲刀开关间装设 2 号接地线一组
13	全面检查
备注：	已执行章
操作人：　　　　　监护人：　　　　　值班长：	

② 101 断路器检修完毕后，恢复 WL1 线路送电的操作与线路 WL1 停电操作票的操作顺序相反，但应注意恢复送电操作票的第 1 项应是"收回工作票"，第 2 项应是"检查 WL1 线路上 101 断路器、101 甲刀开关间、2 号接地线一组和 WL1 线路上的 101 断路器、101 乙刀开关间、1 号接地线一组确定已拆除"或"检查 1 号、2 号接地线，共两组确已拆除"，之后从第 3 项开始按停电操作票的相反顺序填写。

【学习评价】

1. 写出 10kV 东社变电站线Ⅰ母线由运行转为冷备、由冷备转检修、由检修转为冷备、由冷备转为运行的倒闸操作票。
2. 在单母分段主接线中，母联断路器的作用是什么？
3. 写出 2 号变压器倒闸操作票。
4. 写出 10kV 水泵出线倒闸操作、操作票。
5. 写出 400V 制煤电源线倒闸操作、操作票。
6. 操作票的定义是什么？
7. 操作票内容有哪些？

任务三　供配电系统微机保护操作

【任务描述】

在了解变电所综合自动化系统中 KLD-9211 微机线路保护装置、KLD-9215 微机分段保护装置和 KLD-9216 微机变压器保护装置的基础上，对这些保护装置进行日常维护、定期检验和定值输入。熟练掌握这些保护装置的基本使用和整定方法对提高学生的实际操作能力是非常重要的。

【知识链接】

一、继电保护装置

电力系统中发生故障和出现不正常运行情况时，系统正常运行遭到破坏，以致造成对用户的停止供电或少供电，有时甚至破坏设备。

为了预防事故或缩小事故范围，提高电力系统运行的可靠性，最大限度地保证向用户安全连续供电，在电力系统中，必须有专门的继电保护装置。

继电保护装置必须能正确区分被保护元件是处于正确运行还是发生故障，必须能正确区分被保护元件是处于区内故障还是区外故障，保护装置要实现这些功能，需要根据电力系统发生故障前后电气物理量发生变化的特征为基础来构成。例如以下几项。

① 根据短路故障时电流的增大，可构成过电流保护。

② 根据短路故障时电压的降低，可构成低电压保护。

③ 根据短路故障时电流与电压之间相角的变化，可构成功率方向保护。

④ 根据短路故障时电压与电流比值 $\left(Z-\dfrac{U}{I}\right)$ 的变化，可构成距离保护。

⑤ 根据故障时，被保护元件两端电流相位和大小的变化，可构成差动保护。

⑥ 根据不对称短路时，出现的电流、电压的相序分量，可构成零序电流保护、负序电流保护及零序和负序功率方向保护等。

二、微机保护压板投退

继电保护装置一般都设有硬件方式的功能连接片或出口连接片串在各回路里，就相当于一个开关，就是两个点一个可以活动的连接片或导电块即所谓的压板，用作打开关闭某种保护功能、开放退出某种回路或投退装置等作用，保护装置的投退操作往往需要投一系列的压板，而各压板之间的操作还有一定的逻辑顺序关系。压板回路的接线正确、合理与否，涉及到设备的安全运行，甚至是系统的稳定。电气运行对继电保护装置的操作主要就是投退各个压板。

"投退"可以有两层含义：一是指一次设备；二是指二次设备。一次设备，指断路器（俗称开关）、隔离开关（俗称刀闸）、接地刀闸（俗称地刀）的运行情况。"投"，即投入运行。"退"，即热备用、冷备用、检修状态。一次设备的投退由后台机控制，也有就地操作的。二次设备，指针对一次设备的继电保护设备。例如差动、距离、失灵等，"投"，指保护生效。"退"，指停止保护。继电保护的投退用"软压板"和"硬压板"控制。

一般保护压板的投退顺序如下。

投：先功能压板，后出口压板（并测量出口压板无电压）。

退：先出口压板，后功能压板。

投退压板的注意事如下。

① 必须确定出口压板方式，是带电出口还是失电出口（一般是带电出口）。

② 检查保护装置是否正常。

③ 用万用表测压板上下端是否带电（一般要无电压），以免误动。

三、三段式电流保护

当网络发生短路时，电源与故障点之间的电流会增大。根据这个特点可以构成电流保护。电流保护分无时限电流速断保护（简称Ⅰ段）、带时限速断保护（简称Ⅱ段）和过电流保护（简称Ⅲ段）。电网的三段式电流保护的作用，是利用不同过电流值下，设置不同的延时动作时间来规避工作尖峰电流和使发生短路故障时，只有事故点最近的断路器动作以减少断电的影响范围。无时限电流速断保护是靠动作电流的整定获得选择性；时限电流速断和过电流保护是靠上、下级保护的动作电流和动作时间的配合获得选择性。

微机保护系统的硬件一般包括以下三大部分。

① 模拟量输入系统（或称为数据采集系统）　包括电压的形成，模拟滤波，多路转换以及数模转换等功能块，完成将模拟输入量准确转换为所需要的数字量的任务。

② CPU 主系统　包括微处理器，只读存储器，随机存取存储器以及定时器等。CPU 执行存放在只读存储器中的程序，对由数据采集系统输入至随机存取存储器的原始数据进行分析处理，以完成各种继电保护的功能。

③ 开关量（或数字量）输入/输出系统　由若干并行接口适配器（PIO）、光电隔离器件及有触点的中间继电器组成，已完成各种保护的出口跳闸、信号报警、外部接点输入及人机对话等功能。

【任务实施】　微机保护操作

一、KLD-9211 微机线路保护测控装置整定设置操作

① 首先闭合整个实训仿真系统总电源开关；然后闭合 KLD-9211 微机线路保护装置的电源开关。

② KLD-9211 微机线路保护装置开机画面如图 1-40 所示，1s 后，自动进入下一画面，该画面显示主板的版本号及前面板的版本号，如图 1-41 所示。

KLD-9211

线路保护测控装置

石家庄科林公司

图 1-40　微机线路保护装置开机画面

KLD-9211M

V31　04-11-08　00

KLD-9211LCD

V34　04-11-08　00

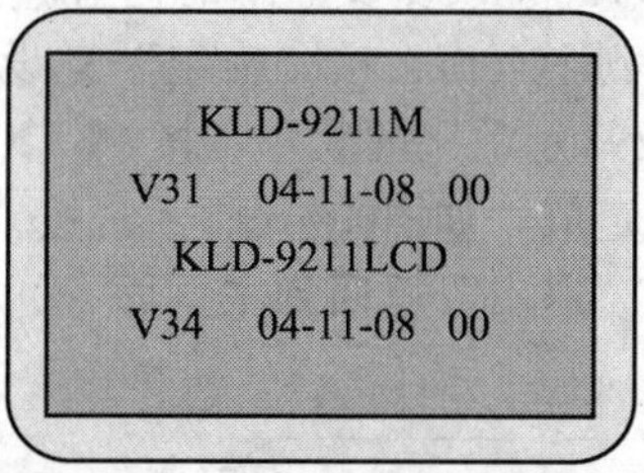

图 1-41　1s 后自动进入下一画面

③ 2s 后，自动进入主页面，主页面是一个循环显示页面，主要显示电流、遥信以及相角等。

④ 由主页面首次按下"定值设置"键后，进入（定值设置）输入密码页面，显示如图 1-42 所示。

按下▲/▼改变反显的值，按◀/▶改变反显数字的位置，输入完毕后，按"确定"键，如果提示"密码错误请重新输入"，等待 1s 后，重新显示密码输入页面，如果密码正确（密码为 10000），进入定值设定页面，显示页面如图 1-43 所示。

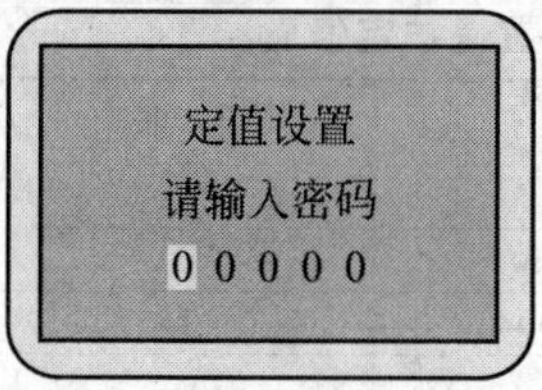

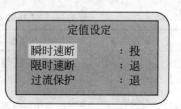

定值设置

请输入密码

0 0 0 0 0

图 1-42　输入密码页面

定值设定

瞬时速断　　　　：投

限时速断　　　　：退

过流保护　　　　：退

图 1-43　定值设定页面

⑤ 按▲/▼改变反显示的上下位置，按◀/▶键无效，按"取消"、"退出"均退出定值设定，按"确定"进入反显所在的定值设定项，当反显在瞬时速断时按"确定"则进入瞬时速断设定页面，如图1-44所示。

⑥ 按▲/▼改变反显示的上下位置，按◀/▶键无效，按"取消"返回到定值设定页面如图1-43所示，按"退出"退出定值设置。按"确定"键进入修改瞬时速断的定值设定。显示页面如图1-45所示。

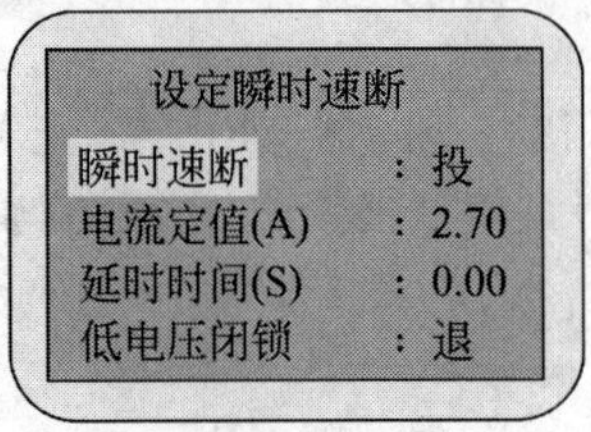

图 1-44　瞬时速断
设定页面（一）

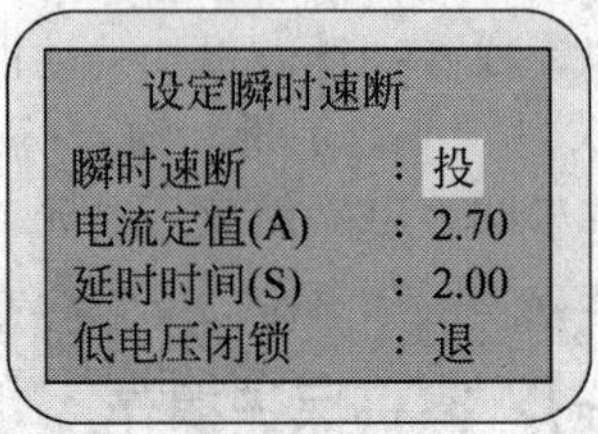

图 1-45　瞬时速断
设定页面（二）

⑦ 按▲/▼改变反显汉字，由"投"变为"退"，再按▲/▼又由"退"变为"投"，按◀/▶键无效，按"取消"返回到图1-44，按"退出"返回到主页面，退出定值设置；按"确定"键，保存已设置的内容，反显示的内容自动下一项，循环往复。按下"确定"键后画面如图1-46所示。

⑧ 按▲/▼改变反显示的内容，按◀/▶键无效，按"取消"键返回到图1-44，按"退出"返回到主页面，按"确定"键设置瞬时速断保护的电流定值，如图1-47所示，按 ▲/▼ 改变反显示数字的大小，按 ◀/▶键改变反显示的位置，设置定值完毕后，按"确定"保存设定的定值，如图1-48所示；按"取消"键，不保存设置的定值，返回图1-46，设置完毕后，按"退出"返回到主页面。

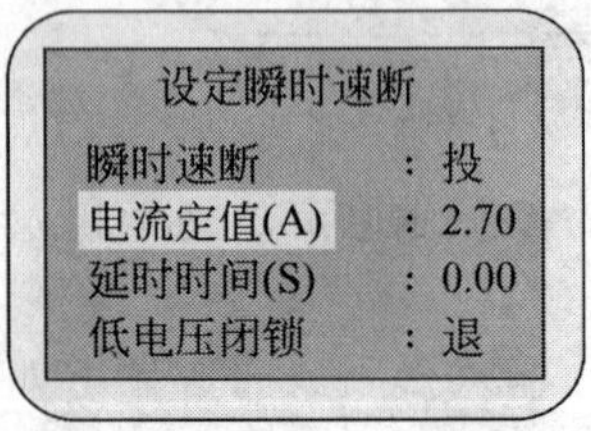

图 1-46　瞬时速断
设定页面（三）

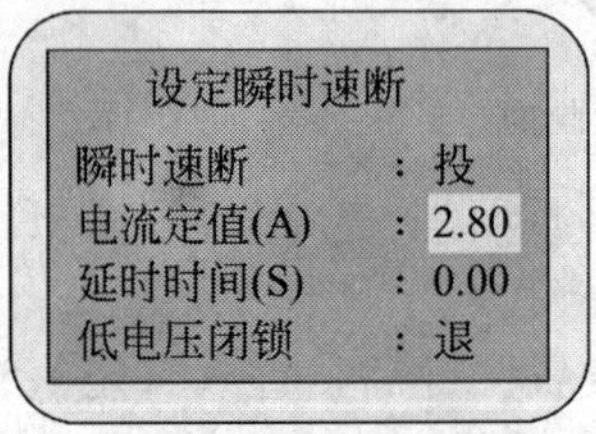

图 1-47　瞬时速断
设定页面（四）

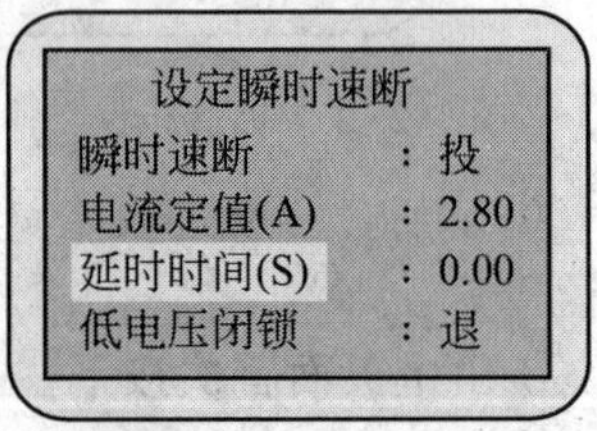

图 1-48　瞬时速断
设定页面（五）

⑨ 其他定值设置与显示同瞬时速断保护定值设置。定值设置的所有内容可参考（查询）菜单对照表（表1-36）。

表 1-36　KLD-9211 微机线路保护测控装置保护定值表

序号	定值类型	定值名称	整定范围	整定步长	整定值
01		瞬时速断	投/退		
02		电流定值（A）	1.00～99.99A	0.01A	
03	瞬时速断	延时时间（s）	0.00～60.00s	0.01s	
04		低电压闭锁	投/退		
05		正方向	投/退		
06		后加速	投/退		

续表

序号	定值类型	定值名称	整定范围	整定步长	整定值
07	限时速断	限时速断	投/退		
08		电流定值(A)	1.00~99.99A	0.01A	
09		延时时间(s)	0.00~60.00s	0.01s	
10		低电压闭锁	投/退		
11		正方向	投/退		
12		后加速	投/退		
13	过流保护	过流保护	投/退		
14		电流定值(A)	1.00~99.99A	0.01A	
15		延时时间(s)	0.00~60.00s	0.01s	
16		低电压闭锁	投/退		
17		正方向	投/退		
18		后加速	投/退		
19	反时限保护	反时限保护	投/退		
20		启动电流(A)	1.00~10.00A	0.01A	
21		时间常数(s)	0.01~1.00s	0.01s	
22		曲线类型	一般 非常 极端 长时		
23		启动重合闸	是/否		
24	过负荷保护	过负荷保护	投/退		
25		电流定值(A)	1.00~99.99A	0.01A	
26		延时时间(s)	0.0~600.0s	0.1s	
27		动作类型	跳闸/告警		
28	零流保护	零流保护	投/退		
29		零流定值(A)	0.50~2.00A	0.01A	
30		延时时间(s)	0.00~60.00s	0.01s	
31		动作类型	跳闸/告警		
32	低频减载	低频减载	投/退		
33		低频定值(Hz)	45.00~50.00Hz	0.01Hz	
34		延时时间(s)	0.00~60.00s	0.01s	
35		无流闭锁	投/退		
36		无流定值(A)	1.00~99.99A	0.01A	
37		滑差闭锁	投/退		
38		滑差定值	2.00~9.50Hz/s	0.5Hz/s	
39		低电压闭锁	投/退		
40		低电压低频(V)	10.00~50.00V	0.01V	
41	重合投入次数	重合投入次数	0~4	1	
42		一次重合延时	0.20~60.00s	0.01s	
43		二次重合延时	0.20~60.00s	0.01s	
44		三次重合延时	0.20~60.00s	0.01s	
45		四次重合延时	0.20~60.00s	0.01s	
46		不对应重合闸	投/退		
47		开入量闭锁	投/退		
48		后加速时间(s)	0.00~10.00s	0.01s	
49	非电量投退	非电量1跳闸	投/退		
50		非电量2跳闸	投/退		
51	其他设置	低电压定值(V)	10.00~50.00V	0.01V	
52		控制回路断线	投/退		
53		PT断线	投/退		
54	变比设置	PT变比	10.0/100	0.1	kV/V
55		CT变比	50/5	1	

二、微机保护压板投退操作

继电保护及自动装置的重要性自不必多说，继电保护及自动装置回路中的出口压板与其密不可分，它是变电站二次设备中操作极频繁的元件。通过压板连片的打开或连接，可以实现相应的保护及自动装置停用或投运。保护装置的投退操作往往需要投一系列的压板，而各压板之间的操作还有一定的逻辑顺序关系。压板回路的接线正确、合理与否，涉及到设备的安全运行，甚至是系统的稳定，因而对压板的正确验收非常重要。尤其对新安装工程后投运的设备及保护工作检修后的验收，如能采取较为科学的方法验收二次压板出口回路，消除寄生回路，检查出错误接线，及时进行改正，对设备的健康、安全运行和维护都极为有利，投退压板的正确性，影响到保护的正确动作，所以对于变电站值班人员，保护的验收与投退是确保保护正常工作的关键部分之一。下面就谈谈在保护压板验收及投退中应注意的几个问题。

大型复杂的保护装置，按照功能逻辑的要求，往往设计有多个回路、压板。如主变保护，就含有多套保护、多侧开关，多出口的跳闸回路；330kV 线路保护含有多套保护、多侧开关，多出口回路的单跳和三跳回路；母差保护、断路器失灵保护、过负荷联切装置等又牵涉到不同的开关跳闸回路及电压闭锁回路等联系面较广的回路接线。这样，在设计或安装时，就容易造成寄生回路，所以验收保护压板的唯一性是很有必要的。

单个压板投入的唯一性，即是该压板的对应连通问题。验收的方法是，先将其余的压板都投入，退出需验收的保护，传动该保护，保护应不动作（如果动作则不对），然后将其他压板都退出，仅投上此压板，传动该压板相对应的保护，观察保护装置的动作情况，如开关跳闸、保护动作信号等正确，以确定其唯一性。

压板投入的唯一性验收实训如下。

① 仔细观察对应各个配电柜上压板的位置和数量；（10kVⅠ段出线 1♯柜有 2 个压板、10kVⅠ段出线 2♯柜有 1 个压板、10kVⅠ段站变柜有 6 个压板、10kVⅠ段进线柜有 2 个压板、10kV 母联柜有 1 个压板、10kVⅡ段进线柜有 2 个压板、10kVⅡ段出线 1♯柜有 1 个压板、10kVⅡ段出线 2♯柜有 2 个压板）。

② 对 10kVⅠ段出线 1♯柜重合闸保护压板投入的唯一性进行验收，在 10kVⅠ段出线 1♯柜面上有微机线路保护测控装置，装置下方有 2 个压板，XB1 压板连接"重合出口"和"重合入口"，XB2 压板连接"跳闸入口"和"跳闸出口"；将 XB2 压板投入，退出 XB1 压板，传动重合闸保护，检查保护是否动作；将 XB2 压板投入，XB1 压板投入，传动重合闸保护，检查保护是否动作，观察保护装置的动作情况，XB1 压板投入的唯一性验收完毕。

③ 对 10kVⅠ段出线 2♯柜变压器保护压板投入的唯一性进行验收，在 10kVⅠ段出线 2♯柜面上有变压器保护测控装置，装置下方有 1 个压板，XB1 压板连接"保护跳闸入口"和"保护跳闸出口"，将 XB1 压板退出，传动变压器保护，检查断路器是否跳闸；将 XB1 压板投入，传动变压器保护，检查断路器是否跳闸，XB1 压板投入的唯一性验收完毕。

④ 对 10kVⅠ段站变柜备自投保护压板投入的唯一性进行验收，在 10kVⅠ段站变柜面上有备自投微机保护测控装置，装置下方有 6 个压板，XB1 压板连接"1DL 合闸出口"，XB2 压板连接"1DL 跳闸出口"，XB3 压板连接"2DL 合闸出口"，XB4 压板连接"2DL 跳闸出口"，XB5 压板连接"母联开关合闸出口"，XB6 压板连接"闭锁备投"；将 XB1 压板退出，其他压板投入，传动备自投保护，观察保护装置的动作情况；将所有压板全部投入，传动备自投保护，观察保护装置的动作情况，XB1 压板投入的唯一性验收完毕。其他压板投入的唯一性验收以此类推。

⑤ 对 10kVⅠ段进线柜线路保护压板投入的唯一性进行验收，在 10kVⅠ段进线柜面上有微机线路保护测控装置，装置下方有 2 个压板，XB1 连接"重合闸入口"和"重合闸出

口"，XB2 连接"保护跳闸入口"和"反时限出口"、"过流及非电量"、"零序出口"、"低频出口"，将 XB1 压板投入，退出 XB2 压板，传动线路保护，检查保护是否动作；将 XB1 压板投入，XB2 压板投入，传动线路保护，检查保护是否动作，观察保护装置的动作情况，XB2 压板投入的唯一性验收完毕。

⑥ 对 10kV 母联柜分段保护压板投入的唯一性进行验收，在 10kV 母联柜面上有分段保护测控装置，装置下方有 1 个压板，XB1 连接"速断出口"、"过电流出口"、"充电保护出口"，将 XB1 压板退出，传动分段保护，检查保护是否动作；将 XB1 压板投入，传动分段保护，检查保护是否动作，XB1 压板投入的唯一性验收完毕。

三、10kV 线路三段式电流微机保护

1. 水泵线瞬时速断保护

① 闭合电源箱"总电源投入"开关，给整个仿真系统供电，闭合"进线 2 电源"，闭合"控制回路电源"、"微机保护回路电源"、"模拟屏电源"。

② 闭合刀闸 201，闭合开关 201，Ⅱ段进线供电；闭合 2♯PT 刀闸 02-7，10kVⅡ段 PT 柜投入；闭合站变刀闸 02-6，10kVⅡ段站变柜投入。

③ 闭合刀闸 202，闭合开关 202，水泵线路供电正常运行。

④ 闭合水泵柜的线路保护装置电源，根据 KLD-9211 微机线路保护测控装置的整定方法，设置有关整定。将微机保护的Ⅰ段（瞬时速断）投入，设置"电流定值"为 4.00A，"延时时间"为 0.00s。

⑤ 在线路柜上，闭合"线路 3 首端"开关，闭合"AB 相短路"开关，按下"短路故障投入"按钮，调整故障时间，实现水泵线首端 AB 相间短路。

⑥ 当短路电流大于瞬时速断（Ⅰ段）保护整定值时，由Ⅰ段保护跳开 202 断路器，从而实现保护功能。此时，线路保护装置上速断指示红灯亮，跳位指示绿灯亮，显示屏显示"开关由合到分"。

⑦ 当微机保护动作后，需按微机线路保护装置上的"复位"按钮，并重新合上 202 断路器，合位指示红灯亮，即恢复整个系统无故障运行状态。

⑧ 分别改成 BC 相短路和三相短路，重复进行实训；分别改变电流定值为 3.40A 和 4.60A，观察线路 3 首端发生 AB 相、BC 相和三相短路时的实训现象，记录实训现象于表 1-37。

⑨ 设置"电流定值"为 4.00A，"延时时间"为 0.00s。改成线路 3 末端模拟发生 AB 相、BC 相和三相短路，重复进行实训并记录实训现象于表 1-38。

⑩ 分别改变电流定值为 3.40A 和 4.60A，重复进行实训并记录实训现象于表 1-38。

⑪ 实训结束后，断开各种短路开关，断开模拟断路器，最后断开所有实训电源开关。

⑫ 分析实训结果。

表 1-37 水泵线瞬时速断保护实训现象（线路首端短路）

保护整定值		线路首端		
电流定值	延时时间	AB 相短路	BC 相短路	三相短路
4.00A	0.00s			
3.40A	0.00s			
4.60A	0.00s			

表 1-38　水泵线瞬时速断保护实训现象（线路末端短路）

保护整定值		线路末端		
电流定值	延时时间	AB 相短路	BC 相短路	三相短路
4.00A	0.00s			
3.40A	0.00s			
4.60A	0.00s			

2. 水泵线过流保护

① 闭合电源箱"总电源投入"开关，给整个仿真系统供电，闭合"进线 2 电源"，闭合"控制回路电源"、"微机保护回路电源"、"模拟屏电源"。

② 闭合刀闸 201，闭合开关 201，Ⅱ段进线供电；闭合 2♯PT 刀闸 02-7，10kV Ⅱ段 PT 柜投入；闭合站变刀闸 02-6，10kV Ⅱ段站变柜投入。

③ 闭合刀闸 202，闭合开关 202，水泵线路供电正常运行。

④ 闭合水泵柜的线路保护装置电源，根据 KLD-9211 微机线路保护测控装置的整定方法，设置有关整定。将微机保护的Ⅲ段（过流保护）投入，设置"电流定值"为 1.20A，"延时时间"为 0.50s。

⑤ 在线路柜上，闭合"线路 3 首端"开关，闭合"AB 相短路"开关，按下"短路故障投入"按钮，调整故障时间，实现水泵线首端 AB 相间短路。

⑥ 当短路电流大于过流保护（Ⅲ段）保护整定值时，由Ⅲ段保护跳开 202 断路器，从而实现保护功能。此时，线路保护装置上过流指示红灯亮，跳位指示绿灯亮，显示屏显示"开关由合到分"。

⑦ 当微机保护动作后，需按微机线路保护装置上的"复位"按钮，并重新合上 202 断路器，合位指示红灯亮，即恢复整个系统无故障运行状态。

⑧ 分别改成 BC 相短路和三相短路，重复进行实训；分别改变电流定值为 1.00A 和 2.00A，观察线路 3 首端发生 AB 相、BC 相和三相短路时的实训现象，记录实训现象于表 1-39。

⑨ 设置"电流定值"为 1.20A，"延时时间"为 0.50s。改成线路 3 末端模拟发生 AB 相、BC 相和三相短路，重复进行实训并记录实训现象于表 1-40。

⑩ 分别改变电流定值为 1.00A 和 2.00A，重复进行实训并记录实训现象于表 1-40。

⑪ 实训结束后，断开各种短路开关，断开模拟断路器，最后断开所有实训电源开关。

⑫ 分析实训结果。

表 1-39　水泵线过流保护实训现象（线路首端短路）

保护整定值		线路首端		
电流定值	延时时间	AB 相短路	BC 相短路	三相短路
1.20A	0.50s			
1.00A	0.50s			
2.00A	0.50s			

表 1-40　水泵线过流保护实训现象（线路首端短路）

保护整定值		线路末端		
电流 定值	延时 时间	AB 相短路	BC 相短路	三相短路
1.20A	0.50s			
1.00A	0.50s			
2.00A	0.50s			

3. Ⅱ段进线限时速断保护

① 闭合电源箱"总电源投入"开关，给整个仿真系统供电，闭合"进线2电源"，闭合"控制回路电源"、"微机保护回路电源"、"模拟屏电源"。

② 闭合刀闸201，闭合开关201，Ⅱ段进线供电；闭合2♯PT刀闸02-7，10kVⅡ段PT柜投入；闭合站变刀闸02-6，10kVⅡ段站变柜投入。

③ 闭合刀闸202，闭合开关202，水泵线路供电正常运行。

④ 关闭水泵柜的线路保护装置电源，闭合Ⅱ段进线柜的线路保护装置电源，根据KLD-9211微机线路保护测控装置的整定方法，设置有关整定。将微机保护的Ⅱ段（限时速断）投入，设置"电流定值"为2.40A，"延时时间"为0.50s。

⑤ 在线路柜上，闭合"线路3首端"开关，闭合"AB相短路"开关，按下"短路故障投入"按钮，调整故障时间，实现水泵线首端AB相间短路。

⑥ 当短路电流大于限时速断（Ⅱ段）保护整定值时，由Ⅱ段保护跳开202断路器，从而实现保护功能。此时，线路保护装置上速断指示红灯亮，跳位指示绿灯亮，显示屏显示"开关由合到分"。

⑦ 当微机保护动作后，需按微机线路保护装置上的"复位"按钮，并重新合上202断路器，合位指示红灯亮，即恢复整个系统无故障运行状态。

⑧ 分别改成BC相短路和三相短路，重复进行实训；分别改变电流定值为2.00A和2.90A，观察线路3首端发生AB相、BC相和三相短路时的实训现象，记录实训现象于表1-41。

⑨ 设置"电流定值"为2.40A，"延时时间"为0.50s。改成线路3末端模拟发生AB相、BC相和三相短路，重复进行实训并记录实训现象于表1-42。

⑩ 分别改变电流定值为2.00A和2.90A，重复进行实训并记录实训现象于表1-42。

⑪ 实训结束后，断开各种短路开关，断开模拟断路器，最后断开所有实训电源开关。

⑫ 分析实训结果。

表 1-41　Ⅱ段进线限时速断保护实训现象（线路首端短路）

保护整定值		线路首端		
电流 定值	延时 时间	AB 相短路	BC 相短路	三相短路
2.40A	0.50s			
2.00A	0.50s			
2.90A	0.50s			

表 1-42　Ⅱ段进线限时速断保护实训现象（线路首端短路）

保护整定值		线路末端		
电流定值	延时时间	AB 相短路	BC 相短路	三相短路
2.40A	0.50s			
2.00A	0.50s			
2.90A	0.50s			

4. Ⅱ段进线过流保护

① 闭合电源箱"总电源投入"开关，给整个仿真系统供电，闭合"进线 2 电源"，闭合"控制回路电源"、"微机保护回路电源"、"模拟屏电源"。

② 闭合刀闸 201，闭合开关 201，Ⅱ段进线供电；闭合 2♯PT 刀闸 02-7，10kV Ⅱ段 PT 柜投入；闭合站变刀闸 02-6，10kV Ⅱ段站变柜投入。

③ 闭合刀闸 202，闭合开关 202，水泵线路供电正常运行。

④ 关闭水泵柜的线路保护装置电源，闭合Ⅱ段进线柜的线路保护装置电源，根据 KLD-9211 微机线路保护测控装置的整定方法，设置有关整定。将微机保护的Ⅲ段（过流保护）投入，设置"电流定值"为 1.70A，"延时时间"为 1.00s。

⑤ 在线路柜上，闭合"线路 3 首端"开关，闭合"AB 相短路"开关，按下"短路故障投入"按钮，调整故障时间，实现水泵线首端 AB 相间短路。

⑥ 当短路电流大于过流（Ⅲ段）保护整定值时，由Ⅲ段保护跳开 202 断路器，从而实现保护功能。此时，线路保护装置上过流指示红灯亮，跳位指示绿灯亮，显示屏显示"开关由合到分"。

⑦ 当微机保护动作后，需按微机线路保护装置上的"复位"按钮，并重新合上 202 断路器，合位指示红灯亮，即恢复整个系统无故障运行状态。

⑧ 分别改成 BC 相短路和三相短路，重复进行实训；分别改变电流定值为 1.50A 和 2.00A，观察线路 3 首端发生 AB 相、BC 相和三相短路时的实训现象，记录实训现象于表 1-43。

⑨ 设置"电流定值"为 1.70A，"延时时间"为 1.00s。改成线路 3 末端模拟发生 AB 相、BC 相和三相短路，重复进行实训并记录实训现象于表 1-44。

⑩ 分别改变电流定值为 1.50A 和 2.00A，重复进行实训并记录实训现象于表 1-44。

⑪ 实训结束后，断开各种短路开关，断开模拟断路器，最后断开所有实训电源开关。

⑫ 分析实训结果。

表 1-43　Ⅱ段进线过流保护实训现象（线路首端短路）

保护整定值		线路首端		
电流定值	延时时间	AB 相短路	BC 相短路	三相短路
1.70A	1.00s			
1.50A	1.00s			
2.00A	1.00s			

表 1-44　Ⅱ段进线过流保护实训现象（线路首端短路）

保护整定值		线路末端		
电流定值	延时时间	AB 相短路	BC 相短路	三相短路
1.70A	1.00s			
1.50A	1.00s			
2.00A	1.00s			

四、KLD-9215 微机分段保护测控装置整定设置操作

① 首先闭合整个实训仿真系统总电源开关；然后闭合 KLD-9215 微机分段保护测控装置的电源开关。

② KLD-9215 微机分段保护装置开机画面如图 1-49 所示，1s 后，自动进入下一画面，该画面显示主板的版本号及前面板的版本号。如图 1-50 所示。

图 1-49　开机画面　　　　　图 1-50　1s 后自动进入下一画面

③ 2s 后，自动进入主页面，主页面是一个循环显示页面，主要显示电流、遥信以及相角等。

④ 由主页面首次按下"定值设置"键后，进入（定值设置）输入密码页面，显示如图 1-51 所示。

按下▲/▼改变反显示的值，按◀/▶改变反显数字的位置，输入完毕后，按"确定"键，如果提示"密码错误请重新输入"，等待 1s 后，重新显示密码输入页面，如果密码正确，进入定值设定页面，显示页面如图 1-52。

图 1-51　定值设置输入密码页面　　　　　图 1-52　定值设定页面

⑤ 按▲/▼改变反显示的上下位置，按◀/▶键无效，按"取消"、"退出"均退出定值设定，按"确定"进入反显所在的定值设定项，当反显在速断保护时按"确定"则进入速断

保护设定页面。显示页面如图 1-53 所示。

⑥ 按▲/▼改变反显示的上下位置，按◀/▶键无效，按"取消"返回到定值设定页面图 1-52，按"退出"退出定值设置，按"确定"键进入修改速断保护的定值设定。显示页面如图 1-54 所示。

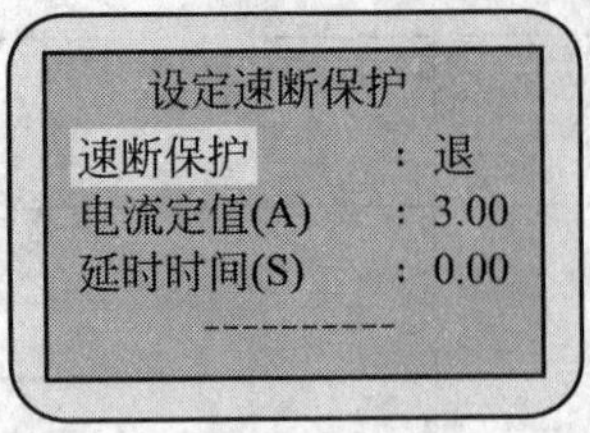

图 1-53 速断保护设定页面（一） 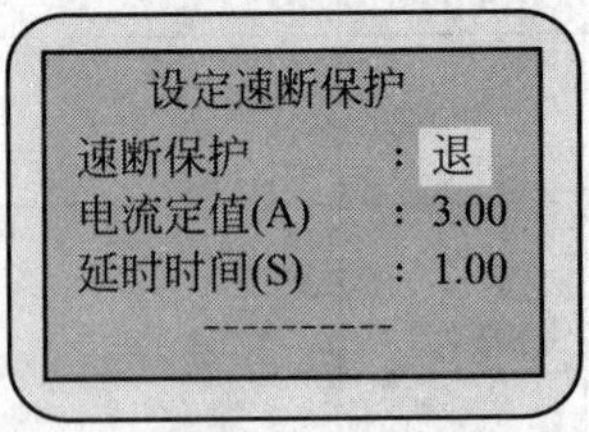　　图 1-54 速断保护设定页面（二）

⑦ 按▲/▼改变反显汉字，由"退"变为"投"，再按▲/▼又由"投"变为"退"，按◀/▶键无效，按"取消"返回到图 1-53，按"退出"返回到主页面，退出定值设置；按"确定"键，保存已设置的内容，反显示的内容自动移到下一项，依次类推，直到最后一项时，反显示移到第一项。按下"确定"键后画面如图 1-55。

⑧ 按▲/▼改变反显示的内容，按◀/▶键无效，按"取消"键返回到图 1-52，按"退出"返回到主页面，按"确定"键设置速断保护的电流定值，如图 1-56 所示，按 ▲/▼改变反显示数字的大小，按◀/▶键改变反显示的位置，设置定值完毕后，按"确定"保存设定的定值，如图 1-57 所示；按"取消"键，不保存设置的定值，返回图 1-55，设置完毕后，按"退出"返回到主页面。

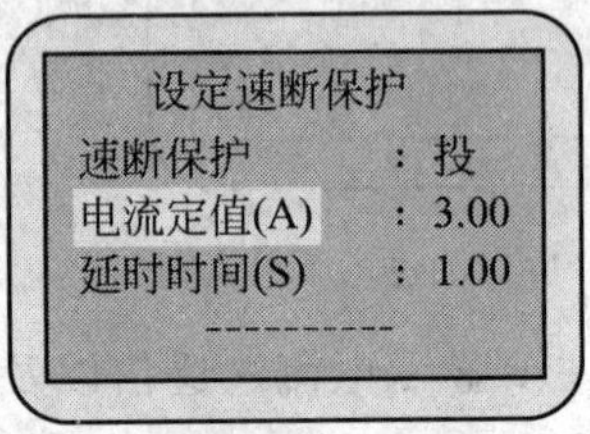

图 1-55 速断保护　　　　图 1-56 速断保护　　　　图 1-57 速断保护
设定页面（三）　　　　　设定页面（四）　　　　　设定页面（五）

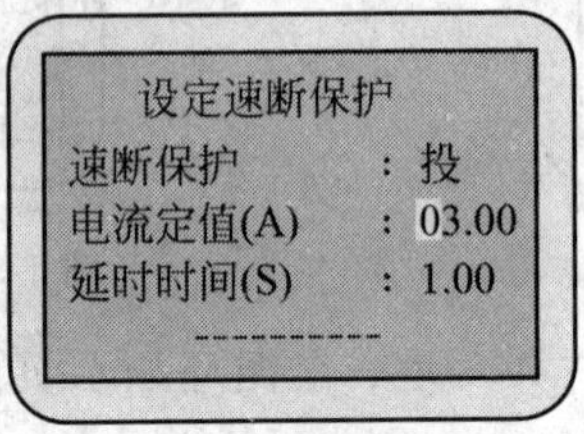

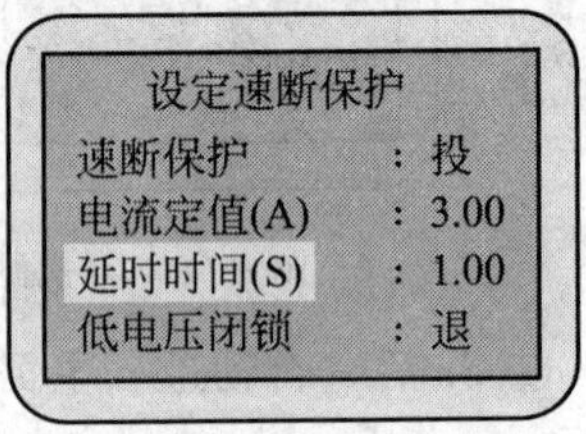

⑨ 其他定值设置与显示同速断保护定值设置。定值设置的所有内容可参考"定值设置（查询）"菜单对照表（表 1-45），表 1-46 为"其他功能"菜单对照表。

表 1-45　"定值设置（查询）"菜单对照表

序号	子菜单名称	子菜单内容	序号	子菜单名称	子菜单内容
1	速断保护	速断保护 电流定值(A) 延时时间(s)	4	非电量投退	非电量1跳闸 非电量2跳闸
			5	控制回路断线	控制回路断线
2	过流保护	过流保护 电流定值(A) 延时时间(s)	6	变比设置	CT 变比
3	充电保护	充电保护 电流定值(A) 延时时间(s) 充电时间(s)	7	通信参数	设备地址 RS485 口速率 RS485 口规约 CAN 速率 遥测个数 主端口类型 端口数据格式

表 1-46　"其他功能"菜单对照表

序号	子菜单名称	子菜单内容	序号	子菜单名称	子菜单内容
1	设置系统时间		7	显示页面设置	测量电流
2	继电器 闭合时间				保护电流
					第 1 遥信字
3	遥信滤波时间				第 2 遥信字
4	关闭液晶时间	无按键按下关闭液晶的时间			第 3 遥信字
5	关闭背光时间	无按键按下关闭背光的时间			第 4 遥信字
6	遥信自动复归	遥信自动复归控制字 遥信自动复归延时时间			第 5 遥信字
					故障弹出

五、KLD-9216 微机变压器保护装置整定设置操作

① 首先闭合整个实训仿真系统总电源开关；然后闭合 KLD-9216 微机变压器保护装置的电源开关。

② KLD-9216 微机变压器保护装置开机画面如图 1-58 所示，1 s 后，自动进入下一画面，该画面显示主板的版本号及前面板的版本号。如图 1-59 所示。

<table>
<tr><td>

KLD-9216

线路保护测控装置

石家庄科林公司

</td><td>

KLD-9216M

V31　04-11-08　00

KLD-9216LCD

V34　04-11-08　00

</td></tr>
<tr><td align="center">

图 1-58　KLD-9216 微机变压器
保护装置开机画面

</td><td align="center">

图 1-59　1s 后自动进入
下一画面

</td></tr>
</table>

③ 2 s 后，自动进入主页面，主页面是一个循环显示页面，主要显示电流、遥信以及相角等。

④ 由主页面首次按下"定值设置"键后，进入（定值设置）输入密码页面，显示如图 1-60 所示。

按下 ▲/▼ 改变反显的值，按 ◀/▶ 改变反显数字的位置，输入完毕后，按"确定"键，如果提示"密码错误请重新输入"，等待 1s 后，重新显示密码输入页面，如果密码正确，进入定值设定页面，显示页面如图 1-61 所示。

<table>
<tr><td>

定值设置

请输入密码

0 0 0 0 0

</td><td>

</td></tr>
<tr><td align="center">

图 1-60　输入密码页面

</td><td align="center">

图 1-61　定值设定页面

</td></tr>
</table>

⑤ 按▲/▼改变反显示的上下位置，按◀/▶键无效，按"取消"、"退出"均退出定值设置，按"确定"进入反显所在的定值设定项，当反显在瞬时速断时按"确定"则进入瞬时速断保护设定页面，如图 1-62 所示。

⑥ 按▲/▼改变反显示的上下位置，按◀/▶键无效，按"取消"返回到定值设定页面图 1-61，按"退出"退出定值设置，按"确定"键进入修改瞬时速断保护的定值设定，显示页面如图 1-63 所示。

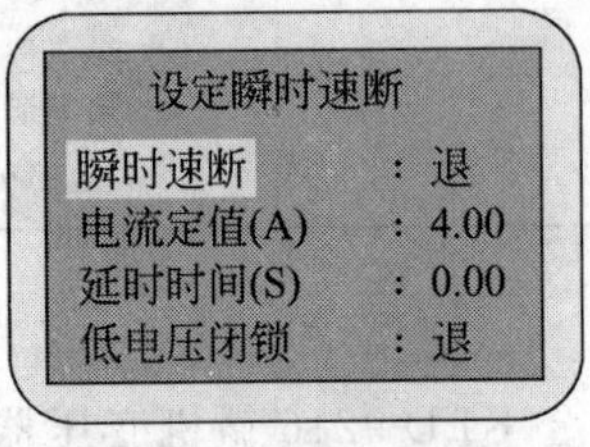

设定瞬时速断		设定瞬时速断	
瞬时速断	：退	瞬时速断	：退
电流定值(A)	：4.00	电流定值(A)	：4.00
延时时间(S)	：0.00	延时时间(S)	：1.00
低电压闭锁	：退	低电压闭锁	：退

图 1-62　瞬时速断设定页面（一） 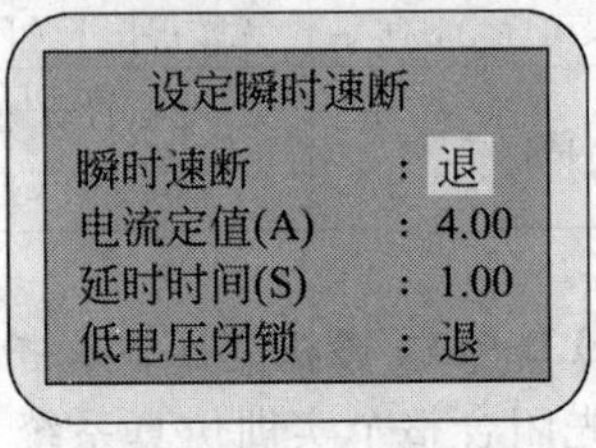　　　　　图 1-63　瞬时速断保护设定页面（二）

⑦ 按▲/▼改变反显汉字，由退变为投，再按▲/▼又由投变为退，按◀/▶键无效，按"取消"返回到图 1-62，按"退出"返回到主页面，退出定值设置；按"确定"键，保存已设置的内容，反显示的内容自动下一项，依次类推，直到最后一项时，反显示移到第一项。按下"确定"键后如图 1-64 所示。

⑧ 按▲/▼改变反显示的内容，按◀/▶键无效，按"取消"键返回到图 1-61，按"退出"返回到主页面，按"确定"键设置速断保护的电流定值，如图 1-65 所示，按▲/▼改变反显示数字的大小，按◀/▶键改变反显示的位置，设置定值完毕后，按"确定"保存设定的定值，如图 1-66 所示；按"取消"键，不保存设置的定值，返回图 1-64，设置完毕后，按"退出"返回到主页面。

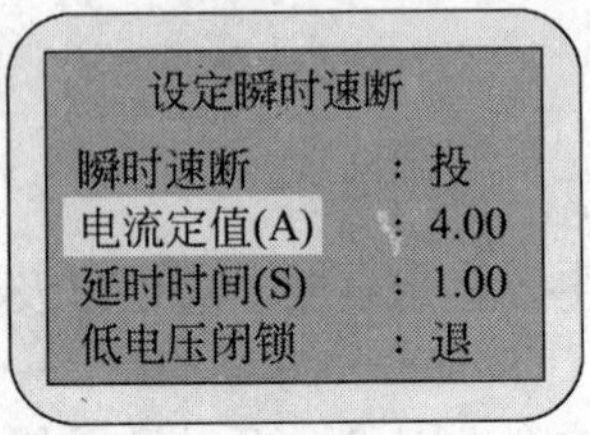

设定瞬时速断		设定瞬时速断		设定瞬时速断	
瞬时速断	：投	瞬时速断	：投	瞬时速断	：投
电流定值(A)	：4.00	电流定值(A)	：04.00	电流定值(A)	：4.00
延时时间(S)	：1.00	延时时间(S)	：1.00	延时时间(S)	：1.00
低电压闭锁	：退	低电压闭锁	：退	低电压闭锁	：退

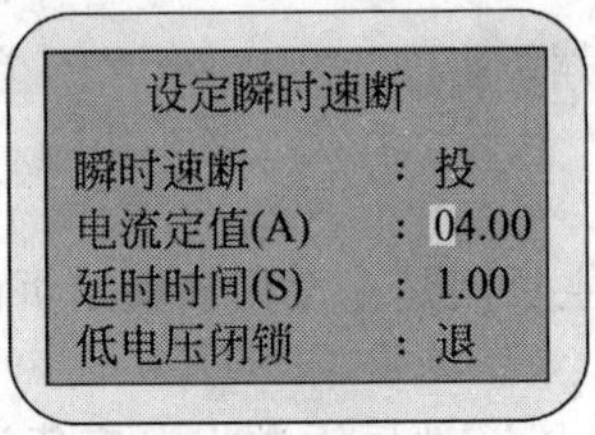

图 1-64　瞬时速断　　　　　图 1-65　瞬时速断　　　　　图 1-66　瞬时速断
设定页面（三）　　　　　　设定页面（四）　　　　　　设定页面（五）

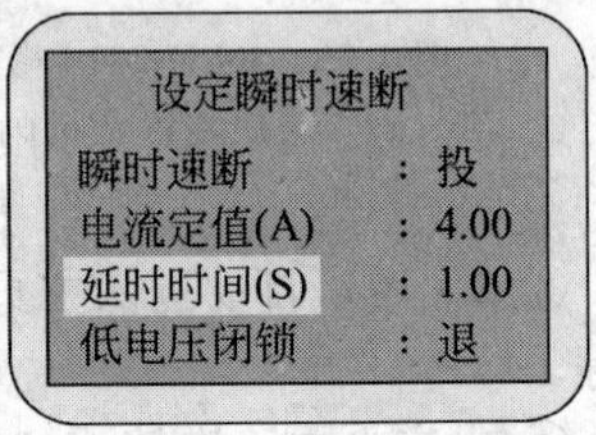

⑨ 其他定值设置与显示同瞬时速断保护定值设置。定值设置的所有内容可参考"定值设置（查询）"菜单对照表（表 1-48）。

【知识拓展】　KLD-9216 微机配电变压器保护装置使用说明

本仿真系统的微机配电变压器保护装置采用的是科林公司的 KLD-9216，KLD-9216 微机配电变压器保护测控装置用于 35kV 及以下电压等级配电变压器保护测控装置（以下简称装置）。

1. 装置整定
① 装置参数整定（同 KLD-9211）
②装置定值整定（表 1-47）

表 1-47　装置定值整定表

序号		定值名称	整定范围	整定步长	整定值
01		瞬时速断	投/退		
02		电流定值(A)	1.00~99.99A	0.01A	
03	瞬时速断	延时时间(s)	0.00~60.00s	0.01s	
04		低电压闭锁	投/退		
05		正方向闭锁	投/退		
06		限时速断	投/退		
07		电流定值(A)	1.00~99.99A	0.01A	
08	限时速断	延时时间(s)	0.00~60.00s	0.01s	
09		低电压闭锁	投/退		
10		正方向闭锁	投/退		
11		过流保护	投/退		
12		电流定值(A)	1.00~99.99A	0.01A	
13	过流保护	延时时间(s)	0.00~60.00s	0.01s	
14		低电压闭锁	投/退		
15		正方向闭锁	投/退		
16		反时限保护	投/退		
17	反时限保护	启动电流(A)	1.00~10.00A	0.01A	
18		时间常数(s)	0.01~1.00s	0.01s	
19		曲线类型	一般 非常 极端 长时		
20		过负荷保护	投/退		
21	过负荷保护	电流定值(A)	1.00~99.99A	0.01A	
22		延时时间(s)	0.0~600.0s	0.1s	
23		动作类型	跳闸/告警		
24		低压零流	投/退		
25	低压零流	零流定值(A)	0.50~6.00A	0.01A	
26		延时时间(s)	0.00~60.00s	0.01s	
27		动作类型	跳闸/告警		
28		高压零流	投/退		
29	高压零流	零流定值(A)	0.50~6.00A	0.01A	
30		延时时间(s)	0.00~60.00s	0.01s	
31		动作类型	跳闸/告警		
32		零压保护	投/退		
33	零压保护	零压定值(V)	1.00~30.00V	0.01V	
34		延时时间(s)	0.00~60.00s	0.01s	
35		重瓦斯跳闸	投/退		
36	非电量投退	超高温跳闸	投/退		
37		轻瓦斯告警	投/退		
38		超温告警	投/退		
39		低电压定值(V)	10.00~50.00V	0.01V	
40	其他设置	控制回路断线	投/退		
41		PT断线	投/退		
42	变比设置	PT变比	10.0/100	0.1	kV/V
43		CT变比	50/5	1	

2. 显示和操作说明

（1）概述

KLD-9216 微机配电变压器保护测控装置采用大屏幕液晶显示，下面有 8 个 LED 指示灯，指示灯下面有 8 个操作按键。见图 1-67。

（2）指示灯介绍

① 运行　指示液晶的运行状态。正常状态是每 0.25 s 闪烁一次。

②速断　当瞬时速断、限时速断动作时，速断灯点亮。

③过流　当过流、反时限动作时，过流灯点亮。

④重瓦　当重瓦跳闸、重瓦报警动作时，重瓦灯点亮。

⑤超温　当超温跳闸、超温报警动作时，超温灯点亮。

⑥零流　当高压零流跳闸（报警）、低压零流跳闸（报警）动作时，零流灯点亮。

⑦跳位　当所控断路器处于跳位时，跳位灯点亮。

⑧合位　当所控断路器处于合位时，合位灯点亮。

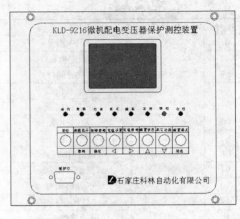

图 1-67　KLD-9216 微机配电变压器保护测控装置液晶显示

3. 按键功能介绍

同 KLD-9211。

4. 显示和操作

当装置上电或者复位后，液晶显示该装置的型号，1 s 后，自动进入下一画面，该画面显示主板的版本号及前面板的版本号。2 s 后，自动进入主页面，主页面是一个循环显示页面，主要显示测量电流、测量电压、功率、保护电流、遥信、电度以及相角等，可在显示页面配置里设定。其余操作同 KLD-9211，各级菜单内容见表 1-48，其他见表 1-49～表 1-52。

表 1-48　"定值设置（查询）"菜单对照表

序号	子菜单名称	子菜单内容	序号	子菜单名称	子菜单内容
1	瞬时速断	瞬时速断 电流定值(A) 延时时间(s) 低电压闭锁 正方向闭锁	7	高压零流	高压零流 零流定值(A) 延时时间(s) 动作类型
2	限时速断	限时速断 电流定值(A) 延时时间(s) 低电压闭锁 正方向闭锁	8	零压保护	零压保护 零压定值(V) 延时时间(s)
3	过流保护	过流保护 电流定值(A) 延时时间(s) 低电压闭锁 正方向闭锁	9	非电量投退	重瓦斯跳闸 超高温跳闸 轻瓦斯告警 超温告警
4	反时限保护	反时限保护 启动电流(A) 延时时间(s) 曲线类型	10	其他设置	低电压定值(V) 控制回路断线 PT 断线
5	过负荷保护	过负荷保护 电流定值(A) 延时时间(s) 动作类型	11	变比设置	PT 变比 CT 变比
6	低压零流	低压零流 零流定值(A) 延时时间(s) 动作类型	12	通信参数	设备地址 RS485 口速率 RS485 口规约 CAN 速率，遥测 个数，主端口类 型，端口数据格式

表 1-49 其他功能菜单对照表

序号	子菜单名称	子菜单内容	序号	子菜单名称	子菜单内容
1	设置系统时间				功率页面
2	设置电度类型	无电度、脉冲电度、积分电度			测量电压
					线电压
3	设置电度底数	正有功表底 正无功表底 反有功表底 反无功表底			测量电流
					保护电流
					零序分量
					序分量
4	继电器闭合时间		9	显示页面设置	第 1 遥信字
5	遥信滤波时间				第 2 遥信字
6	关闭液晶时间	无按键按下关闭液晶的时间			第 3 遥信字
7	关闭背光时间	无按键按下关闭背光的时间			第 4 遥信字
					第 5 遥信字
					相角页面
8	遥信自动复归	遥信自动复归控制字 遥信自动复归延时时间			电度页面
					故障弹出

表 1-50 遥测顺序表

序号	说明	序号	说明
1	频率	46	保留
2	A 相测量电流(CIa)	47	保留
3	B 相测量电流(CIb)	48	保留
4	C 相测量电流(CIc)	49	保留
5	有功功率	50	Ua 相角(以 Ua 为基准)
6	无功功率	51	Ub 相角(以 Ua 为基准)
7	功率因数	52	Uc 相角(以 Ua 为基准)
8	A 相电压(Ua)	53	CIa 相角(以 Ua 为基准)
9	B 相电压(Ub)	54	CIb 相角(以 Ua 为基准)
10	C 相电压(Uc)	55	CIc 相角(以 Ua 为基准)
11	Uab 电压(计算量)	56	BIa 相角(以 Ua 为基准)
12	Ubc 电压(计算量)	57	BIb 相角(以 Ua 为基准)
13	Uca 电压(计算量)	58	BIc 相角(以 Ua 为基准)
14	U30 电压(计算量)	59	Uab 相角(以 Ua 为基准)
15	I30 电流(计算量)	60	Ubc 相角(以 Ua 为基准)
16	零序电压(U0)	61	Uca 相角(以 Ua 为基准)
17	高压零流(Ih0)	62	U30 相角(以 Ua 为基准)
18	低压零流(Il0)	63	I30 相角(以 Ua 为基准)
19	温度	64	U0 相角(以 Ua 为基准)
20	频率(未滤波)	65	Ih0 相角(以 Ua 为基准)
21	Ua(未滤波)	66	Il0 相角(以 Ua 为基准)
22	Ub(未滤波)	67	BIa 与 Ubc 的夹角
23	Uc(未滤波)	68	BIb 与 Uca 的夹角
24	CIa(未滤波)	69	BIc 与 Uab 的夹角
25	CIb(未滤波)	70	Ua 初相角
26	CIc(未滤波)	71	Ub 初相角
27	A 相保护电流(BIa 未滤波)	72	Uc 初相角
28	B 相保护电流(BIb 未滤波)	73	CIa 初相角
29	C 相保护电流(BIc 未滤波)	74	CIb 初相角
30	U0(未滤波)	75	CIc 初相角
31	Ih0(未滤波)	76	BIa 初相角
32	Il0(未滤波)	77	BIb 初相角
33	Uab 电压(计算量未滤波)	78	BIc 初相角
34	Ubc 电压(计算量未滤波)	79	Uab 初相角
35	Uca 电压(计算量未滤波)	80	Ubc 初相角
36	U30 电压(计算量未滤波)	81	Uca 初相角
37	I30 电流(计算量未滤波)	82	U30 初相角
38	保留	83	I30 初相角
39	保留	84	U0 初相角
40	保留	85	Ih0 初相角
41	保留	86	Il0 初相角
42	保留	87～89	保留
43	保留	90	U2(负序电压)
44～45	保留	91	U1(正序电压)

表 1-51　遥信顺序表

序号	说明		序号	说明
1	遥信 1		39	高压零流跳闸
2	遥信 2		40	零压保护
3	遥信 3		41	重瓦跳闸
4	遥信 4		42	超高温跳闸
5	遥信 5		43	跳闸失败
6	遥信 6		44	过负荷报警
7	遥信 7(瓦斯报警)		45	低压零流报警
8	遥信 8(超温报警)		46	高压零流报警
9	遥信 9(重瓦跳闸)		47	控回断线
10	遥信 10(超高温跳闸)		48	PT 断线
11	遥信 11(未储能)		49	保留
12	遥信 12(压力低)		50	保留
13	遥信 13,可作脉冲电度输入	通过参数配置	51	保留
14	遥信 14,可作脉冲电度输入		52	保留
15	遥信 15,可作脉冲电度输入		53	保留
16	遥信 16,可作脉冲电度输入		54	保留
17~28	保留		55	保留
29	跳闸回路导通(开关合位)		56	保留
30	合闸回路导通(开关跳位)		57	保留
31	合闸动作		58	保留
32	分闸动作		59	保留
33	瞬时速断		60	保留
34	限时速断		61	保留
35	过流		62	事故总
36	过负荷		63	预告总
37	反时限		64	合位
38	低压零流跳闸			

表 1-52　遥控定义表

序号	点号	定义	说明
1	0	断路器合	
2	1	断路器分	
3	254	保护信号远方复归	
4	255	保护信号远方复归	

【学习评价】

1. 对限时速断保护如何进行整定?
2. 对过负荷保护如何进行整定?
3. 压板投退的作用和功能是什么?
4. 验收投退保护压板的方法是什么?
5. 保护压板的投退顺序和注意事项有哪些?
6. 微机电流电压保护有何特点?
7. 微机保护和常规电流电压保护有何异同?
8. 微机分段保护测控装置充电保护的原理和作用是什么?

9. 微机分段保护测控装置都具有哪些保护功能？

10. 写出微机分段保护测控装置充电保护整定步骤。

11. 微机变压器保护测控装置 PT 断线的判据是什么？

12. 微机变压器保护测控装置非电量保护都有哪些？

13. 写出微机变压器保护测控装置过负荷保护整定步骤。

任务四　供配电系统自动装置操作

【任务描述】

在熟悉备自投装置、自动重合闸装置和 KWWB 系列无功补偿控制器的基础上，实现 10kV 系统的备用电源自动投入、10kV 线路微机重合闸和低压系统的无功补偿。熟练掌握这些装置的基本使用和整定方法对提高学生的实际操作能力是非常重要的。

【知识链接】

一、10kV 系统备用电源自动投入

1. 单母线分段接线

单母线接分段断路器进行分段，可以提高供电可靠性和灵活性。这不仅便于分段检修母线，而且可减小母线故障影响范围。对重要用户可以从不同分段上引接，当一段母线发生故障时，自动装置将分段断路器 QFD 跳开，保证正常段母线不间断供电。也可以分别从两端母线供电，分段断路器备用。如图 1-68 所示。

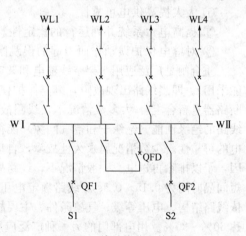

图 1-68　单母线分段接线图

2. 备自投原理

为保证供电的可靠性，电力系统经常采用两个或两个以上的电源进行供电，并考虑相互之间采取适当的备用方式。当工作电源失去电压时，备用电源由自动装置立即投入，从而保证供电的连续性，这种自动装置称为备用电源自动投入装置，简称备自投。

备用电源自动投入装置遵循的基本原则如下。

① 当工作母线上的电压低于检无压定值，并且持续时间大于时间定值时，备自投装置方可启动。备自投的时间定值应与相关的保护及重合闸的时间定值相配合。

② 备用电源的电压应工作于正常范围，或备用设备应处于正常的准备状态，备自投装置方可动作，否则应予以闭锁。

③ 必须在断开工作电源的断路器之后，备自投装置方可动作。

工作电源消失后，不管其进线断路器是否已被断开，备自投装置在启动延时到了以后总是先跳该断路器，确认该断路器在跳位后，方能合备用电源的断路器。按照上述逻辑动作，可以避免工作电源在别处被断开，备自投动作后合于故障或备用电源倒送电的情况发生。

④ 人工切除工作电源时，备自投装置不应动作。

备用电源自动投入装置引入进线断路器的手跳信号作为闭锁量，一旦采到手跳信号，立

即使备自投放电，实现闭锁。

⑤ 避免备用电源合于永久性故障。

在考虑运行方式和保护配置时，应避免备自投装置动作使备用电源合于永久性故障的情况发生，一般通过引入闭锁量或检开关位置使备自投发电。例如，就主变低压侧分段开关备自投而言，变压器差动保护动作跳主变各侧时，一般表明主变本体发生故障，此时无需闭锁主变低压侧分段开关备自投；而变压器后备保护动作时，可能是低压侧母线或其出线上发生了故障，此时一般应闭锁低压侧分段开关备自投。

⑥ 备自投装置只允许动作一次。

以往常规的备用电源自动投入装置通过装置内部电容器的充放电过程来保证只动作一次。为了便于理解，微机备自投装置仍然引用充放电这一概念，只不过微机备自投装置由软件通过逻辑判断实现备自投充放电。

当备自投充电条件满足时，经 10s 充电时间后，进入充电完毕状态。当放电条件满足、有闭锁信号或退出备自投时立即放电。

二、线路的自动重合闸装置

电力系统中的故障大多数是送电线路（特别是架空线路）的"瞬时性"故障。对瞬时性故障，微机保护装置切除故障线路后，经过延时一定时间，自动闭合断路器，称为重合，重合闸；由于实际上大多数架空线路故障为瞬时或暂时性的，因此重合闸是运行中常采用的自恢复供电方法之一。

在电力系统中采用重合闸的技术经济效果，主要可归纳如下。

① 大大提高供电可靠性。

② 提高电力系统并列运行的稳定性。

③ 对继电保护误动作而引起的误跳闸，也能起到纠正的作用。

重合闸是广泛应用于架空线输电和架空线供电线路上的有效反事故措施（电缆输、供电不能采用）。即当线路出现故障，继电保护使断路器跳闸后，自动重合闸装置经短时间间隔后使断路器重新合上。大多数情况下，线路故障（如雷击、风害等）是暂时性的，断路器跳闸后线路的绝缘性能（绝缘子和空气间隙）能得到恢复，再次重合能成功，这就提高了电力系统供电的可靠性。少数情况属永久性故障，自动重合闸装置动作后靠继电保护动作再跳开，查明原因，予以排除再送电。一般情况下，线路故障跳闸后重合闸越快，效果越好。重合闸允许的最短间隔时间为 0.15~0.5s。线路额定电压越高，绝缘去电离时间越长。自动重合闸的成功率依线路结构、电压等级、气象条件、主要故障类型等变化而定。据中国电力部门统计，一般可达 60%~90%。用电部门的另一种广泛应用的反事故措施是备用电源自动投入，通常所需时间为 0.2~0.5s。它所需投资不多而维持正常供电带来的经济效益很大。

三、无功补偿与提高功率因数

电网的最大负荷是工业负荷，而工业负荷绝大多数是电动机，电动机可等效为电感和电阻的串联，所以电力系统负载是感性的，功率因数是有功功率与视在功率的比值，系统的功率因数是滞后的功率因数，且值较低。功率因数低降低了供电设备的利用率，增加了供电设备和输电线路的功率损失。提高功率因数的办法是装设并联电容器。

【任务实施】 自动装置操作

一、10kV 系统备用电源自动投入

10kV 系统主接线图如图 1-69 所示。

高压侧微机备用电源自投装置设有四种备投方式。

方式 1：201 作为 101 的备用，正常供电时 101 处于合位，201 处于分位，010 处于合

位。正常供电时，Ⅰ段母线三相有压且101有流（或检有流退出）6s（合闸充电时间）后，母线电压消失，且101处无流，延时时间到后，检测201处电源（抽取电压2）是否正常，如果201处电源正常，断开101并确认后合上201。

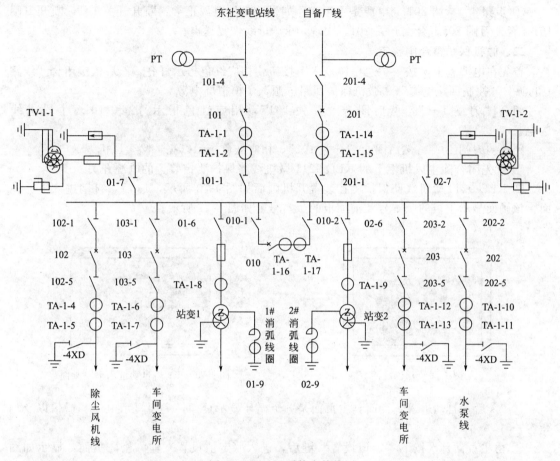

图 1-69 10kV 系统主接线图

方式2：101作为201的备用，正常供电时201处于合位，101处于分位，010处于合位。正常供电时，Ⅱ段母线三相有压且201有流（或检有流退出）6s（合闸充电时间）后，母线电压消失，且201处无流，延时时间到后，检测101处电源（抽取电压1）是否正常，如果101处电源正常，断开201并确认后合上101。

方式3：010作为101的备用，正常供电时101处于合位，201处于合位，010处于分位。正常供电时，Ⅰ段母线三相有压且101有流（或检有流退出）6s（合闸充电时间）后，母线电压消失，且101处无流，延时时间到后，检测201处电源（Ⅱ段母线电压）是否正常，如果201处电源正常，断开101并确认后合上010。

方式4：010作为201的备用，正常供电时101处于合位，201处于合位，010处于分位。正常供电时，Ⅱ段母线三相有压且201有流（或检有流退出）6s（合闸充电时间）后，母线电压消失，且201处无流，延时时间到后，检测101处电源（Ⅰ段母线电压）是否正常，如果101处电源正常，断开201并确认后合上010。

按照方式1进行手动备用电源投入实训如下。

① 步骤1 闭合刀闸101，闭合开关101，进线Ⅰ送电；开关201、刀闸201处于

分位。

②步骤 2　闭合刀闸 010，闭合开关 010，母联断路器闭合；10kV 母线 II 段送电。

③步骤 3　正常供电时，I 段母线三相有压且开关 101 有流（或检有流退出）6 s（合闸充电时间）后，断开开关 101，断开刀闸 101，母线 I 电压消失，且开关 101 处无流。

④步骤 4　检测 201 处电源是否正常，如果 201 处电源正常，断开开关 101，断开刀闸 101，合上刀闸 201，合上开关 201，实现 10kV 母线恢复送电。

二、微机保护重合闸整定

首先在电源箱上，按下"总电源投入"按钮，相应红色指示灯亮，然后依次闭合"线路 1 电源"、"控制回路电源"、"微机保护回路电源"、"模拟屏电源"。

闭合"刀闸 101"，然后闭合"开关 101"，相应红色指示灯亮，10kV I 段进线送电。

闭合"刀闸 102"，然后闭合"开关 102"，相应红色指示灯亮，除尘风机线送电。

① 首先闭合除尘风机柜上的 KLD-9211 微机线路保护测控装置的电源开关。

② KLD-9211 微机线路保护测控装置开机画面如图 1-70 所示，1s 后，自动进入下一画面，该画面显示主板的版本号及前面板的版本号。如图 1-71 所示。

KLD-9211
线路保护测控装置
石家庄科林公司

图 1-70　开机画面

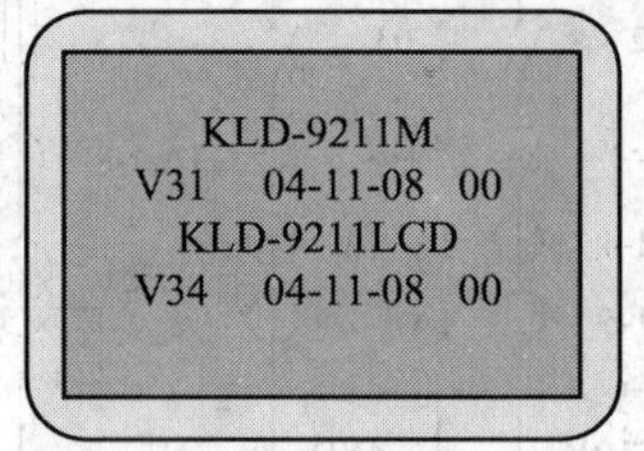

KLD-9211M
V31　04-11-08　00
KLD-9211LCD
V34　04-11-08　00

图 1-71　1 s 后自动进入下一画面

③ 2 s 后，自动进入主页面，主页面是一个循环显示页面，主要显示电流、遥信以及相角等。

④ 由主页面首次按下"定值设置"键后，进入（定值设置）输入密码页面，显示如图 1-72 所示。

按下▲/▼改变反显的值，按◀/▶改变反显数字的位置，输入完毕后，按"确定"键，如果提示"密码错误请重新输入"，等待 1s 后，重新显示密码输入页面，如果密码正确，进入定值设定页面，显示页面如图 1-73 所示。

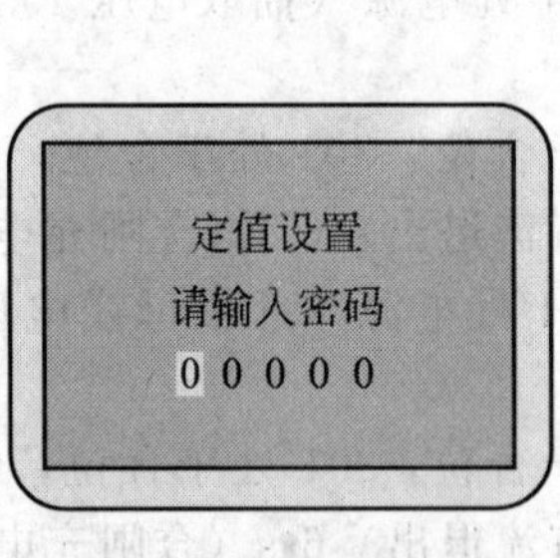

定值设置
请输入密码
0 0 0 0 0

图 1-72　输入密码页面

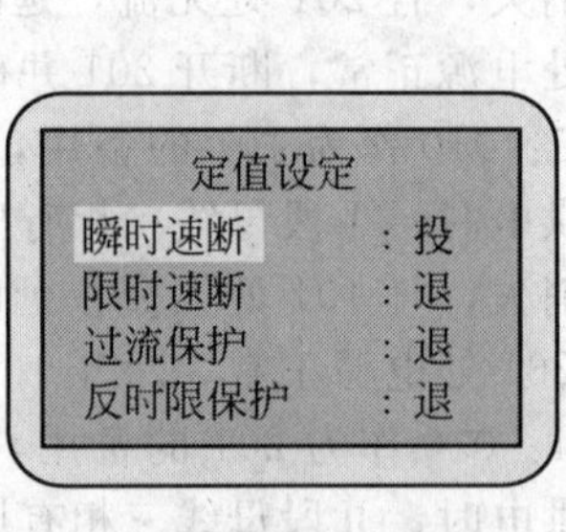

定值设定
瞬时速断　　　：投
限时速断　　　：退
过流保护　　　：退
反时限保护　　：退

图 1-73　定值设定页面

⑤ 按▲/▼改变反显示的上下位置，按◀/▶键无效，按"取消"、"退出"均退出定值设定，按"确定"进入反显所在的定值设定项，当反显在"重合投入次数"时如图 1-74 所示。按"确定"则进入设定重合设置页面，如图 1-75 所示。

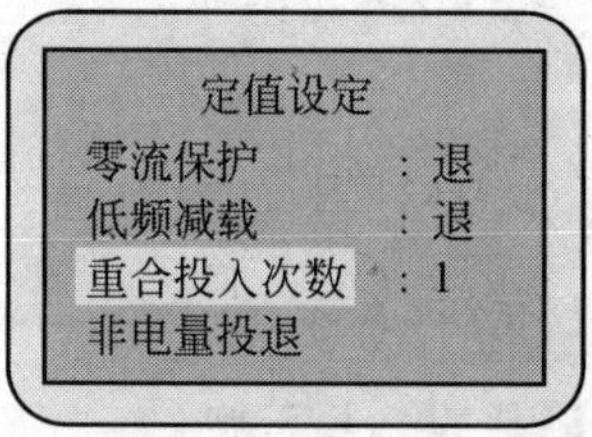

图 1-74 反显在"重合投入次数"时页面

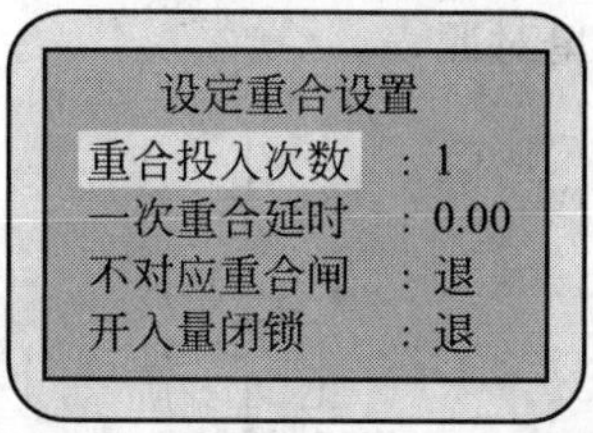

图 1-75 设定重合设置页面

⑥ 按▲/▼改变反显示的上下位置，按◀/▶键无效，按"取消"返回到定值设定页面图 1-74，按"退出"退出定值设置，按"确定"进入反显所在的定值设定项，如图 1-76 所示。

⑦ 按▲/▼改变反显示数字的大小，按◀/▶键无效，按"取消"返回到图 1-75，按"退出"返回到主页面，退出定值设置；按"确定"键，保存已设置的内容，反显示的内容自动移到下一项，如图 1-77 所示。依次类推，直到最后一项。

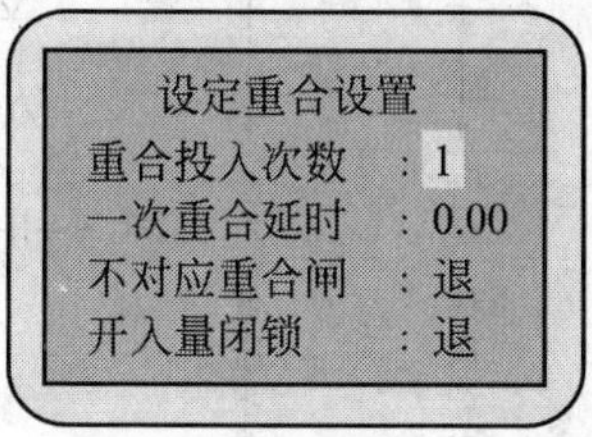

图 1-76 进入反显所在的
定值设定项

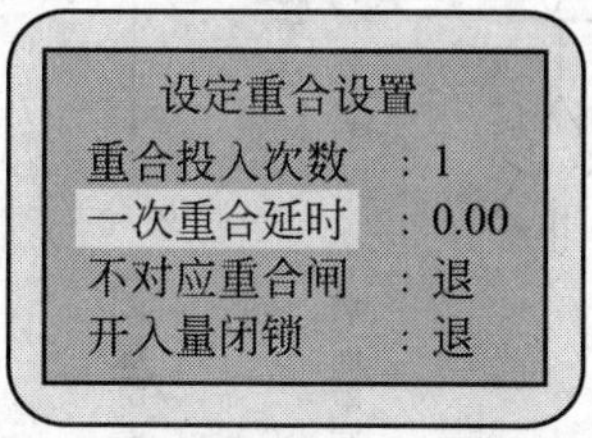

图 1-77 保存已设置的内容，反显
示的内容自动移到下一项

⑧ 按▲/▼改变反显示的内容，按◀/▶键无效，按"取消"返回到定值设定页面图 1-74，按"退出"返回到主页面，按"确定"键设置重合闸的一次重合延时，如图 1-78 所示，按▲/▼改变反显示数字的大小，按◀/▶键改变反显示的位置，设置定值完毕后，按"确定"保存设定的定值，如图 1-79 所示；按"取消"键，不保存设置的定值，返回图 1-77，设置完毕后，按"退出"返回到主页面。

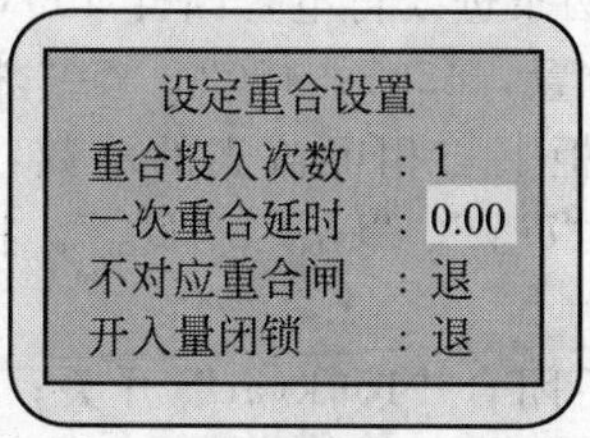

图 1-78 设置重合闸的
一次重合延时

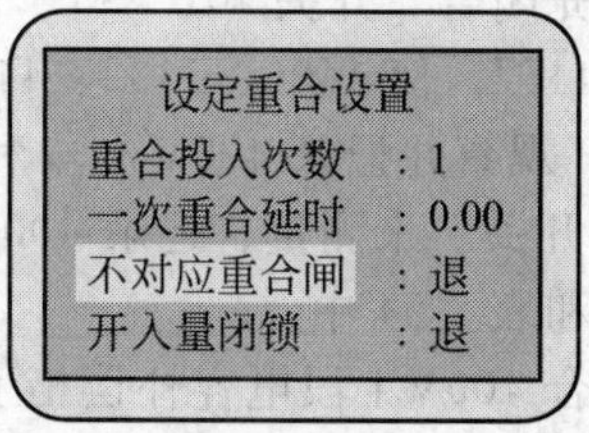

图 1-79 保存设定
的定值

整定的结果如下。

重合投入次数：1

一次重合延时：0.00

不对应重合闸：退

开入量闭锁：退

后加速时间（s）：5.00

⑨ 其他定值设置与显示同重合设置定值设置。定值设置的所有内容可参考定值设置（查询）菜单对照表。

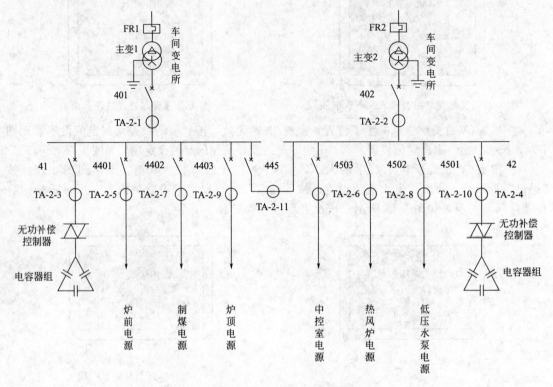

图 1-80　低压系统主接线图

三、无功补偿与提高功率因数

因为本仿真系统只有低压部分有无功补偿控制器，所以所有操作都是在低压柜进行，无功补偿与提高功率因数实训的所有操作都是在 10kV 已经供电的前提下进行的。图 1-80 为低压系统主接线图。

（1）400V 系统母联开关断开，两段母线分列运行

① 首先闭合"开关 401"和"开关 402"，使 400V 两条进线得电，断开 400V 母联柜上的"开关 445"。使 4401、4402、4403 断路器处于合闸位置，4501、4502、4503 断路器处于合闸位置。观察并记录 400V Ⅰ段和Ⅱ段进线柜和出线柜上三相电流表的示数，并且通过"电压转换开关"来测量、记录 400V Ⅰ段和Ⅱ段母线的"U_{ab}"、"U_{bc}"、"U_{ca}"。将结果记录于表 1-53 和表 1-54 中。

② 闭合 400V Ⅰ段电容补偿柜上的"开关 41"，然后闭合"150kvar"开关；闭合 400V Ⅱ段电容补偿柜上的"开关 42"然后闭合"150kvar"开关。

观察并记录 400V Ⅰ段和Ⅱ段电容补偿柜上三相电流表的示数；观察并记录 400V Ⅰ段和Ⅱ段进线柜和出线柜上三相电流表的示数，并且通过"电压转换开关"来测量、记录 400V Ⅰ段和Ⅱ段母线的"U_{ab}"、"U_{bc}"、"U_{ca}"。将结果记录于表 1-53 和表 1-54 中。

③ 闭合 400V Ⅰ段电容补偿柜上的"开关 41"，然后闭合"150kvar"开关、"300kvar"开关；闭合 400V Ⅱ段电容补偿柜上的"开关 42"，然后闭合"150kvar"开关、"300kvar"开关。

观察并记录 400V Ⅰ段和Ⅱ段电容补偿柜上三相电流表的示数；观察并记录 400V Ⅰ段和Ⅱ段进线柜和出线柜上三相电流表的示数，并且通过"电压转换开关"来测量、记录 400V

Ⅰ段和Ⅱ段母线的"U_{ab}"、"U_{bc}"、"U_{ca}"。将结果记录于表1-53和表1-54中。

④ 闭合400VⅠ段电容补偿柜上的"开关41"，然后闭合"150kvar"开关、"300kvar"开关、"600kvar"开关；闭合400VⅡ段电容补偿柜上的"开关42"，然后闭合"150kvar"开关、"300kvar"开关、"600kvar"开关。

观察并记录400VⅠ段和Ⅱ段电容补偿柜上三相电流表的示数；观察并记录400VⅠ段和Ⅱ段进线柜和出线柜上三相电流表的示数，并且通过"电压转换开关"来测量、记录400VⅠ段和Ⅱ段母线的"U_{ab}"、"U_{bc}"、"U_{ca}"。将结果记录于表1-53和表1-54中。

⑤ 分析实训结果。

表 1-53　400VⅠ段母线无功补偿前后电流、电压变化情况

项目		400V 进线柜电流			400V 出线柜电流			电容补偿柜电流			400V 母线电压		
		I_a	I_b	I_c	I_a	I_b	I_c	I_a	I_b	I_c	U_{ab}	U_{bc}	U_{ca}
补偿前													
补偿后	150 kvar												
	300 kvar												
	600 kvar												

表 1-54　400VⅡ段母线无功补偿前后电流、电压变化情况

项目		400V 进线柜电流			400V 出线柜电流			电容补偿柜电流			400V 母线电压		
		I_a	I_b	I_c	I_a	I_b	I_c	I_a	I_b	I_c	U_{ab}	U_{bc}	U_{ca}
补偿前													
补偿后	150 kvar												
	300 kvar												
	600 kvar												

（2）400V 系统母联开关闭合，两段母线并列运行

① 首先闭合"开关401"，使400VⅠ段母线得电，闭合400V母联柜上的"开关445"。使4401、4402、4403断路器处于合闸位置，4501、4502、4503断路器处于合闸位置。观察并记录400VⅠ段进线柜和出线柜上三相电流表的示数，并且通过"电压转换开关"来测量、记录400VⅠ段母线的"U_{ab}"、"U_{bc}"、"U_{ca}"。将结果记录于表1-55中。

② 闭合400VⅠ段电容补偿柜上的"开关41"，然后闭合"150kvar"开关；闭合400VⅡ段电容补偿柜上的"开关42"，然后闭合"150kvar"开关。

观察并记录400VⅠ段和Ⅱ段电容补偿柜上三相电流表的示数；观察并记录400VⅠ段进线柜和出线柜上三相电流表的示数，并且通过"电压转换开关"来测量、记录400VⅠ段母线的"U_{ab}"、"U_{bc}"、"U_{ca}"。将结果记录于表1-55中。

③ 闭合400VⅠ段电容补偿柜上的"开关41"，然后闭合"150kvar"开关、"300kvar"开关；闭合400VⅡ段电容补偿柜上的"开关42"，然后闭合"150kvar"开关、"300kvar"开关。

观察并记录400VⅠ段和Ⅱ段电容补偿柜上三相电流表的示数；观察并记录400VⅠ段进

线柜和出线柜上三相电流表的示数，并且通过"电压转换开关"来测量、记录 400V Ⅰ 段母线的"U_{ab}"、"U_{bc}"、"U_{ca}"。将结果记录于表 1-55 中。

④ 闭合 400V Ⅰ 段电容补偿柜上的"开关 41"，然后闭合"150kvar"开关、"300kvar"开关、"600kvar"开关；闭合 400V Ⅱ 段电容补偿柜上的"开关 42"，然后闭合"150kvar"开关、"300kvar"开关、"600kvar"开关。

观察并记录 400V Ⅰ 段和 Ⅱ 段电容补偿柜上三相电流表的示数；观察并记录 400V Ⅰ 段进线柜和出线柜上三相电流表的示数，并且通过"电压转换开关"来测量、记录 400V Ⅰ 段母线的"U_{ab}"、"U_{bc}"、"U_{ca}"。将结果记录于表 1-55 中。

⑤ 分析实训结果。

表 1-55　400V 母线无功补偿前后电流、电压变化情况

项目		400V 进线柜电流			400V 出线柜电流			电容补偿柜电流			400V 母线电压		
		I_a	I_b	I_c	I_a	I_b	I_c	I_a	I_b	I_c	U_{ab}	U_{bc}	U_{ca}
补偿前													
补偿后	150 kvar												
	300 kvar												
	600 kvar												

【知识拓展】　KLD-9261 微机备用电源自投装置

1. 装置整定

① 装置参数整定（同 KLD-9211）

② 装置定值整定（表 1-56）

表 1-56　装置定值整定表

序号	定值类型	定值名称	整定范围	整定步长	整定值
01		备投方式1	投/退		
02		备投方式2	投/退		
03		备投方式3	投/退		
04	备投启动方式	备投方式4	投/退		
05		延时时间(s)	0.00～60.00s	0.01s	
06		充电检有流	投/退		
07		有流定值(A)	0.00～5.00A	0.01A	
08	检对侧电压	检对侧电压	投/退		
09	控制回路断线	控制回路断线	投/退		
10	PT 断线	PT 断线	投/退		
11		低压告警	投/退		
12	低压告警	低压定值(V)	10.00～100.00V	0.01V	
13		延时时间(s)	0.00～60.00s	0.01s	
14		过压告警	投/退		
15	过压告警	过压定值(V)	80.00～130.00V	0.01V	
16		延时时间(s)	0.00～60.00s	0.01s	
17	变比设置	PT 变比	10.0/100	0.1	kV/V
18		CT 变比	50/5	1	

2. 显示和操作说明

（1）概述

KLD-9261 微机备用电源自投保护装置采用大屏幕液晶显示，下面有 8 个 LED 指示灯，指示灯下面有 8 个操作按键。见图 1-81。

（2）指示灯介绍

① 运行　指示液晶的运行状态。正常状态是每 0.25s 闪烁一次。

② 方式 1　当备投方式 1 动作时，方式 1 灯点亮。

③ 方式 2　当备投方式 2 动作时，方式 2 灯点亮。

④ 方式 3　当备投方式 3 动作时，方式 3 灯点亮。

⑤ 方式 4　当备投方式 4 动作时，方式 4 灯点亮。

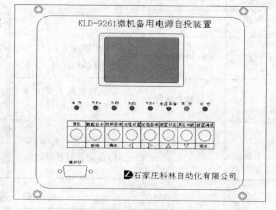

图 1-81　KLD-9261 微机备用电源自投保护装置液晶显示

⑥ 电压异常　当 PT 断线、失压、过压告警时，电压异常灯点亮。

⑦ 跳位　当所控断路器处于跳位时，跳位灯点亮。

⑧ 合位　当所控断路器处于合位时，合位灯点亮。

3. 按键功能介绍

同 KLD-9211。

4. 显示和操作

当装置上电或者复位后，液晶显示该装置的型号，1s 后自动进入下一画面，该画面显示主板的版本号及前面板的版本号。2s 后自动进入主页面，主页面是一个循环显示页面，主要显示测量电流、测量电压、功率、保护电流、遥信以及相角等，可在显示页面配置里设定。其余操作同 KLD-9211，各级菜单内容如表 1-57 所示，其他见表 1-58～表 1-61。

表 1-57　定值设置（查询）菜单对照表

序号	子菜单名称	子菜单内容	序号	子菜单名称	子菜单内容
1	备投启动方式	备投方式 1 备投方式 2 备投方式 3 备投方式 4 延时时间(s) 充电检有流 有流定值(A)	6	过压告警	过压告警 过压定值(V) 延时时间(s)
			7	变比设置	PT 变比 CT 变比
2	检对侧电压	检对侧电压	8	通信参数	设备地址 RS485 口速率 RS485 口规约 CAN 速率 遥测个数 主端口类型 端口数据格式
3	控制回路断线	控制回路断线			
4	PT 断线	PT 断线			
5	低压告警	低压告警 失压定值(V) 延时时间(s)			

表 1-58 其他功能菜单对照表

序号	子菜单名称	子菜单内容	序号	子菜单名称	子菜单内容
1	设置系统时间				功率页面 1
					功率页面 2
2	继电器闭合时间				测量电流 1
					测量电流 2
3	遥信滤波时间				测量电流 3
					测量电压 1
4	关闭液晶时间	无按键按下关闭液晶的时间	7	显示页面设置	测量电压 2
					序分量
					第 1 遥信字
5	关闭背光时间	无按键按下关闭背光的时间			第 2 遥信字
					第 3 遥信字
					第 4 遥信字
6	遥信自动复归	遥信自动复归控制字 遥信自动复归延时时间			第 5 遥信字
					故障弹出

表 1-59 遥测顺序表

序号	说　明	序号	说　明
1	1DL 频率	20	温度
2	1DL A 相测量电流(CIa1)	21	2DL 频率
3	1DL C 相测量电流(CIc1)	22	CIa1(未滤波)
4	2DL A 相测量电流(CIa2)	23	CIc1(未滤波)
5	2DL C 相测量电流(CIc2)	24	CIa2(未滤波)
6	3DL A 相测量电流(CIa3)	25	CIc2(未滤波)
7	3DL C 相测量电流(CIc3)	26	CIa3(未滤波)
8	1DL 有功功率(P1)	27	CIc3(未滤波)
9	1DL 无功功率(Q1)	28	Uab1(未滤波)
10	1DL 功率因数($\cos \varphi1$)	29	Ubc1(未滤波)
11	2DL 有功功率(P2)	30	Uab1′(未滤波)
12	2DL 无功功率(Q2)	31	Uab2(未滤波)
13	2DL 功率因数($\cos \varphi2$)	32	Ubc2(未滤波)
14	1DL AB 相电压(Uab1)	33	Uab2′(未滤波)
15	1DL BC 相电压(Ubc1)	34～42	保留
16	1DL 抽取 AB 相电压(Uab1′)	43	U1_Ⅰ(Ⅰ段正序电压)
17	2DL AB 相电压(Uab2)	44	U2_Ⅰ(Ⅰ段负序电压)
18	2DL BC 相电压(Ubc2)	45	U1_Ⅱ(Ⅱ段正序电压)
19	2DL 抽取 AB 相电压(Uab2′)	46	U2_Ⅱ(Ⅱ段负序电压)

表 1-60 遥控定义表

序　号	点　号	定　义	说　明
1	0	遥控合闸	
2	1	遥控分闸	
3	254、255	保护信号远方复归	

表 1-61　遥信顺序表

序号	说　明	序号	说　明
1	遥信 1(1DL)	31	合闸动作
2	遥信 2(2DL)	32	分闸动作
3	遥信 3(3DL)	33	备投动作
4	遥信 4(启动备投)	34	备投方式 1 动作
5	遥信 5(闭锁备投)	35	备投方式 2 动作
6	遥信 6	36	备投方式 3 动作
7	遥信 7	37	备投方式 4 动作
8	遥信 8	38～41	保留
9	遥信 9	42	控制回路断线
10	遥信 10	43	Ⅰ 段 PT 断线
11	遥信 11(未储能)	44	Ⅱ 段 PT 断线
12	遥信 12(压力低)	45	Ⅰ 段失压
13	遥信 13	46	Ⅱ 段失压
14	遥信 14	47	Ⅰ 段过压
15	遥信 15	48	Ⅱ 段过压
16	遥信 16	49～61	保留
17～28	保留	62	事故总
29	跳闸回路导通	63	预告总
30	合闸回路导通	64	合位

【学习评价】

1. 重合闸在电力系统稳定性上所起的作用是什么？
2. 画出分段备自投的逻辑框图。
3. 写出按照方式 2 进行备自投的步骤。
4. 后加速度和前加速度的区别是什么？
5. 两段母线分列运行和并列运行时，无功补偿的值是否相同？
6. 两段母线分列运行和并列运行时，功率因数的变化范围是多少？
7. 能否过补偿？

任务五　变电站监控系统操作

【任务描述】

　　"KLD-2000 当地监控系统"是功能强大，使用方便，适用于地调、县调以及不同规模的变电站当地监控系统。它完善地实现了实时监控的功能，避免了由于人为原因引起的各种失误，很大程度上提高了工作效率。在熟悉 KLD-2000 当地监控系统的基础上，对供配电系统进行实时监控，并学会使用实时监控子系统和报警系统显示实时数据和进行报警。熟练掌握该系统的基本使用方法与维护对提高学生的实际操作能力是非常重要的。

　　KLD-2000 当地监控系统是一个开放的分布式计算机监控系统，它是针对 10～220kV 不同电压等级、功能要求的变电站而推出的，实现变电站监控、防误操作，达到变电站无人或少人值班的水平。本系统是基于 Windows98、2000/NT/XP 操作系统的接口标准，TCP/IP 网络协议作为网络的通信接口。

【知识链接】

一、KLD-2000 当地监控系统

随着自动化技术、计算机技术、网络技术、Internet 技术的不断发展，提出了变电站无人值班的设想与要求，在此情况下，科林自动化有限公司结合当今计算机软硬件的发展方向，吸取国内外同类产品的先进经验，充分利用现代先进技术，开发了"KLD-2000 当地监控系统 2.0 版"，在系统的技术先进性、扩展性、互连性、安全性、数据一致性和实时性方面都有了很大提高。该系统可平稳运行在 Windows 9x/XP/2000 下，采用标准程序语言，遵循公认的操作系统和通信接口标准，使用屏幕外观与操作风格相同的人机对话方式（图形用户界面）。它功能强大，使用方便，适用于地调、县调以及不同规模的变电站当地监控系统，更完善地实现了实时监控的功能，避免了由于人为原因引起的各种失误，很大程度上提高了工作效率。

系统主要技术特点如下。

① 合理使用系统资源、优良的实时性能。采用 Windows 的群集技术，使得在同样的硬件条件下加快了事务处理的能力和数据吞吐能力，体现出更加优良的实时特性。

② 面向对象的实时数据库。本系统采用面向电力行业对象数据库，数据结构合理并具有很强的扩展性，历史数据库采用标准的 Microsoft Access 数据库。

③ 应用系统掌握操作容易。在人机界面上使用相同的屏幕外观和操作风格，使操作、掌握、学习非常容易。

④ 系统伸缩性好，扩充容易，可以高效应用最新成果。由于系统在设计时充分考虑了标准化的思想，使得系统和其他系统之间的接口非常容易，可以高度共享当今世界上最新科技成果。

⑤ 强劲的技术支持和永久的生命力。KLD-2000 当地监控系统采用 VC++、Microsoft Access 以及目前 OLE 标准、ODBC 开放数据库互联标准、面向对象的编程技术和标准，依附于全球最大的操作系统生产厂家微软的 Windows 系列操作系统之上，保证了系统及操作系统的长久生命力。

⑥ 本系统包括了几乎所有常见的电力行业规约，可以满足用户的各种不同需求。

系统所有可执行模块均安装在系统目录下的 PROG 文件夹下。

- Syscon. exe 控制台模块，是整个系统的核心，管理各个子模块。
- Front. exe 前置机模块，主要完成通信和数据处理功能，其中包括与综合自动化或 RTU 装置的通信，接收主站下发的遥控遥调命令，处理实时数据。
- Dbms. exe 数据库模块，它是数据库维护的工具，用以对系统各种运行参数进行设置或修改。
- Maker. exe 组态模块，它是对人机界面所显示图形进行编辑的工具，主要用来绘制如接线图、曲线图、棒形图、实时表等各种图形。
- Viewer. exe 实时监控模块，它是运行人员的工作界面，主要显示接线图、综合图、曲线、棒图，实现包括遥测、遥信、遥控、遥调"四遥"功能。
- Alarm. exe 报警模块，用于显示多条最近的报警事项。
- 电子报表 .exe 电子报表模块，实现设计、浏览、打印报表。

二、KLD-2000 实时监控子系统

电力监控系统以计算机、通信设备、测控单元为基本工具，为变配电系统的实时数据采集、开关状态检测及远程控制提供了基础平台，它可以和检测、控制设备构成任意复杂的监控系统，在变配电监控中发挥了核心作用，可以帮助企业消除孤岛，降低运作成本，提高生

产效率，加快变配电过程中异常的反应速度。

Viewer 实时监控子系统是为值班人员提供的监视平台，它可以各种方式显示实时数据，如画面、表格、文本、棒图、曲线等，并根据不同的现场情况用管理员所设定的报警方式提醒值班人员。Viewer 实时监控子系统是变电站值班人员使用的主要程序，人机界面非常友好，采用多媒体技术的人机界面，可做到语音报警、多层图绘制、放大漫游、各种类型的图形显示等功能。提供跨平台、跨应用的统一图形格式；OpenGL 画面显示，提供图形跨平台解决方案；全网画面共享，提供图形一致性维护；提供友好的可定制、人性化人机界面，所有菜单格式和图形界面格调统一规范。用户界面全部采用菜单形式和鼠标操作。

三、KLD-2000 报警子系统

报警系统在当地监控系统中起着重要作用。当有动作信号时，报警系统都会实时反映到计算机终端，以文字描述、语音提示、调图等多种形式提醒用户注意，从而使用户不仅能够实时了解到系统的运行情况，也能够及时掌握事故原因，确定事故发生具体位置，以便准确地采取解救措施，避免事故的恶化。另外，系统还可以实时打印报警事项，并且能保存到数据库中进行永久保存，以便日后查询。

【任务实施】 KLD-2000 当地监控系统操作

一、KLD-2000 当地监控系统的使用

① 控制台模块（Syscon）是整个系统的基础，在运行其他模块时必须先运行控制台模块。该模块界面如图 1-82 所示。

图 1-82 控制台模块界面

通过此模块界面上的功能按钮，你可以调用监控系统的其他模块。

② 在控制台主界面上点击相应的按钮，则系统将启动对应的应用模块。点击主界面的"进程管理"按钮，将会弹出进程设置界面，如图 1-83 所示。

选择要自动加载的模块，则每次控制台模块启动时会自动启动选定的模块。

③ 点击主界面上的"退出"按钮，将弹出如图 1-84 所示的用户验证窗口。

图 1-83 进程设置界面

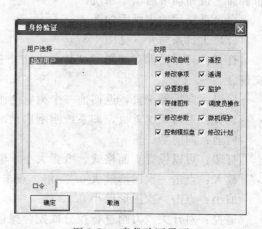

图 1-84 身份验证界面

先在用户列表框中选择用户名称，在口令输入框中输入相应的密码，点击"确定"按钮，如密码不正确则提示密码错误，连续三次错误本窗口将自动退出，用户执行退出命令操作失败。如密码与用户对应正确则控制台模块退出（因控制台模块为其他所有模块的基础，所以控制台退出后其他模块都会自动退出，因此用户应谨慎使用此功能）。

当系统第一次运行时，用户只有"超级用户"，其密码为小写"kld"，此用户具有系统的全部权限，因此在系统安装完成后一定要在数据库管理模块的"用户口令表"中将其密码改为系统管理员自己的密码。

④ 本系统采用注册方式来验证用户对此软件是否具有使用权，如在系统启动时出现如图 1-85 所示的窗口，则说明本系统未经过注册。

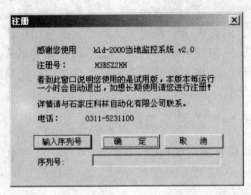

图 1-85　注册界面

用户可以根据窗口上的提示与本公司联系，将"注册号"告知本公司，在得到序列号后，点击"输入序列号"按钮，将序列号输入"序列号"编辑框，点击确定，如序列号正确则提示注册成功，否则提示注册未成功。

如用户注册未成功，则在主窗体右侧的显示区域将提示未注册信息，并且程序每持续运行 1h，就会自动退出。

二、KLD-2000 实时监控子系统的使用

（1）启动系统

如果控制台系统设置了自动加载，则当控制台系统启动后，会自动加载实时监控系统。如果没有设置自动加载，那么需要人工加载，启动控制台系统后，点击控制台界面上的"人机界面"按钮即可启动本系统。

登录系统后的主画面如图 1-86 所示。

（2）工具条简介（见图 1-87）

打开：打开已保存的图形文件。点击下拉黑三角，在下拉菜单中选择最近打开的图形文件。

后退：向后翻一页，返回前一个浏览的画面。

首页：返回系统首页，即系统刚刚启动时的登录画面。

向前：向前翻一页。

打印：可以设置页面格式、纸张大小，输出画面到打印机，打印当前图形。

放大：点击一次图形放大 0.25 倍，点击下拉按钮可选择其他方式图形放大。

缩小：点击一次图形缩小 0.25 倍。

遥控：对开关或刀闸进行控分或控合操作。

遥调：对变压器分接头进行挡位的升、降调节操作。

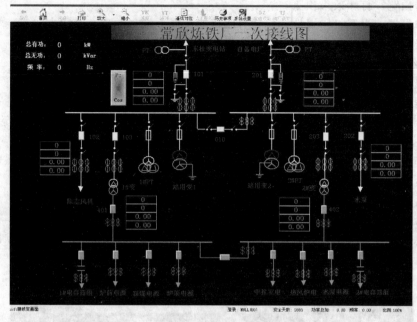

图 1-86　实时监控子系统界面

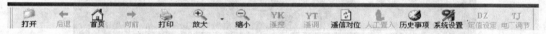

图 1-87　实时监控子系统工具条

遥信对位：当开关或刀闸有变位动作时会处于闪烁状态，此项操作可以停止开关或刀闸闪烁动作，使相应的刀闸或开关恢复正确的状态。

人工置入：手动置入开关或刀闸的状态。

历史事项：显示历史报警事项，用户可以选择察看各个厂站、任意报警类型、任意时间段内的历史报警记录，也可根据需要增加或删除任一条历史报警记录。

系统设置：设置系统属性。

（3）用户界面全部采用菜单形式、鼠标操作

在界面空白处右击，会出现快捷菜单如图 1-88 所示。

① 系统登录　用户验证权限密码，登录系统。

② 接线图　调用变电站的一次接线图（菜单名称动态加载，在 View.ini 中配置）。

③ 棒形图　调用变电站的各棒形图（菜单名称动态加载，在 View.ini 中配置）。

图 1-88　实时监控子系统快捷菜单

④ 曲线图　调用变电站的各曲线图（菜单名称动态加载，在 View.ini 中配置）。

⑤ 实时表　调用变电站的各遥测表、遥信表或电度表图（菜单名称动态加载，在 View.ini 中配置）。

⑥ 打印及设置　对打印操作进行必要的设置。

• 打印图形　直接打印图形到打印机。

- 打印预览　打印效果预览。
- 打印设置　设置打印属性，包括打印机的选择、纸张类型、打印方向等。
- 纸张设置　设置打印的页边距、头标位置与内容、尾标位置与内容。

（4）接线图例

① 曲线日期　在曲线图中用来改变显示曲线的日期，以浏览历史曲线。

② 数据刷新周期　设置系统画面实时数据刷新间隔。

③ 遥控操作只登录一次　选中则进行遥控时只需遥控登录一次，不必每次遥控时都进行遥控登录。

④ 打印机使用彩色打印机　选中且打印机是彩色打印机则彩色打印，否则黑白打印。

⑤ 是否打印 YC　设置在打印画面时，是否打印画面上的 YC 量。

⑥ 是否使用自适应窗口　设置系统是否使用适合屏幕大小的方式显示。

⑦ 是否使用背景画面　设置画面是否使用图形背景。

⑧ 颜色设置　设置实时数据发生越限、死数、置入、冲突等情况时显示的颜色。

图 1-89 为变电站一次接线图。

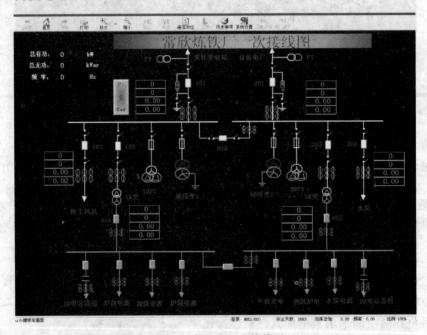

图 1-89　变电站一次接线图

每一接线图上显示了变电站各条线路上采集的实时遥测数据、线路开关的实时状态以及变压器的挡位，操作员可在接线图上进行多种操作。

为区分实时遥测数据是否正常，本系统把遥测数据的几种实时情况，以不同的底色表示，其中：没有底色，即实时数据的底色就是接线图的背景色，表示数据正常；底色为天蓝色，表示此遥测实时值已经越限；底色为粉色，表示此遥测值不合理，即这些遥测值对应的开关目前为分闸状态；底色为青色，表示此遥测值为死数，不再刷新，此数据为通道中断之前的数据。

（5）棒形图例

棒形图可以设置为平面棒图、圆柱立方体、立方体、饼形图或表形图等几种显示风格，利用棒形图可以形象地观察遥测实时数据的变化，便于数据比较。如图 1-90 所示，可以把高、中、低压侧的母线电压分段显示，操作员既可以明显地观察出电压值的变化，也可以在出现故障（如母线接地）时，根据电压值的变化，快速判断出故障的原因。

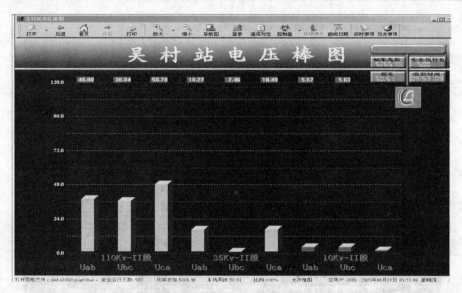

图 1-90 棒形图

（6）曲线图例

如图 1-91 所示，曲线以时间为横坐标，纵坐标显示实时的数据，把需要观察 24h 内实时数据随时间变化情况的遥测量作成曲线，便于操作员直观地观察这些值的变化情况。操作员还可以通过修改曲线的日期，来察看历史曲线。

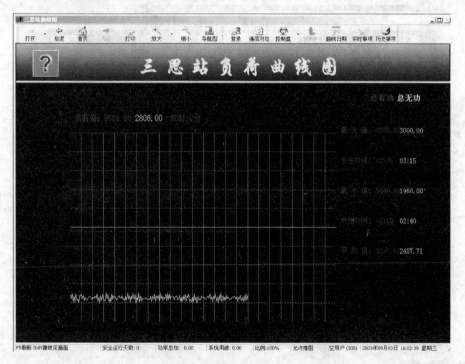

图 1-91 曲线图

（7）实时表

本系统界面中，把各个变电站的实时遥信数据、遥测数据、电度数据都以表格的形式，整体显示出来，表格中的序号对应参数库中的遥信序号。接线图中只显示比较重要的实时数据，用户可在实时表中察看其他采集量。如图 1-92 和图 1-93 所示。

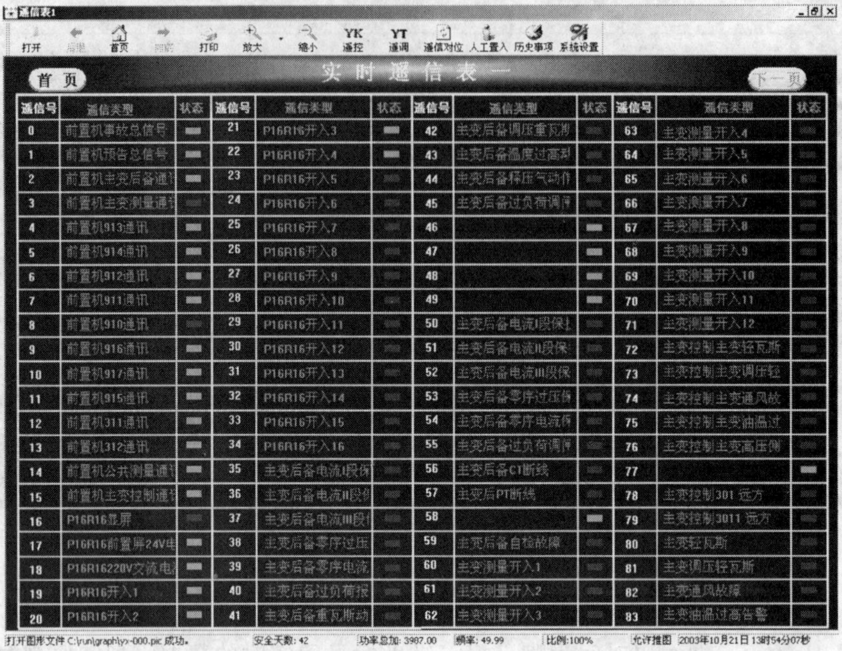

遥信号	遥信类型	状态	遥信号	遥信类型	状态	遥信号	遥信类型	状态	遥信号	遥信类型	状态
0	前置机事故总信号		21	P16R16开入3		42	主变后备调压重瓦斯		63	主变测量开入4	
1	前置机预告总信号		22	P16R16开入4		43	主变后备温度过高		64	主变测量开入5	
2	前置机主变后备通		23	P16R16开入5		44	主变后备释压气动作		65	主变测量开入6	
3	前置机主变测量通		24	P16R16开入6		45	主变后备过负荷调		66	主变测量开入7	
4	前置机913通讯		25	P16R16开入7		46			67	主变测量开入8	
5	前置机914通讯		26	P16R16开入8		47			68	主变测量开入9	
6	前置机912通讯		27	P16R16开入9		48			69	主变测量开入10	
7	前置机911通讯		28	P16R16开入10		49			70	主变测量开入11	
8	前置机910通讯		29	P16R16开入11		50	主变后备电流I段保		71	主变测量开入12	
9	前置机916通讯		30	P16R16开入12		51	主变后备电流II段保		72	主变控制主变轻瓦斯	
10	前置机917通讯		31	P16R16开入13		52	主变后备电流III段保		73	主变控制主变调压轻	
11	前置机915通讯		32	P16R16开入14		53	主变后备零序过压		74	主变控制主变通风故	
12	前置机311通讯		33	P16R16开入15		54	主变后备零序电流		75	主变控制主变油温过	
13	前置机312通讯		34	P16R16开入16		55	主变后备过负荷调		76	主变控制主变高压侧	
14	前置机公共测量通		35	主变后备电流I段保		56	主变后备CT断线		77		
15	前置机主变控制通		36	主变后备电流II段		57	主变后PT断线		78	主变控制301 远方	
16	P16R16显屏		37	主变后备电流III段		58			79	主变控制3011 远方	
17	P16R16前置屏24V电		38	主变后备零序过压		59	主变后备自检故障		80	主变轻瓦斯	
18	P16R16220V交流电		39	主变后备零序电流		60	主变测量开入1		81	主变调压轻瓦斯	
19	P16R16开入1		40	主变后备过负荷报		61	主变测量开入2		82	主变通风故障	
20	P16R16开入2		41	主变后备重瓦斯动		62	主变测量开入3		83	主变油温过高告警	

图 1-92 实时遥信表：显示站端采集的所有的遥信量状态

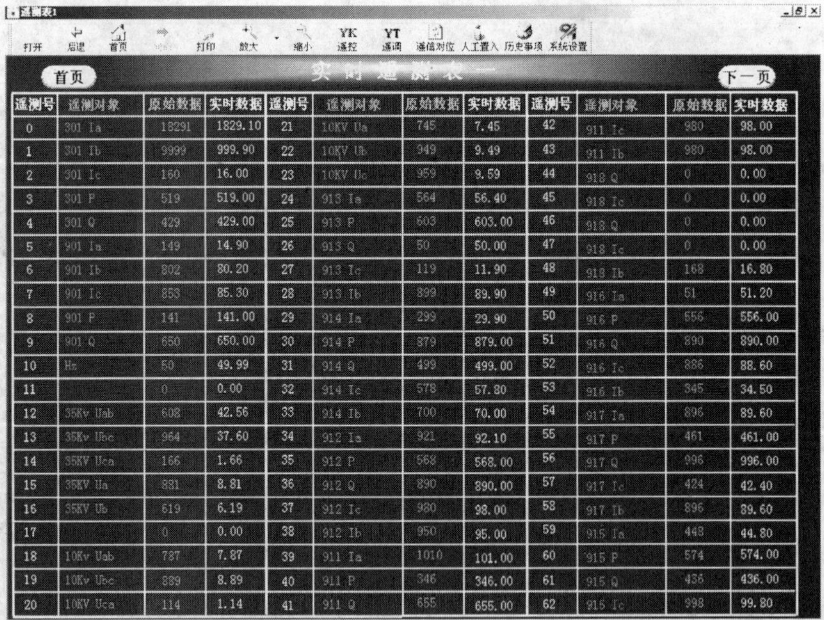

遥测号	遥测对象	原始数据	实时数据	遥测号	遥测对象	原始数据	实时数据	遥测号	遥测对象	原始数据	实时数据
0	301 Ia	18291	1829.10	21	10KV Ua	745	7.45	42	911 Ic	980	98.00
1	301 Ib	9999	999.90	22	10KV Ub	949	9.49	43	911 Ib	980	98.00
2	301 Ic	160	16.00	23	10KV Uc	959	9.59	44	918 Q	0	0.00
3	301 P	519	519.00	24	913 Ia	564	56.40	45	918 Ic	0	0.00
4	301 Q	429	429.00	25	913 P	603	603.00	46	918 Q	0	0.00
5	901 Ia	149	14.90	26	913 Q	50	50.00	47	918 Ic	0	0.00
6	901 Ib	802	80.20	27	913 Ic	119	11.90	48	918 Ib	168	16.80
7	901 Ic	853	85.30	28	913 Ib	899	89.90	49	916 Ia	51	51.20
8	901 P	141	141.00	29	914 Ia	299	29.90	50	916 P	556	556.00
9	901 Q	650	650.00	30	914 P	879	879.00	51	916 Q	890	890.00
10	Hz	50	49.99	31	914 Q	499	499.00	52	916 Ic	886	88.60
11		0	0.00	32	914 Ic	578	57.80	53	916 Ib	345	34.50
12	35Kv Uab	608	42.56	33	914 Ib	700	70.00	54	917 Ia	896	89.60
13	35Kv Ubc	964	37.60	34	912 Ia	921	92.10	55	917 P	461	461.00
14	35KV Uca	166	1.66	35	912 P	568	568.00	56	917 Q	996	996.00
15	35KV Ua	881	8.81	36	912 Q	890	890.00	57	917 Ic	424	42.40
16	35KV Ub	619	6.19	37	912 Ic	980	98.00	58	917 Ib	896	89.60
17		0	0.00	38	912 Ib	950	95.00	59	915 Ia	448	44.80
18	10Kv Uab	787	7.87	39	911 Ia	1010	101.00	60	915 P	574	574.00
19	10Kv Ubc	889	8.89	40	911 P	346	346.00	61	915 Q	436	436.00
20	10KV Uca	114	1.14	41	911 Q	655	655.00	62	915 Ic	998	99.80

图 1-93 实时遥测表：显示站端采集的所有的遥测量数据

（8）遥控操作

操作方法 1：在工具栏选择“遥控”项，当鼠标出现一个小手状态后，用鼠标左键单击要遥控的开关或刀闸。

操作方法 2：在开关或刀闸上单击右键选择“遥控操作”。

弹出遥控操作对话框，如图 1-94 所示。

　　系统自动判断进行遥控的厂站、开关、当前状态，并且自动选择要进行的操作（拉闸/合闸），值班员只需单击"遥控预置"，弹出遥控登录对话框，如图 1-95 所示。选择操作员和监护员，并分别输入操作员和监护员的口令。注：操作员和监护员不能相同。

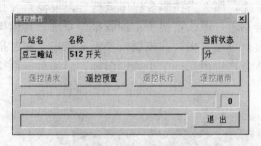

图 1-94　遥控操作界面

图 1-95　遥控登录界面

　　点击登录，如果口令正确的话，则弹出如图 1-96 所示窗口，否则系统会提示"操作员/监护员口令错误"，重新输入正确口令后，"遥控预置"命令执行。

　　返校正确后，单击"遥控执行"，弹出如图 1-96 所示窗口，可继续遥控操作；选择"是"则执行遥控操作，否则取消该遥控操作。

图 1-96　遥控操作确认界面

　　遥控操作的返校有两种情况分别如下。

　　① 返校正确　返校迅速、及时、准确，系统会自动将"遥控执行"变为可执行，只需点击"遥控执行"即可。

　　② 返校超时　调度端和站端通信不好，或者站端总控单元地址设置与调度端不一致等情况，会返校超时，一般在调试过程中或通道有故障时出现。调度端在没有收到正常的返校信息时，不能对站端设备进行远方操作。

　　（9）遥调操作

　　选择工具条中的"遥调"选项，当鼠标出现一个小手形状时，左键单击要遥调的挡位，弹出遥调操作登录口令框如图 1-97 所示。

　　验证厂站名和挡位名称无误后，选择"降"、"升"或"急停"，点击"升降预置"弹出遥调登录对话框，如图 1-98 所示。选择操作员和监护员，并分别输入操作员和监护员的口令。注：操作员和监护员不能相同。

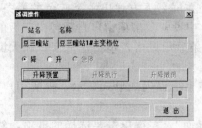

图 1-97　遥调操作界面

图 1-98　遥调登录界面

登录方法同（8）遥控，返校正确后，执行"升降执行"，完成遥调操作。

三、KLD-2000 报警子系统的使用

（1）启动

如果控制台系统（Syscon）自动检测报警系统，那么当控制台程序运行后，报警系统自动加载。如果控制台系统没有设置自动检测报警系统，那么需要手工加载报警系统。具体操作方法是：鼠标移动到控制台热区，则控制台窗口自动弹出，在控制台界面上点击"实时报警"按钮，报警系统便会加载。并在右下角的状态栏中出现一个小铃铛图标。启动后界面如图 1-99 所示。

图 1-99　Alarm 启动后界面

（2）工具条（见图 1-100）

图 1-100　报警系统工具条

属性设置：点击弹出系统设置界面，如图 1-101 所示。

① 报警选项　允许/禁止所选的报警方式，包括报警条、事项推图、事项打印、语音报警四种形式。

当允许报警条时，那么当有新事项的时候，自动在屏幕下方弹出一个蓝色的横条窗口，以文字形式显示当前事项。并且可以在"其它选项"中设置"事项窗口自动弹出"后的停留时间，默认 20s。选择"报警条窗口"可以设置报警条显示风格，包括正常窗口和大窗口两种形式。

选中闪烁框，则当有事项报警时，事项列表中该事项以闪烁形式显示，提醒用户注意。并在该组设置闪烁时间，默认 20s。

② 界面设置　如图 1-102 所示，在"设置事项界面"，左键单击要选择的事项，然后右键单击弹出菜单如图 1-103 所示。

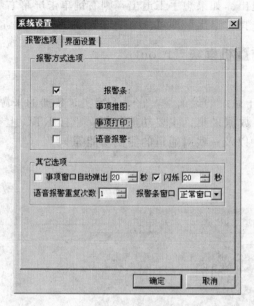

图 1-101　系统设置界面

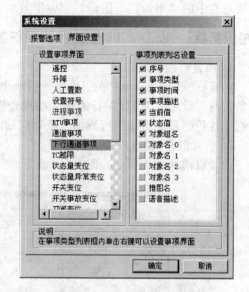

图 1-102　"界面设置"界面

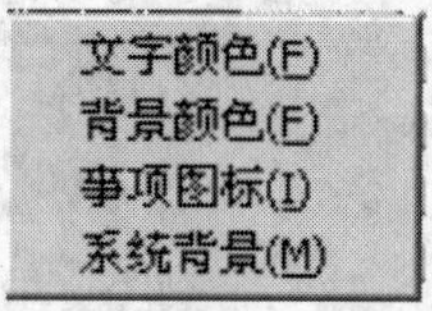

图 1-103　事项快捷菜单

文字颜色：可以改变列表中该事项类型显示的文字颜色。

背景颜色：可以设置列表中该事项类型显示的背景颜色。

事项图标：可以设置列表中该事项类型显示的图标样式。

系统背景：设置整个列表显示的背景图片。

设置完后，该"设置事项界面"也随着改变。

在"事项列表列名设置"中，选择要在主界面列表中显示的列。

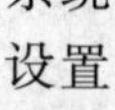

　　：设置主界面是否位于最前端。

　　：暂停接收报警事项。

　　：停止报警事项的闪烁。

　　：正向或逆向显示列表中的报警事项。

　　：停止报警声。

　　：打印列表中报警事项。

　　：停止闪烁。

（3）退出

如果退出控制台系统，则报警系统也随之退出。如果想手工退出，则右键单击屏幕右下角状态栏中的"小铃铛"图标，在弹出菜单中选择"退出"即可。

【知识拓展】 KLD-2000 当地监控系统的前置机模块（Front）

1. 前置机模块的功能

前置机模块（Front）在当地监控系统中位于系统的最前端，它是系统实时数据的来源，它负责与所设定的 RTU 进行通信并按规约进行数据采集。主要功能包括：承接 RTU 上行数据、规约解释、组织下行数据、校对厂站时钟以及一些对通道的测试功能等。

2. 前置机模块的应用说明

前置机模块的主界面如图 1-104 所示。

图 1-104　前置机模块主界面

Front 模块主界面主要包括菜单、工具栏和数据显示区三个部分。

（1）菜单

① 文件

工具栏：用于显示或隐藏工具栏。

状态栏：用于显示或隐藏状态栏。

关于：显示模块的一些版本及版权信息。

退出：关闭前置接收模块。

② 数据状态察看

接收缓存：察看上行数据，即 RTU 到前置机模块的数据。点击将出现如图 1-105 所示对话框

在此对话框内可选择察看任意从 RTU 接收到的数据，"暂停"按钮可将数据显示区的数据锁定，也便于仔细观察。"查找"按钮将弹出如图 1-106 所示对话框，也便于从接收的数据中快速找出具有代表性的数据。

如想查找"EB90"同步字头，并将它们显示为红色。可在对话框中作如下操作。

在第一个字符输入框输入"EB"，第二个输入框输入"90"，将第一个和第二个使用标志打"√"，将第一个和第二个颜色设为红色。确定后会看到在数据显示区中的所有"EB"与"90"都呈红色显示。

发送缓存：察看下行数据，即前置机模块到 RTU 的数据。界面与使用参考"接收缓存"。

图 1-105　接收缓存数据界面

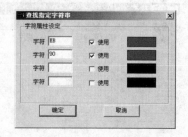

图 1-106　查找指定字符串界面

CDT 规约接收：选择此种显示方式系统将自动对上行数据按 CDT 规约的格式进行分析，并标注出每一帧的具体性质，显示在数据显示区。

POL 规约接收：显示问答式的通信规约，以"发"和"收"来区分下行与上行数据。

SOE 事项：显示 RTU 上传的 SOE 事项记录，如图 1-107 所示。

图 1-107　SOE 事项界面

通道状态：显示选择通道的状态，如图 1-108 所示。

"复位通信端口"：重新初始化选定的通信端口，用于当系统的 RTU 参数表中涉及到通道参数的信息发生变动时，对通道进行重新启动。

"复位所有通道"：重新初始化所有通道。

③ 测试操作

厂站对时：使 RTU 的时间与系统的时间保持一致。如图 1-109 所示。

在窗口左侧选择想要操作的厂站，"对时"：进行对时操作。"召唤时钟"：提取 RTU 的时间。

模拟数据：模拟遥测及遥信参数，主要用于当前置机软件未与 RTU 连接时调试 Front 模块与 Viewer 模块之间的通信状态。

如图 1-110 所示，选择"模拟数据设置"，点击"OK"，则将看到数据区显示区上显示一部分模拟数据，若 Fornt 模块与 Viewer 模块之间通信正常的话，在 Viewer 模块画面上也将在相应的位置显示出对应数据。如果想取消模拟数据，再次弹出此窗口选择"模拟数据清

图 1-108　通道状态界面

除"即可。

变位数据保存：如图 1-111 所示。

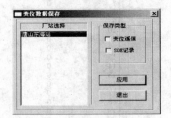

图 1-109　厂站对时界面　　　　图 1-110　模拟数据界面　　　　图 1-111　变位数据保存界面

遥信测试：用于对遥信变位进行测试。遥信测试界面如图 1-112 所示。

电度冻结：对电度值进行冻结。电度冻结处理界面如图 1-113 所示。

遥控测试：对 RTU 的遥控或遥调预置操作，用于测试系统下行通道是否正常。遥控测试界面如图 1-114 所示。

在左侧选择要测试的厂站，在遥控属性中设置遥控号、返校时间限定以及进行的分/合操作，然后点击"遥控选择"，如 RTU 返校正确，则信息提示框内将显示"返校正确"，否则在超过时限后显示"返校超时"。

（2）工具栏

工具栏界面如图 1-115 所示。工具栏包括以下内容：接收缓存、发送缓存、CDT 规约接收、POL 规约接收、SOE 事项、通道状态、厂站对时、遥控测试、退出。

具体内容参见菜单栏说明。

（3）数据显示区

数据显示区显示采集的实时遥测、遥信、电度数据。按下"F6"将显示实时遥测数据，"F7"显示实时遥信数据，"F8"显示实时电度数据。"Page Up"与"Page Down"键可上

图 1-112 遥信测试界面

下翻看数据。

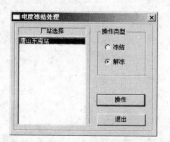

图 1-113 电度冻结处理界面

图 1-114 遥控测试界面

图 1-115 前置机模块工具栏界面

【学习评价】

1. 电力监控系统的定义是什么？
2. KLD-2000 当地监控系统技术特点有哪些？
3. 实时监控子系统显示实时数据的形式有哪些？
4. 实时监控子系统如何启动和退出？
5. 如何启动和退出报警系统？
6. 报警系统在当地监控系统中起的重要作用是什么？

学习情境二　THSPGC-1 型供配电实训装置及其应用

【学习目标】

［能力目标］

① 能熟练使用 THSPGC-1 型供配电实训装置；
② 能看懂本实训装置电气主接线模拟图；
③ 会操作 HSA-531 微机线路保护装置、整定其参数；
④ 会操作 HSA-536 微机电动机保护装置、整定其参数；
⑤ 会操作智能无功自动补偿装置、整定其参数；
⑥ 熟悉供配电系统安全操作规程。

［知识目标］

① 理解实训装置电气主接线模拟图的设计理念；
② 了解电流互感器与电压互感器的接线方法；
③ 了解变压器的分接头换挡接线原理；
④ 熟悉倒闸操作的要求及步骤；
⑤ 掌握系统运行的几种方式及特点；
⑥ 掌握系统短路的形式及特点；
⑦ 熟悉过电流保护、电流速断保护的特点；
⑧ 了解微机备自投装置的作用、原理和工作方式；
⑨ 了解无功补偿装置的自动补偿功能。

任务一　供配电电气主接线认知

【任务描述】

在了解 THSPGC-1 型供配电实训装置的基础上，识读电气主接线模拟图和电气主接线图，熟悉其简单操作。

【知识链接】

一、THSPGC-1 型供配电实训装置概述

THSPGC-1 型供配电实训装置是针对 35kV 总降压变电所、10kV 高压变电所及车间用电负荷的供配电线路中涉及的微机继电保护装置、备用电源自动投入装置、无功自动补偿装置、智能采集模块以及工业人机界面等电气一次、二次、控制、保护等重点教学内容进行设计开发的，通过在本实训装置中的技能训练能在深入理解专业知识的同时，培养学生的实践技能。并且本套实训装置还有利于学生对变压器、电动机组、电流互感器、电压互感器、模拟表计、数字电秒表及开关元器件工作特性和接线原理的理解和掌握。

THSPGC-1 型供配电实训装置如图 2-1 所示。

THSPGC-1 型供配电实训装置（简称"实训装置"）是由操作屏和控制柜两部分组成，它们之间通过三根航空导线连接。三根连接导线分别是控制信号线、采集信号线、主回路连接线。整个实训装置是由工厂供配电网络操作实训面板、微机装置控制及二次回路控制实训操作面板、微机线路保护及其设置单元、电秒表计时单元、微机电动机保护及其设置单元、电动机组启动

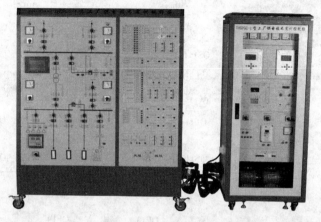

图 2-1　THSPGC-1 型供配电实训装置

及负荷控制单元、触摸屏控制单元、PLC 控制单元、仪表测量单元、有载调压分接头控制单元、无功自动补偿控制单元、备自投控制单元、接口备用扩展单元及电源等单元构成。

整个工厂的供配电系统主接线如图 2-2 所示。

本实训装置模拟有 35kV、10kV 两个不同的电压等级的中型工厂供电系统。该装置用一对方形按钮来模拟实际中的断路器，长柄带灯旋钮来模拟实际中的隔离开关。当按下面板上的红色方形按钮（"合闸"），红色按钮指示灯亮，表示断路器处于合闸状态；按下绿色方形按钮（"分闸"），绿色按钮指示灯亮，表示断路器处于分闸状态；当把长柄带灯旋钮（"隔离开关"）拨至竖直方向时，红色指示灯亮，表示隔离开关处于合闸状态；当把长柄带灯旋钮（"隔离开关"）逆时针拨转 30°，指示灯灭，表示隔离开关处于分闸状态。通过操作面板上的按钮和长柄带灯旋钮可以接通和断开线路，进行系统模拟倒闸操作。

整个实训装置模拟图可分为以下几个部分。

（1）35kV 总降压变电所主接线模拟部分

采用两路 35kV 进线，其中一路正常供电，另一路作为备用，两者互为明备用，通过备自投自动切换。在这两路进线的电源侧分别设置了"WL1 模拟失电"和"WL2 模拟失电"按钮，用于模拟外部电网失电现象。

35kV 母线有两路出线，一路送其他分厂，并在此输电线路上设置了线路故障点：XL-1 段上的 d1、d2 处和 XL-2 段上的 d3 处。输电线路的短路故障可分为两大类：接地故障和相间故障。而相间故障中的三相短路故障对线路造成的危害又比较大也比较典型，因此在此设置的故障点都是模拟三相短路故障，并通过装设在此段线路上的一台微机线路保护装置来完成高压线路的微机继电保护实训内容，另一路经总降压变压器降压为 10kV 供本部厂区使用。

（2）10kV 高压配电所主接线模拟部分

10kV 高压配电所中的进线也有两路：来自 35kV 总降压变电所的供电线路和从邻近变电站进来的备用电源，这两路进线互为暗备用（面板中"10kV 进线 2 电压"电压表实际测量的是 QS211 后面的电压，用于指示该线路是否失压，模拟线路外部故障）。总降压变压器是按有载调压器设计的，通过有载调压分接头控制单元实现有载调压。在 10kV 母线上还接有无功自动补偿装置，母线上并联了 4 组三角形接法的电容器组，对高压母线的无功进行集中补偿。当低压负荷的变化导致 10kV 母线的功率因数低于设定值，通过无功功率补偿控制单元，实现电容器组的手动、自动补偿功能。除此外在 10kV 高压配电所的 1# 和 2# 母线上还有四路出线：一条线路去一号车间变电所；一条线路去二号车间变电所；一条线路去三

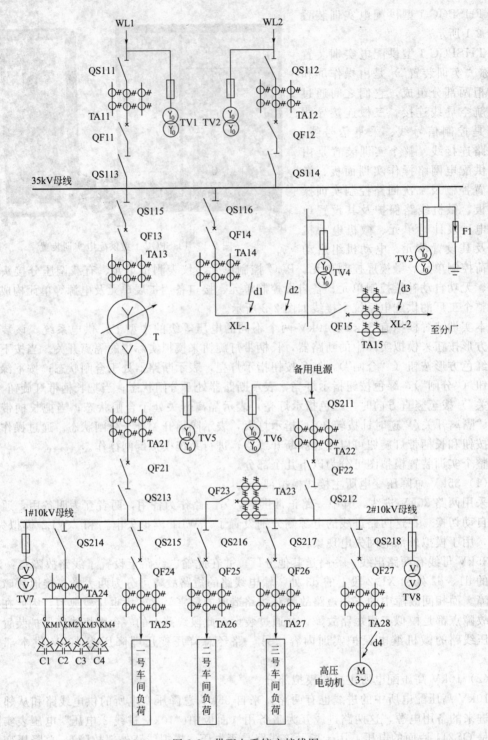

图 2-2 供配电系统主接线图

号车间变电所；一条线路直接给模拟高压电动机使用，并且于电动机供电线路上装设了微机电动机保护装置以及短路故障设置单元，可以完成高压电动机的继电保护实训内容。

（3）负荷部分

对于工厂来说其负载属性为"感性负荷"，所以采用三相磁盘电阻、电抗器和纯感性的制冷风机来模拟车间负荷。各组负荷都采用星形接法，其参数见表 2-1。

表 2-1　工厂负载情况

序号	名称	类型	对应位置	参数
1	风机		一号车间	$3\times38W/220V$
2	电阻	RCG1	二号车间	$3\times230\Omega/150W$
3	电感	CG1		$0\sim160,168,176\Omega/1A$
4	电阻	RCG2	三号车间	$3\times250\Omega/150W$
5	电感	CG2		$0\sim233,246,260\Omega/1A$
6	电动机		模拟高压电动机	$370W/380V$

（4）微机保护装置及二次回路控制实训操作面板

此部分把微机电动机保护装置、微机备自投装置、电流互感器和电压互感器的背部接线端子引到装置面板上，让学生自己动手连接装置线路，主要目的是培养学生实际的动手能力，更好地掌握电压、电流互感器的接线方法，使学生熟悉装置的基本工作原理以及保护功能。

该实训装置具有如下特点。

① 实用性强　本装置根据典型教学内容设计，系统地实现了工厂供电系统的受电、输送、分配、控制、保护等实践技能训练要求。学生在实训中，还能够掌握正确的电路投切操作、倒闸操作、运行控制以及各种运行方式的调整操作规程。本装置结构清晰、运行灵活、操作方便、安全可靠，为学生提高实践技能提供了一个良好的实训平台。

② 综合性强　本装置综合了与工厂供配电相关的微机线路保护、微机电动机保护、备自投和无功补偿等功能。采用的是工业现场产品，线路模型和电动机模型都能较典型地模拟工厂的现场状况，有利于进行理论分析和数值分析。

③ 先进性　本实训装置综合微机继电保护、工业触摸屏和 PLC 等微机智能检测控制的相关技术，采用分层分布式控制方式，组建成集控制、保护、测量和信号为一体的综合自动化实训平台。体现了当前自动化技术和通信技术在供配电系统的深刻变革。

二、实训装置的安全操作说明

为了顺利完成供配电实训装置的实训项目，确保实训时设备的安全、可靠及长期运行，实训人员要严格遵守如下安全规程。

（1）实训前的准备

① 实训前应详细熟悉装置的相关部分。

② 实训前应先保证实训装置电源处于断开状态。

③ 实训前根据实训指导书中相关内容完成此次实训需要连接的相关线路。

（2）实训中注意事项

① 严格按正确的操作给实训装置上电和断电。正确上电顺序为：先合上控制柜上的总电源和控制电源 1，然后合上操作屏上的控制电源（单相空气开关）和总电源（三相空气开关）。正确的断电操作为：断开所有负载，把隔离开关打到分闸状态，确保电秒表及励磁电源开关处于关断状态，然后依次断开操作屏上的总电源和控制电源，然后断开控制柜上的控制电源 1，最后断掉总电源。

② 在保证电网三相电压正常情况下，将操作屏上的电源线插在实训控制柜上的专用插座上，把控制柜的电源线插在实训室中三相电源的插座上，按照正确的操作给装置上电，观察 35kV 高压配电所主接线模拟图部分上方的两只电压表，使用凸轮开关观察三相电压是否平衡、不缺相，正常后方可继续进行下面的实训操作。

③ 在实训过程中，当进行微机线路保护装置相关实训时，如果装置控制断路器 QF14

跳闸，只有在故障模拟按钮 d1（或 d2、d3）经延时自动复位后才能去合断路器，然后按下装置上的复归键，来完成信号的复归操作；当进行微机电动机保护装置相关实训时，如果装置控制断路器 QF27 跳闸，只有在故障模拟按钮 d4 经延时自动复位后才能去合断路器，然后按下装置上的复归键，来完成信号的复归操作。

④ 实训过程中操作备自投、智能无功自动补偿装置、变频器等装置应先详细阅读相关的使用说明书。

⑤ 在对微机装置进行定值整定操作时请严格按照实训项目中给的值或操作说明书进行整定。

⑥ 在每次上电前要保证隔离开关处于分闸状态。

⑦ 由于本实训装置设置了微机保护装置的接线实训，所以即使在没有做相关保护部分实训的时候也要把保护装置的线路连接起来，这样可以给学生一个整体感觉。在没做相应保护装置实训内容时，即使不接保护装置的线路也不会影响实训的进行。

三、实训装置电气主接线模拟图结构

整个系统模拟图可分为以下两个部分（按电压等级）。

① 35kV 总降压变电所主接线模拟部分，如图 2-3 所示。

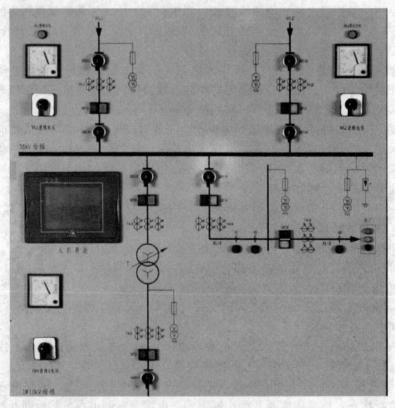

图 2-3　35kV 总降压变电所主接线模拟图

此部分采用两路 35kV 进线，其中一路正常供电，另一路作为备用，两者互为明备用，通过备自投自动切换。在这两路进线的电源侧分别设置了"WL1 模拟失电"和"WL2 模拟失电"按钮，用于模拟外部电网失电现象。

35kV 母线有两路出线，一路送其他分厂，还在该段线路上设置了故障设置按钮，并在此输电线路上装设微机线路保护装置一台，通过设置线路选择及故障（三相短路）模拟单

元，可以完成高压线路的微机继电保护实训内容。另一路经总降压变压器降压为 10kV 供本部厂区使用。

② 10kV 高压配电所主接线模拟部分，如图 2-4 所示。

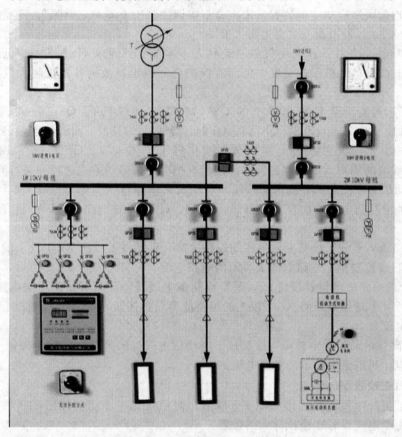

图 2-4　10kV 高压配电所主接线模拟图

10kV 高压配电所中的进线也有两路：来自 35kV 总降压变电所的供电线路和从邻近变电站进来的备用电源。这两路进线之间互为暗备用关系。总降压变压器 T 是按有载调压器设计的，通过有载调压分接头控制单元（模拟按钮、工业触摸屏）实现有载调压。在 10kV 母线上还接有无功自动补偿装置，母线上并联了 4 组三角形接法的补偿电容器组，对高压母线的无功进行集中补偿。当低压负荷的变化导致 10kV 母线的功率因数低于设定值，通过无功功率补偿控制单元，实现电容器组的手动、自动补偿功能。除此外在 10kV 高压配电所的 1♯和 2♯母线上还有四路出线：一条线路去一号车间变电所；一条线路去二号车间变电所；一条线路去三号车间变电所；一条线路直接给高压模拟电动机使用，还在高压电动机进口处设置了进线故障（三相短路）并且电动机供电线路上装设了微机电动机保护装置以及短路故障设置单元，可以完成高压电动机的继电保护实训内容。

该装置还配备微机备自投装置，可以完成进线备投和母联备投等功能。

通过操作面板上的按钮和选择开关可以接通和断开线路，进行系统模拟倒闸操作。本装置用一对方形按钮来模拟断路器：当按下面板上的红色按钮时，红色指示灯亮，表示断路器合闸；当按下面板上的绿色按钮时，绿色指示灯亮，表示断路器分闸。用长柄带灯开关模拟隔离开关：当把开关拨至竖直方向时，红色指示灯亮，表示隔离开关处于合闸状态；当把开关逆时针旋转 30°，指示灯灭，表示隔离开关处于分闸状态。

【任务实施】　电气主接线认知

一、实训台电气主接线模拟图的认知

① 按照正确顺序启动实训装置：依次合上实训控制柜上的"总电源"、"控制电源1"和实训操作屏上的"控制电源"、"总电源"开关。

② 把无功补偿方式选择开关拨到自动状态。本节实训要求 HSA-531 微机线路保护装置、HSA-536 微机电动机保护装置中的所有保护全部退出，微机备自投装置设置成应急备投状态。

③ 依次合上实训装置操作屏上的 QS111、QS113、QF11、QS115、QF13、QS213、QF21、QS211、QS212、QF22、QS215、QF24、QS216、QF25、QS214 给 10kVⅠ段母线上的用户供电，接下来依次合上实训装置操作屏上的 QS217、QF26、QS218、QF27 给 10kVⅡ段母线上的用户供电，在装置的控制柜上把电动机启动方式选择开关打到直接位置，然后按下电动机启停控制部分的启动按钮，电动机启动运行。到此，完成了本厂区的送电。接下来给其他分厂送电：依次合上 QS116、QF14、QF15，这时模拟分厂指示灯亮，表明分厂送电完成。

④ 模拟 35kV 至分厂线路上发生相间短路故障：手动按下线路 XL-1 段上的短路故障设置按钮 d1，观察控制柜上线路电流表显示的短路电流；待 d1 经延时自复位后，手动按下线路 XL-1 段上的短路故障设置按钮 d2，观察控制柜上线路电流表显示的短路电流；待 d2 经延时自复位后，手动按下线路 XL-2 段上的短路故障设置按钮 d3，观察控制柜上线路电流表显示的短路电流。

⑤ 模拟高压电动机发生故障：手动按下电动机进线处的短路故障设置按钮 d4，观察控制柜上高压电动机电流表显示的短路电流。

二、电气主接线图的认知

该实训装置的电气主接线图如图 2-5 所示。对照操作屏上的模拟图，熟悉各个电气设备，并找到每个电气设备在模拟屏上的位置。

【知识拓展】　变配电所的电气主接线

电气主接线是指变电所中的一次设备按照设计要求连接起来，表示接受和分配电能的电路，也称为主电路。电气主接线中的设备用标准的图形符号和文字符号表示的电路图称为电气主接线图。因为三相交流电气设备的每相结构一般是相同的，所以电气主接线图一般绘成单线图，只是在局部需要表明三相电路不对称连接时，才将局部绘制成三线图；若有中性线（或接地线）可用虚线表示，使主接线清晰易看。在变电所的控制室内，为了表明变电所主接线实际运行状况，通常设有电气主接线的模拟图。运行时，模拟图中的各种电气设备所显示的工作状态必须与实际运行状态相符。

电气主接线的形式，将影响配电装置的布置、供电可靠性、运行灵活性和二次接线、继电保护等问题。电气主接线对变电所以及电力系统的安全、可靠和经济运行起着重要作用。因此，对变配电所主接线有下列基本要求：

① 安全　应符合有关国家标准和技术规范的要求，能充分保证人身和设备的安全。

② 可靠　应满足电力负荷特别是其中一、二级负荷对供电可靠性的要求。

③ 灵活　应能适应必要的各种运行方式，便于切换操作和检修，且适应负荷的发展。

④ 经济　在满足上述要求的前提下，尽量使主接线简单，投资少，运行费用低，并节约电能和有色金属消耗量。

主接线图有两种绘制形式。

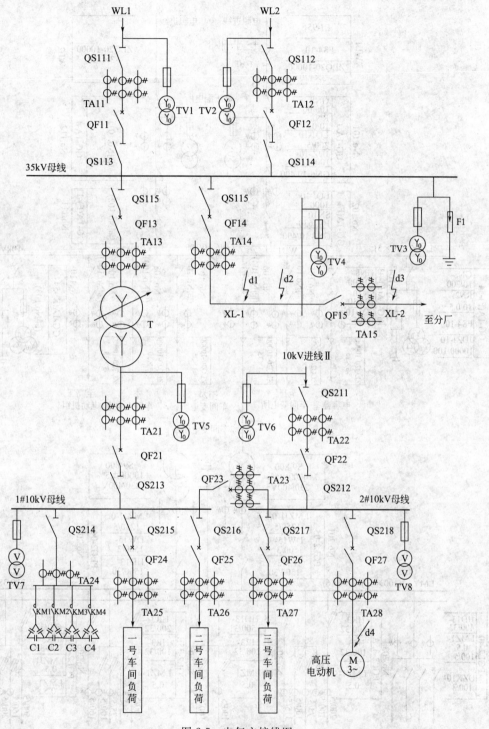

图 2-5　电气主接线图
QF—断路器；QS—隔离开关；TA—电流互感器；TV—电压互感器；T—变压器

① 系统式主接线图：这是按照电力输送的顺序依次安排其中的设备和线路相互连接关系而绘制的一种简图，如图 2-6 所示。它全面系统地反映出主接线中电力的传输过程，但是它并不反映其中各成套配电装置之间相互排列的位置。这种主接线图多用于变配电所的运行

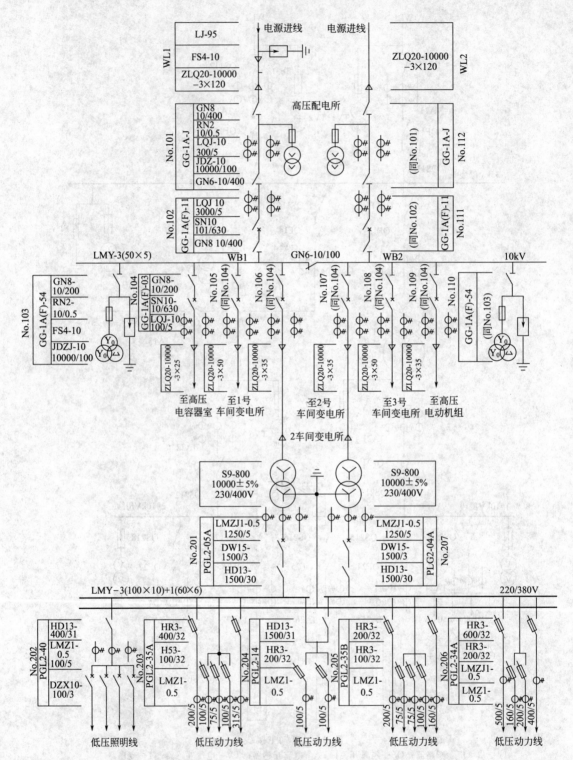

图 2-6　工厂供电系统中高压配电所及其附设 2 号车间变电所的主接线图

中。通常应用的变配电所主接线图均为这一形式。

　　② 装置式主接线图：这是按照主接线中高压或低压成套配电装置之间相互连接关系和排列位置而绘制的一种简图，通常按不同电压等级分别绘制，如图 2-7 所示。从这种主接线

图上可以一目了然地看出某一电压级的成套配电装置的内部设备连接关系及装置之间相互排列位置。这种主接线图多在变配电所施工图中使用。

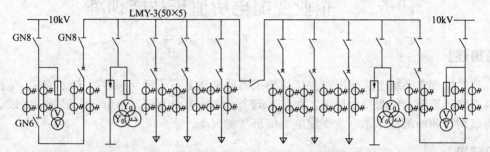

No.101	No.102	No.103	No.104	No.105	No.106		No.107	No.108	No.109	No.110	No.111	No.112
电能计量柜	1号进线开关柜	避雷器及电压互感器	出线柜	出线柜	出线柜	GN6-10/400	出线柜	出线柜	出线柜	避雷器及电压互感器	2号进线开关柜	电能计量柜
GG-1A-J	GG-1A(F)-11	GG-1A(F)-54	GG-1A(F)-03	GG-1A(F)-03	GG-1A(F)-03		GG-1A(F)-03	GG-1A(F)-03	GG-1A(F)-03	GG-1A(F)-54	GG-1A(F)-11	GG-1A-J

图 2-7 图 2-6 所示高压配电所的装置式主接线图

变电所中电气主接线的作用如下。

① 电气主接线是电气运行人员进行各种操作和事故处理的重要依据，因此电气运行人员必须熟悉变电所中电气主接线，了解电路中各种设备的用途、性能及维护检查项目和运行操作步骤等。

② 电气主接线表明了变压器、断路器和线路等电气设备的数量、规格、连接方式及可能的运行方式。

电气主接线直接关系着全厂电气设备的选择、配电装置的布置、继电保护和自动装置的确定，是变电所电器部分投资大小的决定性因素。

③ 由于电能生产的特点是发电、变电、输电和用电是在同一时刻完成的，所以主接线的好坏直接关系着电力系统的安全、稳定、灵活和经济运行，也直接影响到工农业生产和人民生活。

所以电气主接线拟订是一个综合性问题，必须在国家有关技术经济政策的前提下，力争使其技术先进，经济合理，安全可靠。

【学习评价】

1. 变配电所分为哪几种类型？试说明它们的特点。

2. 什么是变配电所的电气主接线？对电气主接线有哪些基本要求？

3. 变配电所的电气主接线有哪些常用的基本接线方式？分析说明其优缺点和适用范围。

4. 什么是内桥接线和外桥接线？各适用于什么场合？

5. 变配电所选址应考虑哪些条件？变电所为何要靠近负荷中心？如何确定负荷中心？

6. 变配电所总体布置应考虑哪些要求？变压器室、低压配电室、高压配电室、高压电容器室和值班室相互之间的位置通常是如何考虑的？

7. 35/10kV 总降压变电所和 10/0.4kV 独立变电所常用的电气主接线有哪些？说明其优缺点和适用范围。

8. 某工厂总计算负荷为 6000kV·A，约 45% 为二级负荷，其余的为三级负荷，拟采用两台变压器供电，可从附近取得两回路 35kV 电源，假设变压器采用并联运行方式，试确定两台变压器的型号和容量，并画出主接线方案草图。

任务二 企业变配电所值班技能训练

【任务描述】

在熟悉供配电系统主接线图和主接线模拟图的基础上，了解互感器的接线方案，掌握变压器有载调压原理和倒闸操作原理。在此基础上，实施电流互感器与电压互感器的接线、变压器有载调压和倒闸操作等企业变配电所值班技能训练。

【知识链接】

一、电流互感器与电压互感器

互感器（transformer）是电流互感器与电压互感器的统称。从基本结构和工作原理来说，互感器就是一种特殊变压器。

电流互感器（current transformer，缩写为 CT，文字符号为 TA），是一种变换电流的互感器，其二次侧额定电流一般为 5A。

电压互感器（voltage transformer，缩写为 PT，文字符号为 TV），是一种变换电压的互感器，其二次侧额定电压一般为 100V。

（1）互感器的功能

① 用来使仪表、继电器等二次设备与主电路（一次电路）绝缘。这既可避免主电路的高电压直接引入仪表、继电器等二次设备，有可防止仪表、继电器等二次设备的故障影响主回路，提高一、二次电路的安全性和可靠性，并有利于人身安全。

② 用来扩大仪表、继电器等二次设备的应用范围。通过采用不同变比的电流互感器，用一只 5A 量程的电流表就可以测量任意大的电流。同样，通过采用不同变压比的电压互感器，用一只 100V 量程的电压表就可以测量任意高的电压。而且由于采用互感器，可使二次仪表、继电器等设备的规格统一，有利于这些设备的批量生产。

（2）互感器的结构和接线方案

电流互感器的基本结构原理如图 2-8 所示。它的结构特点是：其一次绕组匝数很少，有的形式电流互感器还没有一次绕组，而是利用穿过其铁芯的一次电路作为一次绕组，且一次绕组导体相当粗，而二次绕组匝数很多，导体很细。工作时，一次绕组串联在一次电路中，而二次绕组则与仪表、继电器等电流线圈相串联，形成一个闭合回路。由于这些电流线圈的阻抗很小，因此电流互感器工作时二次回路接近于短路状态。其接线方式如图 2-9 所示。

电压互感器的基本结构原理图如图 2-10 所示。它的结构特点是：其一次绕组匝数很多，而二次侧绕组较少，相当于降压变压器。工作时，一次绕组并联在一次电路中，而二次绕组并联仪表、继电器的电压线圈。由于这些电压线圈的阻抗很大，所以电压互感器工作时二次绕组接近于空载状态。其接线方式如图 2-11 所示。

二、变压器有载调压原理

采用无载调压变压器进行调压，有时会出现不论选取哪一个接头电压，都不能同时满足最大方式和最小方式下低压母线的实际电压符合调压的要求。这时只能采用有载调压变压器。有载调压变压可以在有载情况下改变接头，对不同负荷水平可有不同的变比，而且其调节范围更大，如 $U_N \pm 3 \times 2.5\%$、$U_N \pm 4 \times 2.0\%$ 或 $U_N \pm 8 \times 1.25\%$，即有 7 个、9 个或 17 个接头供选择等。

图 2-12 为有载调压变压器原理接线图。变压器高压主绕组与一个具有若干分接头的调

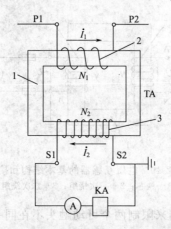

图 2-8　电流互感器的基本结构和接线
1—铁芯；2——一次绕组；3—二次绕组

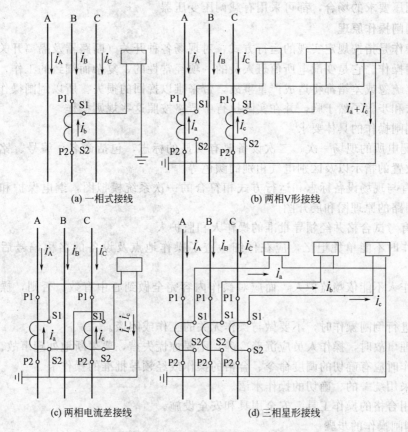

(a) 一相式接线　　　　　　(b) 两相V形接线

(c) 两相电流差接线　　　　(d) 三相星形接线

图 2-9　电流互感器的接线方案

压绕组串联，借助特殊的切换装置，可在负荷电流下改换分接头。切换装置有两个可动触头 K_a、K_b，切换时先将一个可动触头移到相邻的分接头上，然后再将另一个可动触头移至该分接头，这样逐步地移动，直到两个触头都移到选定的分接头为止。为了防止可动触头在切换过程中产生电弧影响变压器绝缘油的质量，在可动触头前面接入接触器 J_a、J_b，它们放在单独的油箱里。当变压器切换分接头时，先断开接触器再移动可动触头，然后再接通接触器。譬如在图示情况下欲降低变比时，切换过程为：断 J_a—移 K_a—合 J_a—断 J_b—移 K_b—合

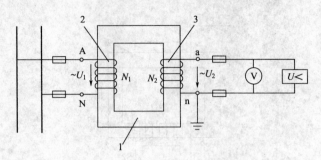

图 2-10　电压互感器的基本结构和接线
1—铁芯；2——次绕组；3—二次绕组

J_b。切换装置中的电抗器 L 是用来限制两个可动触头不在同一个分接头时，两个分接头绕组间的短路电流。

有载调压变压器调压效果显著，在无功功率不缺乏的电力系统中，凡是采用普通变压器不能满足调压要求的场合，都可采用有载调压变压器。

三、倒闸操作原理

倒闸操作是指按规定实现的运行方式，对现场各种开关（断路器及隔离开关）所进行的分闸或合闸操作。它是变配电所值班人员的一项经常性的、复杂而细致的工作，同时又十分重要，稍有疏忽或差错都将造成严重事故，带来难以挽回的损失。所以倒闸操作时应对倒闸操作的要求和步骤了然于胸，并在实际执行中严格按照这些规则操作。

（1）倒闸操作的具体要求

① 变配电所的现场一次、二次设备要有明显的标志，包括命名、编号、铭牌、转动方向、切换位置的指示以及区别电气相别的颜色等。

② 要有与现场设备标志和运行方式相符合的一次系统模拟图，继电保护和二次设备还应有二次回路的原理图和展开图。

③ 要有考试合格并经领导批准的操作人和监护人。

④ 操作时不能单凭记忆，应在仔细检查了操作地点及设备的名称编号后，才能进行操作。

⑤ 操作人不能依赖监护人，而应对操作内容完全做到心中有数。否则，操作中容易出问题。

⑥ 在进行倒闸操作时，不要做与操作无关的工作或闲谈。

⑦ 处理事故时，操作人员应沉着冷静，不要惊慌失措，要果断地处理事故。

⑧ 操作时应有确切的调度命令、合格的操作或经领导批准的操作卡。

⑨ 要采用统一的、确切的操作术语。

⑩ 要用合格的操作工具、安全用具和安全设施。

（2）倒闸操作的步骤

变配电所的倒闸操作可参照下列步骤进行。

① 接受主管人员的预发命令　值班人员接受主管人员的操作任务和命令时，一定要记录清楚主管人员所发的任务或命令的详细内容，明确操作目的和意图。在接受预发命令时，要停止其他工作，集中思想接受命令，并将记录内容向主管人员复诵，核对其正确性。对枢纽变电所重要的倒闸操作应有两人同时听取和接受主管人员的命令。

② 填写操作票　值班人员根据主管人员的预发令，核对模拟图，核对实际设备，参照典型操作票，认真填写操作票，在操作票上逐项填写操作项目。填写操作票的顺序不可颠

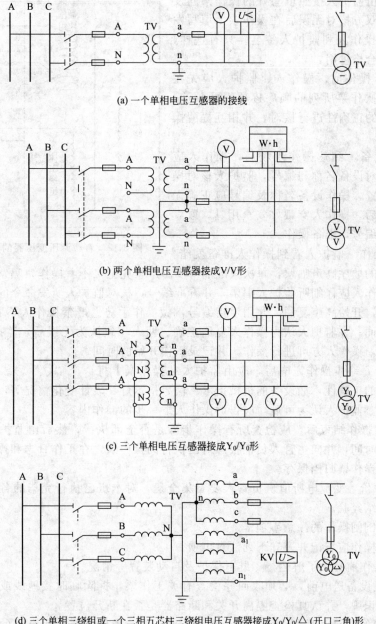

(a) 一个单相电压互感器的接线

(b) 两个单相电压互感器接成V/V形

(c) 三个单相电压互感器接成Y_0/Y_0形

(d) 三个单相三绕组或一个三相五芯柱三绕组电压互感器接成$Y_0/Y_0/\triangle$ (开口三角)形

图 2-11　电压互感器的接线方案

倒，字迹清楚，不得涂改，不得用铅笔填写。而在事故处理、单一操作、拉开接地刀闸或拆除全所仅有的一组接地线时，可不用操作票，但应将上述操作记入运行日志或操作记录本上。

　　③ 审查操作票　操作票填写后，写票人自己应进行核对，认为确定无误后再交监护人审查。监护人应对操作票的内容逐项审查。对上一班预填的操作票，即使不在本班执行，也要根据规定进行审查。审查中若发现错误，应由操作人重新填写。

　　④ 接受操作命令　在主管人员发布操作任务或命令时，监护人和操作人应同时在场，仔细听清主管人员所发的任务和命令，同时要核对操作票上的任务与主管人员所发布的是否

完全一致。并由监护人按照填写好的操作票向发令人复诵。经双方核对无误后在操作票上填写发令时间，并由操作人和监护人签名。只有这样，这份操作票才合格可用。

⑤ 预演 操作前，操作人、监护人应先在模拟图上按照操作票所列的顺序逐项唱票预演，再次对操作票的正确性进行核对，并相互提醒操作的注意事项。

⑥ 核对设备 到达操作现场后，操作人应先站准位置核对设备名称和编号，监护人核对操作人所站的位置、操作设备名称及编号应正确无误。检查核对后，操作人穿戴好安全用具，取立正姿势，眼看编号，准备操作。

⑦ 唱票操作 监护人看到操作人准备就绪，

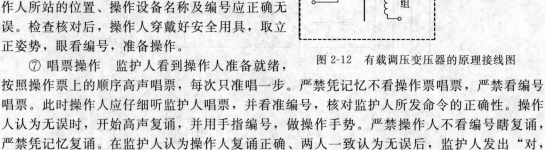

图 2-12 有载调压变压器的原理接线图

按照操作票上的顺序高声唱票，每次只准唱一步。严禁凭记忆不看操作票唱票，严禁看编号唱票。此时操作人应仔细听监护人唱票，并看准编号，核对监护人所发命令的正确性。操作人认为无误时，开始高声复诵，并用手指编号，做操作手势。严禁操作人不看编号瞎复诵，严禁凭记忆复诵。在监护人认为操作人复诵正确、两人一致认为无误后，监护人发出"对，执行"的命令，操作人方可进行操作，并记录操作开始的时间。

⑧ 检查 每一步操作完毕后，应由监护人在操作票上打一个"√"号。同时两人应到现场检查操作的正确性，如设备的机械指示、信号指示灯、表计变化情况等，以确定设备的实际分合位置。监护人认为可后，应告诉操作人下一步的操作内容。

⑨ 汇报 操作结束后，应检查所有操作步骤是否全部执行，然后由监护人在操作票上填写操作结束时间，并向主管人员汇报。对已执行的操作票，在工作日志和操作记录本上作好记录。并将操作票归档保存。

⑩ 复查评价 变配电所值班负责人要召集全班，对本班已执行完毕的各项操作进行复查、评价并总结经验。

(3) 牢记倒闸操作的注意事项

进行倒闸操作应牢记并遵守下列注意事项。

① 倒闸操作前必须了解运行、继电保护及自动装置等情况。

② 在电气设备送电前，必须收回并检查有关工作票，拆除临时接地线或拉下接地隔离开关，取下标识牌，并认真检查隔离开关和断路器是否在断开位置。

③ 倒闸操作必须由两人进行，一人操作一人监护。操作中应使用合格的安全工具，如验电笔、绝缘手套、绝缘靴等。

④ 变配电所上空有雷电活动时，禁止进行户外电气设备的倒闸操作；高峰负荷时要避免倒闸操作；倒闸操作时不进行交接班。

⑤ 倒闸操作前应考虑继电保护及自动装置整定值的调整，以适应新的运行方式。

⑥ 备用电源自动投入装置及重合闸装置，必须在所属主设备停运前退出运行，所属主设备送电后再投入运行。

⑦ 在倒闸操作中应监视和分析各种仪表的指示情况。

⑧ 在断路器检修或二次回路及保护装置上有人工作时，应取下断路器的直流操作保险，切断操作电源。油断路器在缺油或无油时，应取下油断路器的直流操作保险，以防系统发生故障而跳开该油断路器时发生断路器爆炸事故（因油断路器缺油使灭弧能力减弱，不能切断

故障电流）。

⑨ 倒母线过程中拉或合母线隔离开关、断路器旁路隔离开关及母线分段隔离开关时，必须取下相应断路器的直流操作保险，以防止带负荷操作隔离开关。

⑩ 在操作隔离开关前，应先检查断路器确在断开位置，并取下直流操作保险，以防止操作隔离开关过程中因断路器误动作而造成带负荷操作隔离开关的事故。

（4）停送电操作时拉合隔离开关的次序

操作隔离开关时，绝对不允许带负荷拉闸或合闸。故在操作隔离开关前，一定要认真检查断路器所处的状态。为了在发生错误操作时能缩小事故范围，避免人为扩大事故，停电时应先拉线路侧隔离开关，送电时应先合母线侧隔离开关。这是因为停电时可能出现的误操作情况有：断路器尚未断开电源而先拉隔离开关，造成带负荷拉隔离开关；断路器虽已断开，但在操作隔离开关时由于走错间隔而错拉了不应停电的设备。

【任务实施】　变配电所值班技能训练

一、电流互感器与电压互感器的接线

在操作屏右下角的 TV、TA 互感器区，按照互感器接线方案图把互感器接成满足要求的接线形式。在本节实训过程中装置不用上电。完成下列实训内容。

（1）电压互感器的接线实训

对照"知识链接"部分电压互感器的接线方案图 2-11（a）、（b）、（c）把电压互感器接成满足下列要求的接线形式：

① 一个单相电压互感器的接线；

② 两个单相电压互感器接成 V/V 形；

③ 三个单相电压互感器接成 Y_0/Y_0 形。

（2）电流互感器的接线实训

对照"知识链接"部分电流互感器的接线方案图 2-9（a）、（b）、（c）、（d）把电流互感器接成满足下列要求的接线形式：

① 一相式接线；

② 两相 V 形接线；

③ 两相电流差接线；

④ 三相星形接线。

二、变压器有载调压

本实训系统的分接头变压器装在 35kV 总降压变压器 T 处，保证 10kV 母线负荷运行，以 10kV 为基准挡，共有五个分接头，分别是"－10%"、"－5%"、"0%"、"＋5%"、"＋10%"，初始状态默认在"0%"位置。具有"手动"和"远动"两种调节方式。注意实训中要保证无功补偿方式的凸轮开关拨至"停"位置，不让补偿电容投入。

（1）手动控制分接头

① 按照正确顺序启动实训装置：依次合上实训控制柜上的"总电源"、"控制电源1"和实训操作屏上的"控制电源"、"总电源"开关。然后依次合上 QS111、QS113、QF11、QS115、QF13、QS213、QF21、QF23，把主回路的电能送到 10kV 母线，记录此时 10kV 母线的电压值于表 2-2 中。

② 把 10kV 母线带上负荷，记录合上 QS215、QF24、QS216、QF25、QS217、QF26、QS218、QF27，然后启动电动机（直接启动）时的母线电压于表 2-2 中。

③ 按下控制柜上变压器分接头部分的升压按钮，根据电压的变比实际情况，来提高母线处电压，使得用电设备在额定电压下工作，记录升高后的电压值于表 2-2 中。

表 2-2 变压器有载调压电压变化情况（手动控制）

序号	项目	数值
1	负荷投入前电压值(kV)	
2	负荷投入后电压值(kV)	
3	变压器分接头位于−5％处电压值(kV)	
4	变压器分接头位于−10％处电压值(kV)	

（2）远动控制分接头

远动控制是指可以通过控制屏上的工业触摸屏来远程调节 10kV 母线上的电压，实训步骤如下。

① 按照正确顺序启动实训装置：依次合上实训控制柜上的"总电源"、"控制电源 1"和实训操作屏上的"控制电源"、"总电源"开关。然后依次合上 QS111、QS113、QF11、QS115、QF13、QS213、QF21、QF23，把主回路的电能送到 10kV 母线，记录此时 10kV 母线的电压值于表 2-3 中。

② 把 10kV 母线带上负荷，记录合上 QS215、QF24、QS216、QF25、QS217、QF26、QS218、QF27，然后启动电动机（直接启动）时的母线电压于表 2-3 中。

③ 按下操作屏触摸屏界面上"THSPGC-1 型工厂供电技术实训装置"后面的"进入"按键，接着按下"控制实训"键，这样就进入了变压器分接头带载调压的界面。然后根据电压降低的实际情况，按升压键来提高母线处电压，使得用电设备在额定电压下工作。记录升高后的电压值于表 2-3 中。

表 2-3 变压器有载调压电压变化情况（远动控制）

序号	项目	数值
1	负荷投入前电压值(kV)	
2	负荷投入后电压值(kV)	
3	变压器分接头位于−5％处电压值(kV)	
4	变压器分接头位于−10％处电压值(kV)	

三、倒闸操作

（1）送电操作

变配电所送电时，一般从电源侧的开关合起，依次合到负荷侧的各开关。按这种步骤进行操作，可使开关的合闸电流减至最小，比较安全。如果某部分存在故障，该部分合闸便会出现异常情况，故障容易被发现。但是在高压断路器——隔离开关及低压断路器——刀开关电路中，送电时一定要按：母线侧隔离开关或刀开关；线路侧隔离开关或刀开关；高压或低压断路器的顺序依次操作。

① 在"WL1"或"WL2"上任选一条进线，在此以选择进线 1 为例：合上隔离开关 QS111，拨动"WL1 进线电压"电压表下面的凸轮开关，观察电压表的电压是否正常，有无缺相现象。然后再合上隔离开关 QS113，接着合上断路器 QF11，如一切正常，合上隔离开关 QS115 和断路器 QF13，这时主变压器投入。

② 拨动 10kV 进线 1 电压表下面的凸轮开关，观察电压表的电压是否正常，有无缺相现象。如一切正常，依次合上隔离开关 QS213 和断路器 QF21、QF23，再依次合上隔离开关 QS215 和断路器 QF24，隔离开关 QS216 和断路器 QF25，隔离开关 QS217 和断路器 QF26 给一号车间变电所、二号车间变电所和三号车间变电所送电。

（2）停电操作

变配电所停电时，应将开关拉开，其操作步骤与送电相反，一般先从负荷侧的开关拉起，依次拉到电源侧开关。按这种步骤进行操作，可使开关分断产生的电弧减至最小，比较安全。

（3）断路器和隔离开关的倒闸操作

倒闸操作步骤为：合闸时应先合隔离开关，再合断路器；拉闸时应先断开断路器，然后再拉开隔离开关。

【知识拓展】　变压器的倒闸操作

① 变压器停送电操作顺序：送电时，应先送电源侧，后送负荷侧；停电时，操作顺序与此相反。

按上述顺序操作的原因是：由于变压器主保护和后备保护大部分装在电源侧，送电时，先送电源侧，在变压器有故障的情况下，变压器的保护动作，使断路器跳闸切除故障，便于按送电范围检查、判断及处理故障；送电时，若先送负荷侧，在变压器有故障的情况下，对小容量变压器，其主保护及后备保护均装在电源侧，此时，保护拒动，这将造成越级跳闸或扩大停电范围。对大容量变压器，均装有差动保护，无论从哪一侧送电，变压器故障均在其保护范围内，但大容量变压器的后备保护（如过流保护）均装在电源侧，为取得后备保护，仍然按照先送电源侧，后送负荷侧为好。停电时，先停负荷侧，在负荷侧为多电源的情况下，可避免变压器反充电；反之，将会造成变压器反充电，并增加其他变压器的负担。

② 凡有中性点接地的变压器，变压器的投入或停用，均应先合上各侧中性点接地隔离开关。变压器在充电状态，其中性点隔离开关也应合上。

中性点接地隔离开关合上的目的是：其一，可以防止单相接地产生过电压和避免产生某些操作过电压，保护变压器绕组不致因过电压而损坏；其二，中性点接地隔离开关合上后，当发生单相接地时，有接地故障电流流过变压器，使变压器差动保护和零序电流保护动作，将故障点切除。如果变压器处于充电状态，中性点接地隔离开关也应在合闸位置。

③ 两台变压器并联运行，在倒换中性点接地隔离开关时，应先合上中性点未接地的接地隔离开关，再拉开另一台变压器中性点接地的隔离开关，并将零序电流保护切换至中性点接地的变压器上。

④ 变压器分接开关的切换。无载分接开关的切换应在变压器停电状态下进行，分接开关切换后，必须用欧姆表测量分接开关接触电阻合格后，变压器方可送电。有载分接开关在变压器带负荷状态下，可手动或电动改变分接头位置，但应防止连续调整。

【学习评价】

1. 在采用高压隔离开关-断路器的电路中，送电操作时应如何操作？停电时又应如何操作？

2. 在什么情况下断路器两侧需要装设隔离开关？在什么情况下断路器可只在一侧装设隔离开关？

3. 倒闸操作的步骤有哪些？

任务三　高压线路的微机继电保护操作

【任务描述】

微机保护充分利用和发挥了微型控制器的存储记忆、逻辑判断和数值运算等信息处理功能，具有精度高、灵活性大、可靠性高、调试及维护方便、易获取附加功能、易于实现综合自动化等特点。继电保护实现微机化后，微机保护结构的灵活性和保护算法的模块化都使微机保护作为监控管理对象之一能够很容易地实现，从而便于实现整个变电站的综合自动化。任务实施中利用 THSPGC-1 型供配电实训装置对高压线路的微机继电保护进行操作。

【知识链接】

一、系统正常、最大、最小运行方式

输电线路长短、电压级数、网络结构等都会影响网络等值参数。在实际中，由于不同时刻投入系统的发电机变压器数有可能发生改变，高压线路检修等情况，网络参数也在发生变化。在继电保护课程中规定：通过保护安装处的短路电流最大时的运行方式称为系统最大运行方式，此时系统阻抗为最小。反之，当流过保护安装处的短路电流为最小时的运行方式称为系统最小运行方式，此时系统阻抗最大。由此可见，可将电力系统等效成一个电压源，最大、最小运行方式是它在两个极端阻抗参数下的工况。

二、系统短路

输电线路的短路故障可分为两大类：接地故障和相间故障。在三相系统中，可能发生三相短路、两相短路、单相短路和两相接地短路。三相短路，指三相电路每两相间发生短路。两相短路，指三相电路中其中两相发生短路。单相短路，指三相电路中其中一相与中性线 N 间发生短路。两相接地短路，指中性点不接地系统中两不同相均发生单相接地而形成的两相短路。电力系统中，发生单相短路的概率最大，而发生三相短路的可能性最小，但是从用户的这方面来说，一般是三相短路电流最大，造成的危害也最严重。为了使电力系统的电气设备在最严重的短路状态下也能可靠地工作，在选择和校验电气设备用的短路计算中，常以三相短路电流计算为主。鉴于此，在接下来的实训中以三相短路的模拟为主。

在实训装置上设置了三处短路故障点 d1、d2、d3，这三处故障点都为三相短路故障。

三、电秒表操作

电秒表单元是为了校验微机线路保护、微机电动机保护等保护装置整定时间而设置的单元。它由以下几部分组成（见图 2-13）。

① 数显表头：显示时间值。

② 时标选择旋钮：用于选择时间值的精度，有 "0.1s"、"10ms"、"1ms"、"0.1ms" 可选。

③ 工作选择旋钮：根据输入信号的特性来选择 "连续" 或 "触动" 工作方式，由于在这里用来显示断路器的分合闸时间，只选择 "连续" 工作方式。

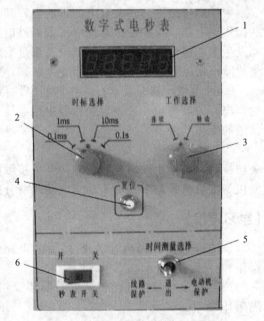

图 2-13　数字式电秒表
1—数显表头；2—时标选择旋钮；
3—工作选择旋钮；4—复位按钮；
5—时间测量选择开关；6—电源开关

④ 复位按钮：用于数值的清零。

⑤ 时间测量选择开关：有三个不同位置，处于中间位置表示计时 "退出"，拨至左边 "线路保护" 表示测量微机线路保护或重合闸动作时间，拨至右边 "电动机保护" 表示测量微机电动机保护动作时间。

⑥ 电源开关：当实验中用不到电秒表时，可以把其单独退出。

四、微机线路保护装置

HSA-531型微机线路保护装置主要由三块插件（CPU插件、电源及互感器插件、继电器插件）、显示屏和简易键盘组成。包括数据采集系统、主机系统和开关量输入/输出系统三部分。其框图如图2-14所示。

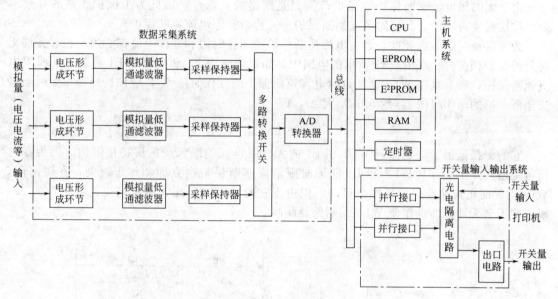

图2-14　微机保护硬件系统框图

微机保护装置的软件系统一般包括设定程序、运行程序和中断微机保护功能程序三部分。程序原理框图如图2-15所示。

在以下实训过程中将用到该装置的电流速断、限时速断、过流保护、重合闸、过流反时限、加速保护等保护功能。

五、无时限电流速断保护

在电网的不同地点发生相间短路时，线路中通过电流的大小是不同的，短路点离电源愈远，短路电流就愈小。此外，短路电流的大小还与系统的运行方式和短路种类有关。

在图2-16中：①表示在最大运行方式下，不同地点发生三相短路时的短路电流变化曲线；②表示在最小运行方式下，不同地点发生两相短路时的短路电流变化曲线。

如果将保护装置中电流启动元件的动作电流I_{op}整定为：在最大运行方式下，线路首端$L_{max.3}$

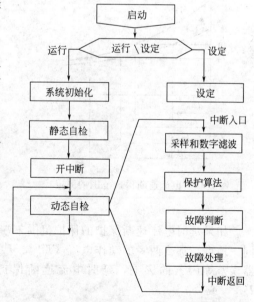

图2-15　微机保护装置程序原理框图

处发生三相短路时通过保护装置的电流，那么在该处以前发生短路，短路电流会大于该动作电流，保护装置就能启动。对在该处以后发生的短路，因短路电流小于装置的动作电流，故它不启动。因此，$L_{max.3}$就是在最大运行方式下发生三相短路时，电流速断的保护范围。从图2-16可见，在最小运行方式下发生两相短路时，保护范围为$L_{min.2}$，它比$L_{max.3}$小。

如果将保护装置的动作电流减小，整定为 I'_{op}，从图 2-16 可见，电流速断的保护范围增大了。在最大运行方式下发生三相短路时，保护范围为 $L'_{max.3}$；在最小运行方式下发生两相短路时，保护范围为 $L'_{min.2}$。由以上分析可知，电流速断保护是根据短路时通过保护装置的电流来选择动作电流的，以动作电流的大小来控制保护装置的保护范围。

六、带时限电流速断保护

由于无时限电流速断保护的保护范围只是线路的一部分，因此为了保护线路的其余部分，往往需要再增设一套延时电流速断保护（又称带时限电流速断保护）。

为了保证时限的选择性，延时电流速断保护的动作时限和动作电流都必须与相邻元件无时限的保护相配合。在图 2-17 所示的电网中，如果线路 WL2 和变压器 B1 都装有无时限电流速断保护，那么线路 WL1 上的延时电流速断保护的动作时限 t''_A，应该选择得比无时限电流速断保护的动作时限 t'_B（约 0.1s）大 Δt，即

$$t''_A = t'_B + \Delta t \tag{2-1}$$

它的保护范围允许延伸到 WL2 和 B1 的无时限电流速断保护的保护范围内。因为在这段范围内若发生短路，WL2 和 B1 的无时限电流速断保护会立即动作于跳闸。在跳闸前，WL1 的延时电流速断保护虽然会启动，但由于它的动作时限比无时限电流速断保护大 Δt，所以它不会无选择性动作使 WL1 的断路器跳闸。

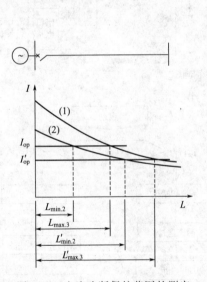

图 2-16 电流速断保护范围的测定

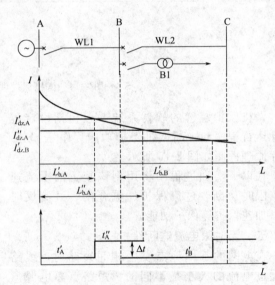

图 2-17 延时电流速断保护与无时限电流速断保护相配合

如果延时电流速断保护的保护范围末端与相邻元件的无时限电流速断保护的范围末端在同一地点，那么两者的动作电流（$I''_{dz.A}$、$I'_{dz.B}$）是相等的。但考虑到电流互感器和电流继电器误差等因素的影响，延时电流速断保护的保护范围应缩小一些，也就是 $I''_{dz.A}$ 应大于 $I''_{dz.B}$，或

$$I''_{dz.A} = K_K I'_{dz.B} \tag{2-2}$$

在图 2-17 所示的例子中，WL1 的延时电流速断保护既要与 WL2 的无时限电流速断保护相配合，又要与 B1 的无时限电流速断保护相配合。因此，在按式（2-2）计算时，$I'_{dz.B}$ 应为 WL2 和 B1 无时限电流速断保护中动作电流较大的一个数值。否则，延时电流速断保护的保护范围会超过动作电流较大的那一个元件的无时限电流速断保护的保护范围，而造成无选择性动作。

在上例中，如果变压器装有差动保护，那么整个变压器都处在无时限保护的保护范围内。这时，WL1的延时电流速断保护的保护范围就允许延伸到整个变压器。它的动作电流就是根据在最大运行方式下低压侧三相短路时的短路电流 $I_{\text{d. max}}^{(3)}$ 来选择，即

$$I''_{\text{dz.A}} = K'_{\text{rel}} I_{\text{d. max}}^{(3)} \tag{2-3}$$

式中　K'_{rel}——可靠系数。

考虑到电流互感器和电流继电器的误差以及由于变压器分接头改变而影响短路电流的大小等因素，它的数值取 1.3～1.4。

延时电流速断保护装置的灵敏度用启动元件（即电流继电器）的灵敏系数 K_{sen} 的数值大小来衡量。它是指在系统最小运行方式下，被保护线路末端发生两相短路时，通过电流继电器的电流 $I_{\text{J. d}}$ 与动作电流 $I_{\text{J. dz}}$ 的比值，即

$$K_{\text{sen}} = \frac{I_{\text{J. d}}}{I_{\text{J. dz}}} \tag{2-4}$$

规程要求 $K_{\text{sen}} \geqslant 1.25$。

七、微机定时限过电流保护

在图 2-18 所示的单侧电源辐射形电网中。当 K3 处发生短路时，电源送出短路电流至 K3 处。保护装置 1、2、3 中通过的电流都超过正常值，但是根据电网运行的要求，只希望装置 3 动作，使断路器 3QF 跳闸，切除故障线路。为了达到这一要求，应该使保护装置 1、2、3 的动作时限 t_1、t_2、t_3 满足以下条件：$t_1 > t_2 > t_3$。

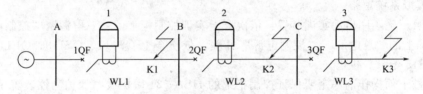

图 2-18　单侧电源辐射形电网中过电流保护装置的配置

为了保证保护的选择性，电网中各个定时限过电流保护装置必须具有适当的动作时限。离电源最远的元件的保护动作时限最小，以后的各个元件的保护动作时限逐级递增，相邻两个元件的保护动作时限相差一个时间阶段 Δt。这样选择动作时限的原则称为阶梯原则。Δt 的大小决定于断路器和保护装置的性能，一般 Δt 取 0.5s。

八、反时限过电流保护

定时限过电流保护，在电流启动元件启动以后，它的动作时限 t 决定于时间元件的整定值，与通过它的电流 I_{J} 的大小无关，见图 2-19（a）。

另一种形式的过电流保护——反时限过电流保护，它启动以后，动作时限与通过它的电

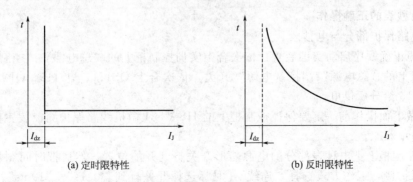

(a) 定时限特性　　　　　　　　(b) 反时限特性

图 2-19　过电流保护的时限特性

流大小有关，见图 2-19（b），通过它的电流愈大，动作时限愈小。

【任务实施】　高压线路微机继电保护操作

一、模拟系统正常、最大、最小运行方式

① 按照正确顺序启动实训装置：依次合上实训控制柜上的"总电源"、"控制电源 1"和实训操作屏上的"总电源"、"控制电源"开关，依次合上 QS111、QS113、QF11、QS116、QF14、QF15 给分厂供电。

② 设置微机线路保护装置：在"HSA-531 微机线路保护测控装置"主菜单栏中选择"保护定值"菜单，设定"一次电压系数"为 35，"一次电流系数"为 1，把装置中的所有保护退出，按"取消"键回到自动循环显示界面。

③ 短路故障模拟：在控制柜上把系统运行方式拨到最大，按下 d1 按钮来模拟三相短路故障，记录微机线路保护装置上的电压、电流值于表 2-4。改变系统运行方式，读取微机线路保护装置在不同运行方式下的电压、电流值（取 A 相电压、电流）。并记录于表 2-4 中。

表 2-4　记录保护装置在不同运行方式下的电压、电流值（取 A 相电压、电流）

项目	最大方式	正常方式	最小方式
U_a/kV			
I_a/A			

二、模拟系统短路

① 按照正确顺序启动实训装置：依次合上实训控制柜上的"总电源"、"控制电源 1"和实训操作屏上的"总电源"、"控制电源"开关，依次合上 QS111、QS113、QF11、QS116、QF14、QF15 给分厂供电。

② 在做下面操作前一定要保证控制柜上的 HSA-531 微机线路保护测控装置中的所有保护都处于退出状态。

③ 在控制柜上把系统运行方式设置为最小，分别在 XL-1 段的 d1、d2 处和 XL-2 段的 d3 处模拟发生三相短路故障，记录保护装置中的测量值于表 2-5。由于在短路故障模拟部分设有延时和互锁（即 d1、d2、d3 点不能同时发生短路），所以只有在故障点 d1 经过一段延时跳开时，才可能在其他两处设置故障。

表 2-5　记录保护装置中的测量值

项目	d1 处短路	d2 处短路	d3 处短路
电压 U_a/kV			
电流 I_a/A			

三、电秒表的正确操作

（1）线路保护部分与电秒表

① 按照正确顺序启动实训装置：依次合上实训控制柜上的"总电源"、"控制电源 1"和实训操作屏上的"总电源"、"控制电源"开关，依次合上 QS111、QS113、QF11、QS116、QF14、QF15 给分厂供电。

② 在做下面操作前一定要保证控制柜上的 HSA-531 微机线路保护测控装置中的所有保护都处于退出状态。

③ 在控制柜上把电秒表部分的电源船形开关打到开的位置，然后把时间测量选择开关打到线路保护侧，工作方式选择"连续"，时标选择开关打到"0.1s"、"10ms"、"1ms"中的任一挡位上，如果电秒表部分的数值显示区不为零，按下复位按钮。

④ 按下 d1、d2、d3 中的任一处短路故障按钮，此时观察电秒表上的数值变化，当故障设置按钮经过延时复位后短路故障消失，观察此时电秒表上的数值是否变化。

（2）电动机保护部分与电秒表

① 依次合上实训操作屏上的 QS211、QS212、QF22、QS218、QF27，然后在控制柜上把电动机的启动方式选择为"直接"，按下变频器下方的电动机启动按钮，此时电动机启动。

② 在做下面操作前一定要保证控制柜上的 HSA-536 微机电动机保护测控装置中的所有保护都处于退出状态。

③ 在控制柜上把电秒表部分时间测量选择开关打到电动机保护侧，把工作方式选择"连续"，把时标选择开关打到"0.1s"、"10ms"、"1ms"中的任一挡位上，如果电秒表部分的数值显示区不为零，按下复位按钮完成清零操作。

④ 按下操作屏上模拟电动机进线处发生三相短路故障按钮 d4，此时观察电秒表上的数值变化，当故障设置按钮经过延时复位后短路故障消失，观察此时电秒表上的数值是否变化。

⑤ 当电秒表配合做完实验时，按下复位键清除上面的时间为下次实训做好准备，把时间测量选择开关打到退出挡。

四、微机线路保护装置参数整定操作

① 按照正确顺序启动实训装置：依次合上实训控制柜上的"总电源"、"控制电源 1"和实训操作屏上的"总电源"、"控制电源"开关，依次合上 QS111、QS113、QF11、QS116、QF14、QF15 给分厂供电。

② "HSA-531 微机线路保护测控装置"操作方法：在微机线路保护装置面板上按下"确认"键，进入选择菜单。通过按"↑"、"↓"键可上下移动光标选择菜单，将光标移至"保护投退"并按"确认"键后，进入保护投退设置功能。此时光标位于第 1 个投退项目即"过流Ⅰ段"的投退设置，通过按"↑"、"↓"键可选择其他投退项目。当光标位于某一项目时，可通过"→"、"←"键来改变设置。当需要投入的全部投退项目设置完成后，可按"确认"键来保存这些设置。

按下"确认"键后，进入输入 PASSWORD1 界面。通过按"↑"、"↓"键可改变 PASSWORD1 各位数字的值，通过按"→"、"←"键可选择要改变的位。若用户没有修改过 PASSWORD1，则出厂默认的 PASSWORD1 为 1000，按确定键完成保护投退的设置。当输入正确的 PASSWORD1 后，就将所修改的保护投退设置保存好了。按取消键退出保护投退菜单。

然后进入保护定值菜单，通过"↑"、"↓"键可选择显示或要修改的定值，按下"→"键进入光标所在定值的编辑状态。在编辑状态下，通过"↑"、"↓""→"、"←"键可对定值进行编辑。编辑完成后按"确认"键，在核实输入正确的口令 PASSWORD1 为 1000 后，再按"确认"键后本次定值修改有效，按"取消"键无效。按照同样的操作设置其他的定值，注意在保护定值菜单中的定值设置必须是设置好一个定值就要保存一下，这样才能把改过的定值保存。

③ 设置"HSA-531 微机线路保护测控装置"：按下"确认"键，进入选择菜单。选择保护投退菜单，再次按下"确认"键，进入后通过按"↑"、"↓"键选择"过流Ⅰ段"，通过"→"、"←"键来改变设置，在此选择投入。通过按"↑"、"↓"键可选择其他投退项目，保证其他保护项目都处于退出状态。最后按"确认"键来保存这些设置。按微机保护装置面板上的"取消"键返回主菜单栏，选择"保护定值"，按"确定"键进入后通过按"↓"键选择"一次电压系数"定值，通过按"→"、"←"键可选择要改变的位，通过按"↑"、"↓"键可改变定值各位数字的值，在此把"一次电压系数"设为 35，编辑完成后按"确认"键，在核实输入正确的口令 PASSWORD1 为 1000 后，再按"确认"键后本次定值修改有效，然后按照同样的方法设置"一次电流系数"为 1，"电流Ⅰ段定值"为 2A，"电流Ⅱ

段定值"为 1.1A,"电流Ⅱ段延时"为 0.5s,"电流Ⅲ段定值"为 0.5A,"电流Ⅲ段延时"为 1s。当定值设置都完成后连续按两下微机保护装置面板上的"取消"键返回装置滚动显示画面。

④ 在控制柜上把系统运行方式选择开关拨到最大位置处,按下 XL-1 段的短路按钮 d1,此时就意味着在 d1 处发生了三相短路故障。记录断路器的状态及动作值于表 2-6 中。

⑤ 断路器 QF14 动作后,待短路持续时间到,d1 处短路故障退出后,合上断路器 QF14。按下控制柜上微机线路保护装置上的"复归"键,然后在出现的信号复归选择界面上通过"→"、"←"键选择"是",消除抢先画面和事故灯。按照上述操作方法把"过流Ⅰ段"退出、"过流Ⅱ段"投入并保存,按"取消"键返回滚动显示画面。

⑥ 在线路的 XL-2 段 d3 处发生短路事故,方法为手动按下 d3 短路事故模拟按钮。记录断路器 QF14 的状态及动作值于表 2-6 中。

⑦ 断路器 QF14 动作后,待短路持续时间到,d3 处短路故障退出后,合上断路器 QF14。按照上述的操作设置保护装置,把"过流Ⅱ段"退出、把"过流Ⅲ段"投入并保存,按"取消"键返回滚动显示画面。

⑧ 在线路 XL-2 段的 d3 处发生短路事故,方法为手动按下 d3 短路事故模拟按钮。记录断路器的状态及动作值于表 2-6 中。

表 2-6　记录断路器的状态及动作值

保护类型	断路器(QF14)的状态	动作值/A
速断		
限时速断		
过电流		

五、无时限电流速断保护实训

① 按照正确顺序启动实训装置:依次合上实训控制柜上的"总电源"、"控制电源 1"和实训操作屏上的"总电源"、"控制电源"开关,依次合上 QS111、QS113、QF11、QS116、QF14、QF15 给分厂供电。

② 设置"HSA-531 微机线路保护测控装置":按下"确认"键,进入选择菜单。选择保护投退菜单,再次按下"确认"键,进入后通过按"↑"、"↓"键选择"过流Ⅰ段",通过"→"、"←"键来改变设置,这里选择"投入"。通过按"↑"、"↓"键可选择其他投退项目,保证其他保护项目都处于退出状态。最后按"确认"键来保存这些设置,输入正确的口令 PASSWORD1 为 1000 后,再按"确认"键。按微机保护装置面板上的"取消"键返回主菜单栏,选择"保护定值",按"确定"键进入后通过按"↓"键选择"电流Ⅰ段定值",通过按"→"、"←"键选择要改变的位,通过按"↑"、"↓"键改变定值各位数字的值,在此把"电流Ⅰ段定值"设为 2,编辑完成后按"确认"键,在核实输入正确的口令 PASSWORD1 为 1000 后,再按"确认"键后本次定值修改有效,连续按两下微机保护装置面板上的"取消"键返回装置滚动显示画面。

③ 在控制柜上把运行方式选择开关拨到最大运行位置处,分别在 XL-1 段的 d2、d1 处进行三相短路,记录装置动作时的现象于表 2-7。

表 2-7　记录装置动作时的现象

XL-1 短路点位置	最大运行方式(三相短路)是否动作
d1 处	
d2 处	

六、带时限电流速断保护实训

① 按照正确顺序启动实训装置：依次合上实训控制柜上的"总电源"、"控制电源1"和实训操作屏上的"总电源"、"控制电源"开关，依次合上 QS111、QS113、QF11、QS116、QF14、QF15 给分厂供电。

② 把"电流Ⅱ段定值"设为 1.2A，"电流Ⅱ段延时"设为 0.5s，把"过流Ⅱ段"保护功能投入，保存设置。通过按"↑"、"↓"键可选择其他投退项目，保证其他保护项目都处于退出状态。

③ 把系统运行方式设置为最大，在 XL-1 段 d2 处进行三相短路，注意保护装置是否动作。若动作，把故障线路改为 XL-2 的 d3 处，再进行一次三相短路，注意保护装置是否动作。将实训现象填入表 2-8。

表 2-8　记录实训现象

短路点位置	最大运行方式(三相短路)是否动作
XL-1 段 d2 处	
XL-2 段 d3 处	

七、微机定时限过电流保护实训

① 按照正确顺序启动实训装置：依次合上实训控制柜上的"总电源"、"控制电源1"和实训操作屏上的"总电源"、"控制电源"开关，依次合上 QS111、QS113、QF11、QS116、QF14、QF15 给分厂供电。

② 设置微机保护装置：把"电流Ⅲ段定值"设为 0.5A，"电流Ⅲ段延时"设为 1s。投入"过流Ⅲ段"保护功能，其余保护功能都退出，保存设置。

③ 把系统运行方式设置为最小，打开控制柜上的电秒表电源开关，把"时间测量选择"拨至线路保护侧，工作方式采用"连续"方式，在 XL-1 段 d2 处进行三相短路，记录电流动作值及电秒表上数值于表 2-9 中。

④ 待短路故障按钮经延时跳起后，按下电秒表面板上"复位"按钮，清除电秒表数值，合上断路器 QF14，在 XL-2 段 d3 处进行三相短路，记录电流动作值及电秒表上数值于表 2-9 中。实训结果写入表 2-9。

表 2-9　记录实训结果

故障位置	XL-1 段 d2 处	XL-2 段 d3 处
电流整定值/A		
时间整定值/s		
断路器能否动作		
电秒表数值/s		
电流动作值/A		

八、反时限过电流保护实训

① 按照正确顺序启动实训装置：依次合上实训控制柜上的"总电源"、"控制电源1"和实训操作屏上的"总电源"、"控制电源"开关，依次合上 QS111、QS113、QF11、QS116、QF14、QF15 给分厂供电。

② 进入微机线路保护装置的主菜单栏，投入"过流反时限"保护功能，其余保护功能都退出。把"反时限过流定值"设为 0.5，"反时限过流延时"设为 0.2，保存设置。

③ 把系统运行方式设置为最大，打开电秒表电源开关，把"时间测量选择"拨至线路保护侧，工作方式采用"连续"方式，从 XL-2 段的 d3 处开始，将短路点位置从 d3—d1 方向调整，记录短路电流、分断时间于表 2-10。

④ 再把"反时限过流定值"分别设为 0.7 和 1，重复第③步骤，记录数据于表 2-10。

表 2-10　记录短路电流、分断时间

整定值	短路位置	XL-1 段		XL-2 段
		d1 处	d2 处	d3 处
0.5A	短路电流			
	分断时间			
0.7A	短路电流			
	分断时间			
1A	短路电流			
	分断时间			

【知识拓展】　微机继电保护

由电磁式或感应式继电器构成的继电保护都是反映模拟量的保护，保护的功能完全由硬件电路来实现。这种常规的模拟式继电保护存在着动作速度慢、定值整定和修改不便、没有自诊断功能、难以实现新的保护原理或算法，以及体积大、元件多、维护工作量大等缺点，因此很难满足电力系统发展所提出的更高的保护要求。近年来，由于电子技术、控制技术以及计算机通信技术，特别是微型计算机技术的迅猛发展，继电保护领域出现了巨大的变化，这主要归因于反映数字量的微机保护的应用。微机保护充分利用和发挥了微型控制器的存储记忆、逻辑判断和数值运算等信息处理功能，克服了模拟式继电保护的不足，获得了更好的保护特性和更高的技术指标。因此，微机保护在电力系统保护中得到了广泛应用。

一、微机保护系统的基本结构

传统的保护装置采用的是布线逻辑，保护的每一种功能都由相应的器件通过连线来实现，微机保护的基本构成与一般的微机应用技术相似，可以看成由硬件与软件两部分构成。微机保护的硬件由数据采集系统，CPU 主系统，开关量输入、输出系统及外围设备组成。其硬件构成框图如图 2-20 所示。

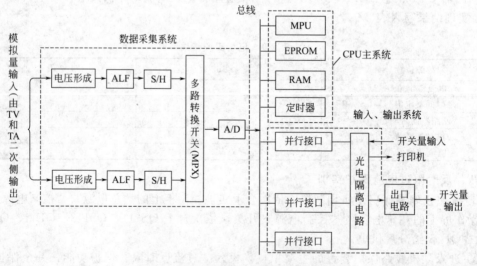

图 2-20　微机保护硬件示意框图

（1）数据采集系统

数据采集系统又称模拟量输入系统。从图中可以看出，它由电压形成、模拟滤波器（ALF）、采样保持器（S/H）、多路转换开关（MPX）和模/数转换器（A/D）几个环节组成。其作用是将电压互感器（TV）和电流互感器（TA）二次输出的电压、电流模拟量转化成为计算机能接受与识别的，并且大小与输入量成比例、相位不失真的数字量，然后送入CPU 主系统进行数据处理及运算。

（2）CPU 主系统

微机保护的 CPU 主系统是由微处理器（MPU）、可编程只读存储器（EPROM）、随机存储器（RAM）、定时器、接口板以及打印机等外围设备组成的。微处理器用于控制与运算，因此一般都采用 16 位以上的高速芯片。EPROM 用于存放各种程序及必要的数据，如操作系统、保护算法、数字滤波、自检程序等。RAM 用于存放经过数据采集系统处理的电力系统信息以及各种中间计算结果和需要输出的数据。由于信息量很大，而 RAM 的容量是有限的，因此 RAM 中所存放的电力系统的信息只是故障前的若干周波的信息，而正常情况下的信息则采用流水作业的方式存储。接口板是主系统不可缺少的组成部分，它是主系统与外部交流的通道。定时器是计算机本身工作、采样以及与电力系统联系的时间标准，也是必需的，而且要求时间精度很高。

（3）开关量输入、输出系统

开关量输入、输出系统的作用是完成各种保护的外部触点输入、出口跳闸及信号等报警功能。变电所的开关量有断路器、隔离开关的状态，继电器和按键触点的通断等。断路器和隔离开关的状态一般通过辅助触点给出信号，继电器和按键则由本身的触点直接给出信号。为了防止干扰的入侵，通常经过光电隔离电路将开关量输入、输出回路与微机保护的主系统进行严格的隔离，使两者不存在电的直接联系，这也是保证微机保护可靠性的重要措施之一。隔离常用的方法有光电隔离、继电器隔离以及继电器和光电耦合器双重隔离。

二、微机保护的功能

微机保护具有如下功能。

① 保护功能　微机保护装置的保护功能有定时限过电流保护、反时限过电流保护、带时限电流速断保护和瞬时电流速断保护。反时限过电流保护还有标准反时限、强反时限和极强反时限等几类。以上各种保护方式可供用户自由选择，并进行数字设定。

② 测量功能　正常运行时，微机保护装置不断地测量三相电流，并在 LCD 液晶显示器上显示。

③ 自动重合闸功能　在上述保护功能动作、断路器跳闸后，该装置能自动发出合闸信号，即具有自动重合闸功能，以提高供电的可靠性。自动重合闸功能可以为用户提供自动重合闸的重合次数、延时时间及自动重合闸是否投入运行的选择和设定。

④ 人-机对话功能　通过 LCD 液晶显示器和简捷的键盘，微机保护能提供如下功能：

· 良好的人-机对话界面，即保护功能和保护定值的选择和设定；

· 正常运行时各相电流显示；

· 自动重合闸功能和参数的选择和设定；

· 发生故障时，故障性质及参数的显示；

· 自检通过或自检报警。

⑤ 自检功能　为了保证装置能可靠地工作，微机保护装置具有自检功能，能对装置的有关硬件和软件进行开机自检和运行中的动态自检。

⑥ 事件记录功能　微机保护能将发生事件的所有数据如日期、时间、电流有效值、保护动作类型等都保存在存储器中，事件包括事故跳闸事件、自动重合闸事件、保护定值设定事件等，可保存多达 30 个事件，并不断更新。

⑦ 报警功能　报警功能包括自检报警、故障报警等。

⑧ 断路器控制功能　断路器控制功能包括各种保护动作和自动重合闸的开关量输出，

控制断路器的跳闸和合闸。

⑨ 通信功能　微机保护装置能与中央控制室的监控微机进行通信，接受命令和发送有关数据。

⑩ 实时时钟功能　实时时钟功能能自动生成年、月、日和时、分、秒，最小分辨率为毫秒，有对时功能。

三、微机保护的特点

(1) 精度高

传统的电磁型保护是经过电—磁—力—机械运动的多次转换而形成的。由于转换环节多，加之机械构件的精度维护、调试经验和误差影响大，因而其准确度低；并且晶体管保护的元件参数分散性大，动作特性易改变，从而降低了准确度。而微机保护由于其综合判断环节采用微型计算机的软件来完成，精度高并且动作功耗低，因而保护装置的灵敏度高。

(2) 灵活性大，可以缩短新型保护的研制时间

由于微机保护装置是由软件和硬件互相结合来实现保护功能的，因而在很大程度上，不同原理的微机保护其硬件可以是一样的，换以不同的程序即可改变继电器的功能。

(3) 可靠性高

在计算机程序的指挥下，微机保护装置可以在线实时对硬件电路的各个环节进行自检，多微机系统还可实现互检。将软件和硬件相结合，可有效地防止干扰造成微机保护不正确动作。实践证明，微机保护装置的正确动作率已经超过了传统保护的正确动作率。另外，微机保护装置体积小，占地面积少，价格低，同一设备可采用完全双重化的微机保护，从而使其可靠性得到保证。

(4) 调试、维护方便

传统的整流型或晶体管型机电保护装置的调试工作量大，尤其是一些复杂保护，其调试项目多，周期长，且难以保证调试质量。微机保护则不同，它的保护功能及特性都是由软件来实现的，只要微机保护的硬件电路完好，保护的特性即可得到保证。调试人员只需做几项简单的操作即可证明装置的完好性。此外，微机保护的整定值都以数字量存放于程序存储器EPROM 或 EEPROM 中，永久不变，因此不需要定期对定值再进行调试。

(5) 易获取附加功能

在系统发生故障后，微机保护装置除了完成保护任务外，还可以提供多种信息。例如在微机保护装置中，可以很方便地附加自动重合闸、故障录波、故障测距等自动装置的功能。

(6) 易于实现综合自动化

继电保护实现微机化后，微机保护结构的灵活性和保护算法的模块化都使微机保护作为监控管理对象之一能够很容易地实现，从而便于实现整个变电站的综合自动化。

四、线路的微机保护

在 35kV 及 35kV 以下的小接地电流系统中，线路上应装设反映相间故障和单相接地故障的保护。与常规保护相同，相间短路的电流保护包括过电流保护及电流速断保护，这两种保护均可选择带方向的保护或不带方向的保护。微机保护在硬件装置相同时，若配以不同的软件，就可实现不同的功能，实现起来较为方便，因此，微机保护的配置一般比常规保护的配置更全面。

为了提高过电流保护的灵敏度并提高整套保护动作的可靠性，可使线路的电流保护经过低电压元件。低电压元件在三个线电压中的任一个低于低电压定值的情况下动作，开放被闭锁的保护元件。微机保护采用软件很容易实现该功能。

一般地，线路的微机保护装置还带有以下功能：

① TV 断线检测；

② 低频减负荷功能；

③ 小接地电流选线；

④ 过负荷保护；

⑤ 输电线路自动重合闸（ARD）。

【学习评价】

1. 对继电保护的基本要求是什么？电磁式电流继电器、时间继电器、信号继电器和中间继电器在继电保护装置中各起什么作用？感应式电流继电器又有哪些功能？

2. 什么是线路的过电流保护、瞬时电流速断保护？定时限过电流保护中，如何整定和调节其动作电流和动作时间？反时限过电流保护中，又如何整定和调节其动作电流和动作时间？

3. 小电流接地系统发生单相接地时有何特点？说明绝缘检查装置的构成及工作原理。

4. 微机保护硬件由哪几部分组成？各自的结构和原理是什么？

任务四　高压电动机继电保护操作

【任务描述】

企业中大量采用高压电动机，它们在运行中会经常发生短路故障和不正常工作状态，所以高压电动机的继电保护操作就显得极为重要。任务实施中利用 THSPGC-1 型供配电实训装置对高压电动机的继电保护进行操作。

【知识链接】

一、变频器数位操作说明

变频器操作面板如图 2-21 所示。

1—显示区：显示输出频率、电流、各参数设定值及异常内容。

2—LED 显示区：显示变频器运行的状态。

3—运转指令键：启动运行。

4—停止/重置键：停止运行及异常中断后可复归。

5—上/下键：选择参数、修改资料等。

6—编程/功能显示键。

7—资料确认键：修改参数后按此键可设定资料输入。

8—频率设定旋钮：可设定此键作为主频率输入。

指示灯状态说明如图 2-22 所示。

操作器操作说明如图 2-23 所示。

① 说明：

Γ50.0：输出频率 50.0Hz。

F50.0：设定频率 50.0Hz。

A02.0：输出电流 2.0A。

U220：输出电压 220V。

② 上电时显示断电前的界面内容。

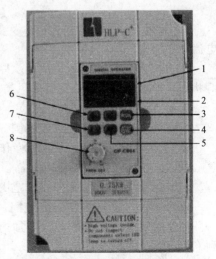

图 2-21　变频器操作面板

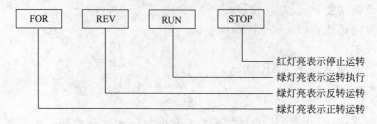

图 2-22 变频器指示灯状态说明

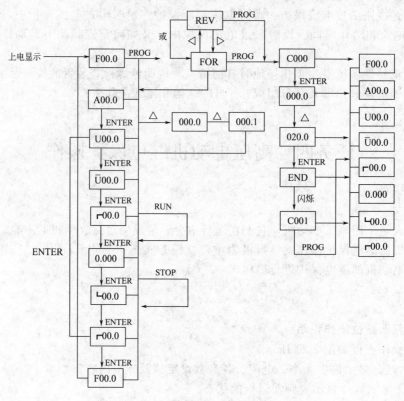

图 2-23 操作器操作说明

③ 在 FOR、REV、C×××及参数内容状态下，经数秒钟后自动回复到频率、电压、电流等界面。

④ 运行和停止状态，仍然显示原先界面，但相应内容根据运行情况会变化，同时指示灯状态，指示相应状态，运行时风扇运行，停机时风扇停止运行。

⑤ 主要功能说明。

• C000 主频率设定。设定范围：0.00～60.00Hz，单位：0.01Hz，出厂值：50.00。

在运转频率来源设定为面板操作情况下，频率以 C000 设定值运行。在运行中可以用 ▼/▲键来改变运转频率。

• C001 加速时间设定。设定范围：0.1～6500.0s，单位：0.1s，出厂值：5.0。

C002 减速时间设定。设定范围：0.1～6500.0s，单位：0.1s，出厂值：5.0。

加速时间是指变频器从 0Hz 加速到 50Hz 所需时间；减速时间是指变频器从 50Hz 减速到 0Hz 所需时间。

• C004 最高电压设定。设定范围：0.1～255/510V，单位：0.1V，出厂值：220/380。

· C010 最大频率设定。设定范围：50.00～600.0Hz，单位：0.01Hz，出厂值：50.00/60.00。

· C012 运行控制选择。设定范围：0～2，单位：1，出厂值：0。

· C013 运行频率选择。设定范围：0～2，单位：1，出厂值：0。

0：选择操作器设定。

运转频率由数位操作器给定。

1：选择电位器设定如图2-24所示。

运转频率由外部端子输入的模拟信号或面板电位器控制。具体与CN1状态有关：

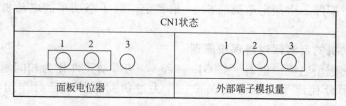

图 2-24 运转频率选择电位器设定

· C014 启动方式选择。设定范围：0～1，单位：1，出厂值：0。

二、变频器的开环调速原理

从理论上可知，电动机转速 n 和供电频率 f 有如下关系：

$$n = \frac{2 \times 60 f}{q}\ (1-s) \tag{2-5}$$

其中，q 为电动机极数；s 为转差率。

由式可知，电机转速 n 与频率 f 成正比，如果不改变电动机的极数，只要改变频率即可改变电动机的转速，当频率 f 在 0～50Hz 的范围内变化时，电动机转速调节范围非常宽。变频器就是通过改变电动机电源频率实现速度调节的，是一种理想的高频率、高性能的调速手段。

给使用的电机装置设速度检出器（PG），将实际转速反馈给控制装置进行控制的，称为"闭环"，不用 PG 运转的就叫作"开环"。通用变频器多为开环方式。

三、三相异步电动机的启动方式

本实训系统采用三相笼型异步机，设置有全压启动和变频器启动两种方式。

① 一台笼型异步机能否用直接启动方法，主要看电网容量的大小。通常规定：用电单位如有单独的变压器供电，而电动机又不频繁启动，当电动机的容量不超过供电变压器的容量的30%时，允许直接启动。如果电网中有照明负载，允许直接启动的电动机容量，应以保证电动机启动时电网下降不超过5%为原则。

② 变频器通过改变供电电源的频率，从而能够获得很宽的调速范围、很好的调速平滑性和有足够硬度的机械特性。

四、微机电动机保护装置功能说明

本装置含有中等容量以上三相（二相）异步电动机的全套保护，包括电流速断、过电流、电流反时限、负序过流保护、过流保护跳闸、过热保护报警、PT断线报警、低电压保护、零序过流跳闸、零序过流告警、过电压保护。装置正常运行情况下可显示监视电动机运行所需的参数。故障后可显示故障种类参数，并记录故障过程中的最大故障量，供事后调出作分析故障之用。

五、高压电动机的速断保护原理

相间短路会引起电动机的严重损坏，并造成供电网络电压严重下降，破坏其他用电设备的正常工作。因此对电动机的定子绕组及其引出线的相间短路应装设相应的保护装置。规程规定：对 3～10kV 的高压异步电动机，当容量低于 2000kW 时，应装设电流速断保护，保护宜采用两相式接线；2000kW 及以上的电动机及电流速断灵敏度不能满足要求的 2000kW 以下的电动机，应装设纵差动保护。

本保护反映电流的最大值，按照启动电流的最大值设定，从而可有效地躲过电动机的启动电流，对电动机运行的全过程提供可靠而灵敏的保护。当任一相达到整定值，且过流 I 段保护的投退控制字处于投入状态，则定时器启动，若持续到整定时限，则立即跳闸。

电流速断保护的整定原则：电流速断整定值按照启动最大电流一般可取为电动机启动电流的 1.2 倍；或者按照二次额定电流的 6～8 倍整定；对于小功率的电动机，电流整定倍数可以相对小些。

六、高压电动机的反时限过流保护原理

一般采用的感应型电流继电器（如 GL-14 型），其瞬动元件作为相间短路保护，作用于跳闸，其反时限部分构成反时限过流保护，作为过负荷保护，延时作用于信号、减负或跳闸。

微机电动机保护测控装置中的反时限是根据国际电工委员会标准（IEC 60255-4）的规定，采用其标准反时限特性方程中的极端反时限特性方程（extreme IDMT）：

$$t = \frac{80}{(I/I_{\mathrm{p}})^2 - 1} t_{\mathrm{p}} \tag{2-6}$$

I_{p} 为电流基准值，取过流 II 段定值；t_{p} 为时间常数，取过流 II 段时间定值。

过流 II 段保护，又称堵转保护，它是在电动机启动完毕后自动投入，该保护可根据启动电流或堵转电流整定，主要对电动机启动时间过长和运行中堵转提供保护。在超过电动机启动时间后，当任一相达到整定值，且过流 II 段保护的投退控制字处于投入状态，则定时器启动，若持续到整定时限，则立即跳闸。

【任务实施】 高压电动机继电保护操作

一、变频器参数整定

① 按照正确顺序启动实训装置：依次合上实训控制柜上的"总电源"、"控制电源 1"和实训操作屏上的"控制电源"、"总电源"开关。然后依次合上 QS211、QS212、QF22、QS218、QF27，在控制柜上把"电动机启动方式"选择开关拨至"变频"位置，接着按下"电动机启停控制"处的"启动"按钮。

② 此时变频器得电，按下"PROG"键使显示界面切换到"C000"界面，然后再长按 $\boxed{\frac{\text{ENTER}}{\text{DISP}}}$ 键进入里面的定值界面。依次核对主要功能部分介绍的几种定值是否为出厂设置值，如果不是，需改为出厂设置。现在以把 C013 设为"0"，即运行频率由数位操作器给定为例来说明操作过程。首先按 $\boxed{\frac{\text{ENTER}}{\text{DISP}}}$ 键切换位数，然后按下▼、▲调节数值大小到 C013 界面，再次长按下 $\boxed{\frac{\text{ENTER}}{\text{DISP}}}$ 键进入定值设置界面。在定值设置界面同样是通过操作 $\boxed{\frac{\text{ENTER}}{\text{DISP}}}$ 键和▼、▲键来修改定值设置的。在此把定值改为 0，定值改好后长按住 $\boxed{\frac{\text{ENTER}}{\text{DISP}}}$ 键直到显示屏幕上显示闪动的"End"表明设置修改成功。

③ 通过"PROG"键把变频器上的显示界面切换到 ┌00.0，最后按下变频器操作面板上"RUN"键，这时可以看到变频器显示界面上变化的频率，同时观察控制柜上电动机电流表的读数变化，当变频器显示界面部分频率达到 50Hz 时，电动机启动完成。

④ 当完成实训操作时，按下变频器操作面板上的"Stop"键，当电动机停止转动时再按下电动机启停控制部分的停止按钮。

注意：变频器的参数只有在处于"Stop"状态下才能修改和保存。

二、变频器的开环调速

① 按照正确顺序启动实训装置：依次合上实训控制柜上的"总电源"、"控制电源1"和实训操作屏上的"控制电源"、"总电源"开关。然后依次合上 QS211、QS212、QF22、QS218、QF27，在控制柜上把"电动机启动方式"选择开关拨至"变频"位置，接着按下"电动机启停控制"处的"启动"按钮。

② 此时变频器得电，按下"PROG"键使显示界面切换到"C000"界面，然后再长按 $\boxed{\begin{array}{c}\text{ENTER}\\\text{DISP}\end{array}}$ 键进入里面的定值界面。依次核对主要功能部分介绍的几种定值是否为出厂设置值，如果不是，需改为出厂设置。现在要把 C013 改设为"1"，即运行频率由选择电位器给定。

③ 通过"PROG"键把变频器上的显示界面切换到 ┌00.0，最后按下变频器操作面板上"RUN"键，手动旋动面板上的电位器，增加频率到50Hz，在这个过程中可以看到：随着给定频率的加大电动机的转速在升高，控制柜上高压电动机电流表的电流值也在逐渐加大，当给定频率到50Hz时就完成了电动机的启动过程。

④ 当完成实训操作时，按下变频器操作面板上的"Stop"键，当电动机停止转动时再按下电动机启停控制部分的停止按钮。

三、三相异步电动机的启动方式

在实训控制屏右侧的微机电动机保护装置部分线路还没有连好，开始实训前请对照图2-25、图2-26及表2-11完成微机电动机保护装置的接线。保证接线完成且无误后再开始下面的实训操作。

微机电动机保护装置接线图及对照表如图2-25、图2-26和表2-11所示。

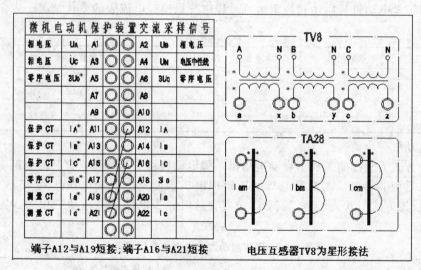

图 2-25　微机电动机保护装置接线图

电动机保护装置控制回路部分：只需将相应的信号引入到控制回路中即可（黑色接线柱上不用引线）。即：把 QF27 的合闸（QF27 合闸回路）信号接到 HX27；把 QF27 的跳闸（QF27 跳闸回路）信号接到 TX27。

（1）电动机的空载启动和运行

图 2-26　电动机保护装置控制回路接线图

表 2-11　微机电动机保护装置交流采样信号接线对照表

互感器接线端子		微机保护装置采样信号	互感器接线端子		微机保护装置采样信号
TV8	a	A1	TA28	Iam*	A11
	b	A2		Iam	A20
	c	A3		Ibm*	A13
	x、y、z	A4		Ibm	A14
				Icm*	A15
				Icm	A22

① 按照正确顺序启动实训装置：依次合上实训控制柜上的"总电源"、"控制电源1"和实训操作屏上的"控制电源"、"总电源"开关。然后依次合上 QS211、QS212、QF22、QS218、QF27，在控制柜上把"电动机启动方式"选择开关拨至"直接"位置，接着按下"电动机启停控制"处的"启动"按钮。观察电动机处的三只模拟式电流表，记录电动机启动过程中的电流变化于表 2-13 中。

② 按下"电动机启停控制"处的"停止"按钮使电动机停止运行，待电动机停车后把"电动机启动方式"凸轮开关拨至"变频"位置，接着按下"电动机启停控制"部分的"启动"按钮。

③ 参照表 2-12 设置变频器参数，设置完参数后，按下变频器操作面板上的"RUN"键，观察并记录电动机从启动到稳定运行过程中三只模拟电流表的变化情况于表 2-13 中。

表 2-12　变频器参数

序号	参数代码	设定值	序号	参数代码	设定值
1	C000	50.0Hz	4	C010	50.0Hz
1	C001	5.0s	5	C012	0
2	C002	5.0s	6	C013	0
3	C004	380V	7	C121	0

（2）电动机带负荷运行

在启动方式为直接的条件下启动电动机，待电动机稳定运行后，打开控制柜上的励磁电源开关，然后调节旋钮，观察发电机电压模拟电压表使发电机的电压达到 150V 左右，把"电机负载投退方式"开关拨至"满载"位置，这时异步电动机将拖动三相同步发电机带负荷满载运行。

表 2-13　不同启动方式电流的变化情况

电动机启动方式	三相电流表的变化情况
直接	
变频	

四、微机电动机保护装置参数整定操作

① 按照正确顺序启动实训装置：依次合上实训控制柜上的"总电源"、"控制电源1"和实训操作屏上的"控制电源"、"总电源"开关，依次合上 QS211、QS212、QF22、QS218、

QF27，在控制柜上把"电动机启动方式"选择开关拨至"直接"位置。

② "HSA-536 微机电动机保护测控装置"操作方法：在微机电动机保护装置面板上按下"确认"键，进入主菜单栏。通过按"↑"、"↓"键可上下移动光标选择菜单，将光标移至"保护投退"并按"确认"键后，进入保护投退设置功能。此时光标位于第 1 个投退项目即"过流Ⅰ段"的投退设置，通过按"↑"、"↓"键可选择其他投退项目。当光标位于某一项目时，可通过"→"、"←"键来改变设置。当需要投入的全部投退项目设置完成后，可按"确认"键来保存这些设置。

按下"确认"键后，进入输入 PASSWORD1 界面。通过按"↑"、"↓"键可改变 PASSWORD1 各位数字的值，通过按"→"、"←"键可选择要改变的位。若用户没有修改过 PASSWORD1，则出厂默认的 PASSWORD1 为 1000，按确定键完成保护投退的设置。当输入正确的 PASSWORD1 后，就将所修改的保护投退设置保存好了。按取消键退出保护投退菜单。

然后通过按"↑"、"↓"进入保护定值菜单，通过按"↑"、"↓"键可选择显示或要修改的定值，按下"→"键进入光标所在定值的编辑状态。在编辑状态下，通过"↑"、"↓"、"→"、"←"键可对定值进行编辑。编辑完成后按"确认"键，在核实输入正确的口令 PASSWORD1 为 1000 后，再按"确认"键后本次定值修改有效，按"取消"键无效。按照同样的操作设置其他的定值，注意在保护定值菜单中的定值设置必须是设置好一个定值就要保存一下，这样才能把改过的定值保存住。

③ 设置"HSA-536 微机电动机保护测控装置"：按下"确认"键，进入选择菜单。选择保护投退菜单，再次按下"确认"键，进入后通过按"↑"、"↓"键选择"过流Ⅰ段"，通过"→"、"←"键来改变设置，在此选择投入。通过按"↑"、"↓"键可选择其他投退项目，保证其他保护项目都处于退出状态。最后按"确认"键来保存这些设置。按微机保护装置面板上的"取消"键返回主菜单栏，选择"保护定值"，按"确定"键进入后通过按"↓"键选择"一次电压比例系数"定值，通过按"→"、"←"键可选择要改变的位，通过按"↑"、"↓"键可改变定值各位数字的值，在此把"一次电压比例系数"设为 10，编辑完成后按"确认"键，在核实输入正确的口令 PASSWORD1 为 1000 后，再按"确认"键后，本次定值修改有效，然后按照同样的方法设置"一次电流比例系数"为 1，"过流Ⅰ段定值"设置为 1.8A，"过流Ⅰ段延时"设置为 1s。当定值设置都完成后连续按两下微机保护装置面板上的"取消"键返回装置滚动显示画面。

④ 按下"电动机启停控制"处的"启动"按钮，待电机稳定运行后，按下高压电动机进线处的短路故障设置按钮，模拟电动机进线处发生短路故障。观察断路器 QF27 的状态，并记录保护装置显示界面上显示的故障信息于表 2-14 中。

⑤ 当故障模拟按钮经延时自动复位后，合上断路器 QF27，复归装置上的事故抢先显示界面。

表 2-14 高压电动机过流Ⅰ段保护动作情况

短路位置	保护类型	断路器 QF27 的状态	保护装置界面故障信息
高压电动机进线处	过流Ⅰ段		

五、高压电动机的速断保护

① 按照正确顺序启动实训装置：依次合上实训控制柜上的"总电源"、"控制电源1"和实训操作屏上的"控制电源"、"总电源"开关。接着按"确定"键进入"HSA-536 电动机保护测控装置"主菜单栏中选择"保护定值"菜单，设定"一次电压比例系数"为 10，"一次电流比例系数"为 1，"过流Ⅰ段定值"设置为 2A（按二次额定电流的 4～5 倍整定），

"过流Ⅰ段延时"设置为1s，"电动机启动时间"设置为1.5s，然后切换到"保护投退"中把"过流Ⅰ段"投入，其他保护功能都退出，保存设置。

② 依次合上 QS211、QS212、QF22、QS218、QF27，在控制柜上把"电动机启动方式"选择开关拨至"直接"位置，接着合上"电动机启停控制"处的"启动"按钮。打开励磁电源开关，调节旋钮使发电机的电压达到150V左右，然后把"电机负载投退方式"开关拨至"满载"位置，这时异步电动机将拖动三相同步发电机带负荷运行。

③ 打开"数字式电秒表"的电源开关，把"时间测量选择"拨至电动机保护，工作方式选择为"连续"。进行模拟电动机进线处的三相短路故障，按下短路故障设置按钮 d4，短路持续时间继电器保持出厂设置。观察电机运行及记录电秒表时间值，并同微机装置中的时间设定值比较，核对断路器动作时间是否正确，记录于表 2-15。

表 2-15　高压电动机速断保护动作值及动作时间

过流Ⅰ段保护	保护整定值	保护动作值
动作电流/A		
延时时间/s		

六、高压电动机的反时限过流保护

① 按照正确顺序启动实训装置：依次合上实训控制柜上的"总电源"、"控制电源1"和实训操作屏上的"控制电源"、"总电源"开关。接着按"确定"键进入控制柜上的"HSA-536 电动机保护测控装置"主菜单栏中选择"保护定值"菜单，设定"一次电压比例系数"为10，"一次电流比例系数"为1，"过流Ⅱ段定值"设置为2A（按二次额定电流的4～5倍整定），"过流Ⅱ段延时"设置为1s，"电动机启动时间"设置为1.5s，"反时限过流定值"设置为0.8A，"反时限过流延时"设置为0.2s，然后切换到"保护投退"中把"过流Ⅱ段"和"过流Ⅱ段反时限"投入，其他保护功能都退出，保存设置。

② 依次合上 QS211、QS212、QF22、QS218、QF27，在控制柜上把"电动机启动方式"选择开关拨至"直接"位置，接着合上"电动机启停控制"处的"启动"按钮。打开励磁电源开关，调节旋钮使发电机的电压达到150V左右，然后把"电机负载投退方式"开关拨至"满载"位置，这时异步电动机将拖动三相同步发电机带负荷运行。

③ 打开"数字式电秒表"的电源开关，把"时间测量选择"拨至电动机保护，工作方式选择为"连续"，模拟电动机进线处的三相短路故障，按下短路故障设置 d4，短路持续时间继电器保持出厂设置。根据表 2-16 设置不同的反时限电流定值，观察记录断路器动作时间于表 2-16 中。

④ 微机电动机保护动作跳开断路器后，要先把电动机启动退出，然后待故障经一定延时自动退出后，复归装置故障信号，合上断路器 QF27，为下次实训做准备。按表中的定值改变装置中反时限电流值，重复步骤③，记录5～6组值到表 2-16 中。

表 2-16　高压电动机反时限过流保护动作情况

序号	反时限电流整定值/A	动作时间/s	序号	反时限电流整定值/A	动作时间/s
1	0.8		4	1.4	
2	1.0		5	1.6	
3	1.2		6	2.0	

【知识拓展】　HSA-536 电动机保护测控装置

一、装置面板

装置的面板由 LCD 显示器、LED 指示灯及简易键盘组成，如图 2-27 所示。

（1）LED 指示灯

本装置共有七个指示灯，从上至下依次是运行灯、电源灯、告警灯、事故灯、故障灯、合位灯、分位灯、除运行灯、电源灯和分位灯是绿灯，其余是红灯，通过信号灯，可以判别装置的工作状态及保护信号，具体意义如下。

图 2-27　电动机保护测控装置面板

运行灯：表示装置的运行状态，保护正常运行情况下该灯应有规律地闪动，不闪烁可判断保护不工作。

电源灯：指示装置工作电源是否正常，正常运行时这个灯应常亮。

告警灯：表示装置检测的设备在不正常的状态发生，正常运行时不显示，出现不正常状态时显示红色。过负荷、PT 断线、PT 失压、零序过流、小电流接地、轻瓦斯、温度升高等情况出现时指示灯显示红色。

事故灯：表示装置检测的设备有事故状态发生，正常运行时不显示，出现事故状态时该灯亮，并且保护信号未复归该灯常亮。

故障灯：表示装置通过自检发现装置本身的元件是否有故障，装置通过自检发现有故障该灯亮。

合位灯：表示装置所保护的设备开关是否在合闸位置，在合闸位置显示红色指示灯。

分位灯：表示装置所保护的设备开关是否在分闸位置，在分闸位置显示绿色指示灯。

当保护动作或装置发生故障时，面板上相应的"事故"、"预告"、"装置故障"信号指示灯会亮，并在 LCD 显示器的最后一行显示保护动作或装置故障的类型。注意，此时显示的内容不表示事件发生的顺序。若要进一步了解详细情况，可在主菜单中选择"事件记录"来查看事件顺序记录（SOE）。

由于装置不可能检出所有的故障，故运行人员应注意 LED 指示灯在运行中是否正常，保护及测量 CT 采样值是否正常。例如，当装置的 5V 电源故障时，整个装置均不工作，也不会发出信号。这时应采取措施，保证设备正常工作。

装置的当地监控功能通过面板上的 LCD 显示器及简易的键盘操作实现。

（2）键盘

本装置有 7 个按键，通过显示菜单进行按键操作，可查看装置的基本信息和状态、测量的保护电量及其计算数据、实现系统设置及定值修改等功能，按键的意义如下。

↑：方向键，上移一行（或一屏）。

↓：方向键，下移一行（或一屏）。

←：方向键，左移一列（或一屏）。

→：方向键，右移一列（或一屏）。

确定：是液晶上光标的确定键，保护功能"投"或"退"以及保护定值修改后的确认按键。

取消：是液晶上显示的内容返回到上一级菜单，如果返回到初始画面，则不再返回。

复归：是将液晶上显示的告警信息、故障信息及装置故障信息等从液晶上清除（但该类信息经过复归后仍然保存在"事件记录"菜单中），同时将"告警"、"事故"、"故障"信息点亮的红色指示灯熄灭；如果此时的"告警"、"事故"、"故障"等事件仍然没有得到处理，则新的信息重新出现。

（3）LCD 显示器

LCD 显示器为带背光的 8×4 汉字字符液晶显示模块。液晶显示方式默认为"自动关"模式。设置如果在一定时间内无键盘操作，将关闭装置的液晶显示。再次有键盘操作或装置上电重新启动时自动启动液晶显示。

图 2-28　电动机保护测控装置 LCD 显示器

正常运行时液晶显示器自动循环显示各遥测量及一些保护模拟量的一次值，如图 2-28 所示。若需查看未显示的项目，可按"↑"、"↓"键选择。需要显示的项目可在"出厂设置"菜单下设定。若需要复归保护动作或装置故障信号，可按下"复归"键，选择"是"后再按"确认"键即可。按下除"↑"、"↓"键外的其他键，LCD 显示器显示主菜单，如图 2-29 所示。

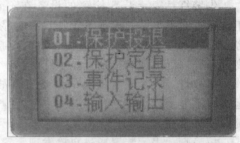

通过"↑"、"↓"键可选择任一种功能，按"确认"键后进入该菜单的功能，按"取消"键或选择"退出"并按"确认"键后回到自动循环显示界面。

二、接线端子图

装置的输入和输出信号通过后排端子和外部设备连接得到，除 A 端子排是接交流电量而采用大电流端子外，其余端子排均采用结构坚固、经久耐用的凤凰端子。后排端子接线简单可靠，满足各种场合的使用，端子排布置和接线如图 2-30 所示。

图 2-29　电动机保护测控装置主菜单

C 端子：装置电源输入，控制母线电压（交直流都可以）接入。

A 端子：交流量输入采集，接外部电流、电压量输入。

S 端子：通信接口，提供两路 485 通信接口及电脉冲输入接口。

K 端子：开关量输入，接直流 24V 电源，采集外部遥信量；如需接入 220V 的遥信量，可通过外接光电隔离端子实现。一般情况下，不要将高于 24V 的输入信号接入，以免引起装置内部元器件的损坏，导致装置这项功能不能实现。

J 端子：继电器输出，装置内继电器操作回路，可提供各种输出接口。

为保证装置正常工作，接线应按照系统装置的设计图进行接线。

三、操作说明

1. 保护投退

将光标移至"保护投退"并按"确认"键后，进入保护投退设置功能。保护投退设置的界面如图 2-31 所示。

此时光标位于第 1 个投退项目即"速断"的投退设置。通过按"↑"、"↓"键可选择其他投退项目。当光标位于某一项目时，可通过"→"、"←"键来改变设置。当全部投退项目设置完成后，可按"确认"键来保存这些设置。

按下"确认"键后，进入输入 PASSWORD1 界面，如图 2-32 所示。通过按"↑"、"↓"键可改变 PASSWORD1 各位数字的值，通过按"→"、"←"键可选择要改变的位。若用户没有修改过 PASSWORD1，则出厂默认的 PASSWORD1 为 1000 同 0000 均可（修改

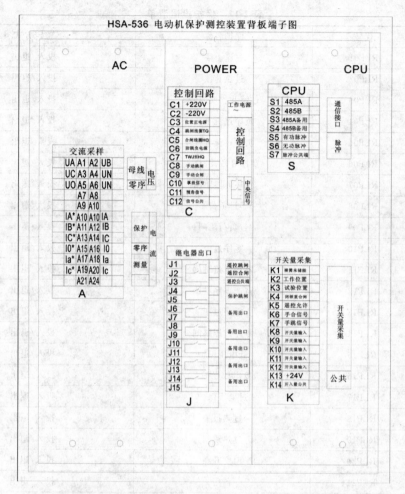

图 2-30　电动机保护测控装置端子排布置和接线

PASSWORD1 的方法见"保护定值"的使用方法)。

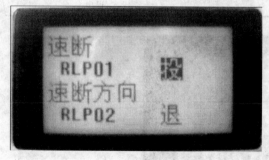

图 2-31　保护投退设置的界面

图 2-32　电动机保护测控装置输入 PASSWORD1 界面

　　当输入正确的 PASSWORD1 后,就将所修改的保护投退设置保存好了。保护投退清单如表 2-17 所示。

　　2. 保护定值

　　进入保护定值功能后,即可对装置整定值进行当地修改。本装置可存储三套定值。"0"号定值为当前使用的定值套号（1、2 或 3）,其余号定值为装置对应于 0 号定值的本套定值。显示格式如图 2-33 所示。

表 2-17 保护投退清单

保护序号	代号	保护名称	整定方式
01	RLP01	过流Ⅰ段	投入/退出
02	RLP02	过流Ⅱ段	投入/退出
03	RLP03	过流Ⅱ段反时限	投入/退出
04	RLP04	负序过流Ⅰ段	投入/退出
05	RLP05	负序过流Ⅱ段	投入/退出
06	RLP06	负序Ⅱ段反时限	投入/退出
07	RLP07	负序Ⅱ段跳闸	投入/退出
08	RLP08	过负荷	投入/退出
09	RLP09	过负荷跳闸	投入/退出
10	RLP10	零序过流	投入/退出
11	RLP11	零序过流跳闸	投入/退出
12	RLP12	自产零序电压	投入/退出
13	RLP13	零序过压	投入/退出
14	RLP14	零序过压跳闸	投入/退出
15	RLP15	低电压保护	投入/退出
16	RLP16	低电压保护 2	投入/退出
17	RLP17	过电压保护	投入/退出
18	RLP18	过热报警	投入/退出
19	RLP19	过热跳闸	投入/退出
20	RLP20	温度升高	投入/退出
21	RLP21	备用	投入/退出
22	RLP22	备用	投入/退出
23	RLP23	PT 断线	投入/退出
32	RLP32	录波	投入/退出

图 2-33 电动机保护测控装置保护定值设置界面

通过 "↑"、"↓" 键可选择显示或要修改的定值，按下 "→" 键进入光标所在定值的编辑状态。在编辑状态下，通过 "↑"、"↓"、"→"、"←" 键可对定值进行编辑。编辑完成后按 "确认" 键，在核实输入正确的口令后，再按 "确认" 键后本号定值修改有效，按 "取消" 键无效。

整定值定义及说明详见表 2-18。

表 2-18　整定值定义及说明

定值序号	代号	定值名称	整定范围
01	Kv1	一次电压比例系数	1(程序内设定为 1)
02	Ki1	一次电流比例系数	1(程序内设定为 1)
03	Idz1	过流 I 段值	0～100A
04	tzd1	过流 I 段延时	0～10s
05	tqd	电动机启动时间	0～10s
06	Idz2	过流 II 段定值	0.1～100A
07	tzd2	过流 II 段延时	0～10s
08	Idz3	反时限过流定值	0.1～100A
09	tzd3	反时限过流延时	0～10s
10	I2dz1	负序过流 I 段定值	0.1～100A
11	tzd3	负序过流 I 段延时	0～100s
12	t2dz2	负序过流 II 段定值	0.1～100A
13	Tzd4	负序过流 II 段延时	0～100s
14	Idz3	过负荷定值	0.1～100A
15	Tzd5	过负荷延时	0.1～10s
16	I0dz	零序过流定值	0.1～100A
17	tI0zd	零序过流延时	0～10s
18	U0dz	零序过压定值	5～180V
19	tU0zd	零序过压延时	0～10s
20	Udz1	低电压定值	0.1～100V
21	tUuzd1	低电压延时	0～10s

注：一次电压、电流系数×10 后为实际的一次 PT、CT 变比。

3. 事件记录

本单元可存储 64 次事件记录，其中第 0 号为最新记录，第 1 号为上一次记录，依次类推。该记录存放在非易失性存储器中，具有掉电长期保存功能，事件记录分开关变位、保护动作和装置故障三种类型。事件记录显示格式如图 2-34 所示。

其中，No. 后为记录号，07-07-15 为该事件发生的日期，即 2007 年 7 月 15 日。15：29：53.611 为该事件发生的时间，即 15 时 29 分 53 秒 611 毫秒。

通过按"↑"、"↓"键可选择显示其余的事件。

当事件类型为保护动作时，可以按"确认"键去查看该保护的动作值，再按"确认"键返回。

4. 输入输出

选择输入输出菜单后将显示图 2-35 所示内容。

通过"↑"、"↓"键可选择查看开入量还是开出量操作。当选择开入时，屏幕显示如图 2-36 所示。

图 2-34　事件记录显示界面

图 2-35　输入输出界面

图 2-36　开入显示界面

其中"0"表示输入的开关未闭合，"1"表示输入的开关已闭合，在图 2-36 中，第 2 个开入量为1，其余为0。

按"取消"键可退出并返回上一级菜单。

01：分位 ；02：合位 ；03～14：对应装置背面开入量k1～k12，其余未定义。

当选择开出时，屏幕显示如图2-37所示。

通过"↑"、"↓""→"、"←"键可对开出量进行编辑。"1"对应输出继电器闭合或指示灯亮，"0"对应输出继电器断开或指示灯灭。编辑完成后按"确认"键，在核实输入正确的口令后，再按"确认"键后，相应的继电器就能出口。

从右到左：

0：遥控分闸；1：遥控合闸；2：保护跳闸；3：重合闸；4：保护跳闸指示灯；5：备用；6：重合闸指示灯；7：备用；9：事故信号；A：预告信号；其余未定义。

5. 采样数值

在主菜单中选择"采样数值"后屏幕显示如图2-38所示。

0通道：A相测量电流

1通道：B相测量电流

2通道：A相测量电压

3通道：B相测量电压

4通道：C相测量电压

5通道：A相保护电流

6通道：B相保护电流

7通道：C相保护电流

8通道：零序电流

9通道：零序电压

6. 实时时钟

本单元具有掉电运行的实时时钟功能，进入实时时钟模块后，LCD显示器将显示装置的实时时钟，如图2-39所示。

图 2-37　开出显示界面

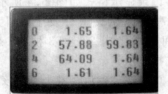

图 2-38　采样数值显示界面

图 2-39　实时时钟显示界面

通过简易键盘可对时钟进行修正。按"确认"键后进入时钟编辑状态。在编辑状态下，通过"↑"、"↓"、"→"、"←"键可对时钟进行编辑。编辑完成后按"确认"键，在核实输入正确的口令后，再按"确认"键后，修改有效。若此时不想修改时钟，可按"退出"键退出时钟编辑状态。

该时钟也可由通信网统一校时（精确到2ms），以使整个系统保持同一时基。

实时时钟主要作为事件顺序记录的时间依据。

7. 电能脉冲

进入电能计量模块后，可对脉冲电度表脉冲计数进行初值设定，初值设定后，该值将随着电能脉冲的累积而变化，直到下一次重新设定初值。每个装置共安排了2路脉冲计数输入。

8. 出厂设置

出厂设置在装置出厂前已设置完成，用户通常不必更改。出厂设置项目如表 2-19 所示。

表 2-19　出厂设置项目

序号	代号	名称	整定范围
0	Kv2	二次电压比例系数	11.80(12)
1	Kic	二次测量电流比例系数	235.50(140)
2	Kib	二次保护电流比例系数	14.20(14.8)
3	Ki0	二次零序电流比例系数	235.20(14.8)
4	Kv0	二次零序电压比例系数	11.83
5	Imp/kWh1	脉冲电能表常数 1	每千瓦(乏)时脉冲数/1000
6	Imp/kWh2	脉冲电能表常数 2	每千瓦(乏)时脉冲数/1000
7	.Imp/kWh3	脉冲电能表常数 3	每千瓦(乏)时脉冲数/1000
8	Imp/kWH4	脉冲电能表常数 4	每千瓦(乏)时脉冲数/1000
9	Inalarm	开关量报警设定	$(\Sigma 2^{n-1})/100$
10	PU0	PT 零序系数	
11	Disp	滚动显示项目选择	
12	Address	装置通信地址	$0 \sim 244$
13	Baud Rate	装置通信波特率	
14	Realy Check	自检出口继电器设置	

其中，二次电压比例系数、二次测量电流比例系数、二次保护电流比例系数、二次零序电流比例系数、二次零序电压比例系数由二次互感器类型及满量程值确定。

开关量报警设定：当某些开入量发生变化时，若需要启动报警信号，可通过设置该项来实现。

滚动显示项目选择：选择显示项目时，大部分可按表 2-21 的设置值确定，将所选的各项目设置值相加。例如，要显示 U_{ab}、I_a、P 和 $\cos\varphi$，设置值为 $0.02+1.28+5.12+20.48=26.90$。显示项目和设置值见表 2-20。

表 2-20　显示项目和设置值

显示项目	设置值	显示项目	设置值
过热时间	0.01	U_c	0.64
U_{ab}	0.02	I_a	1.28
U_{bc}	0.04	I_c	2.56
U_{ca}	0.08	P	5.12
U_a	0.16	Q	10.24
U_b	0.32	$\cos\varphi$	20.48

装置通信地址：装置通信地址的设置范围为 $0 \sim 244$。

装置通信波特率：装置通信波特率的单位为 kbps。例如要设置通信波特率为 9600bps，其设定值为 9.60。

自检出口继电器设置：设定值为 $\Sigma 2^{n-1}$，式中，n 为第 n 路开出。例如，某装置有 J1、J2、J3、J4 共 4 个开出继电器，自检设定值应为 $2^0+2^1+2^2+2^3=15$。

9. 设备信息

设备信息将显示装置的一些基本信息，如版本、装置类型及型号，程序存储器校验码等。

10. 采样实时显示

如表 2-21 所示。

四、使用说明

在开始使用装置前，应详细阅读前面"装置面板"、"后排端子"、"菜单操作"的说明，同时必须进行如下检查。

表 2-21　采样实时显示

通道 00	测量电流 I_a(A19,A20)	通道 06	保护电流 I_b(A13,A14)
通道 01	测量电流 I_c(A21,A22)	通道 07	保护电流 I_c(A15,A16)
通道 02	母线电压 U_a(A1)	通道 08	零序电流 $3I_0$(A17,A18)
通道 03	母线电压 U_b(A2)	通道 09	零序电压 $3U_0$(A5,A6)
通道 04	母线电压 U_c(A3)	通道 10	
通道 05	保护电流 I_a(A11,A12)	通道 11	

（1）通电前检查

① 检查装置型号与各种参数是否与安装一致。

② 检查后排端子的接线是否正确、可靠。

（2）通电后检查

① 运行指示灯是否正常闪烁。

② 键盘能否正常操作。

③ 保护及测量 CT 采样值是否正常。

五、维护说明

本装置采用分布式单元插板结构，维护非常方便，一旦发现装置异常，可立即断开装置电源和测量量、开关量输入输出回路，及时通知厂商，更换相应的插件或由专人维护。在故障情况下，不要自行拆卸修理，以免造成事故扩大或人身伤害。

【学习评价】

1. 高压电动机保护措施有哪些？

2. 高压电动机的电流速断保护和纵联差动保护各适用于什么情况？动作电流各应如何整定？

3. 高压电动机的常见故障和不正常工作状态有哪些？其配置的保护有哪些？

任务五　供配电系统自动装置操作

【任务描述】

供配电系统的自动控制装置包括电压、无功综合控制装置、低频率减负荷控制装置、备用电源自投控制装置、小电流接地选线装置等。其中微机备自投装置适用于 110kV 及以下电压等级变电站需要备用电源自动投入的场合，它能实时采集进线电压、电流以及母线电压；具有事件记录；就地/远方合闸、分闸控制；远方定值修改和通信等功能。智能无功功率补偿控制器采用国内外最先进的单片机控制技术，对修改的参数具有记忆功能，它既有高精度和高灵敏度等特点，又有模拟型控制器抗干扰能力强和不死机等优越性，可广泛适应于不同的电网条件。任务实施中利用 THLBT 微机备自投装置和 JKL5CF 智能无功补偿控制器进行供配电系统自动装置操作。

【知识链接】

一、备用电源自动投入装置

（1）原理说明

所谓备用电源自动投入装置，就是当工作电源因故障被断开以后，能自动而且迅速地将备用电源投入工作或将用户供电自动切换到备用电源上去，使用户不致因工作电源故障而停电，从而提高了供电可靠性。

（2）备用电源自动投入装置的整定

① 本装置的无压整定值遵循两条原则：

· 躲开工作母线上的电抗器或变压器后发生的短路故障；

· 躲过线路故障切除后电动机自启动的最低电压。

② 本装置的有压整定值遵循原则：

备用母线最低运行电压，备投应能可靠动作，故

$$U_k = U_{g2x}/n_{TV} * K_{rel} * K_{re} \tag{2-7}$$

式中　　U_k——有压整定值；

　　　　U_{g2x}——备用母线最低运行电压；

　　　　n_{TV}——电压互感器变比；

　　　　K_{rel}——可靠系数，一般取 $1.1\sim1.2$；

　　　　K_{re}——返回系数，一般取 $0.85\sim0.9$。

③ 备投动作延时时间 T_{lag}

该时间应与线路过电流保护时间相配合。当线路发生故障时，母线残压降低到备自投装置启动的动作值，此时应由线路保护切除故障，而不应使备自投动作。即：

$$T_{lag} = T_{max} + \Delta t \tag{2-8}$$

式中　　T_{lag}——备投动作延时时间；

　　　　T_{max}——母线电压降低到备投启动的动作值时，线路保护切除故障的最大动作时间；

　　　　Δt——时间裕度，取 0.5s。

二、进线备投（明备用）及自适应原理

装置引入进线 1 电压 U_{11} 和进线 2 电压 U_{12}，用于有压、无压判别。每个进线开关各引入一相电流（I_{L1}、I_{L2}），是为了防止 TV（或称"PT"）三相断线后造成桥开关误投，也是为了更好地确认进线开关已跳开。

装置引入 QF11 和 QF12，用于系统运行方式、自投准备及自投动作判别。装置输出接点有跳 QF11 和 QF12，合 QF11 和 QF12 各两副接点。带自保持的保护、备投动作和装置故障信号输出。

进线备投一次接线图如图 2-40 所示，进线 1 和进线 2 互为明备用。

方式一：进线 1 运行，进线 2 备用

备投动作条件：

① 进线 1 有压，有流；

② 进线 1 断路器 QF11 处于合位，进线 2 断路器 QF12 处于分位。

方式二：进线 1 备用，进线 2 运行

备投动作条件：

① 进线 2 有压，有流；

② 进线 1 断路器 QF11 处于分位，进线 2 断路器 QF12 处于合位。

方式三：进线 1 运行，进线 2 备用（自适应）

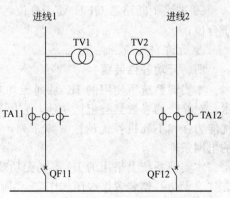

图 2-40　进线备投（明备投）
的一次接线图

自适应动作条件：

① 进线 2 有压，有流；

② 进线 1 断路器 QF11 处于分位，进线 2 断路器 QF12 处于合位；

③ 允许自适应。

方式四：进线 1 备用，进线 2 运行（自适应）

自适应动作条件：

① 进线 1 有压，有流；

② 进线 1 断路器 QF11 处于合位，进线 2 断路器 QF12 处于分位；

③ 允许自适应。

三、母联备投（暗备用）及自适应原理

装置引入母线 Ⅰ 段电压 U_{31} 和母线 Ⅱ 段电压 U_{32}，用于有压、无压判别。引入暗备用的两段进线电压（U_{21} 和 U_{22}）作为备自投准备及动作的辅助判据，每个暗备用的进线开关各引入一相电流（I_{L1} 和 I_{L2}），是为了防止 TV 三相断线后造成桥开关误投，也是为了更好地确认进线开关已跳开。

装置引入 QF21、QF22 和 QF23，用于系统运行方式、自投准备及自投动作判别。装置输出接点有跳 QF21、QF22 和 QF23，合 QF21、QF22 和 QF23 各两副接点。带自保持的保护、备投动作和装置故障信号输出。

进线备投一次接线图如图 2-41 所示，暗备用的进线 1 和进线 2 互为暗备用。

方式一：进线 1 运行，进线 2 运行，进线 1 故障

备投动作条件：

① 母线 Ⅰ 段和母线 Ⅱ 段 3 相有压；

② 暗备用的进线 1 断路器 QF21 处于合位，暗备用的进线 2 断路器 QF22 处于合位，母联断路器 QF23 处于分闸状态。

方式二：进线 1 运行，进线 2 运行，进线 1 故障又恢复（自适应）

备投动作条件：

① 母线 Ⅰ 段和 Ⅱ 段 3 相有压；

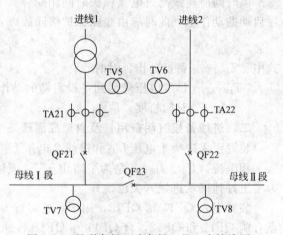

图 2-41　母联备投（暗备投）的一次接线图

② 进线 1 断路器 QF21 处于分位，进线 2 断路器 QF22 处于合位，母联断路器 QF23 处于合位；

③ 允许自适应。

四、无功补偿装置

本实训系统所使用的 JK 系列无功功率补偿控制器采用国内外最先进的单片机控制技术，对修改的参数具有记忆功能，它既有高精度和高灵敏度等特点，又有模拟型控制器抗干扰能力强和不死机等优越性。该系列产品符合 JB/T 9663—1999 标准，可广泛适应于不同的电网条件。

本实训系统上采用的 JK 系列无功功率补偿控制器自身有手动和自动控制两种补偿控制方式。无功补偿装置接线图如图 2-42 所示。

五、无功自动补偿原理

工厂中由于有大量的感应电动机、电焊机、电弧炉及气体放电灯等感性负荷，从而使功率因数降低。如在充分发挥设备潜力、改善设备运行性能、提高其自然功率因数的情况下，

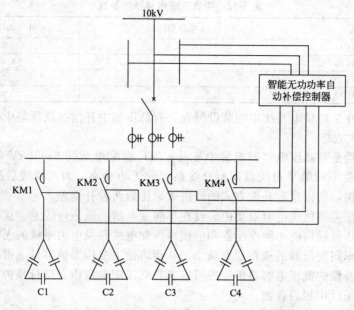

图 2-42　无功补偿装置接线图

尚达不到规定的功率因数要求时，根据 GB 50052—1995《供配电系统设计规范》和 GB 3485—1983《评价企业合理用电技术导则》等规定，在采用上述提高自然功率因数的措施后仍达不到规定的功率因数要求时，应合理装设无功补偿设备，以人工补偿方式来提高功率因数。

　　进行无功功率人工补偿的设备，主要有同步补偿机和并联电容器。并联电容器又称移相电容器，在工厂供电系统中应用最为普遍，具有安装简单、运行维护方便、有功损耗小以及组装灵活、扩建方便等优点。

　　并联补偿的电力电容器大多采用△形接线。低压并联电容器，绝大多数是做成三相的，而且内部已接成△形。

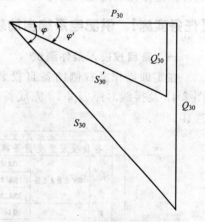

　　图 2-43 表示功率因数的提高与无功功率和视在功率变化的关系。假设功率因数由 $\cos\varphi$ 提高到 $\cos\varphi'$，这时在负荷需要的有功功率 P_{30} 不变的条件下，无功功率 Q_{30} 减小到 Q_{30}'，相应地负荷电流 I_{30} 也得以减小，这将使系统的电能损耗和电压损耗相应降低，既节约了电能，又提高了电压质量，而且可选较小容量的供电设备和导线电缆，因此提高功率因数对电力系统大有好处。

图 2-43　功率因数的提高与无功功率、视在功率的变化

　　由图 2-43 可知，要使功率因数由 $\cos\varphi$ 提高到 $\cos\varphi'$，必须装设的无功补偿装置（通常采用并联电容器）容量为

$$Q_{\mathrm{C}} = P_{30}\,(\tan\varphi - \tan\varphi') = \Delta q_{\mathrm{C}} P_{30} \tag{2-9}$$

　　式中，$\Delta q_{\mathrm{C}} = \tan\varphi - \tan\varphi'$，称为无功补偿率，或比补偿容量。该无功补偿率，是表示使 1kW 的有功功率由 $\cos\varphi$ 提高到 $\cos\varphi'$ 所需要的无功补偿容量 kvar 值，其单位为"kvar/kW"。

　　实训系统电容器组参数如表 2-22 所示。

　　表 2-22 所示为实训系统电容器组参数。

表 2-22　实训系统电容器组参数

组数	电容值/μF	补偿无功功率/kvar
第一组(C1)	2.0	0.030
第二组(C2)	1	0.015
第三组(C3)	1	0.015
第四组(C4)	2.2	0.033

　　并联电容器在工厂供电系统中的装设位置，有高压集中补偿、低压集中补偿和就地补偿（个别补偿）三种方式。

　　高压集中补偿是将高压电容器组集中装设在工厂变配电所的 6～10kV 的母线上。这种补偿方式只能补偿 6～10kV 母线以前所有线路上的无功功率，而此母线后的厂内线路的无功功率得不到补偿，所以这种补偿方式的经济效果比后两种补偿差。

　　低压集中补偿是将低压电容器集中装设在车间变电所的低压母线上。这种补偿方式能补偿车间变电所低压母线以前车间变压器和前面高压配电线路及电力系统的无功功率。由于这种补偿方式能使车间变压器的视在功率减小，从而可使主变压器的容量选得较小，因此比较经济，而且这种补偿的低压电容器柜一般可安装在低压配电室内，运行维护安全方便，因此这种补偿方式在工厂中相当普遍。

　　分散就地补偿又称单独个别补偿，是将并联电容器组装设在需进行无功补偿的各个用电设备旁边。这种补偿方式能够补偿安装部位以前的所有高低压线路和电力变压器的无功功率，因此其补偿范围最大，补偿效果最好，应予以优先采用。但这种补偿方式总的投资较大，且电容器组在被补偿的用电设备停止工作时，也将一并被切除，因此其利用率较低。

　　由于高压电容器采用自动补偿时对电容器组回路中的切换元件要求较高，价格较贵，而且维护检修比较困难，因此当补偿效果相同或相近时，宜优先选用低压自动补偿装置。

【任务实施】　供配电系统自动装置操作

一、备自投投入条件测试

　　在实训操作屏右侧的备自投装置部分线路还没有连好，开始实训前请对照图 2-44、图 2-45 及接线对照表 2-23 完成备自投装置的接线。保证接线完成且无误后再开始下面的操作。

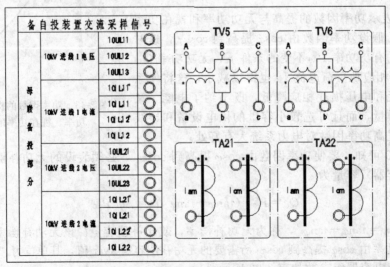

图 2-44　微机备自投装置接线图

微机备自投装置接线图、备自投装置控制回路图及备自投装置交流采样信号接线对照表如图 2-44、图 2-45 和表 2-23 所示。

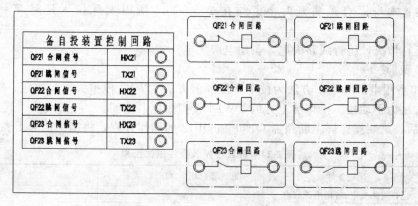

图 2-45　微机备自投装置控制回路图

表 2-23　备自投装置交流采样信号接线对照表

互感器接线端子		备投装置采样信号	互感器接线端子		备投装置采样信号
TV5	a	10UL11	TV6	a	10UL21
	b	10UL12		b	10UL22
	c	10UL13		c	10UL23
TA21	Iam*	10IL11*	TA22	Iam*	10IL21*
	Iam	10IL11		Iam	10IL21
	Icm*	10IL12*		Icm*	10IL22*
	Icm	10IL12		Icm	10IL22

备自投装置控制回路部分：只需将相应的信号引入到控制回路中即可（黑色接线柱上不用引线）。

（1）运行情况：运行线路失电，备用电源有电

① 依次合上实训控制柜上的"总电源"、"控制电源 1"和实训操作屏上的"控制电源"、"总电源"开关。

② 检查实训操作屏面板上的隔离开关 QS111、QS112、QS113、QS114、QS115、QS213、QS215、QS217 是否处于合闸状态，未处于合闸状态的，手动使其处于合闸状态；手动使实训操作屏面板上的断路器 QF11、QF13、QF21、QF23 处于"合闸"状态，使其他断路器均处于"分闸"状态；手动投入负荷"Ⅰ♯车间"和"Ⅲ♯车间"，方法为手动合上断路器 QF24 和 QF26。

③ 将实训控制柜上的"备自投工作方式"开关拨至"自动"位置。

④ 对实训控制柜上的 THLBT-1 微机备自投装置作如下设置：

"备自投方式"设置为"进线"；

"运行线路设置"设置为"进线 1"；

"无压整定"设置为"20V"；

"有压整定"设置为"70V"；

"投入延时"设置为"1s"；

"自适应设置"设置为"退出"。

⑤ 按"取消"键，出现"存储定值?"界面，再按"确认"键，存储定值。按"复位"键，返回主界面。

⑥ 模拟运行线路失电，方法为手动按下操作屏上方的"WL1 模拟失电"按钮。

⑦ 1s 后，观察操作屏上断路器 QF11 和 QF12 的状态，将结果记录于表 2-24 中。

注：装置本身固有采集延时 t 大约在 $2.5\sim3s$，所以实际投入延时 $T=$ "投入延时" $+t$。

（2）运行情况：运行线路失电，备用电源无电

重复步骤①～⑤。

⑥ 模拟备用电源无电，方法为按下操作屏上方的"WL2 模拟失电"按钮；模拟运行线路失电，方法为手动按下操作屏上方的"WL1 模拟失电"按钮。

⑦ 1s 后，观察操作屏上断路器 QF11 和 QF12 的动作过程，将结果记录于表 2-24 中。

表 2-24　备自投投入条件测试结果

序号	运行条件	断路器（QF11、QF12）状态	备投是否投入
1	运行线路失电，备用电源有电		
2	运行线路失电，备用电源无电		

二、进线备投（明备用）及自适应实训

完成备自投装置的接线，在保证接线完成且无误的情况下再开始实训内容。

1. 明备用方式一实训

① 依次合上实训控制柜上的"总电源"、"控制电源 1"和实训操作屏上的"控制电源"、"总电源"开关。

② 检查实训操作屏面板上的隔离开关 QS111、QS112、QS113、QS114、QS115、QS213、QS215、QS217 是否处于合闸状态，未处于合闸状态的，手动使其处于合闸状态；手动使实训操作屏面板上的断路器 QF11、QF13、QF21、QF23 处于"合闸"状态，使其他断路器均处于"分闸"状态；手动投入负荷"Ⅰ♯车间"和"Ⅲ♯车间"，方法为手动合上断路器 QF24 和 QF26。

③ 将实训控制柜上的"备自投工作方式"开关拨至"自动"位置。

④ 对实训控制柜上的 THLBT-1 微机备自投装置作如下设置：

"备自投方式"设置为"进线"；

"运行线路设置"设置为"进线 1"；

"无压整定"设置为"20V"；

"有压整定"设置为"70V"；

"投入延时"设置为"3s"；

"自适应设置"设置为"退出"。

⑤ 按"取消"键，出现"存储定值？"界面，再按"确认"键，存储定值。按"复位"键，返回主界面。

⑥ 按下操作屏面板上的"WL1 模拟失电"按钮。

⑦ 当 THLBT-1 微机备自投装置显示"进线备投成功！"后，按下 THLBT-1 微机备投装置面板上的"退出"键，再按"确认"键进入主菜单，选择"历史记录"，查看"事件记录"，记录事件及时间于表 2-25 中。

⑧ 恢复进线 1 供电。方法为按下"WL1 模拟失电"按键，手动使断路器 QF12 处于"分闸"状态，使断路器 QF11 处于"合闸"状态，为后一步操作做准备。

⑨ 调整控制柜上的 THLBT-1 微机备自投装置，将"投入延时"分别设置为"2s"、"1s"、"0s"，重复步骤⑥～⑧。

⑩ 将实训结果填入表 2-25 中。

表 2-25　明备用方式一实训结果

序号	备投延时时间/s	动作过程(投入前和投入后断路器状态)		事件及时间
		投入前	投入后	
1	3			
2	2			
3	1			
4	0			

2. 明备用方式二实训

① 依次合上实训控制柜上的"总电源"、"控制电源 1"和实训操作屏上的"控制电源"、"总电源"开关。

② 检查实训操作屏面板上的隔离开关 QS111、QS112、QS113、QS114、QS115、QS213、QS215、QS217 是否处于合闸状态，未处于合闸状态的，手动使其处于合闸状态；手动使实训操作屏面板上的断路器 QF12、QF13、QF21、QF23 处于"合闸"状态，使其他断路器均处于"分闸"状态；手动投入负荷"Ⅰ♯车间"和"Ⅲ♯车间"，方法为手动合上断路器 QF24 和 QF26。

③ 将实训控制柜上的"备自投工作方式"开关拨至"自动"位置。

④ 对实训控制柜上的 THLBT-1 微机备自投装置作如下设置：

"备自投方式"设置为"进线"；

"运行线路设置"设置为"进线 2"；

"无压整定"设置为"20V"；

"有压整定"设置为"70V"；

"投入延时"设置为"3s"；

"自适应设置"设置为"退出"。

⑤ 按"取消"键，出现"存储定值?"界面，再按"确认"键，存储定值。按"复位"键，返回主界面。

⑥ 按下操作屏面板上的"WL2 模拟失电"按钮。

⑦ 当 THLBT-1 微机备自投装置显示"进线备投成功！"后，按下 THLBT-1 微机备投装置面板上的"退出"键，再按"确认"键进入主菜单，选择"历史记录"，查看"事件记录"，记录事件及时间于表 2-26 中。

⑧ 恢复进线 2 供电。方法为按下"WL2 模拟失电"按键，手动使断路器 QF11 处于"分闸"状态，使断路器 QF12 处于"合闸"状态，为后一步操作做准备。

⑨ 调整控制柜上的 THLBT-1 微机备自投装置，将"投入延时"分别设置为"2s"、"1s"、"0s"，重复步骤⑥～⑧。

⑩ 将实训结果填入表 2-26 中。

表 2-26　明备用方式二实训结果

序号	备投延时时间/s	动作过程(投入前和投入后断路器状态)		事件及时间
		投入前	投入后	
1	3			
2	2			
3	1			
4	0			

3. 明备用自适应方式三实训

① 依次合上实训控制柜上的"总电源"、"控制电源 1"和实训操作屏上的"控制电源"、"总电源"开关。

② 检查实训操作屏面板上的隔离开关 QS111、QS112、QS113、QS114、QS115、QS213、QS215、QS217 是否处于合闸状态，未处于合闸状态的，手动使其处于合闸状态；手动使实训操作屏面板上的断路器 QF11、QF13、QF21、QF23 处于"合闸"状态，使其他断路器均处于"分闸"状态；手动投入负荷"Ⅰ♯车间"和"Ⅲ♯车间"，方法为手动合上断路器 QF24 和 QF26。

③ 将实训控制柜上的"备自投工作方式"开关拨至"自动"位置。

④ 对实训控制柜上的 THLBT-1 微机备自投装置作如下设置：

"备自投方式"设置为"进线"；

"运行线路设置"设置为"进线 1"；

"无压整定"设置为"20V"；

"有压整定"设置为"70V"；

"投入延时"设置为"3s"；

"自适应设置"设置为"投入"；

"自适应延时"设置为"3s"。

⑤ 按"取消"键，出现"存储定值?"界面，再按"确认"键，存储定值。按"复位"键，返回主界面。

⑥ 按下操作屏面板上的"WL1 模拟失电"按钮。

⑦ 当 THLBT-1 微机备自投装置显示"进线备投成功!"后，等装置自动回到初始界面，按"确认"键进入主菜单，选择"历史记录"，查看"事件记录"，记录事件及时间于表 2-27 中。

⑧ 再次按下"WL1 模拟失电"按键，恢复进线 1 供电，当 THLBT-1 微机备自投装置显示"进线自适应成功"后，按下 THLBT-1 微机备自投装置面板上的"退出"键，再按"确认"键进入主菜单，选择"历史记录"，查看"事件记录"，记录事件及时间于表 2-27 中。

⑨ 调整控制柜上的 THLBT-1 微机备自投装置，将"投入延时"分别设置为"2s"、"1s"、"0s"，重复步骤⑥～⑧。

⑩ 进入 THLBT-1 微机备自投装置菜单中的"事件记录"，将实训结果填入表 2-27 中。

表 2-27 明备用自适应方式三实训结果

序号	备投延时时间/s	动作过程（投入前和投入后断路器状态）		事件及时间
		投入前	投入后	
1	3			
2	2			
3	1			
4	0			

4. 明备用自适应方式四实训

① 依次合上实训控制柜上的"总电源"、"控制电源 1"和实训操作屏上的"控制电源"、"总电源"开关。

② 检查实训操作屏面板上的隔离开关 QS111、QS112、QS113、QS114、QS115、QS213、QS215、QS217 是否处于合闸状态，未处于合闸状态的，手动使其处于合闸状态；手动使实训操作屏面板上的断路器 QF12、QF13、QF21、QF23 处于"合闸"状态，使其他断路器均处于"分闸"状态；手动投入负荷"Ⅰ♯车间"和"Ⅲ♯车间"，方法为手动合上断路器 QF24 和 QF26。

③ 将实训控制柜上的"备自投工作方式"开关拨至"自动"位置。

④ 对实训控制柜上的 THLBT-1 微机备自投装置作如下设置：

"备自投方式"设置为"进线"；

"运行线路设置"设置为"进线 2"；

"无压整定"设置为"20V"；

"有压整定"设置为"70V"；

"投入延时"设置为"3s"；

"自适应设置"设置为"投入"；

"自适应延时"设置为"3s"。

⑤ 按"取消"键，出现"存储定值？"界面，再按"确认"键，存储定值。按"复位"键，返回主界面。

⑥ 按下操作屏面板上的"WL2 模拟失电"按钮。

⑦ 当 THLBT-1 微机备自投装置显示"进线备投成功！"后，等装置自动回到初始界面，按"确认"键进入主菜单，选择"历史记录"，查看"事件记录"，记录事件及时间于表 2-28 中。

⑧ 再次按下"WL2 模拟失电"按键，恢复进线 2 供电，当 THLBT-1 微机备自投装置显示"进线自适应成功"后，按下 THLBT-1 微机备自投装置面板上的"退出"键，再按"确认"键进入主菜单，选择"历史记录"，查看"事件记录"，记录事件及时间于表 2-28 中。

⑨ 调整控制柜上的 THLBT-1 微机备自投装置，将"投入延时"分别设置为"2s"、"1s"、"0s"，重复步骤⑥～⑧。

⑩ 进入 THLBT-1 微机备自投装置菜单中的"事件记录"，将实训结果填入表 2-28 中。

表 2-28 明备用自适应方式四实训结果

序号	备投延时时间/s	动作过程（投入前和投入后断路器状态）		事件及时间
		投入前	投入后	
1	3			
2	2			
3	1			
4	0			

三、母联备投（暗备用）及自适应实训

完成备自投装置的接线，在保证接线完成且无误的情况下再开始实训内容。

1. 暗备用方式一实训

① 依次合上实训控制柜上的"总电源"、"控制电源 1"和实训操作屏上的"控制电源"、"总电源"开关。

② 检查实训操作屏上的隔离开关 QS111、QS113、QS115、QS211、QS212、QS213、QS215、QS217 是否处于合闸状态，未处于合闸状态的，手动使其处于合闸状态；手动使实训操作屏上的断路器 QF11、QF13、QF21、QF22 处于"合闸"状态，使其他断路器均处于"分闸"状态；手动投入负荷"Ⅰ♯车间"和"Ⅲ♯车间"，方法为手动合上断路器 QF24 和 QF26。

③ 对实训控制柜上的 THLBT-1 微机备自投装置作如下设置：

"备自投方式"设置为"母联"；

"无压整定"设置为"20V"；

"有压整定"设置为"70V"；

"投入延时"设置为"3s"；

"自适应设置"设置为"退出"。

④ 模拟暗备用的进线 1 失电，方法为手动使实训操作屏上的断路器 QF13 处于"分闸"状态。

⑤ 当控制柜上的 THLBT-1 微机备自投装置显示"母联备投成功！"后，按下 THLBT-1 微机备自投装置面板上的"退出"键，再按"确认"键进入主菜单，选择"历史记录"，查看"事件记录"，记录事件及时间于表 2-29 中。

⑥ 恢复暗备用的进线 1 供电，方法为手动使实训操作屏上的断路器 QF13 处于"合闸"状态，再使断路器 QF21 处于"合闸"状态。

⑦ 调整 THLBT-1 微机备自投装置，将"投入延时"分别设置为"2s"、"1s"、"0s"，重复步骤④～⑥。将实训结果填入表 2-29 中。

表 2-29　暗备用方式一实训结果

序号	备投延时 时间/s	动作过程（投入前和投入后断路器状态）		事件及时间
		投入前	投入后	
1	3			
2	2			
3	1			
4	0			

2. 暗备用自适应方式二实训

① 依次合上实训控制柜上的"总电源"、"控制电源 1"和实训操作屏上的"控制电源"、"总电源"开关。

② 检查实训操作屏上的隔离开关 QS111、QS113、QS115、QS211、QS212、QS213、QS215、QS217 是否处于合闸状态，未处于合闸状态的，手动使其处于合闸状态；手动使实训操作屏上的断路器 QF11、QF13、QF21、QF22 处于"合闸"状态，使其他断路器均处于"分闸"状态；手动投入负荷"Ⅰ♯车间"和"Ⅲ♯车间"，方法为手动合上断路器 QF24 和 QF26。

③ 对实训控制柜上的 THLBT-1 微机备自投装置作如下设置：

"备自投方式"设置为"母联"；

"无压整定"设置为"20V"；

"有压整定"设置为"70V"；

"投入延时"设置为"3s"；

"自适应设置"设置为"投入"；

"自适应延时"设置为"3s"。

④ 模拟暗备用的进线 1 失电，方法为手动使实训操作屏上的断路器 QF13 处于"分闸"状态。

⑤ 当 THLBT-1 微机备自投装置显示"母联备投成功"后，等装置自动回到初始界面，按"确认"键进入主菜单，选择"历史记录"，查看"事件记录"，记录事件及时间于表 2-30 中。

⑥ 恢复进线 1 供电，方法为手动使实训操作屏上的断路器 QF13 处于"合闸"状态，当 THLBT-1 微机备自投装置显示"母联自适应成功"后，按下 THLBT-1 微机备自投装置面板上的"退出"键，再按"确认"键进入主菜单，选择"历史记录"，查看"事件记录"，记录事件及时间于表 2-30 中。

⑦ 调整 THLBT-1 微机备自投装置，将"投入延时"分别设置为"2s"、"1s"、"0s"，重复步骤④～⑥。

⑧ 将实训结果填入表 2-30 中。

表 2-30　暗备用自适应方式二实训结果

序号	备投延时时间/s	动作过程(投入前和投入后断路器状态)		事件及时间
		投入前	投入后	
1	3			
2	2			
3	1			
4	0			

四、无功补偿装置认知实训

（1）无功自动补偿装置自动运行

① 按照正确顺序启动实训装置：依次合上实训控制柜上的"总电源"、"控制电源 1"和实训操作屏上的"控制电源"、"总电源"开关。把无功补偿方式的凸轮开关拨至"停"位置。然后依次合上 QS111、QS113、QF11、QS115、QF13、QS213、QF21、QF23 把主回路的电能送到 10kV 母线上，再依次合上 QS214、QS215、QF24、QS216、QF25、QS217、QF26、QS218、QF27，在控制柜上选择电动机的启动方式为"直接"，然后启动电动机。长按 JKL5CF 智能无功功率自动补偿控制器面板上的"选择"键，参照表 2-31 设定参数定值。

表 2-31　智能无功功率自动补偿控制器参数

参数名称	设定值
B 投入门限	0.92
C 投切限时	5(s)
D 过压门限	440V
C/K 比值	0.00
F 切除门限	0.98
L 输出路数	4

② 参数设置完成之后，使控制器的 LED 显示部分显示"AXXX"状态。

③ 记录初始功率因数"AXXX"于表 2-32 中。把无功补偿方式的凸轮开关拨至"自动"位置，待控制器自动补偿稳定后记录数值于表 2-32 中。

表 2-32　无功补偿前后功率因数变化情况

初始功率因数	
补偿后的功率因数	

（2）无功功率自动补偿控制器自身的手动功能

在上面实训步骤的基础上进行下面的实训操作。

① 调节电容组的初始位置，保证从 C1 组电容开始投起。方法是按"选择"键，使控制器的 LED 显示"HXXX"状态，观察控制器上的运行状态灯①②③④，通过按下 ▲ 键和 ▼ 键，保证电容组可以从 C1 组开始投起。

② 按 ▲ 键投入电容组，记录每增加一组电容时功率因数的变化于表 2-33 中。长按"选择"键，快速切换到电压和电流项，读取数值后马上切换回"HXXX"状态（注意在切换过程中如果控制器自动投入后一组电容，而前一组的参数还来不及记录下来，可以在"HXXX"状态下，用 ▼ 键手动切除，读取参数）。

③ 当第四组投入之后，按 ▼ 键切除电容组，记录电容组的切除顺序于表 2-33 中。

表 2-33　利用控制器自身的手动功能投切电容情况

运行状态	功率因数	电压值/V	电流值/A
初始状态			
手动投入第一组电容 C1			
手动再投入第二组电容 C2			
手动再投入第三组电容 C3			
手动再投入第四组电容 C4			
电容切除顺序			

五、无功自动补偿实训

（1）手动无功补偿

① 按照正确顺序启动实训装置：依次合上实训控制柜上的"总电源"、"控制电源 1"和实训操作屏上的"控制电源"、"总电源"开关。把无功补偿方式的凸轮开关拨至"停"位置。然后依次合上 QS111、QS113、QF11、QS115、QF13、QS213、QF21、QF23 把主回路的电能送到 10kV 母线上，再依次合上 QS214、QS215、QF24、QS216、QF25、QS217、QF26、QS218、QF27，在控制柜上选择电动机的启动方式为"直接"，然后启动电动机。

② 顺时针旋转凸轮开关于"手动"、"2"、"3"、"4"位置。并且通过"设置"按钮来切换 LED 显示"功率因数"、"取样电压"和"取样电流"，记录凸轮开关拨至不同位置时刻的值于表 2-34 中。

③ 逆时针旋转凸轮开关到"停"，依次切除电容组，记录电容切除顺序于表 2-34 中。

注意：在投入与退出四组电容过程中操作都不要过快。

表 2-34　利用凸轮开关手动投切电容情况

运行状态	功率因数	电压值/V	电流值/A
初始状态			
手动投入第一组电容 C1			
手动再投入第二组电容 C2			
手动再投入第三组电容 C3			
手动再投入第四组电容 C4			
电容切除顺序			

（2）自动投切电容组

① 参照表 2-31 设置 JKL5CF 智能无功功率自动补偿控制器。操作无功补偿控制器使 LED 显示手动"HXXX"状态，如果有电容已经投入或控制器面板上的指示灯亮，手动按下控制器面板上的 ▼ 键使其全部退出，记录此时的初始功率因数于表 2-35 中。

② 把"无功补偿方式"凸轮开关拨至"自动"位置，接着操作无功补偿控制器让装置 LED 切换至"AXXX"状态，当电容投切稳定后记录无功自动补偿装置上显示的功率因数即补偿后功率因数于表 2-35 中。

表 2-35　自动投切电容组前后功率因数变化情况

初始功率因数	补偿后功率因数

【知识拓展】　THLBT 微机备自投装置使用说明

一、概述

THLBT 微机备自投装置适用于 110kV 及以下电压等级变电站需要备用电源自动投入

的场合。具有三种备自投工作方式，即进线、母联和应急；实时采集进线电压、电流以及母线电压；具有事件记录；就地/远方合闸、分闸控制；远方定值修改和通信等功能。

微机备自投装置型号表示和含义如图 2-46 所示。

图 2-46　微机备自投装置型号中各代码含义

二、微机备自投装置功能

（1）基本功能

可模拟三种备投方式：进线（明）备投；母联（暗）备投；应急备投。

① 进线（明）备投及自适应

方式一：进线 1 运行，进线 2 备用

退出条件：进线 2 不满足有压，或 SW1 合位。

动作过程：进线 1 无压无流，进线 2 有压，延时跳 SW1，确认 SW1 跳开后，延时合 SW2。

自适应：当进线 1 有压，则延时跳 SW2，确认 SW2 跳开后，延时合 SW1，恢复进线 1 运行。

方式二：进线 1 备用，进线 2 运行

退出条件：进线 1 不满足有压，或 SW2 合位。

动作过程：进线 2 无压无流，进线 1 有压，延时跳 SW2，确认 SW2 跳开后，延时合 SW1。

自适应：当进线 2 有压，则延时跳 SW1，确认 SW1 跳开后，延时合 SW2，恢复进线 2 运行。

② 母联（暗）备投及自适应

方式三：进线 1 运行，母联分位，进线 2 运行

退出条件：进线 2 不满足有流，或 SW3 合位。

动作过程：进线 1 无压无流，进线 2 有流，延时跳 SW3，确认 SW3 跳开后，延时合 SW5。

自适应：当进线 1 有压，则延时跳 SW5，确认 SW5 跳开后，延时合 SW3，恢复进线 1 运行。

方式四：进线 1 运行，母联分位，进线 2 运行

退出条件：进线 1 不满足有流，或 SW4 合位。

动作过程：进线 2 无压无流，进线 1 有流，延时跳 SW4，确认 SW4 跳开后，延时合 SW5。

自适应：当进线 2 有压，则延时跳 SW5，确认 SW5 跳开后，延时合 SW4，恢复进线 2 运行。

③ 应急备投及自适应

退出条件：应急电源无压，或 SW7 合位。

动作过程：母线 Ⅱ 段无压，应急电源有压，延时跳 SW7，确认 SW7 跳开后，延时合 SW6。

自适应：当母线 Ⅱ 段有压，则延时跳 SW6，确认 SW6 跳开后，延时合 SW7，恢复从母线 Ⅱ 段供电。

（2）测控功能

① 遥测：可采集 12 路模拟量，检测 10 路开关量。

② 遥信：上传各路开关状态、保护动作信号、PT 断线等。

③ 遥控：可遥控跳开故障线路电源开关；备投开关分合。

（3）辅助功能

① 具有自检功能。

② 事故追忆：可记录 10 次事件记录和操作记录。

三、主要技术数据

① 进线电压输入：交流电压 0～100V。

② 进线电流输入：交流电流 0～5A。

③ 对应"无压"的低电压定值一般整定为 0.15～0.3 倍额定电压。

④ "有压"的电压定值一般整定为 0.6～0.7 倍额定电压。

⑤ 备投投入延时时间：0.1～9.999s。

⑥ 备投动作时间：0.1～9.999s。

⑦ 继电器触点容量：220/250V AC，10A。

⑧ 供电电源：AC 220V。

四、装置外部接线说明

装置外部接线见表 2-36。

表 2-36　THLBT-1 微机备自投装置接线端子表

序号	名称	代码	备注	
1X1	通信接口	485_A	到实训台通信接口	弱信号线
1X2				
1X3		485_B		
1X4				
1X5	明备用进线 1 断器位置	35L1QF	来自明备用进线 1 断路器	信号线
1X6	明备用进线 2 断器位置	35L2QF	来自明备用进线 2 断路器	信号线
1X7	应急电源断路器位置	EQF	来自应急电源断路器	信号线
1X8	母线Ⅱ段与Ⅲ段间的断路	M2QF	来自母线Ⅱ段与Ⅲ段间	信号线
1X9	暗备用进线 1 断路器位置	10L1QF	来自暗备用进线 1 断路器	信号线
1X10	暗备用进线 2 断路器位置	10L2QF	来自暗备用进线 2 断路器	信号线
1X11	暗备用母联断路器位置	10MQF	来暗备用母联断路器	信号线
1X12	备自投手动状态	HAND	来自备投方式切换开关	信号线
1X13	备自投自动状态	AUTO	来自备投方式切换开关	信号线
1X14	备自投远动状态	REMOTE	来自备投方式切换开关	信号线
1X15	ACOM	COM	来自 24V 电源	信号公共端
1X16	ACOM			
1X17	明备用进线 1 断路器合闸	35L1C1	来自明备用进线 1 断路器合闸线圈	开关接点
1X18		35L1C2		
1X19	明备用进线 1 断路器分闸	35L1O1	来自明备用进线 1 断路器分闸线圈	开关接点
1X20		35L1O2		
1X21	明备用进线 2 断路器合闸	35L2C1	来自明备用进线 2 断路器合闸线圈	开关接点
1X22		35L2C2		
1X23	明备用进线 2 断路器分闸	35L2O1	来自明备用进线 2 断路器分闸线圈	开关接点
1X24		35L2O2		
2X1	明备用进线 1 电压	35UL11	线电压	信号线
2X2		35UL12		

续表

序号	名　称	代　码	备　注	
2X3	明备用进线1电流	35IL11	相电流	信号线
2X4		35IL12		
2X5	明备用进线2电压	35UL21	线电压	信号线
2X6		35UL22		
2X7	明备用进线2电流	35IL21	相电流	信号线
2X8		35IL22		
2X9	暗备用进线1电压	10UL11	线电压	信号线
2X10		10UL12		
2X11	暗备用进线1电流	10IL11	相电流	信号线
2X12		10IL12		
2X13	暗备用进线2电压	10UL21	线电压	信号线
2X14		10UL22		
2X15	暗备用进线2电流	10IL21	相电流	信号线
2X16		10IL22		
2X17	暗备用母线Ⅰ电压	10UB11	线电压	信号线
2X18		10UB12		
2X19	暗备用母线Ⅱ电压	10UB21	线电压	信号线
2X20		10UB22		
2X21	母线Ⅲ电压	UB31	线电压	信号线
2X22		UB32		
2X23	母线Ⅲ电流	IB31	相电流	信号线
2X24		IB32		
3X1	电源(设备电源)	AC220V	L端输入	电源线
3X2				
3X3		AC220V	N端输入	电源线
3X4			接壳	电源线
3X5	暗备用进线1断路器合闸	10L1C1	来自暗备用进线1断路器合闸线圈	开关接点
3X6		10L1C2		
3X7	暗备用进线1断路器分闸	10L1O1	来自暗备用进线1断路器分闸线圈	开关接点
3X8		10L1O2		
3X9	暗备用进线2断路器合闸	10L2C1	来自暗备用进线2断路器合闸线圈	开关接点
3X10		10L2C2		
3X11	暗备用进线2断路器分闸	10L2O1	来自暗备用进线2断路器分闸线圈	开关接点
3X12		10L2O2		
3X13	暗备用母联断路器合闸	10MC1	来自暗备用母联断路器合闸线圈	开关接点
3X14		10MC2		
3X15	暗备用母联断路器分闸	10MO1	来自暗备用母联断路器分闸线圈	开关接点
3X16		10MO2		
3X17	应急电源断路器合闸	EC1	来自应急电源断路器合闸线圈	开关接点
3X18		EC2		
3X19	应急电源断路器分闸	EO1	来自应急电源断路器分闸线圈	开关接点
3X20		EO2		
3X21	母线Ⅱ段和Ⅲ段间的断路器合闸	M2C1	来自母线Ⅱ段和Ⅲ段间的断路器合闸线圈	开关接点
3X22		M2C2		
3X23	母线Ⅱ段和Ⅲ段间的断路器分闸	M2O1	来自母线Ⅱ段和Ⅲ段间的断路器分闸线圈	开关接点
3X24		M2O2		

五、使用与维护

微机备自投装置人机界面面板示意图如图 2-47 所示。

面板功能说明如下。

（1）显示屏

显示屏采用 128×64 中文图形液晶，显示内容采用树状中文菜单结构，从主菜单可以选择进入下一级子菜单，各个子菜单设下一级菜单；树状菜单结构能够明确显示各条信息，各级菜单设有提示符，通过提示符，操作面板按键即可访问装置提供的当前状态和采集电量显示等信息，并可进行系统参数的读取和修改等功能。

① 运行状态

•显示模拟量值：明备用进线 1 和进线 2 电压和电流；暗备用进线 1 和进线 2 电压和电流；暗备用母线 Ⅰ 和母线 Ⅱ 电压；母线 Ⅲ 电压和电流。

•显示备投方式：进线、母联和应急。

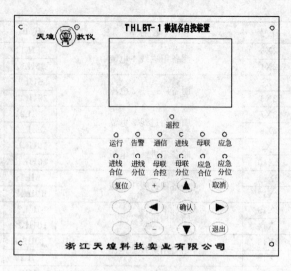

图 2-47　微机备自投装置面板图

•显示开关量状态：明备用进线 1 和进线 2 断路器状态；暗备用进线 1 断路器状态，进线 2 断路器状态和母联断路器状态；应急断路器状态；母线 Ⅱ 段和 Ⅲ 段间的母联断路器状态。

表 2-37 所示为 THLBT 型微机备自投装置整定值记录表。

表 2-37　THLBT 型微机备自投装置整定值记录表

序号	定值名称	定值符号	出厂整定值
00	1#通道系数	K01	—
01	2#通道系数	K02	—
02	3#通道系数	K03	—
03	4#通道系数	K04	—
04	5#通道系数	K05	—
05	6#通道系数	K06	—
06	7#通道系数	K07	—
07	8#通道系数	K08	—
08	9#通道系数	K09	—
09	10#通道系数	K10	—
10	11#通道系数	K11	—
11	12#通道系数	K12	—
12	备自投方式	Mod	进线
13	备投延时	Lag	3000ms
14	自适应延时	Dey	3000ms
15	无压整定	Nov	20V
16	有压整定	Vol	70V
17	时钟校准	—	
18	日历校准	—	
19	单元地址	Add	2
20	自适应设置	Set	退出
21	单元口令	Pas	0000

② 系统设置

•12 路模拟量校准系数

- 备自投方式切换：进线 \ 母联 \ 应急
- 时钟校准
- 备投投入延时
- 备投动作延时

③ 历史记录　历史记录分事件记录和操作记录。事件记录记录了最近的保护事件。表 2-38 所示为各种保护动作事件。

表 2-38　各种保护动作事件

序号	事件名称	序号	事件名称
1	PT 断线	9	应急备投失败
2	跳故障线路失败	10	进线备投自适应成功
3	跳备投失败	11	进线备投自适应失败
4	进线备投成功	12	母联备投自适应成功
5	进线备投失败	13	母联备投自适应失败
6	母联备投成功	14	应急备投自适应成功
7	母联备投失败	15	应急备投自适应失败
8	应急备投成功		

操作记录如下：

- 整定操作
- 手动操作
- 遥控操作

④ 系统版本　显示装置的版本信息，内容包括：装置类型；程序版本信息；制造厂商。

（2）LED 指示灯

备自投装置面板共设计有 13 只指示灯。

① 运行指示灯：装置正常工作时，为闪烁状态，当不闪烁时表明装置为非正常工作状态，应立即处理、维护。颜色为绿色。

② 通信指示灯：装置通过 RS485 接口与 PC 机通信时，该灯将闪烁；此时处于遥控状态，本地操作将不起作用，颜色为绿色。

③ 遥控指示灯：装置处于遥控状态，本地操作将不起作用。

④ 告警指示灯：装置通信故障时，该灯亮。

⑤ 进线指示灯：当装置处于进线备自投状态时，该灯亮。

⑥ 母联指示灯：当装置处于母联备自投状态时，该灯亮。

⑦ 应急指示灯：当装置处于应急备自投状态时，该灯亮。

⑧ 明备用备投合位指示灯：当明备用备投断路器处于合位状态时，该灯亮。

⑨ 明备用备投分位指示灯：当明备用备投断路器处于分位状态时，该灯亮，颜色为绿色。

⑩ 暗备用母联合位指示灯：当暗备用母联断路器处于合位状态时，该灯亮。

⑪ 暗备用母联分位指示灯：当暗备用母联断路器处于分位状态时，该灯亮，颜色为绿色。

⑫ 应急备投合位指示灯：当应急备投断路器处于合位状态时，该灯亮。

⑬ 应急备投分位指示灯：当应急备投断路器处于分位状态时，该灯亮，颜色为绿色。

备注：未标注颜色的灯，颜色均为红色。

（3）键盘：

① 确认：确认当前操作。

② 取消：取消当前操作。

③ ▲：方向键，上移一行。

④ ▼：方向键，下移一行。

⑤ ◀：方向键，左移一列。

⑥ ▶：方向键，右移一列。

⑦ 退出键：备投动作完成后，退出当前备投状态。

⑧ 复位键：手动强迫复位 CPU，主要用于备自投装置检修与调试，正常使用时不用。

备注：①THLBT 微机备自投装置菜单中的开关代码和实训台上的代码对应如表 2-39 所示。

表 2-39 菜单中的开关代码和实训台上的代码对应表

序号	装置菜单中的开关代码	实训台上的断路器代码
1	SW1	QF11
2	SW2	QF12
3	SW3	QF21
4	SW4	QF22
5	SW5	QF23
6	SW6	—
7	SW7	—

② 微机备自投装置投入的最小负荷电流 $I > 100\text{mA}$。

【学习评价】

1. 什么是自动重合闸？简述自动重合闸装置的工作原理。

2. 什么是备用电源自动投入装置？简述备用电源自动投入装置的工作原理。

3. 变电站综合自动化系统有哪些主要功能？简述其硬件结构的形式和特点。

4. 提高功率因数有何意义？无功功率的人工补偿有哪些方法？

5. 什么叫平均功率因数和最大负荷时的功率因数？各应如何计算？各有何用途？

6. 某厂变电所装有一台 S9-630/10 型电力变压器，其二次侧（380V）的有功计算负荷为 420kW，无功计算负荷为 350kvar。试求此变压器一次侧的计算负荷及其最大负荷时的功率因数。若此功率因数未达到 0.90，则在变电所低压母线上应装设多大的并联电容器容量才能达到要求？如果并联电容器采用 BW0.4-14-3 型，需采用多少个？

学习情境三 THSPCG-2 型供配电综合自动化实训装置及其应用

【学习目标】

［能力目标］

① 能对微机型变压器电流速断保护、过电流保护进行安装接线及整定计算；

② 会读取三相智能仪表及进行参数设置；

③ 能准确监视系统的运行方式；

④ 能根据抄表的数值分析系统的运行状态是否稳定；

⑤ 能通过上位机监测母线电压，各条配电线路的输送功率的状态，重要用户的负荷情况和电量表计等信息；

⑥ 熟悉供配电系统安全操作规程。

［知识目标］

① 加深对变压器电流速断保护、过电流保护和过负荷保护原理的理解；

② 掌握指针式交流电流表和电压表、指针式频率表的构成方法和误差计算方法；

③ 掌握正确的抄表方法；

④ 掌握指针式功率因数表、三相有功功率表、三相无功功率表和电能表的工作原理和计算方法；

⑤ 熟悉指针式功率因数表和电能表的各项技术指标；

⑥ 理解 SCADA 及 "四遥" 的基本功能；

⑦ 掌握电力系统负荷的无功功率-电压特性；

⑧ 掌握变压器的无功功率损耗特性、分接头换挡的过程；

⑨ 掌握电压/无功集成控制的方法和过程。

任务一 变压器保护操作

【任务描述】

在熟悉 THSPCG-2 型供配电实训装置的基础上，对变压器的电流速断保护、过电流保护和过负荷保护进行安装、接线及整定计算。

【知识链接】

一、THSPCG-2 型供配电综合自动化实训装置概述

THSPCG-2 型供配电综合自动化实训装置是针对 35kV 总降压变电所、10kV 高压变电所及车间用电负荷的供配电线路中涉及的微机继电保护装置、备用电源自动投入装置、无功自动补偿装置、智能采集模块等电气一次、二次、控制、保护等重点教学内容进行设计开发的，通过在本实训装置中的技能训练能在深入理解专业知识的同时，培养学生的实践技能。

并且本套实训装置还有利于学生对变压器、电动机组、电流互感器、电压互感器、模拟表计、电能表计、智能表计、数字电秒表及开关元器件工作特性和接线原理的理解和掌握。

　　THSPCG-2 型供配电综合自动化实训装置（简称"实训装置"）是由工厂供配电网络单元、微机线路保护及其设置单元、微机变压器保护及其设置单元、微机电动机保护及其设置单元、电动机组启动及负荷控制单元、PLC 控制单元、仪表测量单元、电秒表计时单元、有载调压分接头控制单元、无功自动补偿控制单元、备自投控制单元、上位机系统管理单元等构成。

　　实训装置的供配电电力一次主接线线路结构如图 3-1 所示。

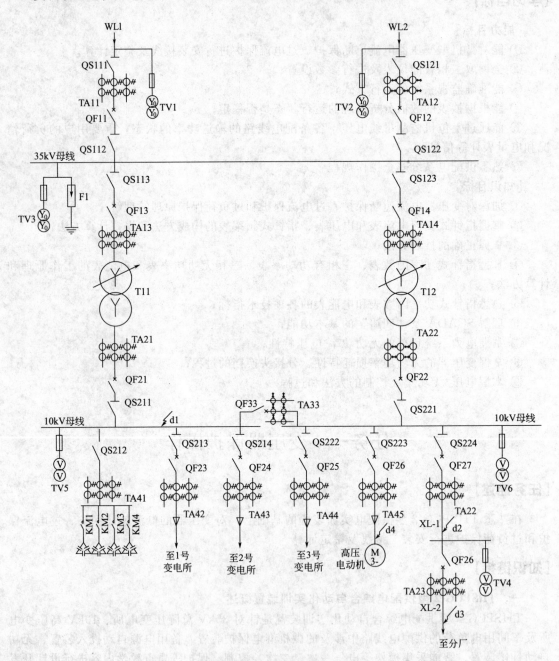

图 3-1　供配电网络一次主接线

本实训装置模拟有35 kV、10kV两个不同的电压等级的中型工厂供电系统。该装置用一对方形按钮来模拟实际中的断路器,长柄带灯旋钮来模拟实际中的隔离开关。当按下面板上的红色方形按钮("合闸"),红色按钮指示灯亮,表示断路器处于合闸状态;按下绿色方形按钮("分闸"),绿色按钮指示灯亮,表示断路器处于分闸状态;当把长柄带灯旋钮("隔离开关")拨至竖直方向时,红色指示灯亮,表示隔离开关处于合闸状态;当把长柄带灯旋钮("隔离开关")顺时针拨转30°,指示灯灭,表示隔离开关处于分闸状态。通过操作面板上的按钮和开关可以接通和断开线路,进行系统模拟倒闸操作。

整个实训装置模拟图可分为以下几个部分。

1. 35kV总降压变电所主接线模拟部分

采用两路35kV进线,其中一路正常供电,另一路作为备用,两者互为明备用,通过备自投自动切换。在这两路进线的电源侧分别设置了"WL1模拟失电"和"WL2模拟失电"按钮,用于模拟外部电网失电现象。

35kV母线有两路出线,一路送其他分厂和本部厂区电动机单元和三车间负荷使用,在送其他分厂的输电线路上设置了线路故障点:XL-1段上的首端、20%、50%、80%、末端处和XL-2段上首端、20%、50%、80%、末端处。输电线路的短路故障可分为两大类:接地故障和相间故障。而相间故障中的三相短路故障对线路造成的危害又比较大也比较典型,因此通常在此设置的故障点都是模拟三相短路故障,并通过装设在此段线路上的一台微机线路保护装置来完成高压线路的微机继电保护实训内容,另一路经总降压变压器降压为10kV供本部厂区的一、二车间使用。

2. 10kV高压配电所主接线模拟部分

10kV高压配电所中的进线有两路,这两路进线互为暗备用;总降压变压器是按有载调压器设计的,通过有载调压分接头控制单元实现有载调压。在10kV母线上还接有无功自动补偿装置,母线上并联了4组三角形接法的电容器组,对高压母线的无功进行集中补偿。当低压负荷的变化导致10kV母线的功率因数低于设定值,通过无功功率补偿控制单元,实现电容器组的手动、自动补偿功能。除此之外在10kV高压配电所的1♯和2♯母线上还有五路出线:一条线路去1号车间变电所;一条线路去2号车间变电所;一条线路去3号车间变电所;一条线路直接给模拟高压电动机使用;一条线路去其他分厂。并且在电动机供电线路上装设了微机电动机保护装置以及短路故障设置单元,可以完成高压电动机的继电保护实训内容。

3. 负荷部分

对于工厂来说其负载属性为"感性负荷",所以采用三相磁盘电阻、电抗器和纯感性的制冷风机来模拟车间负荷。各组负荷都采用星形接法,其参数见表3-1。

表3-1 车间负荷参数

序号	名称	类型	对应位置	参 数
1	风机		1号车间	$3 \times 38W/220V$
2	电阻	RCG1	2号车间	$3 \times 230\Omega/150W$
3	电感	CG1		$0 \sim 160,168,176\Omega/1A$
4	电阻	RCG2	3号车间	$3 \times 250\Omega/150W$
5	电感	CG2		$0 \sim 233,246,260\Omega/1A$
6	电动机		模拟高压电动机	$370W/380V$

4. 微机保护装置及二次回路控制实训操作面板

此部分把微机变压器后备保护装置、微机电动机保护装置及微机备投装置背部接线端子及电流互感器和电压互感器接线端子引到装置面板上,让学生自己动手连接装置线路,主要目的是培养学生实际的动手能力,更好地掌握电压、电流互感器的接线方法,使学生熟悉装置的基本工作原理以及保护功能。该实训装置具有如下特点。

(1) 实用性强

本装置根据典型教学内容设计，系统地实现了工厂供电系统的受电、输送、分配、控制、保护等实践技能训练要求。学生在实训中，还能够掌握正确的电路投切操作、倒闸操作、运行控制以及各种运行方式的调整操作规程。本装置结构清晰、运行灵活、操作方便、安全可靠，为学生提高实践技能建立了一个良好的实训平台。

(2) 综合性强

本装置综合了与工厂供电相关的微机线路保护、微机变压器后备保护、微机电动机保护、备自投和无功补偿等功能。采用的是工业现场产品，线路模型、变压器模型和电动机模型都能较典型地模拟工厂的现场状况，有利于进行理论分析和数值分析。

(3) 先进性

本实训装置综合微机继电保护和 PLC 等微机智能检测控制的相关技术，采用分层分布式控制方式，组建成集控制、保护、测量和信号为一体的综合自动化实训平台，体现了当前自动化技术和通信技术在供配电网的深刻变革。

二、实训装置的安全操作说明

为了顺利完成工厂供电实训装置的实训项目，确保实训时设备的安全、可靠及长期运行，实训人员要严格遵守如下安全规程。

1. 实训前准备

① 实训前应详细熟悉装置的相关部分；

② 实训前应先保证实训装置电源处于断开状态；

③ 实训前根据实训指导书中相关内容完成此次实训需要连接的相关线路。

2. 实训中注意事项

① 严格按正确的操作给实训装置上电和断电。正确上电顺序为：先合上控制柜上的总电源和控制电源 I，然后合上控制屏上的控制电源 II（单相空气开关）和进线电源（三相空气开关）。正确的断电操作为：断开所有负载，把隔离开关打到分闸状态，确保电秒表及励磁电源开关处于关断状态，然后依次断开控制屏上的进线电源和控制电源 II，之后断开控制柜上的控制电源 I，最后断掉总电源。

② 在保证电网三相电压正常情况下，将控制屏上的电源线插在实训控制柜上的专用插座上，把控制柜的电源线插在实训室中三相电源的插座上，按照正确的操作给装置上电，观察 35kV 高压配电所主接线模拟图部分上方的两只电压表，使用凸轮开关观察三相电压是否平衡、不缺相，正常后方可继续进行下面的实训操作。

③ 在实训过程中，当进行微机线路保护装置相关实训时，如果装置控制断路器 QF14 跳闸，只有在故障模拟按钮 d1（或 d2、d3）经延时自动复位后才能去合断路器，然后按下装置上的复归键，来完成信号的复归操作；当进行微机电动机保护装置相关实训时，如果装置控制断路器 QF27 跳闸，只有在故障模拟按钮 d4 经延时自动复位后才能去合断路器，然后按下装置上的复归键，来完成信号的复归操作。

④ 实训过程中操作备自投、智能无功自动补偿装置、变频器等装置应先详细阅读相关的使用说明书。

⑤ 在对微机装置进行定值整定操作时应严格按照实训项目中给的值或操作说明书进行整定。

⑥ 在每次上电前要保证隔离开关处于分闸状态。

⑦ 由于本实训装置设置了微机保护装置的接线实训，所以即使在没有做相关保护部分实训的时候也要把保护装置的线路连接起来，这样可以给学生一个整体感觉。在没做相应保

护装置实训内容时，即使不接保护装置的线路也不会影响实训的进行。

注意：上电回路中不用的电流互感器二次侧护套柱需短路。

三、变压器电流速断保护

对变压器绕组、套管及引出线上的故障，根据容量的不同，应装设差动保护或电流速断保护。纵联差动保护适用于并列运行的变压器，容量为6300kV·A以上；单独运行的变压器，容量为10000kV·A以上；发电厂厂用工作变压器和工业企业中的重要变压器，容量为6300kV·A以上。电流速断保护用于10000kV·A以下的变压器，且其过电流保护的时限大于0.5s。对2000kV·A以上的变压器，当电流速断保护的灵敏度不能满足要求时，也应装设纵联差动保护。瓦斯保护是反映变压器油箱内部故障最灵敏而快速的保护，对于油箱外部的故障，容量较小的电力变压器可以在电源侧装设电流速断保护，它与瓦斯保护互相配合，就可以保护变压器内部和电源侧套管及引出线上的全部故障。

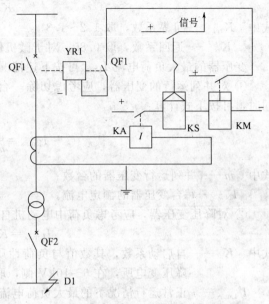

图3-2　变压器电流速断保护单相原理接线图

电流速断保护原理接线如图3-2所示。电源侧为大接地电流系统时，保护采用完全星形接线；为小接地电流系统时，则采用两相式不完全星形接线。

保护的动作电流可按下列条件之一选择。

① 按躲过变压器负荷侧母线上（D1点）短路时流过保护的最大短路电流，即

$$I_{qb} = K_{rel} I_{fmax} \tag{3-1}$$

式中　K_{rel}——可靠系数，取1.3~1.4，微机保护可取1.1；

I_{fmax}——最大运行方式下，变压器负荷侧母线上三相短路时，流过保护的最大短路电流。

② 应躲过变压器空载投入时的励磁涌流，通常取其动作电流大于3~5倍的变压器额定电流，即

$$I_{qb} = (3~5)I_N \tag{3-2}$$

式中　I_N—— 变压器（保护安装侧）的额定电流。

按上述两条件选择其中较大者。

电流速断保护的优点：接线简单、动作迅速。但它存在下述缺点：当系统容量不大时，保护区很小，甚至伸不到变压器内部，即其灵敏度不能满足要求；在无电源的一侧从变压器套管到断路器的一段故障时，要靠过电流保护动作跳闸，这样切除故障慢，对系统安全运行影响较大；对于并列运行的变压器，在无电源侧故障时，由于速断保护不能反映该处故障，因此，过电流保护可能无选择性地将所有并列运行的变压器切除。

四、变压器过电流保护原理

为了防止变压器因外部短路而使变压器过电流，以及作为变压器纵联差动保护和瓦斯保护的后备，变压器必须装设变压器相间短路的后备保护。根据变压器容量和系统短路电流大小的不同，变压器相间短路的后备保护有过电流保护、低电压闭锁过电流保护、复合电压闭锁过电流保护及负序电流保护等。

变压器过电流保护的单相原理接线如图3-3所示。保护动作时跳开两侧断路器，保护装

置的动作电流 I_{op} 按躲过变压器的最大负荷电流 I_{Lmax} 整定，即

$$I_{op} = \frac{K_{rel}}{K_{re}} I_{Lmax} \tag{3-3}$$

式中　K_{rel}——可靠系数，取 $1.2 \sim 1.3$；

　　　　K_{re}——返回系数，取 0.85，对于微机保护装置来说，K_{re} 接近 1。

　　变压器的最大负荷电流 I_{Lmax} 可按下述情况考虑。

　　① 对并列运行的变压器，应考虑切除一台变压器后的负荷电流。当各台变压器容量相同时，可按下式计算：

$$I_{Lmax} = \frac{m}{m-1} I_N \tag{3-4}$$

式中　m——并列运行变压器的台数；

　　　　I_N——每台变压器的额定电流。

　　② 对降压变压器，应考虑负荷中电动机自启动时的最大电流，即

$$I_{Lmax} = K_{st} I'_{Lmax} \tag{3-5}$$

式中　K_{st}——自启动系数，其数值与负荷性质及负荷与电源的电气距离有关，对于 35kV降压变电所，在 $6 \sim 10kV$ 侧，取 $K_{st} = 1.5 \sim 2.5$；

　　　　I'_{Lmax}——正常运行情况下的最大负荷电流。

　　保护装置的动作时限比下一级保护的最大动作时限大一个时限阶段 Δt。

　　保护的灵敏度按下式计算：

$$K_{sen} = \frac{I_{SCmin}}{I_{op}} \tag{3-6}$$

　　式中，I_{SCmin} 为后备保护范围末端两相金属性短路时，流过保护装置的最小短路电流。

　　在被保护变压器低压母线发生短路时，要求 $K_{sen} = 1.5 \sim 2$；而在远后备保护范围末端短路时，要求 $K_{sen} \geq 1.2$。

　　本实训装置采用的微机变压器后备保护装置，需要注意的是，本后备保护装置的各保护出口跳闸对象是固定的。

五、变压器过负荷保护原理

　　变压器的过负荷电流，在大多数情况下都是三相对称的，因此，大多数变压器都只装设单相过负荷保护。微机过负荷保护检测的是变压器三相信号，因此单相过负荷也能可靠动作。过负荷保护经延时动作于信号。

　　过负荷保护安装侧的选择，应能反映所有绕组的过负荷情况，通常应该遵循下面两条原则。

　　① 双绕组升压变压器的过负荷保护应装在低压侧；一侧无电源的三绕组升压变压器，过负荷保护应装在低电压主电源侧和无电源侧；三侧有电源的三绕组变压器，各侧均应装设过负荷保护。

　　② 双绕组降压变压器的过负荷保护应装在高压侧。单侧电源的三绕组降压变压

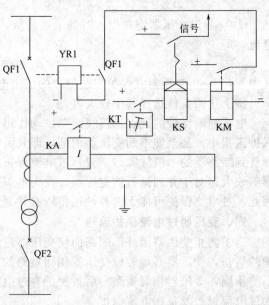

图 3-3　变压器过电流保护单相原理接线图

器，若三侧容量相同，过负荷保护仅装在电源侧；若三侧容量不同，则在电源侧和容量较小侧分别装设过负荷保护。双侧电源供电的三绕组降压变压器或联络变压器三侧均应装设过负荷保护。

过负荷保护的动作电流，按躲过变压器的额定电流整定，即

$$I_{op} = \frac{K_{rel}}{K_{re}} I_N \tag{3-7}$$

式中　　K_{rel}——可靠系数，取 1.05；

　　　　K_{re}——返回系数，取 0.85，微机保护可以取 1；

　　　　I_N——保护安装侧变压器的额定电流。

过负荷保护的动作时间，应大于变压器后备保护的最大时限，一般在 9～10s。

变压器的定时限过电流保护、电流速断保护和过负荷保护的综合电路如图 3-4 所示。

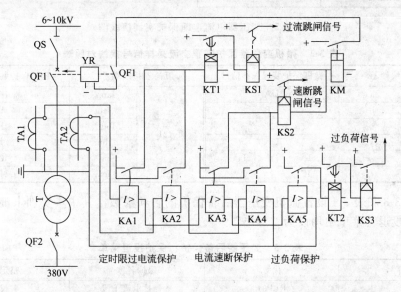

图 3-4　变压器的定时限过电流保护、电流速断保护和过负荷保护的综合电路

【任务实施】　变压器保护操作

一、变压器电流速断保护实训

① 按照正确顺序启动实训装置：依次合上实训控制柜上的"总电源"、"控制电源Ⅰ"和实训控制屏上的"控制电源Ⅱ"、"进线电源"开关。

② 保护动作值计算及微机装置参数设置。　其额定参数为：$S_N = 1000V \cdot A$，$U_{hN} = 380 \ V$，$U_{IN} = 220 \ V$，TA 变比为 1。

$$I_N = \frac{S_N}{U_N \times \sqrt{3}} = 1.52A \tag{3-8}$$

实训接线如图 3-5 所示，微机变压器保护装置交流采样信号接线对照如表 3-2 所示。

根据上述公式及一次系统数据，计算电流速断动作值 I_{op}。微机装置的各项参数设置可以参考表 3-3 和表 3-4。

实训中，为了充分利用实训资源，用微机后备保护装置的过电流保护功能完成本实训

（注：在实际应用中，电流速断保护作为主保护有独立的保护装置，与后备保护是分开的）。

微机变压器保护装置交流采样信号						
相电压	UA	A1	○ ○	A2	UB	相电压
相电压	UC	A3	○ ○	A4	UN	电压中性线
零序电压	3U$_0$	A5	○ ○	A6	3U$_0^*$	零序电压
		A7	○ ○	A8		
		A9	○ ○	A10		
保护CT	IA*	A11	○ ○	A12	IA	
保护CT	IB*	A13	○ ○	A14	IB	
保护CT	IC*	A15	○ ○	A16	IC	
零序CT	IO*	A17	○ ○	A18	IO	
测量CT	Ia*	A19	○ ○	A20	Ia	
测量CT	Ic*	A21	○ ○	A22	Ic	

变压器保护控制回路		
QF13合闸信号	H×13	○
QF13跳闸信号	H×13	○

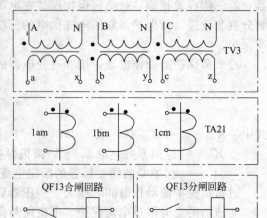

图 3-5　变压器电流速断保护实训接线图

表 3-2　微机变压器保护装置交流采样信号接线对照表

互感器接线端子		微机保护装置采样信号		互感器接线端子		微机保护装置采样信号	
TV3	a	UA		TA21	Iam*	IA*	
	b	UB			Iam	IA	
	c	UC			Ibm*	IB*	
	x、y、z	UN			Ibm	IB	
	IA	Ia*			Icm*	IC*	
	IC	Ic*			Icm	IC	

　　按照表 3-3 和表 3-4 设置微机变压器后备保护的各项参数。其中本实训未涉及的保护功能在"保护投退"菜单中均设为"退出"。

表 3-3　变压器后备保护：保护投退菜单

保护序号	代号	保护名称	整定方式
01	RLP01	本侧过电流Ⅰ段	投入
02	RLP02	本侧过电流Ⅱ段	投入

表 3-4　变压器后备保护：保护定值菜单（一）

保护序号	代号	定值名称	整定范围
01	Izd1	本侧Ⅰ段过电流定值	2.4A
02	Tzd11	Ⅰ段过流Ⅰ时限	0s
03	Tzd12	Ⅰ段过流Ⅱ时限	0.5 s
04	Izd2	本侧Ⅱ段过电流定值	1.5A
05	Tzd21	Ⅱ段过流Ⅰ时限	1.0 s
06	Tzd22	Ⅱ段过流Ⅱ时限	1.5 s

　　③ 按图 3-5 和表 3-2 接好线。变压器保护装置控制回路部分：只需将相应的信号引入到控制回路中即可（黑色接线柱上不用引线），即把 QF13 合闸回路的红色接线柱端子引到 HX13；把 QF13 分闸回路的红色接线柱端子引到 TX13。然后依次合上 QS111、QS112、QF11、QS113、QF13、QS211、QF21 给变压器至 10kVⅠ段母线供电。

　　④ 按下短路故障按钮 d1（特别注意：如果保护不动作，马上复归短路故障按钮 d1，退出短路运行，检查接线和微机装置中的参数设定）。记录保护动作时的数据于表 3-5 中。

　　⑤ 按微机保护装置面板上的"复归"键，选择"是"后再按"确认"键来复归保护

信息。

⑥ 按升压和降压按钮，重复步骤④、⑤。

表 3-5 变压器电流速断保护结果

变压器分接头	实训现象
0%处	
5%处	
10%处	
−5%处	
−10%处	

二、变压器过电流保护实训

该实训装置的电气主接线图如图 3-1 所示。对照控制屏上的模拟图，熟悉各个电气器件，并找到每个电气器件在模拟屏上的位置。

① 按照正确顺序启动实训装置：依次合上实训控制柜上的"总电源"、"控制电源Ⅰ"和实训控制屏上的"控制电源Ⅱ"、"进线电源"开关。

② 保护动作值的整定计算及微机装置的参数设置。其额定参数为：$S_N = 800V \cdot A$，$U_{hN} = 380V$，$U_{IN} = 220V$，TA 变比为 1。

根据变压器额定参数，依照实训原理介绍的方法整定计算变压器过电流保护动作值和动作时限，其结果如表 3-6 所示。由于实训中变压器单独运行且不带电动机负载，所以在计算过电流动作值时 I_{Lmax} 可用 I_{hN} 代替。其动作时限可取 0.5s。按照表 3-3 和表 3-7 设置微机变压器后备保护的各项参数。其中本实训未涉及的保护功能在"保护投退"菜单中均设为"退出"，对应其定值菜单项无需改动。

表 3-6 变压器过电流保护动作值和动作时限的整定计算

高压侧		低压侧		动作值	时限	
U_{hN}	I_{hN}	U_{IN}	I_{IN}	I_{op}	T_1	T_2
380V		220V			0.5s	1s

表 3-7 变压器后备保护：保护定值菜单（二）

保护序号	代号	定值名称	整定范围
01	KV1	一次电压比例系数	35
02	KI1	一次电流比例系数	1
03	Izd1	本侧Ⅰ段过电流定值	2.0A
04	Tzd11	Ⅰ段过流Ⅰ时限	0.5s
05	Tzd12	Ⅰ段过流Ⅱ时限	1s
06	Izd2	本侧Ⅱ段过电流定值	1.45A
07	Tzd21	Ⅱ段过流Ⅰ时限	1.5s
08	Tzd22	Ⅱ段过流Ⅱ时限	2s

③ 按照图 3-5 和表 3-2 接好线。然后依次合上 QS111、QS112、QF11、QS113、QF13、QS211、QF21 给变压器至 10kVⅠ段母线供电。

④ 按下短路故障按钮 d1（特别注意：如果保护不动作，马上复归短路故障按钮 d1，退出短路运行，检查接线和微机装置中的参数设定）。记录保护动作时的数据于表 3-8 中。

⑤ 按微机保护装置面板上的"复归"键，选择"是"后再按"确认"键来复归保护信息。

⑥ 按升压和降压按钮，重复步骤④、⑤。

表 3-8 变压器过电流保护结果

变压器分接头	实训现象
0%处	
5%处	
10%处	
−5%处	
−10%处	

三、变压器过负荷保护实训

① 按照图 3-5 和表 3-2 接好线。然后依次合上 QS111、QS112、QF11、QS113、QF13、QS211、QF21、QF20 给变压器至 10kV I 段母线供电。接着按"确定"键进入控制柜上的"HSA-515 变压器后备保护测控装置"主菜单栏中选择"保护定值"菜单，设定"一次电压比例系数"为 35，"一次电流比例系数"为 1，"过负荷定值"设置为 1.6A，"过负荷延时"设置为 9s，然后切换到"保护投退"中把"过负荷告警"投入，其他保护功能都退出，保存设置。

② 再依次合上 QS212、QS213、QF23、QS214、QF24、QS222、QF25、QS223、QF26、QS224、QF27、QF28，然后启动电动机模拟过负荷，注意观察是否告警，把结果填入表 3-9 中。

③ 切除负荷，改变"过负荷定值"为 2.2A，重复步骤②。

表 3-9 变压器过负荷保护结果

过负荷整定值/A	是否有告警信号
1.6	
2.2	

【知识拓展】 变压器保护装置实例

一、变压器的微机保护

根据保护的配置原则，应对不同容量及电压等级的变压器配置不同的保护。主保护和后备保护软件、硬件一般单独设置。在中低压变压器上，一般主保护配置有二次谐波闭锁原理的比率制动差动保护、差动电流速断、本体瓦斯和有载调压重瓦斯和压力释放等，一般后备保护配置有过电流保护、中性点直接接地系统的零序保护等，另外还有过负荷保护。

当常规变压器的差动保护采用双绕组变压器为 Yd11 接线时，高低两侧的电流相位差为 30°，从而在变压器差动回路中产生较大的不平衡电流。为此要求两侧电流互感器二次采用相位补偿接线，即变压器 Y 侧的电流互感器接成 △ 形，而变压器 △ 侧的电流互感器接成 Y 形。由于微机保护软件计算具有灵活性，因此允许变压器各侧的电流互感器二次侧都采用 Y 接线方式，也可以按常规保护方式接线。当两侧都采用 Y 接线方式时，可在进行差动计算时由软件对变压器 Y 侧电流进行相位补偿及电流数值补偿。

二、变压器微机继电保护装置实例

CSC 系列微机继电保护装置是由北京四方继保自动化股份有限公司生产的变压器微机继电保护装置，其产品类型覆盖了整个继电保护领域，包括 10～500kV 不同电压等级、不同类别的各种继电保护装置，其中包括线路保护、变压器保护、发变组保护、母线保护、断路器保护等。下面仅以变压器微机保护装置 CSC-326G 为例介绍其适用范用、特点及保护配置。CSC-326G 的外形如图 3-6 所示。

（1）适用范围

CSC-326G数字式变压器保护装置是由32位微处理器实现的数字式变压器保护装置，它采用主后分开、后备保护带测控功能的设计原则，主要适用于110kV及110kV以下电压等级的各种接线方式的变压器。该装置适用于变电站综合自动化系统，也可用于常规的变电站。

图3-6　CSC系列微机继电保护装置的外形

（2）主要特点

① 高性能的硬件系统　CSC-326G采用32位微处理器加14位A/D变换。其高性能的硬件体系保证了装置在每一个采样间隔都能对所有继电器进行实时计算。其差动保护采用双CPU冗余设计，从而大大提高了产品的可靠性。

② 灵活的测控功能　后备保护采用独立的智能I/O插件来实现测控功能，可以方便地实现保护测控一体化，或者保护测控分开的配置方案。

③ 状态检修硬件平台　针对开入和开出设计了自检回路，可在软件的驱动下进行自检，可实现"状态检修"。

④ 大屏幕液晶显示屏　该装置可实时显示电流、电压、功率、频率、压板状态和定值区等信息，并可根据用户要求配置。友好的中文视窗界面使得保护信息、操作信息一目了然。面板上有11个指示灯光，能够清楚地表明装置在正常、异常及动作时的各种状态。

⑤ 模块化软件的设计思想　模块化的软件程序使得保护功能配置灵活，可满足用户的不同要求。

⑥ 可选择的励磁涌流判别原理　该保护装置提供了两种方法识别励磁涌流，即二次谐波原理和模糊识别原理。用户可任选其中一种原理。

⑦ 可靠的比率制动差动保护　该装置采用三段式折线特性，提高了区外故障大电流导致TA饱和时的制动能力。

⑧ 自适应的比率制动差动保护　通过自动识别故障状态的变化，采用自适应的差动保护，从而提高了保护的可靠性。

⑨ 具有TA饱和综合判据　比率制动差动保护采用了TA饱和的综合判据，可以有效识别TA饱和，从而能有效防止区外故障时由TA饱和引起的差动保护误动作。

⑩ 完善的后备保护配置　后备保护配置灵活，跳闸出口采用矩阵整定，满足各种变压器的接线要求。

⑪ 大容量的故障录波和离线的人性化分析软件　该装置具有大容量的故障录波功能和事故追忆功能。外接的PC机可通过装置面板的标准RS-232串口接收故障录波信息。使用相应的软件可分析故障和保护的动作行为，清晰显示保护动作的全过程。

⑫ 变电站综合自动化通信接口　该装置配备高速可靠的双以太网接口（或LonWorks现场总线接口）和RS-485接口，可采用IEC60870-5-103规约。

⑬ 人性化、多功能的操作和故障分析软件　该装置设有软压板和外部硬压板，保护功能投退为软、硬压板串联方式，能够方便地适用于综自站与非综自站。

（3）主要功能

该变压器保护的标准配置如表3-10所示。

表 3-10　CSC-326G 变压器保护的配置

项目	保护类型	段数	每段时限数	备注
差动保护	差动速断			
	二次谐波比率差动			二者任选其一
	模糊判别比率差动			
高压侧后备保护	复压闭锁方向过电流保护	2	3	复合电压可投退,方向可投退
	复压闭锁过电流保护	1	2	复合电压可投退
	零序过电流保护	2	3/Ⅰ,2/Ⅱ	经零序电压闭锁
	间隙过电流保护	1	2	间隙过电压保护和间隙过电流保护可经控制字选择并联
	间隙过电压保护	1	2	输出
	零序选跳	1	1	
	过负荷	1	1	告警
	启动风冷	1	1	
	闭锁调压	1	1	
中/低压侧后备保护	复压闭锁方向过电流保护	2	3	复合电压可投退,方向可投退
	电流限时速断保护	1	2	
	充电保护	1	1	可选自动退出的方式
	零序过电压保护	1	1	告警
	过负荷	1	1	告警/跳闸

【学习评价】

1. 变压器一般装设什么保护？各有什么作用？比较线路和变压器的各种相应的保护有何异同。

2. 试就变压器差动保护装置的原理电路说明其工作原理、不平衡电流的产生及其对变压器差动保护的影响。如何消除不平衡电流的影响？

3. 某工厂 10kV 高压配电所有一条高压配电线供电给一个车间变电所。该高压配电线首端拟装设由 GL-15 型电流继电器组成的反时限过电流保护，采用两相两继电器式接线。已知安装的电流互感器的变流比为 160A/5A，高压配电所的电源进线上装设的定时限过电流保护的动作时间整定为 1s，高压配电所母线的三相短路电流为 2.85kA，车间变电所的 380V 母线的三相短路电流为 22.3kA，车间变电所的一台主变压器为 S9-1000 型。试整定供电给该车间变电所的高压配电线首端装设的 GL-15 型电流继电器的动作电流和动作时间，以及电流速断保护的速断电流倍数，并检验其灵敏度（建议变压器的 $I_{Lmax} = 2I_{INT}$）。

任务二　计量与抄表操作

【任务描述】

在熟悉 THSPCG-2 型供配电实训装置的基础上，对供配电二次系统仪表进行误差计算、参数设置、数据读取和简单维护。

【知识链接】

一、指针式交流电流表和电压表原理

1. 指针式交流电流表原理

在实训中用到的是磁电式指针表。

交流电流表由磁电式表头和整流装置组成。

整流装置部分的原理图如图3-7所示。

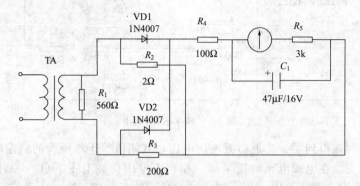

图 3-7　指针式交流电流表原理图

交流电流通过电流互感器 TA 采集到交流电流，然后经过电阻 R_1 转变成交流电压，再经过二极管 VD1、VD2 和电阻 R_2、R_3 组成的整流桥电路转变成直流驱动表头偏转，来指示交流电流。在做实训时，可以改变电阻 R_2、R_3 的值来改变交流电流表的量程。

2. 指针式交流电压表原理

在实训中用到的是磁电式指针表。

交流电压表由磁电式表头和整流装置组成。

整流装置部分的原理图如图3-8所示。

交流电压直接输入，通过两个限流电阻或称分压电阻 R_1、R_3 后，再经过二极管 VD1、VD2 和电阻 R_4、R_5 组成的整流桥电路转变成直流驱动表头偏转，来指示交流电压。

在做实训时可以改变限流电阻的大小来改变交流电压表的量程。

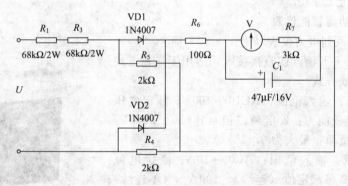

图 3-8　指针式交流电压表原理图

二、指针式频率表原理

本实训所用的频率表是变换器式频率表，通过半导体变换器线路，把被测的交流信号频率转换成和它成正比的直流电流，然后用磁电式表头加以显示。

① 仪表电路的组成。我国生产的变换器式频率表，大都采用一种微分电路的结构，所以称为微分式频率表。这种频率表的电路原理图见图3-9。

仪表的电路由三个基本电路组成：由降压电阻 R_1、R_2、稳压管 VS_1 和 VS_2 构成的削波稳压电路；由电容器 C_2、二极管 VD_1 和磁电系统表头构成的微分整流电路；由表头、电阻 R_3、电位器 R_{w1} 和二极管 VD_3 构成的量程调整电路。图 3-9 中二极管 VD_1 用在电压负半波时向电容器 C_2 充电，以提高频率表的灵敏度。电容器 C_1 和 C_3 作为滤波用。

② 基本工作原理。当电路端接入被测频率的电压 U 时，由于稳压管 VS_1、VS_2 的削波

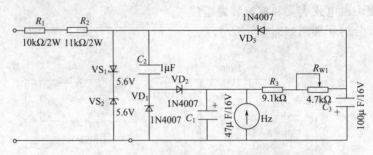

图 3-9　频率表原理图

作用，在电路的两端得到了一个近似方波的电压，其幅值等于稳压管的稳定电压 E，而极性则随外加电压而变。在电源电压的正半周（相当于电压极性上正下负），二极管 VS_1 导通，电容 C_2 充电，充电电流 i_1 的大小应和电容电压 U_C 的变化成正比，或者说，电流 i_1 决定于电压 U_C 对时间的微分；在电源电压的负半周（下正上负），由于二极管 VS_2 的导通，电容 C_2 实际上已经充上了电压 $-E$，（下正上负）。所以，当电源电压变到正半周时，电容器就要反向充电到 $+E$（上正下负）。可见，在电源电压从负半周到正半周的过程中，电容器两端电压将从 $-E$ 变到 $+E$，一共变化了 $2E$，此时，电容 C_2 的充电电流按指数规律衰减，并且，充电电流和电源频率 f 成正比，因此仪表的偏转角和频率成正比。当标尺按频率刻度时，被测频率便可直接读出。变换器式频率表由于采用了半导体器件以及电容、电阻等电路元件，所以稳定性较差，这是它的一个主要缺点。

指针式频率表技术指标如下。

① 测量范围：$45\sim55\,\mathrm{Hz}$。

② 精度：2.5。

③ 输入额定电压：100V。

三、三相多功能智能仪表

1. PDM-803 系列电力仪表（见图 3-10）简介

① 标准 PT、CT 输入或直接接入，适用于三相三线/三相四线典型接线方式。

② 输入电压：输入范围：AC10～400V；额定电压：100V、250V；过载能力：2 倍额定值（连续），2500V/s（不连续）；输入负荷：最大为 0.1V·A。

③ 输入电流：输入范围：AC0～10A；额定电流：5A；过载能力：2 倍额定值（连续），100A/s（不连续）；输入负荷：最大为 0.1V·A。

④ 测量精度：电流、电压 0.2%，其他电量 0.5%。

⑤ 3 行 4 位 LED 数码显示或液晶 LCD 段码窗口显示、多种电量实时显示。

图 3-10　PDM-803 系列电力仪表

⑥ 有功电能、无功电能具有断电保存功能（仅对有电能功能的仪表）。

⑦ 标准 RS-485 通信接口及标准 Modbus RTU 方式（8 个数据位/1 个停止位/无奇偶校验），通信地址（1～247）和波特率（1200、2400、4800、9600、19200bps）均可设定；所有信号测量数据及仪表参数均可经由 RS-485 通信口读出；通信距离最长可达 1.2km，一条双绞线最多可连接 128 台 PDM 系列仪表。

⑧ 仪表的各种参数可通过前面板按键设定（密码保护）或 PC 机软件设定，系统参数包括 通信地址，通信波特率，电压、电流互感器变比，功率的计算精度等。外形尺寸见表

3-11。盘装仪表，由 2 个配套支架固定。供电电源：交流或直流通用电源 AC/DC75～255V；功耗：小于 4W；工作温度：－20～60℃；存储温度：－30～70℃；I/O 绝缘：2500VAC，50/60Hz（采集输入端子之间）。

表 3-11 PDM-803 系列电力仪表外形尺寸

仪表外形	面框外形/mm	开孔尺寸/mm	仪表长度/mm
方形	96×96	91×91	55

2. 接线端子

本仪表共有 2 组主接线端子，采用压线式端子；连接导线最大截面积为 5.0mm^2，导通电流 30A，额定电压为 300V；接入的单相电流输入必须与该相的电压输入信号相序相同；测量精度取决于 CT、PT（若使用）的精度，建议用户选用精度优于 0.5 级的 CT 和 PT。接线端子有两种，可按需选取。

端子排列见表 3-12 和表 3-13。

表 3-12 上排主端子

101	102	103	104	105	106	107	108	109	110	111	112	113
IA*	IA	IB*	IB	IC*	IC	VA	VB	VC	VN	L/+	N/−	地
A 相电流		B 相电流		C 相电流		三相测量电压输入				仪表电源(AC/DC75～255)		

表 3-13 下排主端子

201	202	203	204	205	206	207	301	302	303	304	305	306	501	502	503
COM	DI1	DI2	DI3	DI4	DI5	DI6	COM	OUT1	COM	OUT2	COM	OUT3	A+	B−	地
遥信输入							遥控继电器输出						RS-485 网络通信		

本仪表的开关量的输入为无源干节点，仪表自身提供电源，无需外加电源，接线时只需将公共端 COM 经外部设备的常开点后输入到 DI 点即可，输出为继电器节点。

3. 典型接线

PDM-803 系列电力仪表接线见图 3-11。

四、指针式功率表原理

1. 指针式三相有功功率表工作原理

在实训中用到的是磁电式指针表。

三相有功功率表由磁电式表头和整流装置组成。

系统原理框图如图 3-12 所示。

系统接线图如图 3-13 所示。

在交流电路中，由电源供给负载的电功率有两种。一种是有功功率，有功功率是保持用电设备正常运行所需的电功率，也就是将电能转换为其他形式能量（机械能、光能、热能）的电功率。比如，电动机将电能转换为机械能，带动水泵抽水或脱粒机脱粒；各种照明设备将电能转换为光能，供人们生活和工作照明。有功功率的符号用 P 表示，单位有瓦（W）、千瓦（kW）、兆瓦（MW）。另一种是无功功率，无功功率绝不是无用功率，它的用处很大。电动机需要建立和维持旋转磁场，使转子转动，从而带动机械运动，电动机的转子磁场就是靠从电源取得无功功率建立的。变压器也同样需要无功功率，才能使变压器的一次线圈产生磁场，在二次线圈感应出电压。因此，没有无功功率，电动机就不会转动，变压器也不能变压，交流接触器不会吸合。为了形象地说明这个问题，现举一个例子，农村修水利需要开挖土方运土，运土时用竹筐装满土，挑走的土好比是有功功率，挑空竹筐就好比是无功功率，竹筐并不是没用，没有竹筐泥土怎么运到堤上呢？

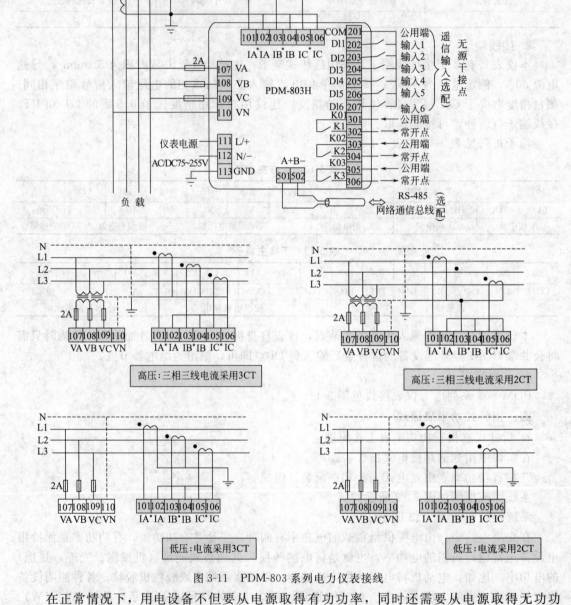

图 3-11　PDM-803 系列电力仪表接线

在正常情况下，用电设备不但要从电源取得有功功率，同时还需要从电源取得无功功率。如果电网中的无功功率供不应求，用电设备就没有足够的无功功率来建立正常的电磁场，那么，这些用电设备就不能维持在额定情况下工作，用电设备的端电压就要下降，从而影响用电设备的正常运行。

无功功率对供、用电产生一定的不良影响，主要表现在如下方面：

① 降低发电机有功功率的输出；

② 降低输、变电设备的供电能力；

③ 造成线路电压损失增大和电能损耗的增加；

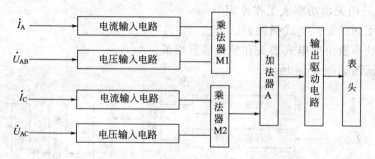

图 3-12　指针式三相有功功率表工作原理

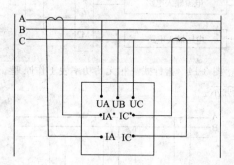

图 3-13　指针式三相有功功率表接线图

④ 造成低功率因数运行和电压下降，使电气设备容量得不到充分发挥。

从发电机和高压输电线供给的无功功率，远远满足不了负荷的需要，所以在电网中要设置一些无功补偿装置来补充无功功率，以保证用户对无功功率的需要，这样用电设备才能在额定电压下工作。这就是电网需要装设无功补偿装置的原因。

功率的计算公式如下。

(1) 有功功率

三相交流电路的功率与单相电路一样，分为有功功率、无功功率和视在功率。不论负载怎样连接，三相有功功率等于各相有功功率之和，即

$$P = P_1 + P_2 + P_3 = U_{P1} I_{P1} \cos\varphi_1 + U_{P2} I_{P2} \cos\varphi_2 + U_{P3} I_{P3} \cos\varphi_3 \tag{3-9}$$

式中，φ_1、φ_2、φ_3 分别是 1 相、2 相、3 相的相电压与相电流之间的相位差。

如果三相负载对称，电路吸收的有功功率为

$$P = 3 U_P I_P \cos\varphi \tag{3-10}$$

式中，φ 为相电压与相电流的相位差。

当对称负载为星形连接时，$U_L = \sqrt{3} U_P$，$I_L = I_P$。

当对称负载为三角形连接时，$U_L = U_P$，$I_L = \sqrt{3} I_P$。

因此对于三相对称负载，无论负载是星形接法还是三角形接法，三相有功功率的计算公式均为

$$P = \sqrt{3} U_L I_L \cos\varphi \tag{3-11}$$

(2) 三相无功功率

$$Q = \sqrt{3} U_L I_L \sin\varphi \tag{3-12}$$

(3) 三相视在功率

$$S = \sqrt{3} U_L I_L \tag{3-13}$$

如果实训中所带的负载是三相可调电阻，是阻性负载，且是三相对称负载，则不考虑无功功率，即有功功率等于视在功率，即 $P = U_L I_L$。

2. 指针式三相无功功率表工作原理

在实训中用到的是磁电式指针表。

三相无功功率表由磁电式表头和整流装置组成。

系统原理框图如图 3-14 所示。

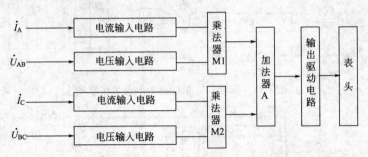

图 3-14　指针式三相无功功率表工作原理

系统接线图如图 3-15 所示。

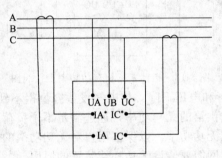

图 3-15　指针式三相无功功率表接线图

3. 指针式功率因数表原理

在实训中用到的是磁电式指针表。

功率因数表由磁电式表头和整流装置组成。指针式三相功率因数表原理如图 3-16 所示。

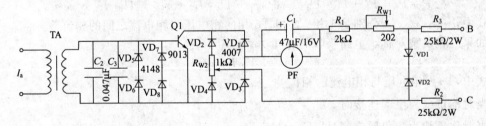

图 3-16　指针式三相功率因数表原理

在交流电路中，电压与电流之间的相位差（φ）的余弦叫作功率因数，用符号 $\cos\varphi$ 表示，在数值上，功率因数是有功功率和视在功率的比值，即 $\cos\varphi = P/S$。

实际工作中功率因数的计算：

$$\cos\varphi = P/S \tag{3-14}$$

或

$$\tan\varphi = P/Q \tag{3-15}$$

式中　P——有功功率，kW；

Q——无功功率，kvar；

S——视在功率，kV·A。

4. 各功率表的技术指标

（1）指针式三相有功功率表技术指标

测量范围：$0\sim500\mathrm{W}$。

精度：2.5。

输入额定电压/电流：$U_1/U_2=100\mathrm{V}$；$I_1/I_2=2.5\mathrm{A}$。

（2）指针式三相无功功率表技术指标

测量范围：$0\sim400\mathrm{var}$。

精度：2.5。

输入额定电压/电流：$U_1/U_2=100\mathrm{V}$；$I_1/I_2=2.5\mathrm{A}$。

（3）指针式功率因数表技术指标

测量范围：$-0.5\sim0.5$。

精度：2.5。

输入额定电压/电流：三相 500V/5A。

五、电能表原理

1. 感应式电能表的工作原理

电能表的工作原理为：利用固定交流磁场与由该磁场在可动部分的导体中所感应的电流之间的作用力而工作。

（1）三相四线制有功电能表的测量原理

三相四线制电路可以看成由三个单相电路组成。其平均功率 P 等于各相有功功率之和，即

$$P=P_\mathrm{A}+P_\mathrm{B}+P_\mathrm{C}=U_\mathrm{A}I_\mathrm{A}\cos\varphi_\mathrm{A}+U_\mathrm{B}I_\mathrm{B}\cos\varphi_\mathrm{B}+U_\mathrm{C}I_\mathrm{C}\cos\varphi_\mathrm{C} \tag{3-16}$$

无论三相电路是否对称，上述公式均成立。

如图 3-17 所示，常用三相四线式有功电能表（DT 型）或三只单相有功电能表（DD 型），按此接线方式进行三相四线制电路有功电能的测量。

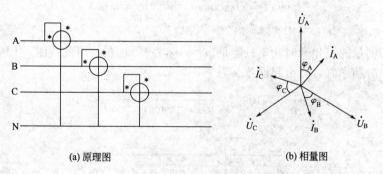

(a) 原理图　　　　　　　　　　(b) 相量图

图 3-17　三相四线制电路有功电能的测量

当三相负载不对称时，例如在任何两相之间接有负载，如图 3-18 所示，在 A、B 两相之间接有负载 D，设流过负载 D 的电流为 I_D，功率因数为 $\cos\varphi_\mathrm{D}$。负载消耗的功率为 $P_\mathrm{D}=U_\mathrm{AB}I_\mathrm{D}\cos\varphi_\mathrm{D}$，则三相电路总功率为

$$P=P_\mathrm{A}+P_\mathrm{B}+P_\mathrm{C} \tag{3-17}$$

其中

$$P_\mathrm{A}=U_\mathrm{A}I_\mathrm{A}\cos\varphi_\mathrm{A}+U_\mathrm{A}I_\mathrm{D}\cos\left(\varphi_\mathrm{D}-30°\right) \tag{3-18}$$

$$P_\mathrm{B}=U_\mathrm{B}I_\mathrm{B}\cos\varphi_\mathrm{B}+U_\mathrm{B}I_\mathrm{D}\cos\left(\varphi_\mathrm{D}+30°\right) \tag{3-19}$$

$$P_\mathrm{C}=U_\mathrm{C}I_\mathrm{C}\cos\varphi_\mathrm{C} \tag{3-20}$$

所以

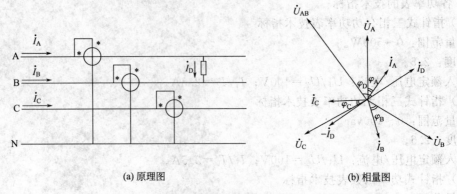

(a) 原理图 (b) 相量图

图 3-18　三相不对称负载时有功电能的测量

$$P = U_A I_A \cos\varphi_A + U_B I_B \cos\varphi_B + U_C I_C \cos\varphi_C + U_A I_D \cos(\varphi_D - 30°) + U_B I_D \cos(\varphi_D + 30°)$$
$$= U_A I_A \cos\varphi_A + U_B I_B \cos\varphi_B + U_C I_C \cos\varphi_C + 2U_A I_D \cos30°\cos\varphi_D$$
$$= U_A I_A \cos\varphi_A + U_B I_B \cos\varphi_B + U_C I_C \cos\varphi_C + \sqrt{3} U_A I_D \cos\varphi_D$$
$$= U_A I_A \cos\varphi_A + U_B I_B \cos\varphi_B + U_C I_C \cos\varphi_C + U_{AB} I_D \cos\varphi_D \tag{3-21}$$

由此可见，在三相四线制电路中，无论负载是否对称，均能采用三表法或三相四线式有功电能表计量三相总的电能。

需要注意的是，三相四线制电路不能采用二表法测量电能，只有在三相电路完全对称的情况下，即 $i_A + i_B + i_C = 0$ 时才允许，否则计量电能会产生误差。现分析如下。

一般三相四线制电路中，三相电流之和 $i_A + i_B + i_C = i_N$。因此，各相负载消耗的瞬时功率为

$$p = u_A i_A + u_B i_B + u_C i_C$$
$$= u_A i_A + u_B [i_N - (i_A + i_C)] + u_C i_C$$
$$= (u_A - u_B) i_A + (u_C - u_B) i_C + u_B i_N$$
$$= u_{AB} i_A + u_{CB} i_C + u_B i_N \tag{3-22}$$

而二表法测量的三相瞬时功率只能是 $p' = u_{AB} i_A + u_{CB} i_C$，因此按图 3-19 所示的接线方式测量三相瞬时功率时，将引起误差 γ 为

$$\gamma = \frac{p' - p}{p} \times 100\% = \frac{-u_B i_N}{u_{AB} i_A + u_{CB} i_C + u_B i_N} \times 100\% \tag{3-23}$$

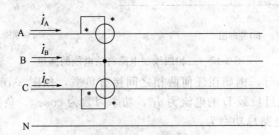

图 3-19　三相四线制电路用二表法测量的原理图

（2）无功电能计量原理

单相电路中无功功率的计算公式为

$$Q = UI\sin\varphi \tag{3-24}$$

三相电路中无功功率的计算公式为

$$Q = Q_A + Q_B + Q_C = U_A I_A \sin\varphi_A + U_B I_B \sin\varphi_B + U_C I_C \sin\varphi_C \tag{3-25}$$

如图 3-20 所示，常用三相四线式无功电能表，按此接线方式进行三相四线制电路无功电能的测量。

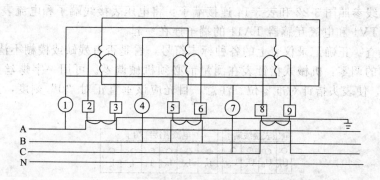

图 3-20　三相四线制电路无功电能测量的接线图

当三相电压对称时，即 $U_A = U_B = U_C = U_{ph}$ 时，三相电路中无功功率的计算公式为

$$Q = U_{ph} (I_A \sin\varphi_A + I_B \sin\varphi_B + I_C \sin\varphi_C) \tag{3-26}$$

当三相电路完全对称时，即 $U_A = U_B = U_C = U_{ph} = U/\sqrt{3}$，$I_A = I_B = I_C = I$，$\varphi_A = \varphi_B = \varphi_C = \varphi$ 时，三相电路中无功功率的计算公式为

$$Q = 3U_{ph} I \sin\varphi = \sqrt{3} U I \sin\varphi \tag{3-27}$$

有功电能表转盘上的驱动力矩与电路中的有功功率成正比。若制造出一种电能表或改变有功电能表的接线方式，使电能表的驱动力矩与无功功率成正比，则此电能表就能计量无功电能。因此，无功电能可采用无功电能表直接测量，也可采用有功电能表通过接线变化间接测量。

2. 电子式电能表的工作原理

电能的基本表达式如下：

$$W(t) = \int p(t) \mathrm{d}t = \int u(t) i(t) \cos\varphi(t) \mathrm{d}t \tag{3-28}$$

式中，$u(t)$、$i(t)$、$p(t)$ 分别是瞬时电压、瞬时电流、瞬时功率值。所以测量电能基本方法是将电压、电流相乘，然后在时间上再累加（即积分）。电子式电能表中实现积分的方法是将功率转换为脉冲频率输出，该脉冲称为电能计量标准脉冲 f_H（或 f_L），其频率正比于负荷功率。

如图 3-21 所示，常用三相四线电子式有功无功组合电能表，按此接线方式进行三相四线制电路有功无功电能的测量。

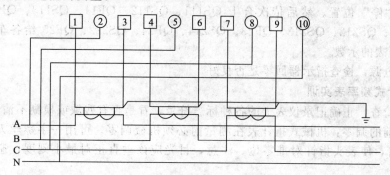

图 3-21　三相四线电子式有功无功组合电能表

【任务实施】 计量与抄表操作

一、指针式交流电流表和电压表实训

① 通过导线参照图 3-22 和表 3-14 连接端子：将电压表接线端子和电流表接线端子分别与电压互感器 TV1 和电流互感器 TA11 的端子连在一起。

② 外观检查：正确记录仪表上的各种标志符号，看是否有残缺或模糊不清的地方。

③ 通电前的调零：机械式指针表在测量前必须机械调零。可用一字螺丝刀调节表头下方的调节螺钉，使表头指针对准零位。注意，目光应该垂直正对"0"刻度，避免人为读数误差。

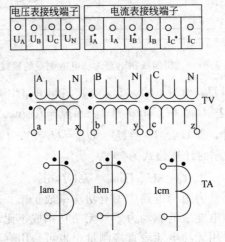

图 3-22 电压表和电流表端子连线对照图

表 3-14 电压表和电流表端子连线对照表

互感器接线端子		电压表接线端子	互感器接线端子		电流表接线端子
TV	a	U_A	TA	Iam*	I_A^*
	b	U_B		Iam	I_A
	c	U_C		Ibm*	I_B^*
	x、y、z	U_N		Ibm	I_B
				Icm*	I_C^*
				Icm	I_C

④ 调整零点后，按照正确顺序启动实训装置：依次合上实训控制柜上的"总电源"、"控制电源Ⅰ"和实训控制屏上的"控制电源Ⅱ"、"进线电源"开关。把无功补偿方式的凸轮开关拨至"停"位置。然后依次合上 QS111、QS112、QF11、QS113、QF13、QS211、QF21、QF20、QS212、QS213、QF23、QS214、QF24、QS222、QF25 给各车间供电。观察电流、电压表的示数。

⑤ 切断电源，检查指示器回零是否良好。

二、指针式频率表实训

① 外观检查：正确记录仪表上的各种标志符号，看是否有残缺或模糊不清的地方。

② 通电前的调零：机械式指针表在测量前必须机械调零。可用一字螺丝刀调节表头下方的调节螺钉，使表头指针对准零位。注意，目光应该垂直正对最小刻度，避免人为读数误差。

③ 调整零点后，按照正确顺序启动实训装置：依次合上实训控制柜上的"总电源"、

"控制电源Ⅰ"和实训控制屏上的"控制电源Ⅱ"、"进线电源"开关。把无功补偿方式的凸轮开关拨至"停"位置。然后依次合上 QS111、QS112、QF11、QS113、QF13、QS211、QF21、QF20、QS212、QS213、QF23、QS214、QF24、QS222、QF25 给各车间供电。观察频率表的示数。

按式（3-29）、式（3-30）计算表 3-15 测量的频率的绝对误差和相对误差：

$$\Delta Hz = Hzt - Hzr \tag{3-29}$$

$$\gamma = \frac{\Delta Hz}{Hzr} \times 100\% \tag{3-30}$$

式中　　Hzt——测量值；

　　　　Hzr——输入值。

④ 记录并计算误差，判断 YB-06 是否满足精度为 2.5。

⑤ 切断电源，检查指示器回零是否良好。

表 3-15　频率测量和误差计算结果

功能	量程	输入工频	频率表显示值	频率表绝对误差	频率表相对误差
频率	45～55Hz	50Hz			

三、三相多功能智能仪表的使用和参数设置

1. 窗口显示

LED 指示灯，表示当前窗口所显示的电量，见图 3-23。左侧的 LED 灯亮表示窗口显示的电量类型，右侧的 LED 组合显示表示窗口所显示的组别、单位等，例如左侧的 AMP 灯亮，右侧的 L1、L2、L3 灯亮表示本窗口显示的为 A、B、C 相的电流值；若左侧 POW 灯及右侧的 W、VAR、PF 灯亮表示上行为总的有功功率，中间行为无功功率，下行为功率因数；若左侧 POW 灯及右侧的 L2、W、VAR、PF 灯亮表示上行为 B 相的有功功率，中间行为 B 相的无功功率，下行为 B 相的功率因数。

图 3-23　三相多功能智能仪表

显示功能：显示 A、B、C 三相相电压、三相电流、有功功率、无功功率、功率因数、周波频率、有功/无功电能、开关量输入输出状态、设定的参数等（单一功能的仪表则只显相应的电量）。

设置功能：可设定仪表通信地址、波特率、外接电压和电流互感器变比等仪表参数。

2. 键盘操作

"Menu"键：在测量状态时切换窗口显示电流、电压、功率、周波、电能量，在参数设定状态时用于参数组的切换——"菜单功能"。

"▲"键：处于测量状态时在电压窗口（VOL）时用于循环切换显示相及线电压；在功率窗口（POW）时用于循环切换显示单相及总的有功、无功、功率因数；在电能窗口（WH）时用于循环切换显示有功、无功电能。

处于参数设定状态时用于修改数值，每按一次数增加 1，到 9 后又从 0 循环——"增加功能"。

"↵"键：用于对所修改的参数进行确认及长按后进入设置状态——"回车功能"。

在电压窗口显示时按"▲"键来进行相电压及线电压的切换显示，此时当右侧的 L1、L2、L3 全亮时表示为三相的相电压值，当 L1、L2、L3 全灭时表示为三相的线电压值。在

有功功率、无功功率、功率因数显示时按"▲"键来进行单相及总的有功功率、无功功率、功率因数切换显示，当右侧的 3 个 L1、L2、L3 不亮时为总的电量，当只亮其中的一个时为相对应的单相电量。

有功电能显示时按"▲"键来切换有功及无功电能量，电能量是以 9 位显示的，从最上行向下显示，最下行显示为电能的低 4 位。

本仪表进入参数设定状态是具有密码保护的，在进入参数设置模式之前必须输入密码（出厂密码为"5555"），否则不能进入到参数的设定状态。具体方法如下。

① 一直按住"⏎"键 6s，上行显示"PASS"，下行显示"0---"即进入密码的输入过程，立即松开"⏎"键，此时可修改第 1 位的数值。

② 每按一下"▲"键最下行的对应位数字即增加 1，从 0 循环到 9，按到显示 5 时停止。

③ 按"⏎"键移位到下一位，显示为"50--"，再通过按"▲"键来修改数值。每按一下"⏎"键则数值向下移位一次。

④ 当最下行窗口显示为"5555"时，再按下"⏎"键则通过密码验证，进入到参数组的设定状态，则表明通过保护密码进入到各参数组的设定状态，上行显示为"Addr"，下行显示的数值为仪表的通信地址。

在进入到参数组的设置状态下，仪表的上行显示为各参数组的符号，下行显示的为仪表的参数值。

在修改电压变比、电流变比、功率量程时，先修改的为单位，再改变的为小数点的位置，最后修改的为数值，由"⏎"键确定后通过按"▲"键来完成修改。

修改其相应参数的过程如下：

① 按"▲"键修改相应位的数值；

② 按"⏎"键移到下一位，例"30--"；

③ 通过按"▲"键来修改相应位的数值；

④ 依此类推，直到最后一位设置完成；

⑤ 按下"⏎"键即修改完成，上行显示参数组的符号，中行和下行显示新的设定数值，本数值即为修改后的参数值。

在改的过程中按下"Menu"键即取消本修改过程，返回到本组设置的开始。

在显示相应的参数时按下"⏎"键，最下行窗口显示为"0---"，中间行显示为原先的参数值。在电压、电流的中间行显示"HH"表示为 kV 或 kA，"LL"表示为 V 或 A；在功率设定时中间行显示"HH"表示 MW，"LL"表示 kW。

参数设置如图 3-24 所示。

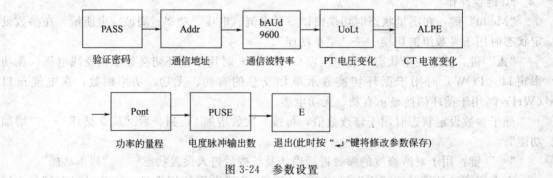

图 3-24　参数设置

3. LED 数码管显示举例

　　窗口显示是通过左、右侧的发光管组合及三行数码管显示的。例子如图3-25所示（"○"表示灯未亮，"●"表示灯亮）。

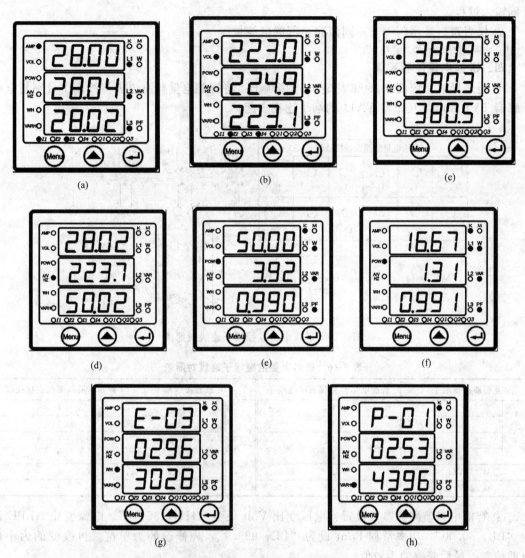

图3-25　LED数码管显示举例

　　图（a）为A相电流28.00A，B相电流为28.04A，C相电流为28.02A，开关量输入1和3为合状态；

　　图（b）为A相相电压223.0V，B相相电压为224.9V，C相相电压为223.1V，开关量输入的2、4为合状态；

　　图（c）表示AB相的线电压为380.9V，BC相的线电压为380.3V，CA相的线电压为380.5V；

　　图（d）表示三相电流的平均值为28.02A，三相相电压的平均值为223.7V，线路的频率为50.02Hz；

　　图（e）表示为总的有功功率为50.00kW，总的无功功率为3.92kvar，三相总的功率因数为0.990；

　　图（f）表示A相的有功功率值为16.67kW，A相的无功功率为1.31kvar，A相的功率因数为0.991；

　　图（g）表示总的有功电能为302963028kW·h；

　　图（h）表示总的无功电能为102534396kvar·h

　　注：有功、无功电能量的数值最大为655359999kW·h或kvar·h，超过这个值后即又重新从0开始计量。

　　仪表复位和上电时，仪表的上行显示为仪表的通信地址，下行显示为仪表的通信波特率。在进行电压、电流变比、功率量程的设定时，中间行数码管显示的为单位，修改相应的参数时最先可改的为单位，之后改的为小数点的位置，最后修改为数值。

　　在进入设置模式下，只有在最上行窗口显示E时，按下"⏎"键才能把修改的参数写入仪表内并保存；若10min内没有键按下则自动退出，修改的数不保存。

4. 清除电能量

① 一直按"SET"键 5s 后显示输入密码，正确输入清除电能量的密码，过程同前面的密码输入过程。

② 仪表窗口显示闪一下，则清除全部的电能量。

注：清除电能量的密码为"1985"。

四、进线电量监测实训

① 通过导线参照图 3-26 和表 3-16 连接端子：将智能电量监测仪表接线端子分别与电压互感器 TV1 和电流互感器 TA11 的端子连在一起。

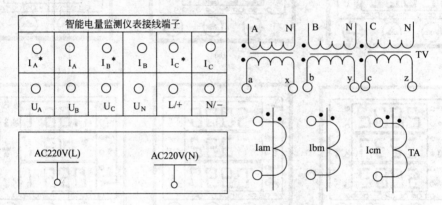

图 3-26　进线电量监控端子连线对照图

表 3-16　进线电量监控端子连线对照表

互感器接线端子		智能电量监测仪表接线端子	互感器接线端子		智能电量监测仪表接线端子
TV	a	U_A	TA	Iam^*	I_A^*
	b	U_B		Iam	I_A
	c	U_C		Ibm^*	I_B^*
	x、y、z	U_N		Ibm	I_B
	AC220V(L)	L/+		Icm^*	I_C^*
	AC220V(N)	N/−		Icm	I_C

② 智能电量监测仪参数设置：电压变比 Volt 设为"HH，35.00"、电流变比 ALPE 设为"LL，50.00"、功率量程 Pont 设为"LL，999.9"，先修改的为单位，再改变的为小数点的位置，最后修改的为数值。

③ 按照正确顺序启动实训装置：依次合上实训控制柜上的"总电源"、"控制电源 I"和实训控制屏上的"控制电源 II"、"进线电源"开关。把无功补偿方式的凸轮开关拨至"停"位置。然后依次合上 QS111、QS112、QF11、QS113、QF13、QS211、QF21、QF20、QS212、QS213、QF23、QS214、QF24、QS222、QF25 给各车间供电。记录进线 1 的电量于表 3-17 中。把无功补偿方式的凸轮开关拨至"自动"位置，记录进线 1 的电量，改变负荷投入，取几组值并填入表 3-17 中。

④ 通过实训导线按照图 3-26 和表 3-16 连接端子：将智能电量监测仪表接线端子分别与电压互感器 TV2 和电流互感器 TA12 的端子连在一起。

⑤ 按照正确顺序启动实训装置：依次合上实训控制柜上的"总电源"、"控制电源 I"和实训控制屏上的"控制电源 II"、"进线电源"开关。把无功补偿方式的凸轮开关拨至"停"位置。依次合上 QS121、QS122、QF12、QS123、QF14、QS221、QF22、QF20、QS213、QF23、QS214、QF24、QS222、QF25 给各车间供电。记录进线 2 的电量，然后改

变负荷的投入，取几组值并填入表 3-18 中。

表 3-17　进线 1 的电量记录

电量 ＼ 时间	年　月　日	年　月　日	年　月　日
U_A			
U_B			
U_C			
U_{AB}			
U_{CA}			
U_{BC}			
I_A			
I_B			
I_C			
W			
var			
PF			

表 3-18　进线 2 的电量记录

电量 ＼ 时间	年　月　日	年　月　日	年　月　日
U_A			
U_B			
U_C			
U_{AB}			
U_{CA}			
U_{BC}			
I_A			
I_B			
I_C			
W			
var			
PF			

五、指针式功率表实训

① 通过实训导线参照图 3-27 和表 3-17 连接端子：将功率因数表接线端子分别与电压互感器 TV1 和电流互感器 TA11（或者电压互感器 TV2 和电流互感器 TA12 或者电压互感器 TV 和电流互感器 TA 中随便一组）的出线端子连在一起。

② 外观检查：正确记录仪表上的各种标志符号，看是否有残缺或模糊不清的地方。

③ 通电前的调零：机械式指针表在测量前必须机械调零。可用一字螺丝刀调节表头下方的调节螺钉，使表头指针对准零位。注意，目光应该垂直正对最小刻度，避免人为读数误差。

④ 调整零点后，按照正确顺序启动实训装置（这里以电压互感器 TV1 和电流互感器 TA11 为例）：依次合上实训控制柜上的"总电源"、"控制电源Ⅰ"和实训控制屏上的"控制电源Ⅱ"、"进线电源"开关。把无功补偿方式的凸轮开关拨至"停"位置。然后依次合上 QS111、QS112、QF11、QS113、QF13、QS211、QF21、QF20、QS212、QS213、QF23、QS214、QF24、QS222、QF25 给各车间供电。观察功率表的示数，按照表 3-20 改变负荷的投入，取几组值并填入表 3-20 中。

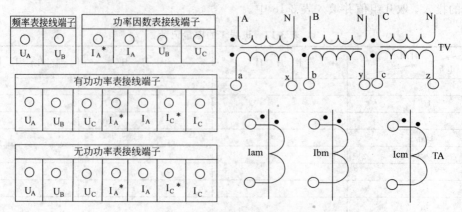

图 3-27　功率表端子连线对照图

表 3-19　功率表端子连线对照表

互感器接线端子		对应接线端子	互感器接线端子		对应接线端子
TV	a	U_A	TA	Iam^*	I_A^*
	b	U_B		Iam	I_A
	c	U_C		Ibm^*	I_B^*
	x、y、z	U_N		Ibm	I_B
				Icm^*	I_C^*
				Icm	I_C

⑤ 断开电源，将有功功率表接线端子与电压互感器 TV1 和电流互感器 TA11 端子连接起来。重复步骤④给各车间供电，按照表 3-20 改变负荷的投入，取几组值并填入表 3-20 中。

⑥ 断开电源，将无功功率表接线端子与电压互感器 TV1 和电流互感器 TA11 端子连接起来。重复步骤④给各车间供电，按照表 3-20 改变负荷的投入，取几组值并填入表 3-20 中。

⑦ 断开电源，将智能电量监测仪表接线端子与电压互感器 TV1 和电流互感器 TA11 端子连接起来。重复步骤④给各车间供电，按照表 3-21 改变负荷的投入，取几组值并填入表 3-21 中。

⑧ 切断电源，检查指示器回零是否良好。

⑨ 比较指针式功率表与智能电量监测仪表的读数，分析读数不同的原因。

表 3-20　指针式功率表测量结果

测量项 负荷投入情况	功率因数表	有功功率表	无功功率表
1 号变电所负荷＋2 号变电所负荷			
1 号变电所负荷＋3 号变电所负荷			
1、2、3 三个变电所的负荷			

表 3-21　智能电量监测仪表测量结果

测量项 负荷投入情况	功率因数 $\cos\varphi$	有功功率/kW	无功功率/kvar
1 号变电所负荷＋2 号变电所负荷			
1 号变电所负荷＋3 号变电所负荷			
1、2、3 三个变电所的负荷			

六、电能表实训

① 通过实训导线连接端子：将感应式有功电能表接线端子分别与电压互感器 TV1 和电流互感器 TA11（或者电压互感器 TV2 和电流互感器 TA12）的二次侧出线端子连在一起（这里以进线 1 为例，具体连线参照前面实训内容）。

② 外观检查：正确记录仪表上的各种标志符号，看是否有残缺或模糊不清的地方。

③ 通电前的调零：机械式指针表在测量前必须机械调零。可用一字螺钉旋具调节表头下方的调节螺钉，使表头指针对准零位。注意，目光应该垂直正对最小刻度，避免人为读数误差。

④ 调整零点后，按照正确顺序启动实训装置：依次合上实训控制柜上的"总电源"、"控制电源Ⅰ"和实训控制屏上的"控制电源Ⅱ"、"进线电源"开关。把无功补偿方式的凸轮开关拨至"停"位置。然后依次合上 QS111、QS112、QF11、QS113、QF13、QS211、QF21、QF20、QF23、QS212、QS213、QF23、QS214、QF24、QS222、QF25 给各车间供电。观察感应式有功电能表表盘旋转方向并分析电能表计量正负，判断电能表的接线情况。

⑤ 断开电源，将感应式无功电能表接线端子分别与电压互感器 TV1 和电流互感器 TA11 的端子连接起来。重复步骤④给各车间供电，观察感应式无功电能表表盘旋转方向并分析电能表计量正负，判断电能表的接线情况。

⑥ 断开电源，将电子式多功能三相电能表接线端子分别与电压互感器 TV1 和电流互感器 TA11 的端子连接起来。重复步骤④给各车间供电，观察电子式多功能三相电能表的指示灯并分析电能表计量正负（接线正确时，有功、无功指示灯闪烁）。拔掉任意一相电压（电子式多功能三相电能表接线端子处 U_A、U_B、U_C），LCD 显示屏上显示"缺 X"，"X"代表 A、B 或 C。

⑦ 断开电源，将电子式多功能三相电能表接线端子的任意一相电流的同名端（如 I_a^* 与 I_a 对换）对换，重复步骤④给各车间供电，几秒钟后，有功反向指示灯常亮。

⑧ 按一下蓝色开关，可以切换显示有功、有功反向、无功总电量（对应的序号分别为 01、02、03，其他序号的定值没定义）。

注：可将三个电能表一起串并联在同一组电流互感器和电压互感器二次侧接线端子上。

【知识拓展】　三相多功能智能仪表参数设定过程举例

【例 1】 修改仪表地址顺序见图 3-28（把原地址为 0001 修改为 0026）。

在修改过程的任意时候按下"Menu"键均可退回到第 1 步，取消本次参数设置。

【例 2】 修改变比：按"Menu"键切换到显示窗上行显示为 UoLt 时中间行显示为电压变比的单位（HH/LL），下行为变比数值；上行显示为 ALPE 时中间行显示为电流的变比单位（HH/LL），下行为变比数值；上行显示 Pont 时，中行显示功率的单位（HH/LL），下行为功率的精度小数点位置数值。图 3-29 所示为将电流变比由 5.000A 改变为 200.0kA。

注：电压、电流的单位符号 LL 为 V、A，HH 为 kV、kA，功率的单位符号 LL 为 kW，HH 为 MW。

当改变 PT、CT 的变比时，功率及其他量将随之改变，功率的单位也应该重新设置，一次侧功率量程的小数点位置的选择取决于被测量的一次侧单相电压最大值乘以一次侧单相电流最大值再乘以 3 后除以 1000（单位为 kW 时）或除以 1000000（单位为 MW 时）即可确定小数的点位置。

① 测量的线路的相电压最大值为 250.0V，电流为 300.0A，则最大功率为 $250 \times 300 \times 3 = 225000W = 225.0$ kW，功率的小数点位置应设为 999.9 kW。

② 测量电压为 10.00 kV，电流为 400.0A，则最大功率按相电压计算为 $5.774 \times 400 \times 3 = 6928$ kW，功率小数点的位置应设为 9999 kW（按相电压计算）。

③ 测量的线路电压为低压 380V（相电压 220V），电流互感器变比为 2000/5，实际上线

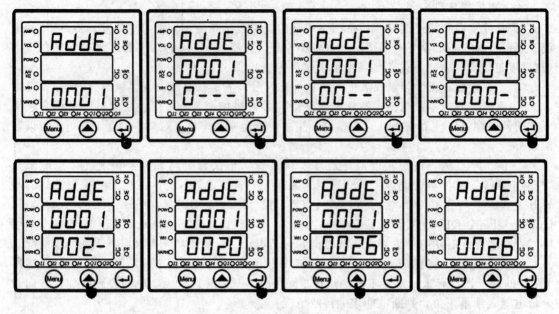

图 3-28　修改仪表地址

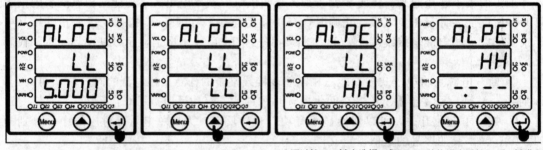

(a) 显示为原电流变比值　(b) 设置电流的单位HH为kV,LL为V　(c) 通过按"▲"键来选择V或kV　(d) 单位设完后按"↵"键进入小数点设置

(e) 按"▲"键移动小数点位置　　(f) 按"↵"键进入数值的设定状态　(g) 通过按"▲"键输入数值　(h) 直到最后一位数值完成后按下"↵"键完成

图 3-29　修改变比

路运行时能用到的电流最大值为 450A，则最大功率为 $220 \times 450 \times 3 = 297000$ W $=$ 297.0 kW，功率的小数点位置应设为 999.9 kW。

> 注：功率量程的小数点位置一定要设置正确，否则将影响电能的测量精度及数值。若仪表显示为 4 个横杆表示功率溢出，即小数点设置不正确，应将小数点位置（精度）再向右移即可，例原先设为 9.999，则改为 99.99 即可。

【例3】　退出参数设定状态并保存修改的结果：按"Menu"键在上行窗口显示为"E"时，按"↵"键来退出设定状态，仪表复位。如图 3-30 所示。

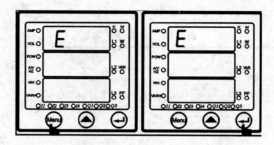

图 3-30 退出参数设定状态并保存修改的结果

【学习评价】

1. 什么是变配电所的二次回路？二次回路包括哪些内容？它与一次回路有何区别？
2. 电气测量的目的是什么？对仪表的配置有何要求？
3. 在计费计量中，互感器、仪表的准确度有何要求？
4. 对常用测量仪表的选择有哪些要求？一般 6～10 kV 高压线路上装设哪些测量仪表？

任务三 整体监控及综合自动化操作

【任务描述】

数据采集与监视控制（supervisory control and data acquisition，简称 SCADA）由计算机与相应的远动装置及通信设备组成，该系统具有完成电力系统运行状态的监视（包括信息的收集、处理和显示）、远距离开关操作、自动发电控制及经济运行，以及制表和统计等功能。要求学生熟练使用该系统获得有关信息，掌握电力系统的运行状态，及时发现和处理事故。

【知识链接】

一、遥测、遥控、遥调和遥信原理

早期的电力系统调度，主要依靠调度中心和各厂站之间的联系电话。这种调度手段，信息传递的速度慢，且调度员对信息的汇总、分析费时、费工，它与电力系统中正常工作的快速性和出现故障的瞬时性相比，调度实时性差。

随着远动技术和通信技术的发展，计算机与相应的远动装置及通信设备组成用于完成电力系统运行状态的监视（包括信息的收集、处理和显示）、远距离开关操作、自动发电控制及经济运行，以及制表和统计功能的系统，一般称为数据采集与监视控制。调度人员可根据这些信息迅速掌握电力系统的运行状态，及时发现和处理事故。

远动终端（Remote Terminal Unit）就是电网监视和控制系统中安装在发电厂或变电站的一种远动装置，简称 RTU。

远动终端与主站配合可以实现四遥功能。

① 遥测：采集并传送电力系统运行的实时参数。
② 遥信：采集并传送电力系统中继电保护的动作信息、断路器的状态信息等。
③ 遥控：从调度中心发出改变运行设备状况的命令。
④ 遥调：从调度中心发出命令实现远方调整发电厂或变电站的运行参数。

本实验系统上，可完成的"四遥"功能见表 3-22。

表 3-22　"四遥"功能

远动类型	信息名称	远动类型	信息名称
遥测	进线线路总有功、无功电能	遥信	隔离开关的位置信号
	线路有功、无功功率		断路器分、合闸状态
	三个电压等级的母线电压		变压器分接头位置
	变压器有功、无功功率		无功补偿电容组投入状态
	频率		微机保护装置的动作信息
	功率因数		备自投装置的动作信息
遥调	微机保护装置的定值下置	遥控	断路器分、合闸
	无功补偿电容组选择		
	变压器分接头位置选择		

二、线路运行参数数据的检测原理

采用交流直接采样，利用 TA/TV 输入各相电流和电压波形，通过数字信号处理、自动计算并存储各种运行工况数据（包括停电时间），供运行人员在需要时到现场取用。

三、电压调整原理

1. 电力系统负荷的无功功率-电压特性

异步电动机在电力系统负荷中占很大的比重，故电力系统的无功负荷与电压的静态特性主要由异步电动机决定。

电力系统中的变压器和输电线路在运行中也消耗无功功率，在考虑无功功率平衡时也可以将其视为无功负荷。

变压器中的无功损耗分为两部分，即励磁支路损耗和绕组漏抗损耗。其中，绕组漏抗损耗占的比重较大，系统中变压器无功功率损耗较有功功率损耗大得多。

输电线路等效的无功消耗特性取决于输电线路传输的功率与运行电压水平。当线路传输功率较大，电抗中消耗的无功功率大于电容中发出的无功功率时，线路等效为消耗无功；当传输功率较小、线路运行电压水平较高，电容中产生的无功功率大于电抗中消耗的无功功率时，线路等效为无功电源。

2. 无功功率平衡与运行电压水平

电力系统中所有无功电源发出的无功功率，是为了满足整个系统无功负荷和网络无功损耗的需要。在电力系统运行的任意时刻，电源发出的无功功率总和一定等于同时刻系统负荷和网络的无功损耗之和。

系统无功电源充足时，可以维持系统在较高的电压水平下运行。为保证系统电压质量，在进行规划设计和运行时，需制定无功功率的供需平衡关系，并保持系统有一定的备用无功容量。在无功电源不足时，应增设无功补偿装置。

3. 电力系统无功功率平衡和电压调整

维持电力系统电压在规定范围内运行而不超过允许值，是以电力系统内无功功率平衡为前提的。电力系统中的无功电源主要是发电机，除此之外，还有并联电容器、同期调相机、静止补偿器等，高压输电线本身也产生无功功率。

电力系统电压和无功功率自动控制是使部分或整个系统保持电压水平和无功功率平衡，它的主要内容有以下几方面。

① 控制电力系统无功电源发出的无功功率等于电力系统负荷在额定电压下所消耗的无功功率，维持电力系统电压的总体水平，保持用户的供电电压在允许范围内。

② 合理使用各种调压措施，使无功功率尽可能地就近平衡，以减少远距离输送无功功

率而产生的有功损耗，提高电力系统运行的经济性。

③ 根据电力系统远距离输电稳定性要求，控制枢纽点电压在规定水平。

电压控制方法：

① 利用同步电机控制 U_G；

② 利用变压器控制电压比 K_1 和 K_2；

③ 利用无功功率补偿控制线路传输的无功功率；

④ 利用串联电容器改变线路参数 X。

在系统无功功率充裕时，首先应考虑采用改变变压器分接头调压。通过分步调整变压器的控制器，将根据实时电压的变化对变压器进行电压升降的控制。

四、电压/无功集成控制原理

在各种电压控制措施中，首先应该考虑发电机调压，用这种措施不需要增加附加设备，从而不需要附加任何投资，但这是发电厂主要的调压手段。而对变配电站来说主要的调压手段是调节变压器分接头位置和控制无功补偿电容器。对系统无功功率较充裕的系统，采用改变变压器分接头调压既灵活又方便。尤其是电力系统中个别负荷的变化规律相差悬殊时，不采取变压器分接头调压几乎无法满足负荷对电压质量的要求。但对无功功率电源不足的电力系统，首先应该解决的问题是增加无功功率电源，因此以采用并联电容器、调相机或静止补偿器为宜。

尽管调节变压器分接头位置和控制无功补偿电容器这两种措施都有调整电压和改变无功分布的作用，但它们的作用原理和后果有所不同。有载调压变压器可以在带负荷的情况下切换分接头位置，从而改变变压器的变比，起到调整电压和降低损耗的作用。调压措施本身不产生无功功率，但系统消耗的无功功率与电压水平有关，因此在系统无功功率不足的情况下，不能用改变变比的办法来提高系统的电压水平。否则电压水平调得越高，该地区的无功功率不足，反而导致恶性循环。所以在系统缺乏无功的情况下，必须利用补偿电容器进行调压。控制无功补偿电容器的投切，既能补充系统的无功功率，又可改变网络中无功功率的分布，改善功率因数，减少网损和电压损耗，从而有利于系统电压水平的提高及改善用户的电压质量。因此必须把调分接头与控制电容器组的投、切两者结合起来，进行合理的调控，才能起到既改善电压水平，又降低网损的效果。变配电站中利用有载调压变压器和补偿电容器组进行局部的电压及无功补偿的自动调节，以保证负荷侧母线电压在规定范围内及进线功率因数尽可能接近 1，称为变电站无功/电压综合控制。

这种无功-电压双参数调节，如果靠运行人员操作来进行对分接开关和电容器的调节控制，则运行人员必须经常监视变电站的运行工况，并作出如何调控的判断。这不仅增加运行人员的劳动强度，而且难以做到正确和操作及时，难以达到最优控制的效果。因此，采用微机控制系统，充分利用其计算、逻辑判断与记忆功能，实现变电站无功-电压智能控制，是现实的、必要的。

作为变电站电压、无功综合控制装置，由于其控制对象主要是变压器分接头和并联电容组，控制目的是保证主变压器二次电压在允许范围内，且尽可能提高进线的功率因数，故一般选择电压和进线处功率因数为状态变量。

根据状态变量的大小，可将变电站的运行状态分为九个区域，如图 3-31 所示，简称"九区法"。图中纵坐标为电压 U，横坐标为功率因数 $\cos\varphi$。U_0 为运行中要求保持的目标电压。为了保证控制过程的稳定性，避免频繁调节，规定了一个控制死区 $\pm\Delta U$，当电压处于 $U_0+\Delta U$ 和 $U_0-\Delta U$ 之间时，不进行调压，只有电压超出这个范围时才进行调压。同样对进线处的功率因数也规定了一个上下限，当实际的功率因数在上下限之间时，不进行调节，只有当功率因数超出这个范围时，才进行调节。

在这个九区域的运行状态中，0 区域为电压和功率因数均合格区，此时不需要进行调整，其他区域均为不合格区，需要进行如下调整。

1. 简单越限情况

当运行于 1 区域时，电压超过上限而功率因数合格，此时应调整变压器分接头使电压降低。如单独调整变压器分接头无法满足要求时，可考虑强行切除电容器组。

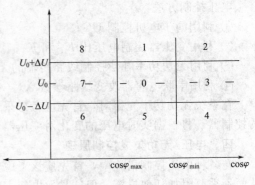

图 3-31　运行状态图

当运行于 5 区域时，电压低于下限而功率因数合格，此时应调整变压器分接头使电压升高，直至分接头无法调整（次数限制或挡位限制）。

当运行于 3 区域时，功率因数低于下限而电压合格，此时应投入电容器组直至功率因数合格。

当运行于 7 区域时，功率因数超过上限而电压合格，此时应切除电容组直至功率因数合格。

2. 双参数越限情况

当运行于 2 区域时，电压超过上限而功率因数低于下限，此时如先投入电容器组，则电压会进一步上升。因此先调整变压器分接头使电压降低，待电压合格后若功率因数仍越限再投入电容器组。

当运行于 4 区域时，电压和功率因数同时低于下限，此时如先调整变压器分接头升压，则无功会更加缺乏。因此应先投入电容器组，待功率因数合格后若电压越限再调整变压器分接头使电压升高。

当运行于 6 区域时，电压低于下限而功率因数超过上限，此时如先切除电容器组，则电压会进一步下降。因此应先调整变压器分接头使电压升高，待电压合格后若功率因数仍越限再切除电容组。

当运行于 8 区域时，电压和功率因数同时超过上限，此时如先调整变压器分接头降压，则无功会更加过剩。因此应先切除电容器组，待功率因数合格后若电压仍越限再调整变压器分接头使电压降低。

【任务实施】　整体监控及综合自动化操作

一、遥测、遥控、遥调和遥信认知实训

1. 遥控操作实训

① 按照表 3-23 把实训台和电脑连接好，依次合上实训控制柜上的"总电源"、"控制电源 I"和实训控制屏上的"控制电源 II"、"进线电源"开关。

表 3-23　实训台和电脑的连接

屏蔽线线芯	屏蔽线线长/m	连接对象
3 芯	3	计量综合柜(左柜)COM1-控制屏 COM2
3 芯	2	控制屏 COM3-保护综合柜(右柜)COM4
8 芯	4	保护综合柜(右柜)COM5-电脑串口(1,2,3,4)

② 检查实训控制屏面板上的隔离开关 QS111、QS112、QS113、QS121、QS122、QS123、QS211、QS212、QS213、QS214、QS221、QS222 是否处于合闸状态，未处于合闸

状态的，手动使其处于合闸状态，为输电线路的送电做好准备。按照"上位机软件使用说明书"打开"THSPCG-2工厂供电综合自动化实训系统监控软件"界面。

③　把"备自投工作方式"拨至"远动"位置。通过操作"变电所主接线图"的断路器分、合闸状态，来进行电能分配及负荷的投切。

注意：断路器QF11与QF12分别互锁，即QF11与QF12不能同时处于合闸状态。断路器QF21、QF22、QF20的分合关系为：当QF21、QF22都处于合闸位置时，QF20不能合闸；当QF21、QF20处于合闸状态时，QF22不能合闸；当QF22、QF20处于合闸状态时，QF21不能合闸。遥控QF27时，线路保护测控装置的"重合闸不检条件"要投上，否则合不上闸。

④　通过操作"变频器管理"来进行电动机组实训。首先启动电动机，重新打开"THSPCG-2工厂供电综合自动化实训系统监控软件"界面。单击"变频器管理"控件，进入"变频器管理"界面（如果不能进入，是因为没通信上，按照"上位机软件使用说明书"重新通信）。参照表3-24设置变频器参数，然后单击"变频器管理"界面上的"启动"、"停止"、"正转"、"反转"，观察右柜电动机组的运行状态（注：在电动机停止状态下，电动机正、反转才能切换），具体操作参照上位机软件使用说明书。操作完后在界面右下角单击"快选菜单"返回主界面。

表3-24　变频器参数设置

信息名称	改变频率设定值	正反转设定值
频率指令来源设定	03	00
信号来源设定	00	03
上升时间	10.0s	10.0s
下降时间	10.0s	10.0s

2. 遥调操作实训

①　通过"THSPCG-2工厂供电综合自动化实训系统监控软件"中的"保护管理"来远方修改微机线路、微机变压器后备保护和电动机保护的整定值（保护投退和保护定值）。具体操作参照上位机软件使用说明书（注意：单击"保护定值管理"时，它的界面可能被主界面覆盖，同时按"Win"+"D"键，任意单击任务栏一个图标，然后把这个图标缩放到任务栏，就会出现保护定值管理）。

②　把控制柜"无功补偿方式"凸轮开关拨至"远动"位置，单击"THSPCG-2工厂供电综合自动化实训系统监控软件"中的"VQC管理"进入"电压/无功综合控制设定"窗口，单击"改变分接头控制方式"选择"远动"位置。再单击"电压/无功综合控制投入"控件，进入"电压/无功综合控制投入"窗口。

"九区法"坐标显示变电站电压/功率因数的运行状态变化，闪红色区域表示当前的运行状态。

单击"升压"和"降压"按钮，选择变压器分接头位置。

单击"投入"和"退出"电容，选择电容组的投切。

单击"VQC投入"和"VQC退出"，投入或退出软件自动电压/无功综合控制的功能。VQC功能投入前，保证"变压器分接头控制方式"和"补偿电容组控制方式"都在"远动"位置。

单击"返回设定页"按钮，切换到"电压/无功综合控制设定"窗口。

3. 遥测监测实训

随着遥控操作和遥调操作的进行，可以在上位机软件上监测到工厂各个车间的负荷变化曲线和电能曲线。

4. 遥信监测实训

实时观察变电所、线路上各断路器和隔离开关的分、合闸状态，以及继电保护装置、备自投动作信息。

二、线路运行参数数据的检测实训

依次合上实训控制柜上的"总电源"、"控制电源Ⅰ"和实训控制屏上的"控制电源Ⅱ"、"进线电源"开关。然后依次合上 QS111、QS112、QF11、QS113、QF13、QS211、QF21、QF20，通过电脑上的力控软件进入"THSPCG-2 工厂供电综合自动化实训系统监控软件"，单击进入"变电所主接线图"，可以发现在接线图上的线路旁边有采集装置的图标，单击进入可以看到相应线路的电量参数。

① 单击采集模块图标（方形图标），则进入电量参数检测窗口，在这里可以看到电量参数的实时数据。

② 单击"趋势图"可以进入该线路负荷变化的曲线变化图。同时合上 10kV 母线上的所有出线，最大负荷运行，接着切除其中的某几路，可以看到功率曲线和电流曲线的变化。

三、电压调整实训

本实训系统的分接头变压器装在 T1 处，保证 10kVⅠ段母线负荷运行，以 400V 为基准挡，共有五个挡位，分别是"−10％"、"−5％"、"0％"、"＋5％"、"＋10％"，初始状态默认在"0％"位置。注意实训中要保证无功补偿方式的凸轮开关拨至"停"位置，不让补偿电容投入。

① 按照正确顺序启动实训装置：依次合上实训控制柜上的"总电源"、"控制电源Ⅰ"和实训控制屏上的"控制电源Ⅱ"、"进线电源"开关。把无功补偿方式的凸轮开关拨至"停"位置。然后依次合上 QS111、QS112、QF11、QS113、QS211、QF21、QF20、QS213、QS214、QS222，把主回路的电能送到 10kV 母线上（注意：要把本线路不用的电流互感器二次侧接线端子短接）。通过电脑上的力控软件进入"THSPCG-2 工厂供电综合自动化实训系统监控软件"，单击"VQC 管理"，进入"电压/无功综合控制设定"界面，记录此时 10kV 母线电压值和功率因数于表 3-25 中。

② 给 10kV 母线电压值带上负荷，依次记录合上 QF23、QF24、QF25 时母线电压值和功率因数于表 3-25 中。

③ 单击"改变分接头控制方式"选择"远动"位置，再单击进入"电压/无功综合控制投入"界面，然后根据电压的降低情况，按"升压"键来提高母线处电压，记录升高后的电压值和功率因数于表 3-25 中。

表 3-25　电压调整结果

序号	项目	电压值/V	功率因数
1	负荷投入前		
2	合上 QF23		
3	再合上 QF24		
4	再合上 QF25		
5	升压−5％处		
6	升压−10％处		

四、电压/无功集成控制实训

① 按照正确顺序启动实训装置：依次合上实训控制柜上的"总电源"、"控制电源Ⅰ"和实训控制屏上的"控制电源Ⅱ"、"进线电源"开关。把无功补偿方式的凸轮开关拨至"停"位置。然后依次合上 QS111、QS112、QF11、QS113、QS211、QF21、QF20、QS213、QS214、QS222，把主回路的电能送到 10kV 母线上（注意：要把本线路不用的电流互感器二次侧接线端子短接）。

② 把"无功补偿方式"凸轮开关拨至"远动"位置。打开监控软件进入"VQC管理"，再单击进入"电压/无功综合控制设定"界面，单击"改变分接头控制方式"选择"远动"位置，再单击进入"电压/无功综合控制投入"界面（注意：打开监控软件前一定要连好通信线）。

③ 投入10kV母线上的所有负荷，即把QF23、QF24、QF25都合上，记录此时显示的电压、电流和功率因数的数值于表3-26中。单击电压/无功综合控制界面上电压上限数值显示处，在出现的数值输入键盘上输入420，同理单击电压下限、功率因数上限和功率因数下限等数值显示处，分别输入380，0.999，0.930等值。

④ 设定完成后，单击"电压/无功综合控制投入"进入"电压/无功综合控制投入"界面，按下右下角的"VQC投入"控键，进行电压/无功综合自动调节，观察变压器分接头和补偿电容组位置的变化。等自动调节稳定后，记录电压、电流和功率因数的数值于表3-26中。

⑤ 实验完后，单击"返回设定页"按钮，切换到"电压/无功综合控制设定"窗口，单击"改变分接头控制方式"选择"手动"位置。然后进行停电操作。

表 3-26　电压/无功集成控制结果

序号	项目	综合自动调节前	综合自动调节后
1	电压		
2	电流		
3	功率因数		

【知识拓展】　功率因数控制器操作说明

1. 切换操作

按"MODE"键，系统自动循环切换模式：自动—手动—设置。

按"＋"或者"－"键。

① 自动模式下按下：切换显示功率因数 $\cos\varphi$、电压值、电流值。

② 手动模式下按下：手动切或投。

③ 设置模式下按下：修改参数值。

④ 自检模式下按下：无效。

2. 参数设置

步骤1：按"MODE"切换模式到设置状态。

步骤2：按"－"进入设置模式。

步骤3：最大输出路数（OUTPUT）设置，在此界面下，按"＋"或"－"修改路数，修改完后按"MODE"进入下一个参数设置。

步骤4：投切延时参数设置，在此界面下，按"＋"或"－"修改延时参数，修改完后按"MODE"进入下一个参数设置。

步骤5：功率因数下限设置，在此界面下，按"＋"或"－"修改下限参数，修改完后按"MODE"进入下一个参数设置。

步骤6：电网电压过压设置，在此界面下，按"＋"或"－"修改过压参数，修改完后按"MODE"进入下一个参数设置。

步骤7：负荷欠流参数设置，在此界面下，按"＋"或"－"修改欠流参数，修改完后按"MODE"进入下一个参数设置。

步骤8：按"MODE"切换模式到自动状态，无功补偿控制器会自动保存所有参数设置。

3. 代码表（见表 3-27）

表 3-27　功率因数控制器代码表

设置项目	设置内容	设置范围	步长	出厂默认值	单位	显示
1	最大输出路数	1～12	1	12	—	OUTPUT
2	投切延时	1～120	1	1	s	DELAY
3	功率因数下限	0.85～0.99	0.01	0.95	—	滞后
4	过电压	420～460	10	440	V	过压
5	欠电流	0.10～0.90	0.01	0.20	A	欠流

【学习评价】

1. 分类整理"四遥"信息：电力系统运行参数的各类曲线、事件表。
2. 分析"四遥"在供电自动化的作用。
3. 分析负荷变化时，线路上功率数值和功率因数的变化。

学习情境四　冶金企业供配电系统

【学习目标】

［能力目标］

① 能熟练讲解冶金企业生产工艺过程；

② 能看懂冶金企业变电所模拟屏；

③ 会操作微机线路保护装置、整定其参数；

④ 会操作微机电动机保护装置、整定其参数；

⑤ 会操作智能无功自动补偿装置、整定其参数。

［知识目标］

① 了解冶金企业生产工艺过程；

② 了解冶金企业供配电系统的构成；

③ 掌握冶金企业变电所的构成、作用、常规配置和运行方式；

④ 熟悉倒闸操作的要求及步骤；

⑤ 掌握系统运行的几种方式及特点。

【任务描述】

在了解冶金企业生产工艺过程的基础上，掌握冶金企业变电所的构成、作用、常规配置和运行方式，熟悉其运行维护的简单操作。

【知识链接】

一、冶金企业供配电系统概述

1. 电能在冶金企业生产中的重要作用

电能是一种经过加工后的高级能源，具有清洁、高效、环保、易于控制和转换等显著优点，在冶金企业中得到广泛应用。电能可以直接作为能源进行生产，如电炉炼钢；也可以作为控制能源对生产进行控制，如高炉生产、焦炉生产；还可以转换为其他能量，为生产服务，如带动风机、水泵等。

现代企业的一切生产过程都是在电的作用下进行的。电是企业中的血液，没有它就无法进行生产。那么电能又是如何安全、经济地服务于冶金企业生产的呢？这就需要一个重要的环节，即供配电系统。

2. 冶金企业供配电系统的构成

供配电系统的布局是根据工业生产中用电负荷的要求而设置的。

冶金企业供配电系统的构成如图4-1所示。

3. 冶金企业供配电系统的特点

冶金企业供配电系统负荷集中、容量超大、电压等级高、用电级别高，多属于一级、二级负荷。采用多路供电方式，通常有自备发电厂，其中炼铁、炼钢生产是一级负荷，轧钢生产属于二级负荷（冲击性负荷）。

以太原钢铁公司为例，供电系统为新旧两个系统。旧系统为小电流经消弧线圈接地系

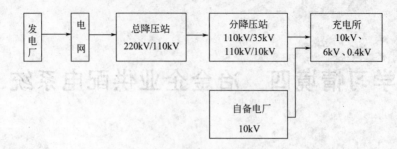

图 4-1　冶金企业供配电系统的构成

统，优点是在架空线路中发生单相接地时仍可以保证短时间（2h）供电，不会对生产产生影响，但同时要求供配电设备、设施、线路绝缘水平相应提高。新系统是采用大电流接地系统，特点是保护灵敏、整体安全运行水平高、系统装备水平高。

4. 总降压站、分降压站和变电所

太原钢铁公司有两个总降压站，旧系统 1 个，新系统 1 个。总降压站是企业的动力能源枢纽，电压等级高，进线 220kV、出线 110kV。旧系统有 4 台主变压器，总容量为 48×10^4kV·A（4×12×10^4kV·A）。新系统有 4 台主变压器，总容量为 72×10^4kV·A（4×18×10^4kV·A）。总降压站的功能是从电网吸取电能进行电压等级转换、负荷粗分配。它的特点是数量少、体积大、进线采用铁塔架空。主变压器是户外式。

新、旧系统分别有 8 个分降压站。每个分降压站有 4～5 台主变压器，容量为（3～6）×10^4kV·A 不等。电压等级为 110kV/10kV 或 110kV/35kV。分降压站的功能是从总降压站吸取电能进行电压转换、负荷再分配。分降压站的特点是数量较多，靠近负荷中心，输配线一般采用电缆沟和直埋电缆。

太原钢铁（简称太钢）公司总降压站新、旧系统各有近百个变电所，容量不等。电压等级有 35kV、10kV、6kV、3kV、0.4kV。变电所的功能是从分降压站或自备电厂吸取电能进行电压转换和负荷分配。它的特点是处于负荷中心，与用户联系紧密，参与用电负荷控制。变电所由高压配电室、若干面高压开关柜、低压配电室、若干面低压配电屏、变压器室、变压器、电缆沟、电缆隧道、电缆夹层、值班室、直流蓄电池组、直流控制屏、模拟屏、微机后台等构成。

二、炼铁厂供配电系统概述

1. 炼铁厂高炉生产工艺过程

用于炼钢和机械制造等行业的生铁绝大多数是由炼铁厂的高炉生产出来的。高炉冶炼的任务是把铁矿石冶炼成合格生铁并做到优质、高产、低耗和长寿。

高炉生产工艺过程是由一个高炉本体和五个辅助设备系统完成的。如图 4-2 所示。

（1）高炉本体

高炉本体包括炉基、炉壳、炉衬、冷却设备、炉顶装料设备等。高炉的内部空间称为炉型，自上而下分为炉喉、炉身、炉腰、炉腹、炉缸五段。整个冶炼过程是在高炉内完成的。

（2）上料系统

上料系统包括储矿槽、槽下筛分、称量、运料设备以及向炉顶供料设备。其任务是将高炉所需原燃料通过上料设备装入高炉内。

（3）送风系统

送风系统包括鼓风机、热风炉、冷风管道、热风管道、热风围管等。其任务是将鼓风机送来的冷风经热风炉预热以后送入高炉。

（4）煤气净化系统

　　煤气净化系统包括煤气导出管、上升管、下降管、重力除尘器、洗涤塔、文氏管、脱水器及高压阀组等，有的高炉用布袋除尘器进行干法除尘。其任务是将高炉冶炼所产生的荒煤气进行净化处理，以获得合格的气体燃料。

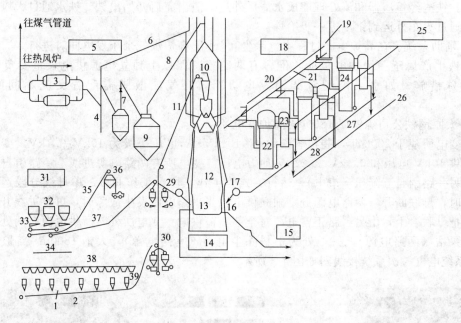

图 4-2　高炉本体和辅助设备系统

1—称量漏斗；2—漏矿皮带；3—电除尘器；4—闸式阀；5—煤气净化设备；6—净化煤气放散管；
7—文氏管煤气洗涤器；8—下降管；9—除尘器；10—炉顶装料设备；11—装料传送带；12—高炉；
13—渣口；14—高炉本体；15—出铁场；16—铁口；17—围管；18—热风炉设备；19—烟囱；
20—冷风管；21—烟道总管；22—蓄热室；23—燃烧室；24—混风总管；25—鼓风机；26—净煤气；
27—煤气总管；28—热风总管；29—焦炭称量漏斗；30—碎铁称量漏斗；31—装料设备；32—焦炭槽；
33—给料器；34—原料设备；35—粉焦输送带；36—粉焦槽；37—漏焦皮带；38—矿石槽；39—给料器

（5）渣铁处理系统

　　渣铁处理系统包括出铁场、炉前设备、渣铁运输设备、水力冲渣设备等。其任务是将炉内放出的渣、铁，按要求进行处理。

（6）喷吹燃料系统

　　喷吹燃料系统包括喷吹物的制备、运输和喷入设备等。其任务主要是按要求制备燃料并喷入炉内以取代部分焦炭。

　　高炉冶炼过程是一系列复杂的物理化学过程的总和。有炉料的挥发与分解，铁氧化物和其他物质的还原，生铁与炉渣的形成，燃料燃烧，炉料与煤气运动等。这些过程不是单独进行，而是在相互制约下数个过程同时进行的。基本过程是燃料在炉缸风口前燃烧形成的高温还原煤气向上运动时，与不断下降的炉料发生热交换和化学反应，其温度、数量和化学成分逐渐发生变化，最后从炉顶逸出炉外。而炉料则在高温还原煤气的加热和化学作用下，其物理形态和化学成分逐渐发生变化，最后在炉缸里形成液态渣铁，从渣铁口排出炉外。

　　总之，炼铁生产是以高炉为中心而展开的一系列化学冶炼活动，即把矿石、焦炭按比例输送到高炉冶炼成铁水的过程。主要环节如下。

　　① 准备过程。原料、矿石、焦炭经过筛粉、储存、输配后经主传送带输送到炉顶，再经过料罐、气密箱环节入炉。

②炉内冶炼。通过热风炉、煤气净化、制煤、喷煤、循环水冷却诸环节，将铁矿石冶炼成铁水。

③铁水输送。冶炼好的铁水，通过开口机、揭盖机、泥炮钻孔后，将铁口打开，先流出铁渣，铁渣经篦渣器和渣处理变成水渣后外运，渣出完后开始出铁。铁水通过大壕流入铁水罐，通过火车外运到钢厂进一步冶炼。

④辅助系统。在高炉生产过程中，除尘和TRT高炉煤气余压发电同时进行。

炼铁生产属于一级供电负荷，配置有两路或两路以上独立电源供电，重要负荷还需采取特殊措施。如水泵需配置柴油发电机组，煤气放散阀需配置交流不间断电源（EPS）。

2. 太原钢铁公司炼铁厂1800m³ 高炉变电所

该变电所建于2006年，装机容量约 4×10^4 kV·A，电压等级为10kV/0.4kV，变电所为生产提供10kV电压和0.4kV/0.22kV动力电压。变电所有两路电源进线，一路引自太钢发电厂，另一路引自五降压（市电）。运行方式为工作Ⅰ段、工作Ⅱ段、单母线分段运行。正常情况时，母联断开，两路电源分别独立供电。当一路电源发生故障时，可将进线开关断开后，再把母联合上，由另一路正常电源对全部负荷供电。变电所外转所供电源有两处，一处为联合泵站（两路电源），另一处为上料除尘电源（一路电源）。太钢1800m³ 高炉中控楼10kV系统电气一次系统接线图如图4-3所示。

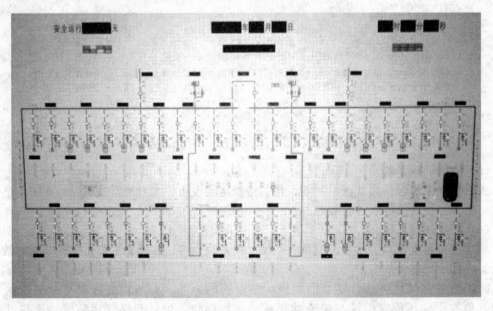

图4-3　太钢1800m³ 高炉中控楼10kV系统电气一次系统接线图

Ⅰ段母线上配置TRT发电机组出线柜。TRT发电机组为 1.2×10^4 kW，发电量约为8000～10000kW，可以满足高炉生产用电的80%。

Ⅰ、Ⅱ段母线将重要负荷按工作Ⅰ、Ⅱ配置原则，Ⅲ段母线是对 N_1 主传送带4台电机进行双电源配置，以提高 N_1 主传送带供电的可靠性。

高压柜49面，均为ABB公司生产的金属铠装中置式高压开关柜，型号为XZS-3.64，分三段母线排列。高压柜按功能分为进线柜（受电）、母联柜、母联插头柜、PT柜、变压器柜、电机柜、电容器柜、馈电柜八个类型，相应微机保护类型亦不同。

ABB型高压开关柜具有体积小、结构合理等特点，是国内具有先进水平的高压开关柜。背置母线全封闭、本质化、安全系数高。小车互换性好，具有手动、电机两种功能，可以满足不同状态下的工作要求。真空断路器 VD4 是具有世界先进水平的断路器，通断次数寿命达上万次。封闭式母线桥安全、整洁、D 型铜母线载流量大、散热通电截面大、力学性能强。Ⅲ段母线 ABB 型金属铠装中置式高压开关柜如图 4-4 所示。

图 4-4　Ⅲ段母线 ABB 型金属铠装中置式高压开关柜

该变电所共配置 12 台变压器。其中 2 台油浸式变压器，10 台干式变压器。干式变压器较油浸式变压器占地面积小、干净、维护工作量小，型号为 SG-2000kV·A-10/0.4kV 和 SG-630kV·A-10/0.4kV。12 台变压器中该变电所能供电控制 8 台变压器（其中 2 台本所使用，6 台为现场使用），另外 2 台变压器为水泵变电所供电控制，2 台变压器为上料除尘变电所供电控制。

23 面高压电机柜采用 10kV 直启控制方式，最大电机是出铁场 1♯风机的电机，功率为 1600kW。高压电机采用直启方式，具有控制简单、运行电流小、维护工作量少等优点，是国内新一代电机控制模式的应用代表。

Ⅱ段电容柜，配有 2000kvar 高压电力电容器，投用后功率因数 $\cos\varphi$ 达 0.92～0.95，有效改善了电网功率因数。

1♯进线柜由于 TRT 的缘故，选用国电南瑞保护装置——线路光纤纵差保护，型号为 RCS-9613。其余高压开关柜的保护选用珠海优特公司微机综保 UT-99XX 系列。该保护可以针对不同类型的负荷设置相应合理保护，及时记录各类事故和操作保护动作状况。微机综保采用 RS-485 通信接口，与模拟屏、微机后台实时监控、实时通信、数据传输变换、功能齐全、强大，服务完善。五防模拟屏美观大方，功能齐全，可以实现模拟屏操作、后台操作。微机后台如图 4-5 所示。

三、炼钢厂供配电系统概述

1. 炼钢厂转炉炼钢工艺与设备

氧气转炉炼钢法是当今国内外最主要的炼钢法。氧气转炉炼钢法按气体吹入炉内部位不同又可分为氧气顶吹炼钢法、氧气底吹转炉炼钢法、氧气侧吹转炉炼钢法、顶底复合吹炼钢法四种。顶底复合吹炼钢法是当前氧气转炉发展的主要方向。氧气转炉炼钢法的共同特点是设备简单，投资少，收效快，生产率高，热效率高，原料适应性强，适于自动化控制。其原料主要是铁水，以吹入气体（氧气）作氧化剂来氧化铁水中的元素及杂质，它不需要从外部引进热源，而是利用铁水中的碳、硅、锰、磷等元素氧化放热反应生成的化学热和铁水的物

图 4-5　太钢 1800m³ 高炉中控楼微机后台

理热作为热源完成炼钢过程。炉子可旋转 360°，转炉生产的钢种主要是低碳钢和部分低合金钢。氧气顶吹转炉（又称 LD）于 1952 年在奥地利的林茨（Linz）和多纳维茨（Donaw-iz）两地投入生产后，在世界各国得到了迅速发展。其原料主要是铁水（或半钢）并加入少量的废钢，以高纯度的氧气（99.95% 以上）通过水冷喷枪（俗称氧枪）以高压（405.2~1013kPa）喷入熔池上方，高速氧流穿入熔渣和金属，搅动金属液，在熔池中心形成个高温反应区。开始，氧气与金属的反应限于局部区域，随着 CO 气体的溢出而很快氧化铁水的 C、Si、Mn。氧化放热生成的化学热和铁水带入的物理热，足以为炼钢造渣去 P、S 等杂质和出钢所需温度提供热源，一般不需外来燃料，并且加入废钢或矿石等冷却剂来降温。在设备上逐渐趋向大型化、自动化，解决了除尘问题并发展综合利用等。冶炼品种多、质量高。我国钢产量的 80% 以上是氧气转炉生产的。图 4-6 所示为现代化转炉炼钢厂工艺流程图。

转炉炼钢的设备根据其在炼钢生产中的地位，分为主体设备与辅助设备两类。主体设备分别是转炉炉体设备、倾动机构、氧枪、升降装置、更换装置、副枪装置、供氧供氮及供气设备、副吹设备、辅原料加料设备、烟气净化与回收设备等，辅助设备分别为原料运输设备、二次除尘、水处理设备等。

2. 炼钢厂电炉炼钢工艺

电炉炼钢是将炭极棒直接通入加满废钢的电炉内，通过短路产生电弧对废钢进行加热冶炼的工艺过程，也是电能直接应用冶炼的过程。特点是冶炼温度高，温度可达 4000~5000℃，冶炼时间短，容易控制，可以冶炼高质量的电炉钢。

电炉炼钢分引弧和精炼两个过程。引弧是将电源投用，同时电抗器也投用，其目的是限制短路电流的上升速度。引弧结束后进入精炼阶段，此时把电抗器短接推出，通过计算机进行控制，不断调节变压器二次电压的大小，达到控制电炉温度目的，完成钢水冶炼。

3. 太原钢铁公司第三炼钢厂电炉变电所

该变电所是专门为 90t 电炉炼钢提供电能的特殊变电所，电炉炼钢的控制和其他附属电能由其他变电所提供。该变电所是无人变电所，属于二级负荷，由一路电源供电，变压器是专用电炉变压器，能承载较大短路电流，变压器容量为 9×10^4 kV·A，一次电压 35kV，二次电压 460~1000V，分 19 挡控制。变电所配有三台单相电抗器，一次和二次电缆截面积为 400mm²，为独芯铜电缆。电炉炼钢由现场操作室控制。太钢第三炼钢厂电炉变电所 35kV 系统电气一次系统接线图如图 4-7 所示，电炉变电所单相电抗器如图 4-8 所示。

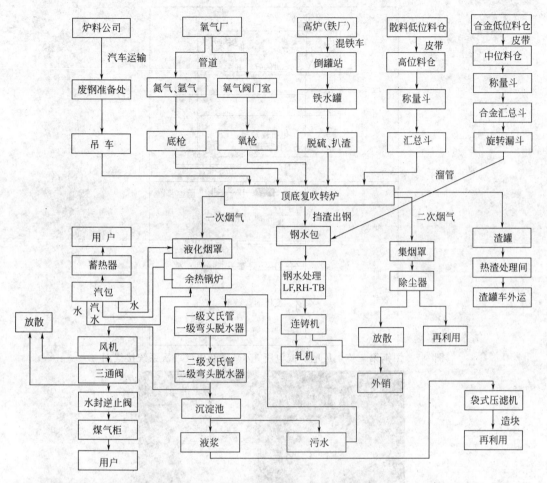

图 4-6 现代化转炉炼钢厂工艺流程图

高压室高压开关柜是 ABB 公司生产的固定分割式高压开关柜，由进线柜、连接柜和出线柜组成。如图 4-9 所示。

进线柜的作用是将外部电源引入后，接通或断开变压器。上部设有接地开关，方便电源线路检修时使用。由于本负荷属于单变压器控制，故只设真空开关，不设隔离刀闸。

连接柜的作用是配合出线柜对电抗器进行投入和退出的切换，达到电炉引弧和精炼的转换。

引弧时，出线开关处于断开位置，进线开关合上时电抗器直接投用，在引弧阶段达到限制电流上升率的效果。进入精炼阶段时，出线柜中电抗器短接开关投用，电抗器短接。

变压器分接头开关由现场微机控制，自动进行分接运行，开关共分 19 挡，二次电压可调范围为 460～1000V。变压器一次侧装设阻容吸收装置的目的是防止过电压产生；变压器一次侧装设隔离刀闸和接地刀闸是方便检修时有一个明显断开点，保证检修安全；变压器一次侧装设避雷器是防止雷雨天气过电压对变压器造成损坏。

四、轧钢厂供配电系统概述

1. 轧钢厂轧钢工艺流程

轧钢厂是将从炼钢厂运来的运铸坯，送到煤气加热炉，经加热后运送到轧制生产线进行轧制的过程。分为粗轧、精轧、剪切、取卷等诸多环节。在轧制过程中，多辊轧机是轧制手段。轧辊由主轧机电机驱动，是将电能变为机械能服务生产的过程。

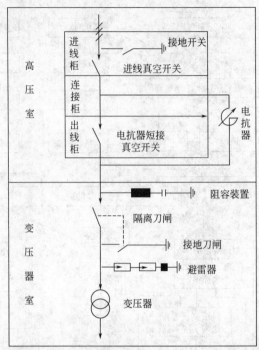

图 4-7　太钢第三炼钢厂电炉变电所 35kV 系统电气一次系统接线图

图 4-8　电炉变电所单相电抗器

2. 太原钢铁公司第二热轧厂变电所

该变电所由太钢电力厂专用降压站提供电源，总容量为 27×10^4 kV·A。变电所有三台主变压器，每台变压器容量为 9×10^4 kV·A，一次电压 110kV，二次电压 35kV。变电所有三路电源进线，工作方式为工作Ⅰ、工作Ⅱ，另一路备用，主要负荷有 35 kV 电机、10 kV 电机，容量都在 1×10^4 kW 左右。该变电所下部设有四个 10 kV 变电所（无人变电所），与炼铁变电所相似。该变电所 35kV 高压开关柜采用西门子高压开关柜，开关选用真空断路器，隔离刀闸采用六氟化硫气体保护。变电所 35kV、10kV 供电系统模拟屏如图 4-10 所示，变电所 35kV 高压开关柜如图 4-11 所示，采用六氟化硫气体保护的隔离刀闸如图 4-12 所示。

变电所具有以下特点：系统庞大，容量超大，负荷电压等级高，35kV 电动机容量大，制造工艺要求高，用电负荷一般为直流电机和交流变频电机，对电网波形影响较大，轧机电机控制精度高，属于冲击性负荷，电源由专用降压站供电。

图 4-9　太钢第三炼钢厂电炉变电所高压室高压开关柜

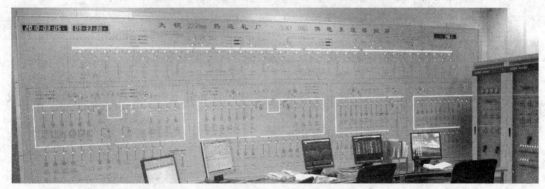

图 4-10　变电所 35kV、10kV 供电系统模拟屏

图 4-11　变电所 35kV 高压开关柜

图 4-12　采用六氟化硫气体保护的隔离刀闸

【任务实施】　冶金企业供配电系统运行与维护

一、分析与处理电力线路故障（以电缆为例）

教学目的：

① 传授电力电缆查找故障常规知识；

② 传授和培训学生制作电缆头的能力。

步骤：

① 要领为先查接头、中间头、三叉口、单根故障点；

② 用仪器查找（脉冲发生器）；

③ 办理工作票；

④ 确认故障电缆；

⑤ 处理故障电缆，制作耐压电缆头；

⑥ 耐压试验合格后送电。

二、高压开关柜小车更换与调试（以 KYN-28 型高压开关柜为例）

教学目的：

① 熟练掌握此项工作基本程序、工作内容和工具的使用，加深对高压柜主回路电气设备的理解认识；

② 培养学生对高压开关柜小车的更换技能、开关试验调试技能和方法步骤掌握程度。

步骤：

① 准备工作，将准备更换的同类小车做耐压试验后送至现场；

② 向有关领导提出实施本项工作的申请，待批准后进行；

③ 找工作票签发人办理第一种工作票；

④ 到变电所找当班变电值班员办理工作许可手续；

⑤ 变电所值班人员向用户或厂调度提出申请，允许后，将该设备减负荷停电，并作登记；

⑥ 由变电值班人员填写倒闸操作票，并经过审核、核对、分别签字后到模拟屏上预演操作，进行实际停电操作；

⑦ 变电值班人员做停电、验电、装设接地线、悬挂标示牌、装设遮栏等项工作；

⑧ 变电值班人员和工作负责人到现场确认工作安全措施完善后，在工作票上分别签字，工作人员进入现场开始工作；

⑨ 进行更换小车作业，对小车进退做 3 次试验正常后结束；

⑩ 对一次回路、二次操作回路做传动试验、同期性试验；

⑪上述试验完毕后一切正常情况下，工作负责人和工作许可人在工作票上分别签字，办理工作票终结手续，工作结束。

三、高压开关柜高压电流互感器的更换

教学目的：

① 熟练掌握此项工作基本程序、工作内容和工具的使用，加深对高压柜主回路电气设备的理解认识；

② 理解和认识高压电流互感器的功能、参数、用途及操作要求。

步骤：

① 准备工作，将型号相同、变化相同的高压电流互感器 1～2 个在做了耐压试验和极性试验后运送到现场；

② 向有关领导提出实施本项工作的申请，待批准后进行；

③ 找工作票签发人办理第一种工作票；

④ 到变电所找当班变电值班员办理工作许可手续；

⑤ 变电所值班人员向用户或厂调度提出申请，允许后，将该设备减负荷停电，并作登记；

⑥ 由变电值班人员填写倒闸操作票，并经过审核、核对、分别签字后到模拟屏上预演操作，进行实际停电操作；

⑦ 变电值班人员做停电、验电、装设接地线、悬挂标示牌、装设遮栏等项工作；

⑧ 变电值班人员和工作负责人到现场确认工作安全措施完善后，在工作票上分别签字，工作人员进入现场开始工作；

⑨ 更换高压电流互感器，先拆旧的，再固定新的，进行接线和接地；

⑩ 试送电后检查电流互感器、电流表、电度表工作情况是否正常；

⑪ 上述试验完毕后一切正常情况下，工作负责人和工作许可人在工作票上分别签字，办理工作票终结手续，工作结束。

四、检查处理控制回路故障

教学目的：

① 了解该项工作的程序、基本原则和方法步骤；

② 培养学生分析判断电气故障的能力，考查学生对电气专业知识如电气识图、测量部分、合闸回路、防跳功能、自动重合闸、备用电源自动投入装置、电气联锁互锁、保护回路及直流电源蓄电池等相关知识的理解认识掌握程度。

步骤：

① 根据工作需要办理第一种工作票或第二种工作票；

② 向有关领导提出实施本项工作的申请，待批准后进行；

③ 找工作票签发人办理第一种工作票；

④ 到变电所找当班变电值班员办理工作许可手续；

⑤ 变电所值班人员向用户或厂调度提出申请，允许后，将该设备减负荷停电，并作登记；

⑥ 由变电值班人员填写倒闸操作票，并经过审核、核对、分别签字后到模拟屏上预演操作，进行实际停电操作；

⑦ 变电值班人员做停电、验电、装设接地线、悬挂标示牌、装设遮栏等项工作；

⑧ 变电值班人员和工作负责人到现场确认工作安全措施完善后，在工作票上分别签字，工作人员进入现场开始工作；

⑨ 查找故障，排除故障（更换元件）；

⑩ 做操作回路传动试验，合格后工作结束。

五、变电所值班人员日常工作和设备点检内容

教学目的：传授变电值班工应知应会知识及相关专业知识。

1. 变电所值班人员应了解相关知识

① 变电所高压系统运行方式：双电源分别供电，单母线分段运行；一个电源工作一个电源备用，母联投用，单母线不分段。

② 运行电流，现实总进线电流和各回路电流数值2h一记录，分析该电流，说明该设备工作状态是否正常，若不正常进行汇报处置。

③ 运行电压是否在正常范围，国家对电网电压正常运行规定是多少。

④ 根据功率因数值决定是否投用高压电容补偿柜。

⑤ 抄表：电流表、电压表、电度表、复费率表、结算表。

⑥ 根据需要进行倒闸操作、停送电联系和工作票许可。

2. 当班变电工对管辖设备巡回点检内容

① 高压开关柜：用测温枪（红外线）检查开关、断路器、母线连接处温度。

② 高压开关柜：观察进线柜电流、各负荷柜电流、母线 PT 柜电压数值、三相是否平衡、误差值是否在正常范围。

③ 高压电容器：声音是否正常、电流和电压值是否正常。

④ 高压室：电缆夹层隧道、电缆沟是否积水，电缆桥架是否锈蚀脱落。

⑤ 高压电缆三叉口有无放电，感温电缆是否正常，室内消防器材是否充足完备且在工作适用期。

⑥ 变压器：变压器室照明是否正常，变压器室是否漏雨或进水，变压器器身是否有渗漏现象，变压器温度、变压器声音是否正常均匀，各接点用红外线测温枪进行测试有无过热放电现象，变压器器身温度上下之差如何，呼吸器、干燥剂是否正常，有无受潮，变压器油色油位是否正常，变压器接地线是否符合标准。

六、检修后变压器的投用

教学目的：

① 熟练掌握此项工作基本程序、工作内容和工具的使用，加深对变压器投用知识的理解认识；

② 掌握变压器工作原理、制作原理。

步骤（投运前的检查）：

① 做耐压试验或用高压摇表进行绝缘测量，绝缘应合格；

② 检查变压器安装状况，器身牢固，接地接零，保护完善合格，油色油位正常，倾斜度符合要求，瓦斯继电器、分接头开关应在适合位置；

③ 在运输到现场安装静止 24h 以后才可投用；

④ 变压器附件、呼吸器、防爆筒、地脚一切正常；

⑤ 在上述检查一切符合条件下，进行变压器冲击试验 3～5 次；

⑥ 在投用空载运行 24h 后带负载。

七、调整变压器分接头开关

教学目的：

① 熟练掌握此项工作基本程序、工作内容和工具的使用，加深对变压器工作原理、铭牌数据的理解认识；

② 了解绕组极性、接线组别、空载电流、空载损耗、阻抗电压的物理意义；

③ 检查学生对三相四线制供电，线电流、相电流、线电压、相电压超前滞后关系的理解掌握程度。

步骤：

① 根据工作需要调整变压器分接头开关位置Ⅰ、Ⅱ、Ⅲ中之一；

② 向有关领导提出实施本项工作的申请，待批准后进行；

③ 找工作票签发人办理第一种工作票；

④ 到变电所找当班变电值班员办理工作许可手续；

⑤ 变电所值班人员向用户或厂调度提出申请，允许后，将该设备减负荷停电，并作登记；

⑥ 由变电值班人员填写倒闸操作票，并经过审核、核对、分别签字后到模拟屏上预演操作，进行实际停电操作；

⑦ 变电值班人员做停电、验电、装设接地线、悬挂标示牌、装设遮栏等项工作；

⑧ 变电值班人员和工作负责人到现场确认工作安全措施完善后，在工作票上分别签字，工作人员进入现场开始工作；

⑨ 调整分接头开关挡位；

⑩ 用电桥测量变压器三相绕组电阻值；

⑪ 用高压摇表测量高压电缆绝缘值；

⑫ 合格后送电，终结工作。

八、两台变压器并联运行

教学目的：

① 了解学生对变压器工作原理、电工矢量图、接线组别的掌握程度；

② 了解线圈极性连接方式；

③ 了解变压器并联运行环流的产生和计算。

步骤：

① 审查两台变压器能否并联运行，为什么要并联运行。

并联运行三个条件为电压相同，容量符合要求；接线组别相同；阻抗电压值相同。

② 测量两台变压器参数。阻抗电压、空载电流、铜损、铁损计算。

九、根据负荷要求选择配电装置和控制方式

一台风机功率为95kW，要求集中和机停两种控制方式，设计控制原理图和选择相应器件材料，包括电缆和埋设方式。

教学目的：

① 掌握负荷计算的方法和步骤；

② 掌握控制方式、电机、开关、接触器、电缆的选择；

③ 了解低压电器的相关参数，设计相关保护；

④ 掌握接地线选择。

步骤：

① 负荷计算，选电机、开关、电缆、接触器；

② 设计控制原理图，接地方式；

③ 复核校验。

十、低压控制回路故障处理

教学目的：

① 检查学生对常用工具（万用表、摇表、验电笔）的使用熟练程度；

② 培养学生分析排除故障的能力。

步骤：

① 停电、做措施、办票；

② 分析故障，用万用表、校线器、低压摇表、低压验电笔做检查；

③ 分段拆解，确认故障。

十一、负荷不停电、倒电

教学目的：

① 了解和掌握并倒基本程序、目的和意义；

② 熟悉填写倒闸操作票，先断负荷侧刀闸，后断母线侧刀闸，送电相反。

步骤：

① 申请并倒；

② 填票操作；

③ 实际操作。

十二、设计一个用电负荷的线路

教学目的：传授电力线路设计施工一般知识要领。

步骤：

① 计算负荷、勘查地形、选择输电方式；
② 选择输电路径，选择电缆或架空线型号规格；
③ 制定施工方案，埋设要求标志设立。

【知识拓展】 高炉冶炼产品及用途

高炉生产的产品是生铁，副产品有炉渣和煤气及煤气带出的炉尘。

1. 生铁

生铁也可分为普通生铁和合金生铁，前者包括炼钢生铁和铸造生铁，后者主要是锰铁和硅铁。普通生铁占高炉冶炼产品的 98% 以上。

生铁是含碳量大于 2% 的铁碳合金，工业生铁含碳量一般为 2.5% ~ 6.67%，并含有硅、锰、硫、磷等元素。这些元素对生铁的性能均有一定的影响。

碳（C）：在生铁中以两种形态存在，一种是游离碳（石墨），主要存在于铸造生铁中，另一种是化合碳（碳化铁），主要存在于炼钢生铁中，碳化铁硬而脆，塑性低，含量适当可提高生铁的强度和硬度，含量过多，则使生铁难于切削加工。石墨很软，强度低，它的存在能增加生铁的铸造性能。

硅（Si）：能促使生铁中所含的碳分离为石墨状，能去氧，还能减少铸件的气眼，能提高熔化生铁的流动性，降低铸件的收缩量，但含硅过多，也会使生铁变硬变脆。

锰（Mn）：能溶于铁素体和渗碳体。在高炉炼制生铁时，含锰量适当，可提高生铁的铸造性能和切削性能。

磷（P）：属于有害元素，但磷可使铁水的流动性增加，这是因为硫减低了生铁熔点，所以在有的制品内往往含磷量较高。然而磷的存在又使铁增加硬脆性，优良的生铁含磷量应少，有时为了要增加流动性，含磷量可达 1.2%。

硫（S）：在生铁中是有害元素，它促使铁与碳的结合，使铁硬脆，并与铁化合成低熔点的硫化铁，使生铁产生热脆性和减低铁液的流动性，固含硫高的生铁不适于铸造。

生铁质硬而脆，几乎没有塑性变形能力，因此不能通过锻造、轧制、拉拔等方法加工成形。

（1）炼钢生铁

炼钢生铁的碳主要以碳化铁的形态存在，这种生铁性能坚硬而脆，几乎没有塑性，是炼钢的主要原料，表 4-1 列出了炼钢生铁标准。

表 4-1　炼钢用生铁牌号及化学成分（YB/T5296—2006）

铁　种			炼钢用生铁		
铁　号	牌号		炼 04	炼 08	炼 10
	代号		L04	L08	L10
化学成分/%	C		≥3.50		
	Si		≤0.45	<0.45~0.85	<0.85~1.25
	Mn	一组	≤0.40		
		二组	>0.40~1.00		
		三组	>1.00~2.00		
	P	特级	≤0.100		
		一级	>0.100~0.150		
		二级	>0.150~0.250		
		三级	>0.250~0.400		
	S	特类	≤0.020		
		一类	>0.020~0.030		
		二类	>0.030~0.050		
		三类	>0.050~0.070		

（2）铸造生铁

铸造生铁中的碳以片状的石墨形态存在，它的断口为灰色，通常又叫灰口铁。由于石墨质软，具有润滑作用，因而铸造生铁具有良好的切削、耐磨和铸造性能。但它的抗拉强度不够，故不能锻轧，只能用于制造各种铸件，如铸造各种机床床座、铁管等。表 4-2 列出了铸造生铁标准。

表 4-2　铸造用生铁牌号及化学成分（GB/T 718—2005）

	牌号	Z14	Z18	Z22	Z26	Z30	Z34
化学成分（质量分数）/%	C			>3.30			
	Si	≥1.25~1.6	>1.6~2.0	>2.0~2.4	>2.4~2.8	>2.8~3.2	>3.2~3.6
	Mn 1组			≤0.50			
	Mn 2组			>0.50~0.90			
	Mn 3组			>0.90~1.30			
	P 1级			≤0.060			
	P 2级			>0.060~0.100			
	P 3级			>0.100~0.200			
	P 4级			>0.200~0.400			
	P 5级			>0.400~0.900			
	S 1类			≤0.030			
	S 2类			≤0.040			
	S 3类			≤0.050			

（3）铁合金

高炉可生产品位较低的硅铁、锰铁等。合金生铁能够用于炼钢脱氧和合金化或其他特殊用途。

2. 高炉炉渣

高炉炉渣是高炉炼铁产生的一种副产品，它的主要成分为 CaO、SiO_2、MgO、Al_2O_3 等。一般将其冲制成水渣，作水泥原料，还可制成渣棉作隔音、保温材料等。

3. 高炉煤气

高炉煤气为炼铁过程中产生的副产品，主要成分为 CO、CO_2、N_2、H_2，其中可燃成分约占 25% 左右，热值为 3000~3500kJ/m³。作为气体燃料，经除尘后可用于烧热用炉、烟气炉等。

4. 炉尘

炉尘是随高炉煤气逸出的细粒炉料，经除尘处理与煤气分离。炉尘含铁、碳、氧化钙等有用物质，可作为烧结的原料，每吨铁产炉尘为 10~100kg，炉尘随着原料条件的改善而减少。

【学习评价】

1. 试述冶金企业供配电系统的构成。
2. 冶金企业供配电系统的特点是什么？
3. 总降压站、分降压站、变电所的功能和特点分别是什么？
4. 简述炼铁厂生产工艺流程。
5. 简述炼钢厂转炉炼钢工艺与基本原理。
6. 如何调整变压器分接头开关？
7. 如何更换与调试高压开关柜小车？

学习情境五　炼油企业供配电系统

【学习目标】

[能力目标]
① 能熟练讲解炼油企业催化裂化工艺流程；
② 能看懂炼油企业变电所模拟屏；
③ 会操作微机线路保护装置、整定其参数；
④ 会操作微机电动机保护装置、整定其参数；
⑤ 会操作智能无功自动补偿装置、整定其参数。

[知识目标]
① 了解炼油企业生产工艺过程；
② 了解炼油企业供配电系统的构成；
③ 掌握炼油企业变电所的构成、作用、常规配置和运行方式；
④ 掌握炼油企业电气设备检修规程和电气事故处理规程；
⑤ 熟悉倒闸操作的要求及步骤；
⑥ 掌握电力系统运行的几种方式及特点。

【任务描述】

在了解炼油企业生产工艺过程的基础上，掌握炼油企业供配电系统的构成、作用、常规配置和运行方式，熟悉其运行维护的简单操作。

【知识链接】

一、炼油企业供配电系统概述

1. 电能在炼油企业生产中的重要作用

电能是现代人们生产和生活的重要能源。电能既易于由其他形式的能量转换而来，又易于转换为其他形式的能量以供应用。电能的输送和分配既简单经济，又易于控制、调节和测量。电能实现了炼油企业生产过程的自动化。炼油企业的原油和成品油从油罐中输入输出，离不开电机驱动油泵来完成。原油加工更离不开电能的供应和分配。因此，电能在炼油企业生产中得到了广泛应用。

炼油企业生产供电，就是指炼油企业所需电能的供应和分配问题。炼油企业所需要的电能，绝大多数是由公共电力系统供给的。那么电能又是如何安全、经济地服务于炼油企业生产的呢？这就有必要学习和掌握炼油企业供配电系统的基本知识。

2. 炼油企业供配电系统的构成

如前所述，供配电系统的布局是根据工业生产中用电负荷的要求而设置的，炼油企业也不例外。下面以锦州石化公司炼油厂供配电系统为例加以说明。

锦州石化公司炼油厂供配电系统的构成及分布情况如图5-1所示。

3. 炼油企业供配电系统的特点

炼油企业供配电系统负荷集中，容量较大，电压等级不算高，用电级别高，易燃易爆，

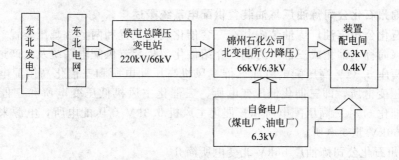

(a)供配电系统的构成

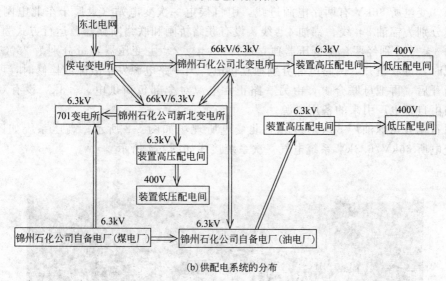

(b)供配电系统的分布

图 5-1 锦州石化公司炼油厂供配电系统的构成与分布图

高温高压，多属于一级负荷，常采用多路供配电方式，同时配有自备发电厂。

锦州石化公司炼油厂供电系统为小电流经消弧线圈接地系统，优点是在供电系统线路中发生单相接地时仍可以保证短时间（2h）供电，不会对生产产生影响，但同时要求供配电设备、设施、线路绝缘水平相应提高。

4. 锦州石化公司炼油厂及供配电系统概况

锦州石化公司是世界 500 强企业，是中国石油天然气集团公司的直属企业，属于国有特大型企业。以天然原油加工优质高档车用燃料油，以轻油液化气为原料生产芳烃、溶剂油、异丙醇、环丁砜、偏三甲苯、顺丁橡胶、聚丙烯及各种润滑油添加剂产品为主。以渣油深加工生产石油焦、针状焦、煅烧焦等油头化尾、深度加工、综合利用的优化生产格局为辅。目前有生产装置五十余套，具有可靠的供配电系统和完善的供配电管理制度。

锦州石化公司炼油厂供配电系统网络庞大，有两座 66kV/6.3kV 变电所，53 座 6.3kV 高压配电所和 229 座 6.3kV/0.4kV 低压变电所。另有两个自备电厂：一个是油电厂，以烧油为燃料发电；另一个是煤电厂，以烧煤为原料发电。每个电厂发电量分别为 60000kW。电压为 6.3kV，经升压变压器升压到 35kV 后输送到油电厂和 701 变电所，然后再降到 6.3kV。如果公共电网停电，可以满足炼油厂 60% 的一级、二级负荷用电。由于煤燃料比油燃料价格低，所以近年来主要以煤电厂发电为主。

二、锦州石化公司炼油厂炼油装置供配电系统概述

锦州石化公司炼油厂炼油装置共有三套催化裂化装置和两套常减压装置。以第三套催化裂化装置（简称三催化或三催）为例，介绍催化裂化装置供配电系统及生产过程。三催化裂化装置有两座 6.3kV 高压配电所即三催主风机高压配电所和三催化高压配电所；还有三座 0.4kV 低压变电所，即三催化低压变电所、三催化主风机低压变电所和三催化灌区低压变电所。三催化 6.3kV 高压配电所和三催化主风机 6.3kV 高压配电所，电源来自锦州石化公司炼油厂 66kV 北变电所。

1. 锦州石化公司炼油厂 66kV 北变电所简介

该变电所建于 1996 年，电压等级为 66kV/6.3kV，变电所为炼油生产装置提供 6.3kV 动力电压。变电所 66kV 有两路电源进线，引自侯屯一次变电站（隶属于东北电网）。两条电源进线分别为锦油 3#线、锦油 4#线，设有联络桥闸和联络断路器。运行方式为锦油 3#线、锦油 4#线分别经两台主变压器独立运行。1#、2#主变压器容量分别为 25000kV·A。正常情况时，母联断开，两路电源分别独立供电。当一路电源发生故障或检修时，可将进线断路器断开后，再把母联合上，由另一路正常电源对全部负荷供电。6.3kV 设有双母线分段和两条由自备电厂引来的备用电源。

锦州石化公司炼油厂 66kV/6.3kV 北变电所现场如图 5-2 所示；高压系统如图 5-3 所示；北变电所 66kV/6.3kV 系统电气一次系统接线如图 5-4 所示。

图 5-2　锦州石化公司炼油厂 66kV/6.3kV 北变电所现场图

2. 锦州石化公司炼油厂三催主风机 6.3kV 高压配电所概况

催化裂化装置是锦州石化公司炼油厂重要炼油装置。在炼油过程中，需要主风机将空气加压后（称为主风）供给再生器烧焦。三催主风机 6.3kV 高压配电所就担负着给主风机（主电动机）供电的任务。电源来自北变电所。其供电回路和负荷情况如图 5-5 所示。正常情况，三台主电动机中只有 6300kW 这台电机投入运行，两台 4500kW 为备用电动机。

3. 锦州石化公司炼油厂三催化 6.3kV 高压配电所概况

三催化 6.3kV 高压配电所，电源也是来自于北变电所，采用单母线分段接线。其供配电回路及负荷情况如图 5-6 所示。图中，B-101、P-1501A 等符号是车间设备编号标记。

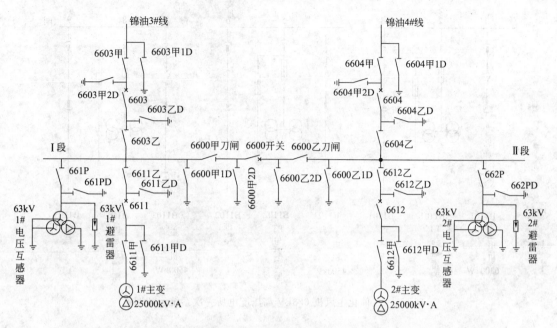

图 5-3　锦州石化公司炼油厂北变电所高压系统图

图 5-4　锦州石化公司炼油厂北变电所 66kV/6.3kV 系统电气一次系统接线图

三、锦州石化公司炼油厂三催化装置供配电系统继电保护整定值

三催主风机供配电系统继电保护整定值见表 5-1。

三催化装置供配电系统继电保护整定值见表 5-2。

四、催化裂化装置简介

催化裂化是在热裂化工艺上发展起来的，是提高原油加工深度，生产优质汽油、柴油最重要的工艺操作。原料主要是原油蒸馏或其他炼油装置的 350～540℃ 馏分的重质油，催化裂化工艺主要由原料油催化裂化、催化剂再生、产物分离等部分组成。催化裂化所得的产物

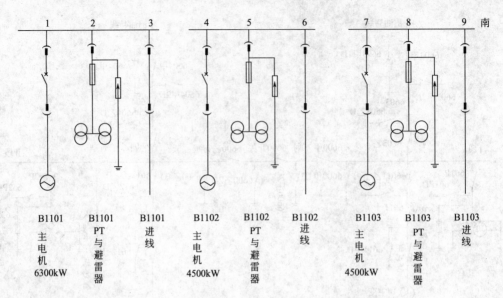

图 5-5　三催化主风机 6.3kV 高压配电所一次系统示意图

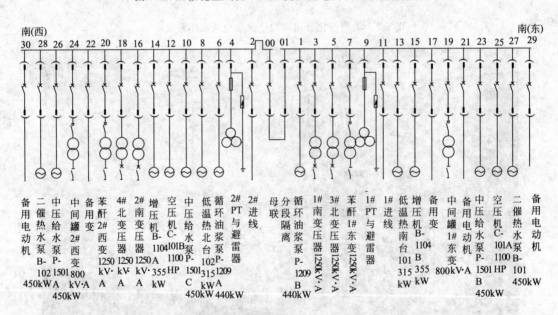

图 5-6　三催化 6.3kV 高压配电所一次系统示意图

经分馏后可得到气体、汽油、柴油和重质馏分油,有部分油返回反应器继续加工称为回炼油。催化裂化操作条件的改变或原料波动,可使产品组成波动。

表 5-1　三催主风机供配电系统继电保护整定值

回路名称	综保型号	CT 变比	实际整定值	计算整定值
B1101 主风机	MicomP141 +P122	1000/5	① 差动保护:磁平衡式纵差保护 　　二次电流:0.5A ② 过流:5A $T=5$s 　　($T=30$s 启动闭锁) ③ 速断:30A ④ 零序电流:300mA	

续表

回路名称	综保型号	CT 变比	实际整定值	计算整定值
B1102、B1103 备用主风机	MicomP141 ＋P122	800/5	① 差动保护:磁平衡式纵差保护 　 二次电流:0.5A ② 过流:4A $T=5$s ③ 速断:27A ④ 零序电流:300mA	
PT 柜			低电压:30V $T=9$s	

表 5-2　三催化装置供配电系统继电保护整定值

回路名称	综保型号	CT 变比	实际整定值	计算整定值
1＃、2＃进线	MicomP141	1000/5	① 过流:9A $T=1$s ② BZT 低电压:25V $T=1.6$s 电压监察:70V	
母联柜	MicomP141	1000/5	速断:26A	
PT 柜	MicomP921		① 低电压:50V ② 绝缘监察:15V ③ 甩负荷时限: $T_1=1.2$s 甩 8 台油泵 $T_2=5$s 甩 2 台增压机	
1＃、2＃、3＃、4＃变压器	MicomP127	200/5	① 过流:9A $T=0.5$s ② 速断:87A ③ 接地(600/5):4.5A 1.1 倍启动	
中所罐 1＃、2＃变压器	MicomP127	150/5	① 过流:7A $T=0.5$s ② 速断:80A ③ 接地(500/5):3A	
苯酐 1＃、2＃变压器	MicomP127	200/5	① 过流:9A $T=0.5$s ② 速断:60A ③ 接地(600/5):4.5A 1.1 倍启动	
P-1209A、 P-1209B 油浆泵	MicomP122	100/5	① 过流:4A 2 倍 $T=18.75$s ② 速断:32A ③ 接地:5A	
B-1104A 增压机	MicomP123	100/5	① 过流:3A 2 倍 $T=27.4$s ② 速断:30A ③ 接地:5A	
B-1104B 增压机	MicomP123	100/5	① 过流:3A 2 倍 $T=19.48$s ② 速断:24A ③ 接地:5A	
C-101A、C-101B 空压机	MicomP122	150/5	① 过流:4A 2 倍 $T=24$s ② 速断:36A ③ 接地:5A	
P-1501A、 P-1501B、 P-1501C 给水泵	MicomP123	100/5	① 过流:4A 2 倍 $T=18.5$s ② 速断:32A ③ 接地:5A	
B-101、B-102 低温热南、北台	MicomP123	100/5	① 过流:3A 2 倍 $T=20$s ② 速断:30A ③ 接地:5A	
B-101、B-102 二催热水泵	MicomP123	100/5	① 过流:4A 2 倍 $T=18.5$s ② 速断:32A ③ 接地:5A	

1. 催化裂化装置的组成

催化裂化装置一般包括反应再生、产品分馏及原料油预热、吸收稳定和液化气精制（脱硫系统）四部分。

① 反应再生部分 反应再生系统是催化裂化装置中重要组成部分，也是装置的核心。就反应与再生形式而言，目前有同高并列式的床层反应、高低并列式和同轴式提升管反应；催化剂再生有常规再生、旋转床再生、两段再生和快速床烧焦罐再生。任务是使原料油通过反应器或提升管，与催化剂接触反应变成反应产物。反应产物送至分馏系统处理。反应过程中生成的焦炭沉积在催化剂上，催化剂不断进入再生器，用空气烧去焦炭，使催化剂得到再生，烧焦放出的热量，经再生催化剂转送至反应器或提升管，供反应时耗用。此外，反应再生系统还包括催化剂加料和卸料系统，原料油预热所用的加热炉以及供再生烧焦所用空气的主风机组。

② 分馏系统 任务是把反应产物——油气混合物进行冷却，分成各种产品，并使产品的主要性质合乎规定的质量标准。分流后，还有一部分没有反应完的重质馏分回炼油和油浆再返回反应器重新裂化，也可以将油浆作为产品而不回炼。分流塔顶分出的粗汽油和气体（富气）都送至吸收稳定系统进一步处理。分馏系统主要有分馏塔、轻柴汽提塔、原料油缓冲罐、回炼油罐以及产品和中段循环回流的热回收系统（换热系统）组成。分馏塔是该系统的主要设备。

③ 吸收稳定系统 任务是加工来自分馏系统的粗汽油和富气，以分离出干气，并回收汽油和液化气。吸收稳定系统包括富气压缩机、吸收解析塔、再吸收塔、稳定塔和相应的冷换设备。

④ 脱硫系统 进行干气、液态烃、稳定汽油脱硫（醇）设施，也可称产品精制部分。

2. 催化裂化装置专用设备和特殊阀门

专用设备主要有：主风机、增压机、气压机、能量回收系统用的烟气轮机（烟机）、电动机组和旋风分离器等。特殊阀门有单动滑阀、双动滑阀、高温蝶阀、高温闸阀和塞阀。

① 主风机：将空气加压后供给再生器烧焦（一般为离心式和轴流式）。

② 烟气轮机：以具有一定压力的高温烟气推动烟机旋转，进而带动主风机，实现能量回收。

③ 气压机组：把分馏塔顶部出来的富气压缩送至吸收稳定系统。

④ 旋风分离器：再生烟气和反应油气从床层带出大量催化剂，必须采用高效率的回收设备加以回收，再送回床层。

3. 典型设备

① 机泵：离心泵，用于液体输送。

② 鼓风机：用于空气输送。

③ 控制阀：用于调节、控制。

④ 换热器：结构 U 形管、浮头式，用途换热器、冷却器、再沸器。

⑤ 塔类：分馏塔、轻柴汽提塔、吸收塔、解吸塔、再吸收塔、稳定塔。

五、催化裂化部分工艺流程说明

催化裂化部分工艺流程如图 5-7 所示。图中只列出三个部分：原料油催化裂化；催化剂再生；产物分离。原料经换热后与回炼油混合喷入提升管反应器下部，在此处与高温催化剂混合、汽化并发生反应。反应温度为 480～530℃，压力为 0.14MPa（表压）。反应油气与催化剂在沉降器和旋风分离器（简称旋分器）分离后，进入分馏塔分出汽油、柴油和重质回炼油。

裂化气经压缩后去气体分离系统。结焦的催化剂在再生器用空气烧去焦炭后循环使用，

再生温度为 $600 \sim 730℃$ 。

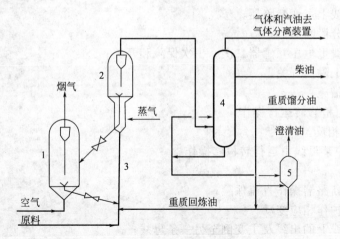

图 5-7　催化裂化工艺流程

1—催化剂再生器；2—沉降器；3—提升管；4—分馏塔；5—澄清罐

【任务实施】　炼油企业供配电系统运行与维护

一、电气运行操作

教学目的：

① 熟悉此项工作的基本原则、基本要求和基本方法，加深对电气运行操作注意事项的理解和掌握；

② 训练线路停送电操作、单母线及双母线停送电操作、变压器停送电操作技能，强化操作方法步骤的熟练程度。

（1）线路由运行转检修操作

步骤：

① 按常规履行组织措施；

② 断开线路断路器；

③ 现场检查线路断路器三相确已断开；

④ 拉开线路侧隔离开关；

⑤ 拉开母线侧隔离开关；

⑥ 向上级或调度汇报；

⑦ 布置安全措施。

（2）线路由检修转运行操作

步骤：

① 拆出安全措施；

② 检查线路保护已按规定投入；

③ 合上线路母线侧隔离开关；

④ 合上线路侧隔离开关；

⑤ 向上级或调度汇报；

⑥ 合上线路断路器。

（3）单母线由运行转检修操作

步骤：

① 拉开该母线电容器断路器；

② 拉开该母线上线路断路器；

③ 拉开该母线上主变断路器；

④ 拉开母线分段断路器；

⑤ 拉开该母线上电压互感器二次、一次保险和开关；

⑥ 拉开母线上隔离开关；

⑦ 做好安全措施。

（4）单母线由检修转运行操作

顺序与（3）相反。

（5）双母线中某母线由运行转检修操作

步骤：

① 拉开母联断路器操作直流保险；

② 对母线保护作相应变动；

③ 将停电母线上的出线及主变倒至另一条母线；

④ 合上母联断路器操作直流保险；

⑤ 断开母联断路器；

⑥ 检查母联断路器三相电流表指示为零；

⑦ 拉开母联靠停电母线侧隔离开关；

⑧ 布置安全措施。

（6）双母线中某母线由检修转运行操作

步骤：

① 拆除安全措施；

② 投入母线充电保护；

③ 合上母联断路器两侧隔离开关；

④ 合上母联断路器对母线充电；

⑤ 退出母线充电保护；

⑥ 拉开母联断路器操作直流保险；

⑦ 按调度令恢复母线出线（倒母线）；

⑧ 合上母联断路器操作直流保险；

⑨ 作相应母线保护变动；

⑩ 布置安全措施。

（7）变压器由运行转检修操作

步骤：

① 调整变压器负荷；

② 拉开变压器低压侧断路器；

③ 拉开变压器高压侧断路器；

④ 拉开变压器低压侧断路器线路侧隔离开关；

⑤ 拉开变压器低压侧断路器变压器侧隔离开关；

⑥ 拉开变压器高压侧断路器变压器侧隔离开关；

⑦ 拉开变压器高压侧断路器母线侧隔离开关；

⑧ 拉开变压器高压侧断路器直流保险、动力保险；

⑨ 拉开变压器低压侧断路器直流保险、动力保险；

⑩ 做好安全措施。

（8）变压器由检修转运行操作

步骤：

① 拆除安全措施；

② 投入变压器保护；

③ 合上变压器高压侧断路器直流保险、动力保险；

④ 合上变压器低压侧断路器直流保险、动力保险；

⑤ 合上变压器高压侧断路器母线侧隔离开关；

⑥ 合上变压器高压侧断路器变压器侧隔离开关；

⑦ 合上变压器低压侧断路器变压器侧隔离开关；

⑧ 合上变压器低压侧断路器线路侧隔离开关；

⑨ 合上变压器高压侧断路器，检查变压器充电是否正常；

⑩ 合上变压器低压侧断路器；

⑪ 检查变压器负荷正常。

二、架空线路的运行与维护

教学目的：

① 传授架空线路运行维护的常规知识；

② 传授和培训学生检修配电线路的能力。

要点：

① 做好检修工作的组织措施，制定计划、检修设计、准备材料及工具、组织施工；

② 做好检修工作的安全措施，断开电源和验电、装设接地线、登杆检修注意事项、恢复送电之前的工作；

③ 线路检修工作的内容，停电登杆检查清扫、电杆和横担检修、绝缘子及其瓷质绝缘件击穿的检修、拉线的检修、导线和避雷线的检修、导线接头的检查与测试、避雷器放电间隙变动和烧损的检修；

④ 带电作业注意的问题及操作方法。

三、停电更换线路（直线杆）的绝缘子

教学目的：

① 传授更换绝缘子及其他瓷质绝缘件的常规知识；

② 传授和培训学生更换绝缘子的能力。

步骤：

① 填写更换直线杆绝缘子的操作票，选择工器具、材料、着装及系好安全带、脚扣、（做冲击和拉伸试验）戴好安全帽；

② 做好安全措施（停电、验电、挂接地线和标示牌）；

③ 登杆作业（登杆前要对电杆表面及根部进行安全性检查）；

④ 拆除旧的绝缘子用绳结吊下，换上新的绝缘子；

⑤ 拆除安全措施（注意拆除接地线的顺序），确认无误后方可下杆；

⑥ 验收检查、送电。

四、电缆线路的故障探测

教学目的：

① 传授电力电缆运行维护的常规知识；

② 传授和培训学生探测电缆线路故障的能力。

步骤：

① 先确定电缆故障性质，然后确定故障地段，最后确定故障点；

② 用兆欧表查找，确定故障性质；

③ 用仪器测量（单臂电桥或脉冲发生器）确定故障地段；

④ 利用感应法和声测法确认电缆故障点；

⑤ 处理故障电缆；

⑥ 耐压试验合格后投入运行。

五、真空断路器的检查与维修（以 ZN28-10 型真空断路器为例）

教学目的：

① 熟悉此项工作的基本程序、工作内容和工具的使用，加深对真空断路器结构原理的掌握和理解；

② 锻炼对真空断路器运行检查与维修技能，强化试验调试技能和操作方法步骤的熟练程度。

规程：

① 按常规履行安全组织措施；

② 长期运行后应检查掣子和环的间隙，若超过（2±0.5)mm 时应卸下底座，取出铁芯，调整铁芯顶杆高度，使其达到要求；

③ 机构在动作时，若发生"跳跃"现象，应检查掣子是否有卡滞现象或是辅助开关动作时间调整不当，应调整辅助开关拉杆长度，使切换正确；

④ 正常运行的断路器应定期维护，并清扫绝缘件表面灰尘，给摩擦转动部位加润滑油；

⑤ 定期或在累计操作 2000 次以上时，检查各部位螺钉有无松动，必要时应进行处理，及时更换损坏的零部件；

⑥ 检查真空灭弧室在开断电流时的颜色，若有红色或乳白色的辉光出现，则说明真空度已很低，通常是在断路器分闸状态，在断口间加工频耐压 42kV 1min，若能通过说明真空度符合运行要求，否则应更换真空灭弧室；

⑦ 定期检查断路器的开距、压缩行程，记录触头的磨损量。

拆卸组装真空灭弧室步骤：

① 按常规履行安全组织措施；

② 断路器分闸；

③ 拆下拐臂；

④ 松开导向杆紧固螺母；

⑤ 松开导电夹与软连接的紧固螺栓；

⑥ 松开软连接另一端紧固螺栓；

⑦ 拆下导向板；

⑧ 取出导电夹与软连接；

⑨ 重新装上导向板；

⑩ 松开动支架紧固螺栓；

⑪ 松开静支架紧固螺栓；

⑫ 将动、静支架及灭弧室整相拆下；

⑬ 松下绝缘撑杆两头的螺栓；

⑭ 拆下导向杆；

⑮ 松开灭弧室静端六颗紧固螺栓；

⑯ 取下真空灭弧室；

⑰ 安装灭弧室（与拆卸顺序相反）；

⑱ 按常规履行试验、办理工作终结手续，工作结束。

六、高压隔离开关更换与调整（以 GN19-10 型隔离开关为例）

教学目的：

① 熟悉此项工作的基本程序、工作内容和工具的使用，加深对高压隔离开关结构原理的理解和掌握；

② 训练对高压隔离开关运行检查与维修技能，强化试验调试技能和操作方法步骤的熟练程度。

步骤：

① 按常规履行安全组织措施；

② 按工作需要选择合适的施工材料和工具；

③ 全面检查新的高压隔离开关（包括外观、技术资料）；

④ 从原高压开关柜中拆下旧的隔离开关；

⑤ 将新的隔离开关固定在原位置；

⑥ 调整确定隔离开关主轴上拐臂的初始角钻孔，打入定位销；

⑦ 调整隔离开关分合满足要求；

⑧ 调整辅助开关能正确地发出分合闸信号；

⑨ 全面检查；

⑩ 耐压试验合格后投入运行；

⑪ 履行工作终结手续。

七、系统停电事故处理

教学目的：

① 熟悉此项工作的基本程序、工作内容、电气操作基本要求，加深对故障现象、严重程度及处理方法的掌握；

② 训练对系统停电事故处理的技能和倒闸操作方法步骤的熟练程度。

（1）66kV 系统停电事故处理（以锦州炼油厂北变电所为例）

要点：

① 北变电所 66kV 系统单回路停电时，由于 66kV 联络断路器及隔离开关在合位，不会造成 6.3kV 侧停电，此时应立即联系锦州调度（炼油厂上一级调度），查明事故原因，按锦州调度命令处理；

② 北变电所 66kV 系统全部停电时，事故警报作响，"掉牌未复归"光字牌亮，66kV 系统电压指示为零，检查 1♯、2♯ 主变无声音。

处理方法：

① 通知有关领导，立即拉开 66kV 进线断路器；

② 联系锦州调度，查明事故原因，按锦州调度命令处理 66kV 系统运行方式；

③ 停用母联自投，低电压跳闸，拉开 6.3kV 所有配出回路断路器及 1♯、2♯ 主变一次、二次断路器，与油发电厂联系，投入北变 1♯、2♯ 线，尽快恢复 6.3kV 负荷供电，配合生产装置开车。

（2）6.3kV 系统某段母线停电事故处理（以锦州炼油厂装置高压配电间为例）

① 当某段母线停电时，首先拉开该段母线上的断路器，同时尽快启动备用设备。

② 根据现场情况，检查该段母线所带的各项负荷和继电保护的状态，找出母线停电原因。

③ 采取一切措施，尽快恢复该段母线所带变压器的送电，以保证低压系统的供电，如采用低压母联供电时，一定要拉开故障段母线变压器的二次隔离开关，谨防反送电。

④ 经检查如属于误操作引起的母线停电，应对该母线上的各支路进行全面检查，确认

供电系统（包括继电保护）和设备无异常时，恢复母线送电。

⑤ 如由于支路（或设备）故障引起的停电，经全面检查后将故障支路（或设备）隔离，尽快恢复母线送电，然后抓紧抢修故障线路或设备。

⑥ 当母联自投成功时应按下列原则处理。停用母联自投把手（手动）；对小车柜应将停电段进线小车拉到试验位置；断开该进线在配出端的断路器和隔离开关；检查电缆确实无电并放除静电后，对该线路进行全面检查（包括变配电设备和继电保护装置），发现问题应立即排除，恢复送电，如一时无法排除，通知分公司领导；经全面检查，如因某支路故障引起的则将故障支路隔开，尽快恢复正常运行方式。

八、系统接地事故处理（以锦州炼油厂装置高压配电间为例）

教学目的：

① 了解学生对电力系统运行方式的掌握程度；

② 掌握我国目前 6～10kV 系统和 35～60kV 系统中性点的运行方式；

③ 强化不接地和经消弧线圈接地系统当发生单相接地时，应尽快排除，实接地时间不允许超过 2h；

④ 训练对系统接地事故的处理技能。

步骤：

① 必须用断路器断开接地电流，不允许用隔离开关断开接地故障电流。

② 当发现接地点产生弧光闪络时，应立即断开该回路断路器。

③ 明确接地现象"接地"光字牌亮，铃声作响，接地监察电压表两高一低。

④ 制止铃声。

⑤ 检查是否是电压互感器回路故障引起的误动作，可用 6.3 kV 电压切换器检查三相线电压是否平衡，如不平衡则说明电压互感器回路有故障。

⑥ 检查配出支路有无信号出现。

• 支路有信号出现，立即采取倒备用电源供电，无备用电源，联系公司值班调度停电检查。

• 支路无信号出现，只有一条进线电源配电间，按下列顺序选择：

机泵回路、变压器回路、进线回路；

有两条进线电源配电间，应采取带电倒换方法选择故障线。

⑦ 如经检查发现接地在配电间，应将负荷依次倒至另一段母线上，同时观察接地表指示的变化，找出接地点。

九、直流系统故障处理

教学目的：

① 检查学生对直流系统故障性质、故障现象的识别程度；

② 熟悉二次回路知识，掌握直流系统故障一般为接地故障；

③ 训练对直流系统故障的处理技能。

步骤：

① 识别故障现象，如绝缘监察电压表有指示，直流接地灯亮，蜂鸣器发出报警声响；

② 制止铃声；

③ 检查开关合闸电源回路；

④ 检查电池回路；

⑤ 检查晶闸管充电装置直流回路；

⑥ 检查信号回路及总的控制电源回路；

⑦ 如果各回路均正常，则应对直流屏内各路进行清扫、检查，当发现接地点在操作电

源回路内时，应依次瞬时取下各分支的独立安装单位操作回路的熔丝，继续寻找，在确定接地点在二次操作回路及保护回路时，要立即报告分公司联系相关人员进行处理。

十、变压器运行中的事故处理

教学目的：

① 了解学生对变压器的结构、工作原理及运行中常见故障的掌握程度；

② 熟悉电力变压器继电保护的有关知识；

③ 训练对变压器运行中事故的处理技能。

对变压器过负荷的处理步骤：

① 发现变压器过负荷时，首先应检查过负荷产生原因，根据不同原因，采取不同措施；

② 同一配电间两台变压器供电，由于负荷不均而造成的某一台变压器过负荷应马上与生产岗位联系，倒换设备，均衡负荷；

③ 一台变压器供电而又过负荷时，应立即和生产岗位联系，设法减轻负荷，以保变压器正常运行；

④ 由于变压器本身故障引起的过负荷（即变压器达不到额定出力）应投用备用变压器，对故障变压器抓紧抢修，也可将故障变压器运回大修，在原位置重装一台无故障变压器（安装前对新装变压器要按试验要求做试验，并且合格方可现场应用），尽快恢复正常运行方式。

变压器的超温处理步骤：

① 如因过负荷引起的超温，按过负荷有关规定处理即可；

② 如因变压器冷却装置或变压器室通风效果不好引起的超温，应采取有效措施（如加风机对变压器冷却等），或适当减负荷，以保变压器正常运行；

③ 如因变压器本身故障引起的超温，按变压器冷却装置或变压器室通风效果不好引起的超温要求处理。

变压器的自动跳闸处理步骤：

① 拉开变压器一次、二次隔离开关；

② 投入备用变压器或启用低压母联，尽快恢复送电；

③ 查明跳闸原因和后果，根据情况，采取不同的措施，尽快恢复送电；

④ 如因变压器内部故障引起的跳闸，参考变压器冷却装置或变压器室通风效果不好引起的超温原则处理；

⑤ 如因变压器外部故障引起的跳闸，应将故障线路或设备隔离后，变压器即可投入运行，恢复正常供电方式。

变压器的着火处理：变压器着火时，首先应将其所有开关和隔离开关拉开，并将备用变压器投运，然后应按《电气设备安全规程》有关规定灭火。

【知识拓展】

一、催化裂化在炼油中的作用

在催化剂存在下进行的石油裂化过程称为催化裂化。催化裂化通常用重质馏分如减压馏分、焦化柴油及蜡油等为原料，也有用预先脱沥青的常压重油为原料的。催化裂化汽油性质稳定、辛烷值高，故用作航空汽油和高辛烷值汽油的基本组分。

最基本的炼油过程是原油蒸馏，指用蒸馏的方法将原油分离成不同沸点范围油品（称为馏分）的过程。通常包括三个工序。①原油预处理：即脱除原油中的水和盐。②常压蒸馏：在接近常压下蒸馏出汽油、煤油（或喷气燃料）、柴油等的直馏分，塔底残余为常压渣油（即重油）。③减压蒸馏：使常压渣油在 8kPa 左右的绝对压力下蒸馏出重质馏分油作为润滑油料、裂化原料或裂解原料，塔底残余为减压渣油。如果原油轻质油含量较多或市场需求燃料油多，原油蒸馏也可以只包括原油预处理和常压蒸馏两个工序，俗称原油拔头。但是多数情况下，轻质油品（汽油、煤油和柴油）仅靠原油蒸馏取得是远远不够的，原油经过常减压蒸馏得到的汽油、柴油、煤油仅有 $10\%\sim40\%$，为了得到更多轻质油品和不浪费资源，需把原油蒸馏工艺中得到的重质馏分油进行二次加工。常用二次加工手段：延迟焦化——主要加工渣油、油浆，生产石油焦；催化裂化——加工蜡油、重油渣油，生产轻质油；催化裂化——在热和催化剂的作用下使重质油发生裂化反应，转变为裂化气、汽油和柴油等的过程。催化裂化是石油炼厂从重质油生产汽油的主要过程之一。所产汽油辛烷值高（马达法80 左右），安定性好，裂化气（一种炼厂气）含丙烯、丁烯、异构烃多。此外还有加氢裂化，就是加工蜡油，加氢裂化生产轻质油，其产品质量好，但消耗大量氢气。

二、催化裂化发展简介

催化裂化技术由法国 E. J. 胡德利研究成功，于 1936 年由美国索康尼真空油公司和太阳石油公司合作实现工业化，当时采用固定床反应器，反应和催化剂再生交替进行。由于高压缩比的汽油发动机需要较高辛烷值汽油，催化裂化向移动床（反应和催化剂再生在移动床反应器中进行）和流化床（反应和催化剂再生在流化床反应器中进行）两个方向发展。移动床催化裂化因设备复杂逐渐被淘汰；流化床催化裂化设备较简单、处理能力大、较易操作，得到较大发展。20 世纪 60 年代，出现分子筛催化剂，因其活性高，裂化反应改在一个管式反应器（提升管反应器）中进行，称为提升管催化裂化。中国 1958 年在兰州建成移动床催化裂化装置，1965 年在抚顺建成流化床催化裂化装置，1974 年在玉门建成提升管催化裂化装置。1984 年，中国催化裂化装置共 39 套，目前约发展到 150 套以上。催化裂化装置如图 5-8 所示。

图 5-8　催化裂化装置

三、催化裂化原料

催化裂化的原料就是原油蒸馏工程得到的重油馏分。其中有直馏蜡油、焦化蜡油、常压渣油。例如锦州炼油厂的情况这些分别就是指来自二常减压塔侧线的部分约 10%；来自焦化分馏塔侧线的约 10%；来自一常常压塔底的约 80%。这里二常是指辽河原油，一常是指大庆原油。其中直馏蜡油最好，常压渣油其次，焦化蜡油最差。焦化蜡油是从焦化工程得到的。焦化工程是指减压塔底渣油在加热炉中加热到一定温度，注入焦炭塔中，发生化学反应，其中有缩合反应生成焦炭，焦炭聚积于焦炭塔中，热裂化反应生产的产物从焦炭塔进入分馏塔分离出干气、液化气、汽油、柴油和蜡油等轻质产品的过程。

四、催化裂化的产品

催化裂化的产品分为干气、液化气、汽油、柴油和油浆。干气主要含 C_1、C_2，甲烷、乙烯；液化气主要是 C_3、C_4，丙烷、丙烯、丁二烯；汽油是馏程为 $40\sim195℃$ 的 $C_5\sim C_{11}$ 馏分，具有研究法辛烷值为 90；柴油是馏程为 $160\sim365℃$ 的 $C_{11}\sim C_{20}$ 馏分，既有十六烷值为 30；油浆是那些碳数大于 C_{20} 的化合物。干气、液化气作为燃料或化工原料，汽油、柴油作为车用燃料，油浆作为锅炉燃料或焦化原料。

五、催化剂种类和发展

催化剂主要成分为硅酸铝，起催化作用的是其中的酸性活性中心。移动床催化裂化采用 $3\sim5mm$ 小球形催化剂。流化床催化裂化早期所用的是粉状催化剂，活性、稳定性和流化性能较差。20 世纪 40 年代起，开发了微球形（$40\sim80\mu m$）硅铝催化剂，并在制备工艺上作了改进，活性和选择性都比较好。20 世纪 60 年代初期，开发了高活性含稀土元素的 X 型分子筛硅铝微球催化剂。20 世纪 70 年代起，又开发了活性更高的 Y 型分子筛微球催化剂。早期催化剂多为天然白土，后来发展为现代的分子筛催化剂，分子筛顾名思义具有筛分分子的功能，即分子筛结晶具有规则的细孔分布结构，只有大小可以进入到结晶细孔内的分子才能发生反应，所以用分子筛作催化剂可以提高目的产物的选择性，降烯烃功能，促进氢转移反应，提高轻质油收率。现用催化剂都是分子筛催化剂。这些催化剂被造粒成具有 $20\sim100\mu m$ 粒径的颗粒使用于流化床工艺。催化裂化除要求催化剂的活性和选择性外，还要求催化剂要具有一定的稳定性、抗金属污染及容易再生等性质。用于流化床的固体催化剂还应该易于流态化（固体被流体携带，像流体一样自由流动，称为流态化）。此外根据工艺上的要求，对催化剂的强度、密度等也有要求。例如散式流化即固体分散在液体里要求催化剂有足够的强度，这样才能保证催化剂粒子不至于粉化，气体流化床也要求催化剂有足够的强度，防止因流化过程中催化剂固体粒子之间的碰撞导致过度粉化而流失。

【学习评价】

1. 试述炼油企业供配电系统的构成。
2. 炼油企业供配电系统的特点是什么？
3. 变电所和配电所的功能和区别是什么？
4. 简述催化裂化的简要工艺流程。
5. 简述催化裂化在炼油中的作用。
6. 简述系统接地事故处理的步骤。
7. 如何更换与调试高压隔离开关？
8. 简述线路、母线和变压器电气运行操作步骤。
9. 简述停电更换线路（直线杆）绝缘子的步骤。
10. 如何探测电缆线路的故障？
11. 如何检查与维修真空断路器？
12. 如何处理系统停电事故？
13. 直流系统故障如何处理？
14. 变压器运行中的事故如何处理？

参 考 文 献

[1] 芮静康编. 供配电系统的施工运行和维护. 北京: 中国电力出版社, 2008.
[2] 李小雄编. 供配电系统运行与维护. 北京: 化学工业出版社, 2010.
[3] 曾令琴, 李伟编. 供配电技术. 北京: 人民邮电出版社, 2008.
[4] 张莹编. 工厂供配电技术. 北京: 电子工业出版社, 2003.
[5] 刘介才编. 供配电技术. 北京: 机械工业出版社, 2005.
[6] 柳春生编. 实用供配电技术问答. 北京: 机械工业出版社, 2002.
[7] 余建华编. 供配电一次系统. 北京: 中国电力出版社, 2006.
[8] 刘介才, 戴绍基编. 工厂供电. 北京: 机械工业出版社, 1999.
[9] 贺家李, 宋从矩编. 电力系统继电保护原理. 北京: 中国电力出版社, 1994.
[10] 唐志平编. 供配电技术. 北京: 电子工业出版社, 2009.
[11] 孙琴梅编. 工厂供配电技术. 北京: 化学工业出版社, 2010.
[12] 国家电力监管委员会电力业务资质管理中心编写组编. 电工进网作业许可考试参考教材. 北京: 中国财政经济出版社, 2006.